項羽對劉邦

楚漢雙雄爭霸史

司馬遼太郎——著
鍾憲——譯

下

千古誰識漢劉邦？

秦濤

・司馬遼太郎的用心

司馬遼太郎寫完巨著《項羽對劉邦》，在〈跋〉中自陳心跡：先秦時代到漢代，中國社會生機勃勃，這個時期的人跟其他朝代的人簡直不像是同一個祖先的後代。從後漢末期開始，所謂亞洲型文化的發展開始停滯。令人感嘆的是，這種停滯，竟一直持續到近代。

這種先秦到漢代生機勃勃的中國文明，為什麼會陷於停滯呢？因為：據說中國古代文明乃是由謀生手段各異的民族共同創造出來的，如果假說屬實，對於中原地區來講，楚就是最後一種異族文化了。從此之後，文字或史籍記載都使用中原地區產生的表達方式，楚文化很大程度被中原文化同化了。

身為一名小說家，他非常詩意地認為：項羽的所作所為和他的覆亡，乃是中國古代文明的最後一次展示，也可以認為是形成整個中華民族文明的起點。

身為一位日本人，他一廂情願地覺得：筆者總有一種特別的感覺，認為楚人的民俗和氣質，與古代的日本具有某種血緣關係。

乃至於項羽死後，楚文化在中國歷史舞台上完成華麗的謝幕，卻以某種神祕的方式東渡日本，落地生根：項羽歿於西元前二〇二年。在日本被稱為彌生文化這一整套早已成熟的稻作生活方式，可能也是在此前後被傳入日本。不過，這跟項羽及其所率集團的失敗並無直接關聯，但做為歷史年表記在腦子裡，還是不無益處。

劉邦、項羽，漢、楚，中國、日本，三組看似風馬牛不相及的概念，在小說家的筆下發生了暗中的聯繫。讀到這裡，司馬遼太郎為何如此鍾愛項羽，並在這部小說之中給了「楚文化」如此濃墨重彩的描寫，為什麼書名不採用中國人熟悉的「劉邦、項羽」排序，而變為《項羽對劉邦》，也就不難理解了。

如果在司馬遼太郎的意義上講，讀懂項羽、讀懂楚文化就讀懂了日本人，那麼對中國人而言，讀懂劉邦、讀懂漢文化的意義顯然更大。

有趣的是，即便中國人，也更熱衷於解讀項羽，劉邦似乎很少被認真對待過。

▪沒人認真對待劉邦

無論劉邦的同時代人，還是追述者司馬遷，解釋劉邦成功的原因時，都非常敷衍。

劉邦問韓信：為什麼你和項羽，都敗在我手下？韓信回答：「陛下所謂天授，非人力也。」無獨有偶，張良曾經解釋自己為什麼死心塌地追隨劉邦時，也說：「沛公殆天授。」項羽自刎烏江之前，曾自我開解：「天亡我，非用兵之罪也。」司馬遷追述秦漢之際群雄並起，最終鹿死劉邦之手的詭異結局時，感嘆道：「豈非天哉，豈非天哉！非大聖孰能當此受命而帝者乎？」

他們都曾十分認真地討論項羽失敗的原因，諸如「婦人之仁，匹夫之用」、「有一范增而不能用」、「自矜功伐，奮其私智」云云；說到劉邦的成功之道，則無不歸因於神祕的「天意」。一方面，最高領袖的得國之道，乃是不傳之祕，不容臣子妄自窺測；另一方面，他們大概也對劉邦這樣的人能夠成功，感到困惑不解，只能歸之於天意吧？

這樣一來，什麼劉邦的母親曾與蛟龍交配啊，什麼劉邦「隆准而龍顏」啊，什麼左邊大腿上有七十二顆黑痣啊，什麼斬白蛇起義啊，種種神話層層疊疊套在這個歷史人物身上，把他裝扮成一個充滿神跡的怪異偶像。

倒是蕭何，在劉邦還不曾發跡的時候說過一句：「劉季固多大言，少成事。」透露了當時人的真實看法。這種光會說大話的傢伙，怎麼看都不像是會成功的樣子嘛。

民國時期，四川鬼才李宗吾寫《厚黑學》，說劉邦的成功之道乃是「臉皮厚，心子黑」。項羽的失敗，正是因為鴻門宴不殺劉邦，心子不夠黑；烏江羞愧自刎，臉皮不夠厚——有底線的貴族，到底鬥不過無所不用其極的流氓。這本來是雜文家的刺時之語、戲謔之言，卻被很多人奉為成功學的聖經。劉邦先被抹上神祕的油彩，奉為怪異的偶像；又被扯落神壇，變成你我身邊不擇手段成功的流氓。他離歷史，愈加遙遠了。

司馬遼太郎此書的最後一段，也說：那五個愚蠢而又卑劣的男子，劉邦按約定分別給予封賞。藉由被分解的項羽的屍體和五個名字，也可以隱隱約約猜到，劉邦究竟是一副什麼嘴臉。

他對劉邦的不滿與蔑視，也是溢於言表吧？

可是，不管人們多麼瞧不上劉邦，這個人還是成功了。他正一臉得意地高踞在漢朝第一任皇帝的寶座上，俯視毀他譽他的你我凡人，用他招牌式的粗口大罵「腐儒安知乃公」呢。

・劉邦的不可及之處

宋人蘇轍《三國論》有云：「夫古之英雄，惟漢高帝為不可及也夫！」讀劉邦，唯讀到他和我們一樣好色貪杯、遊手好閒、吹牛撒潑、不愛勞動，是不行的。讀劉邦，必須目力直透紙背，讀到他的「不可及」之處。

《項羽對劉邦》對於劉、項二人出場的刻畫很有意思，我們且從這裡說起。

項羽是楚人，這是一個非常重要的身分。司馬遼太郎反覆強調，楚人有獨特的、異質的深厚文化。楚國滅亡淒慘，項羽又是貴族後裔，一上來就背負著國仇家恨。項羽有極高的天賦：「身手敏捷，力能扛鼎，性情明敏」，光身高就有一米八四。他學過書，學過劍，學過兵法，但都半途而廢，不是因為他缺乏恆心，而是因為太聰明，覺得沒什麼可學的。項羽的關鍵字是「有」，有文化、有家世、有身高、有力量、有智商……

劉邦就不同了。他是沛人，沛城位於吳、越、楚各大勢力交界的三不管地區，「受各勢力的影響都比較小，因此仍然保留著遠古以來那種恬淡怡然的風土人情」。換言之，這個地方沒有「楚」那麼深厚獨特的文化傳統。劉邦沒有名，沒有字，司馬遼太郎說，劉邦的大名「邦」是哥兒們的意思，小字「季」是老三的意思。他的「父親名叫劉老爺子，母親名字叫劉老太太」，都是無名氏。劉邦「目不識丁，與眾無賴相去無幾。他不學無術，根本就沒有什麼可垂教之處」。劉邦的關鍵字是「無」，無文化、無家世、無學識，甚至連名字都沒有。

沒有名字，意味著什麼？

《莊子・應帝王》說有一個得道之人，沒有名字，「一以己為馬，一以己為牛」。別人叫他馬，他也答應；別人叫他牛，他也答應。沒有名字，意味著「無我」。與項羽強烈的個性、主張、抱負相比，劉邦「意豁如也，常有大度」，也就是說，這個人無可無不可，在很多事情上都無定見，怎樣都行。這樣的例子，《史記》裡非常多，隨便舉幾個：

蕭何追還韓信，去見劉邦。劉邦罵道：你這個混蛋為什麼跑？蕭何說：我去追韓信了。劉邦又罵：放屁！跑的人那麼多，你為什麼去追那個廢物韓信？蕭何說：韓信是國士無雙，你要取天下，必須用此人。劉邦說：那我封他做個將領。蕭何說：不行，這種待遇留不住他。劉邦說：那我拜他為大將。

儒生酈食其初見劉邦，劉邦正坐著洗腳。酈食其問他：你想依附秦朝助紂為虐，還是率領義軍誅滅暴秦？劉邦回罵：你這個腐儒！說話拐彎抹角！老子當然是率領義軍誅滅暴秦！酈食其說：率義軍誅暴秦，正應該求賢若渴，可以如此無禮地接見長者嗎？劉邦立刻撤了腳盆，整理衣服，恭恭敬敬請酈食其上座。

有人勸劉邦立六國之後，劉邦同意了。張良來了，痛陳此乃亡國之策。劉邦當即收回成命。

在以上例子中，劉邦不停犯錯，連最基本的禮貌教養都沒有。但他的不可及之處就在於：有錯立刻就改，絲毫不回護自己的顏面。一個人心中一旦有了一個「我」，就會「順我者昌，逆我者亡」。項羽智力很高，很有主見，連孫子、吳起這種大兵家的兵書都瞧不上，更不要說區區一個范增，這是他「有一范增而不能用」的根本原因。

劉邦不一樣，他胸無成見，心中一片虛空，再加上卓越的判斷力，誰的辦法好，就用誰的。這就是劉邦這個人的不可及之處。

司馬遼太郎描寫劉邦早年的心路，說：「劉邦心裡清楚，關鍵是要獨具慧眼，識別有真本事的官吏，此外，還要有給其優厚待遇的胸懷。只要有這兩條就足夠了。……因此，必須具有足夠大的器量。」這樣的說法，比起「臉皮厚，心子黑」這樣聳人聽聞的妙論來，簡直樸素之極，接近於廢話。

但要透過「流氓」的近世印象，抹去「天意」的神祕油彩，在《史記》東一句西一句的瑣碎軼事之中，提煉出如此大巧不工的歷史之道，再以樸素易讀的語言平平表出，正是《項羽對劉邦》歷久不衰、常讀常新的魅力所在。

【推薦者簡介】秦濤

江蘇常州人，中國西南政法大學法律史學博士，中央電視台《法律講堂》（文史版）主講專家。已出版作品有《權謀至尊司馬懿》、《聊公案》、《歷史上的不倒翁》、《黑白曹操》、《道濟天下諸葛亮》、《三國之英雄亂世》等。

目錄

貳、中原逐鹿之卷

參、虎嘯龍吟之卷

肆、大決戰之卷

叁•虎嘯龍吟之卷

14. 蕭何月下追韓信

「大王！」蕭何說：「韓信和那些逃走的將軍不同，除非大王只想死守巴蜀、漢中，不再向外擴充，倘若大王仍想回到中原，與強楚相抗衡，絕對有爭取韓信的必要。」

此後，項羽一直固守在關中。

項羽軍營之中有個士兵名叫韓信，身材高大，爲淮陰（在今江蘇省）人。韓信在軍中原本是個無名小卒，直到後來才享有大名，他曾回憶說：

「我曾仕於項王，但最多只做到郎中（相當於侍役）的小官，負責執戟的任務。」

換句話說，在衆多的侍衞當中，韓信也不過是一名下級軍官而已。韓信是流浪漢出身，爲了混一口飯吃，凡事都願意做，吃過不少苦頭，又因他的身材壯碩，自然而然被選爲侍衞。

自從項羽取代劉邦成爲關中王之後，他的十萬名士兵便似猛獸一般，爭先搶後地進入秦都咸陽大肆搶劫糧物。

「咸陽是座大寶山，大家愛什麼就拿什麼吧！」

項羽允許軍隊進行掠奪。於是，從咸陽舊宮殿到阿房宮新宮殿，乃至於渭水河畔的皇宮、達官貴人和富商的宅第，到處可見餓虎般的項軍，正在進行一場空前的洗劫。項羽知道，士兵的欲望若能得到滿足，即可紓解久戰之後的勞頓，同時為了親睹咸陽美女的丰采，許多士兵紛紛搶進宮中，企圖來個人財兩得。

火燒阿房宮，水天一片紅

韓信在軍旅之中自然也感受到這股貪婪和邪惡的風潮，但是他無心搶奪美女或財寶，只是漫不經心地走入阿房宮內，只見四周到處可見將軍及士卒大肆搬運金銀財物，對於美女更是不予放過，許多士卒在抬出宮女呈獻給將軍之際，還會遭到其他人的搶奪。

「這就是著名的阿房宮嗎？」

韓信不斷被身旁的士兵推擠著，此時正逢隆冬，但是置身始皇帝為了容納上萬名士兵而建構的大廳之中，竟因人性貪婪的慾望而顯得沸騰無比，只見四處林立著無數根鑲金的大柱，有些士兵在無物可奪的情況下，便攀爬金柱，企圖剝取一些金箔。

稍早，韓信更聽說有人已在驪山的始皇帝陵進行挖掘，由於傳說始皇帝曾將更多的寶藏轉而埋入地下，致使項軍趨之若鶩，紛紛擁到帝陵，舉起鐵鍬或鋤頭挖寶。但因藏寶區過於龐大，許多寶物終於獲得保存，直到後代才被考古學家發掘出來。

不久，項羽下命在阿房宮內堆起木柴，引燃火苗，把阿房宮燒得片瓦不留。阿房宮陷入一片火海，象徵秦朝大勢已去，流竄的火焰，照映著宮外的渭水，把天空和海水都染成一片豔紅。韓信穿越濃煙密布的皇宮，踱步徘徊走著，他的行徑完全異於其他同伴，非但未曾搶過一名美女，連一件寶物也未搶奪。

韓信之所以這麼做，並非基於道德仁義之心。

「先前進入咸陽的劉邦，爲何不准士兵進行搶劫呢？」

在韓信心裡，這個問題始終徘徊不去。他想到，軍人是戰爭中最大的贏家，爲政者理應立即將勝利後的戰果讓衆士兵分享，即使讓大家掠奪強姦也不爲過，如此才能順應軍心、提振士氣。

「莫非是劉邦擔心自己的兵力過於薄弱？」

韓信的目光突然移至遠方，面色靜默，凝神深思。他想，若不是劉邦自知軍力不敵項軍，說什麼也不會放棄阿房宮的財寶。因此，推究其中道理，顯然是劉邦害怕項羽施行報復，所以才故意讓步。劉邦不但嚴禁士兵擅進宮內，並將府庫加上封條，同時保證維護宮中男女的生命財產安全。

淮陰街頭浪蕩子

韓信雖然只是一介士卒出身，但他喜歡思考，對於劉邦和項羽兩人的行徑均有所評論。他喃喃自語說：

「劉邦是個心懷大志的人。為了安定關中人心，他竟能節制軍隊，未加擾民。」

不過，換個角度來看，韓信又說：

「劉邦所作所為，只是暫時委屈求全罷了，倘若兵力足夠稱霸，必不至此。」

就政治觀察的層面而言，韓信並非採用絕對二分法的論調，而能以其敏銳的觀察思考事物始末。

韓信的故鄉是淮陰，即今天的清江市。附近有淮河流經，由於沼澤地多，土地肥沃，稻作甚豐。該地自秦代開始，商業發展快速，成為人口稠密的大都市。

韓信出生在一個繁華市鎮的陋巷人家，家境清寒。他原本想棄農從商，或在官府中擔任差役，只因時運不佳，均遭失敗而成為無業遊民。他經常遊走朋友家中，討頓飯吃後便匆匆離去。

對於韓信的為人，坊間流言甚多。據說淮河邊有一位曬布為業的老婆婆，因為不忍心看韓信挨餓，於是主動拿飯餵他數十日之久。後來韓信向老婆道謝，並且聲稱有朝一日必定會回報，老婆婆聽了卻只淡淡地說，並不指望韓信的報答，她不過是看不慣有人挨餓，才主動幫助的。說到後來，老婆婆的口吻似乎也在勸告韓信，不要說大話，凡事應該看得現實點、安份點。

韓信領受老婆婆的教誨，他把藍布衣拉緊，腰間繫著一把長劍，便大步走去。當他行走在大街上，有個粗暴的屠夫看見他，隨口嘲笑說：

「小子，用你的長劍刺我吧！如果沒有這份膽量的話，你得從我的胯下爬過去！」

說完這句話之後，立即引來行人的好奇，紛紛圍聚而來，於是越聚越多，大家鼓噪叫囂，都想爭睹一場好戲開鑼。

韓信看了看人群的喧鬧，心裡頗感爲難，直到最後關頭，把心一橫，當衆從那名惡漢的胯下爬了過去。這件事情隨即傳開來，成爲人盡皆知的事，尤其在韓信當上鼎鼎有名的將軍之後，更成爲人們茶餘飯後的話題。只不過，他原本被人污衊的形象，一變而成「能屈能伸」的大英豪。

韓信的成功並非偶然，他曾潛心研究兵學，對於軍事古籍都曾進行判斷和思考，苦心思索出一套完套的謀略。

只是，韓信的性格似乎存在著許多矛盾的情結。他喜歡經歷各種緊張而富冒險性的軍事活動，使自己全然投入非勝即敗的戰爭之中，加上他的軍事天才，令他經常幻想著自己是一個武功高強的俠客，提著長劍到處遊走的姿態。他將每場軍事活動都視爲賭博，付諸行動之前必先冷靜思考。

不服輸的「戰爭癡」

與衆不同的是，韓信有一種異常的不服輸的性格，無論遭遇什麼困難，都會堅持下去。正因如此，他能忍受任何屈辱和打擊，而不被擊倒。此點與其說是忍耐的美德，不如說是「爲達目的，不擇手段」的權宜之計。無怪乎當初惡漢刁難時，能忍受一場飽受嘲笑的胯下之辱了。

由此可見，韓信的本性其實十分冷靜沉著，這種特質結合他的軍事天才，使他發揮了極高的軍事才能。後來與韓信對抗的人，無一是其對手。

每當韓信展開任何一項軍事行動之前，就連帶產生一種危機意識，認爲若不擊垮對方，自己仍得淪爲淮陰鎮上的無名小卒，永遠沒有出頭的一天。所以，每一次的戰鬥，韓信彷彿都把它當成一場生命的賭注，隨時保持警覺，力爭上游。

當陳勝首先崛起於淮陰以南，發動兵亂之際，韓信並未前往投靠。理由在於他對長江以南的項軍較具信心，於是轉而投靠項梁。其次，陳勝的部屬仍以流民居多，與韓信的期待不同；項梁所率大軍雖然亦由平民組成，但是項梁本人仍具貴族後裔及知識份子的號召力，與自古以來的王室正規軍近似，因而獲得韓信的認同。

韓信的軍事才能在飄泊不定的軍旅之中日益成熟。

「假如我有十萬大軍的話……」

韓信經常天馬行空地幻想著自己擁有一支大軍，可以自行部署和指揮，在他的腦海中，已構思出許許多多精密的、大膽的、進退有序的……各種千變萬化的謀略，再依想像與敵軍交戰，然後找出其中關鍵，務必每戰皆捷。

由於長年躭溺於對戰略的創新和研究，韓信儼然成爲一位「戰爭癡」，完全忽略了對人情世故的認識和了解。他的氣質宛若一位遊俠，以自我爲中心，因而塑造出一種孤獨的性格。

儘管韓信的脾氣顯得孤僻，但在軍營中的生活仍是快活的，他對項梁統率軍隊的能力感到好奇，跟隨他渡過淮河，踏遍不少地方。惟因韓信只是一名小卒，待遇也就相當卑微。

然而，項梁不久便戰敗而死，韓信繼續跟從項羽。這時，韓信始終未受到項羽和范增的重視或提攜，在他們的印象當中，韓信只不過個子較高大些，並不曉得軍中已經出現一位奇才。

大概是項軍人才濟濟的緣故吧！在項羽的觀念裡，只要有謀臣范增在旁襄助，凡事均能迎刃而解，從未認眞去發掘其他人才；其次，韓信雖然偶有毛遂自薦之舉，但是看在項羽和范增眼裡，這個淮陰男子頂多是個身強體壯、最適合擔任護衛下級軍官的人才而已。

如此遭遇，益使韓信鬱鬱寡歡。

大志難伸而藉藉無名的韓信，此刻正步行在咸陽街上。風吹得街上的市幔獵獵作響。項羽軍到處放火，使得整座城市變成一片火海，隨著風向忽而奔北、忽而襲西。有時沖天的火舌像飛龍一般，爬升盤旋。

韓信在火海中穿梭，有時遇到煙火襲擊而來，都以快捷的身手避開。大多時候，韓信仍是踱步而行，儘管火焰圍繞在四周，但是他卻毫髮未傷，似乎僅憑著敏銳的感覺化解危難。

走著走著，不知不覺已遠離宮殿和官署區，走進一座看似富商的舊宅，宅中也有零星的火勢燃燒著，間或可發現一些搶入的士兵。

韓信當然不會盲目跟著搶奪物品，只因肚子餓了，希望能找到正在烹煮食物的地方，於是信步走進一間房間，這才發現是一間臥室，室內地板墊高而起，炕內的火已熄，但是仔細一看，牀下炕中似乎有些動靜。

「有人躲在裡面嗎？」

韓信心中想著，本能地跳開幾步。爲了表示自己並無惡意，於是先行報出自己是淮陰人士，名叫韓信，現任項羽的部屬等語，意思在試探對方的態度，接著提示對方可充當自己的僕人，「

總比被外頭的亂兵殺死來得好。」

由於韓信的循循善誘，多少令人感受到他的眞誠和善意。許久之後，炕中果然走出一個人，令人訝異的是，竟然是個女子。

「喔！是個女子。」

韓信半喜半憂，一時間手足無措。眼前女子只不過十六、七歲左右，細長的雙眸流露著羞怯的目光。根據韓信的判斷，該名女子應當有羌族的血統。在地理上，秦地關中靠近羌人的草原，有不少漢、羌混血兒居住其間，許多關中人的某些生活方式也和羌人十分近似。

「照她的模樣看來，如果換上乾淨的衣服，可能是個美人兒。」

雖然韓信這麼想，但是並不特別心動。韓信的性格耿直，說話講信用，即使對方是個女的，當自己的僕人亦無不可。

「房內可有其他粗布衣裳？」

這名女子很快便領悟過來，她走入另一間房內，不久便換上一套男子粗衣而出。由於身材瘦小，改裝之後的她與少年頗爲神似，顯得神采奕奕。

女子默不吭聲，韓信問她話時，也只以點頭或搖頭回答，韓信終於會意過來，得知對方是一名啞吧。並於事後得知，她本來是富商的女兒，只因躭擱了逃亡的時間，便落單地留在府中。韓信毫不在乎她的出身，逕將一只大鍋加在她身上，讓她扮做一名隨從或僕役。

「羌！」韓信脫口而出地呼叫對方：「我無意害你，如你願意跟隨我，我會盡一切努力保護你，如果想逃走，那就請便！我也不會勉強你。」

火燒咸陽，定都彭城

項羽依然在鴻門軍營中，一面遠眺著西方即將消逝的夕陽，一面思考著安排戰後措施的問題。在他的思慮中，當務之急是把頗受劉邦禮遇和保護的秦降王子嬰斬首示衆，再將秦都咸陽予以燒毀，以示秦朝的滅亡。

「這種事情只有小人才會去做的。」韓信心想。

儘管這種徹底消滅前朝的方式自古皆然，然而基於關中本屬秦朝財富的重鎮，仍有加以利用的必要，此種殲滅敵人的做法，不僅有失人道，而且破壞了市容的建設，致使關中的人心全失。如今，項羽卻眼睜睜地把好不容易才奪到手的秦都全部化爲灰燼，刻意隱埋起秦代的輝煌歷史。

先前，項羽也接獲許多意見，其中更有主張建設關中爲新都者。大致是說：

「秦自戰國時期起實力日益強大，主要便是據關中爲腹地，六國採用何種聯合的方式進攻，均無法攻占關中要塞；相反地，秦國卻可從關中源源派兵而出，至於大軍所需的兵糧，則由關中沃野不斷提供。始皇能夠打敗六國，獲得天下，定都咸陽亦是成功的因素之一。」

此種說法雖不能說完全正確，但是也有幾分常識，只是項羽並不同意，仍然一意孤行。換句話說，項羽似乎存有他自己的地域觀，那就是：

「回到故鄉楚國去吧！」

基於這種強烈的懷鄉情感，儘管項羽曾經轉戰各地，道路遍及西北及關中盆地，但是最終的願望仍是回歸舊楚的吳中（即蘇州）。在江南，早已發展出獨特的稻米文化，與中原和關中的文化迥然不同。對於土生土長於稻米之鄉的項羽來說，只要想到香噴噴的米飯，懷念故鄉之情便油然而生。

「眞的要在關中建都嗎？」

錯綜複雜的情緒不斷在項羽的腦海中盤旋，極目所望，關中的景致雖有一份富氣和壯濶，但是卻和沂水、淮水乃至於長江下游的風景大相逕庭，對於早年生長在溫暖、多雨地區的楚人項羽來說，關中的土壤和綠蔭似乎寒愴得多了。加上原有的鄉愁情緒使然，益使他想著要離開關中，回到朝思暮想的水鄉澤國。

儘管如此，故鄉江南卻是可望而不可及的，若要定都該地，確有不符事實的顧慮。爲此，項羽想以彭城（今徐州）爲都，彭城乃舊楚的西邊城市，位居江南偏北，自古便是南北往來的重鎭，多少可以化解項羽的思鄉之情。

不過，若以彭城做爲臨時的楚都，懷王自當以君王之稱住進該處的皇宮，這是項羽最不願接受的事實。在項羽的價值觀中，懷王已經形同虛設。因此，若項羽決定定彭城爲都，便得千方百計地阻止懷王前去。

「我並無在關中建都的打算。」

項羽坦率地對屬下表示，此語一出，衆將帥均感詫異，但卻無人猜得透項羽的心意。對於這些攻打過百城千堡的將士而言，莫不期望以關中爲他們千辛萬苦的最終目標，尤其是能取代秦而自立。

「那麼，大王想要定都何處呢？」大家異口同聲問道。

「彭城。」項羽補充說：「我要在彭城自立爲西楚王。」

話一說完，人人心中莫不震驚。

東周以降，若能在關中稱王者，無異就是諸侯的共主。如今項軍好不容易取得咸陽城等地，卻又打算放棄，另覓他都，無異前功盡棄。

其次，項羽以其好惡之情，毅然決定建立「西楚」，所領土地約僅現今安徽省一部份以及江蘇省、浙江省等舊楚的版圖，此種以稻米文化爲主的遠景雖與北方以麥作文化爲主的悠久歷史可以等量齊觀，但就國防安全的觀點而言，若要防守北方廣濶的土地，自然相當困難。

「但不知大王欲建都彭城的原因何在？」

有位部屬終於按捺不住地問道。項羽對於這種單刀直入的無禮問題雖然有點兒生氣，但是也有不得不說明的必要。

「舉例來說吧！如今我雖然已經得到天下，但是空有富貴卻回不了故鄉，又有什麼用呢？**這種輕飄飄的成就感，就像錦衣夜行，什麼也看不見！**」

項羽說完之後，發問的屬下便沮喪地回到坐席，一時之間，在座者莫不噤聲黯然以對。

突然間，一個名叫猿的楚人，不顧一切地大聲叫道：

「剛才那位將軍說得是。」

說完之後，便哈哈大笑，戴上帽子離席而去。

項羽見狀，怒火中燒。早在戰國時代和古代商品經濟時期起，整個社會對待人的態度是十分寬容的，尤其是在諸子百家興起之後，對於言論的發表更給予頗大的自由空間。但是項羽並不願意採信其他不同的意見，一意固執己見。

項羽盛怒之下，命令準備大鍋置於廣場之中，把猿丟進鍋裡烹煮；猿被殺之前，並未停止大聲咒罵項羽。

懷王變義帝，劉邦封漢中

項羽宣布論功行賞。

對他來說，最頭痛的問題是：如何安置懷王？

「懷王果眞是舊楚王族的後代嗎？」

時至今日，項羽仍不時這樣地問范增。推舉「楚王」的構想原本出自於范增對項梁的建議，後來便由范增出面找尋，范增畢竟是位聰明的策士，順利地找到舊楚懷王的後裔，請他入主楚軍陣營之中，受封爲王，仍號楚懷王。爲此，儘管項羽所持疑點甚多，范增卻只輕描淡寫地說：

「**所謂王者，凡是受到人們擁戴的就是王**。」

回答極爲簡單明瞭。

在推翻秦朝之前，爲了加強舊楚人民的團結，必須擁戴舊楚的王孫爲王，有了形式上的王室，再由項羽以下諸將軍主持軍事大計；如今事過境遷，秦朝已經瓦解，自然也就沒有必要保留楚王的虛設地位，更何況這些戰果和功動，無一不是項羽苦心奮鬥的結果，因此，項羽有意改變對待楚王的態度。

——義帝。

項羽靈機一動，突然想到改以「義帝」稱楚王。「義」之意，指的就是秉持正義。惟有如此，才能爭取大多數楚人的認同，亦即達到「衆所尊戴曰義」的目的。

就此而言，「義帝」這一命名是非常微妙的。若將義帝之稱與始皇帝對照，依舊可以保持帝王之稱，實爲天下第一人。

除了變更懷王的稱號之外，另一個項羽傷透腦筋的對象就是劉邦了。

「但不知亞父對於處置劉邦的建議爲何？」

當項羽這般詢問時，范增立即有所建議，並且深獲項羽的認同。這項安排，決定了劉邦未來的命運。

結果，劉邦得到巴蜀和漢中等地，同時受封爲王。該地當時仍屬偏僻之鄉。對項羽來說，那裡只不過是位處西南山脈的叢林地帶，不僅文化十分落後，即連對外交通路線也鮮爲人知。對於中原人士來說，西南蠻地好比就是另外一個世界。

巴、蜀、漢中，都是地域的通稱。

「巴」的古字是從象形字而來，狀似「虫」字。自古以來，中原人士便以「巴」稱呼原始叢林般的西南僻地，另有稱呼「蜀」地者，也有「虫」字置於其間。後人則以「巴」指今四川省重慶一帶，「蜀」指成都一帶，通稱四川省為巴蜀之地。及至今日，仍有許多少數民族居住其間。漢中（簡稱漢）原本也是一處極偏僻的地帶，腹地相當今陝西省南鄭附近，有別於巴蜀的範圍，不但距離關中甚遠，而且途中道路多險阻，言語亦多隔閡。

總之，雖然劉邦得以受封赴漢中為王，但實際上有如發派邊疆。

「巴蜀、漢中究竟是什麼樣的地方？」

當項羽如此問道，范增便笑著說，不管傳說如何，相信劉邦若要帶兵前去，必然有大半數的人會在途中逃走。

「士兵會率先逃走!?」項羽不由大笑起來。想到士兵紛紛逃亡、使得劉邦益形孤立的景況，更使項羽暢快無比：「照這麼看來，巴蜀等地眞是令人懼怕的地方囉！」

「早在秦朝時代，便將刑犯、罪人押送至此，即使再凶惡的人，聽到要被送往巴蜀、漢中，也會嚇得渾身發抖！」

「如此一來，劉邦勢必就不會再回來了？」項羽又問。

「他可能會死在異鄉吧！」

范增補充說。他一向主張必須殺死劉邦，以絕後患。為此，他才苦心設計封劉邦為漢中王，意思是要把他發派到人煙罕至的地方，使得劉邦永無東山再起的一天。

那麼，另一個重大的問題是：要把精華地帶的關中一地分封給誰呢？根據范增的看法，既然項羽有烹殺諫言者之事在先，一時之間恐難迅速取得當地的民心。不如先將關中三分，交由亡秦降將章邯及其舊部司馬欣、董翳先行管理，分封章邯爲雍王、司馬欣爲塞王、董翳爲翟王。范增堅持主張：

「關中的秦人自暫由秦人自行統治較佳。」

至此，論功行賞之事均已安排妥當。

問題重重的論功行賞

韓信知道這件事之後心想：「范增雖然是優秀的策士出身，但是對於國家大事的處置，也不過爾爾。」

若論政治上的謀略，韓信當然比不上范增。韓信之所以會有這種觀感，主要是透過火場中所救出的咸陽女子身上，得知關中秦人對項羽的觀感。

這名女子頗擅長烹飪，做事也很勤快，是一名討人喜歡的奴婢。

「羌！難爲你以富貴人家的身份，卻能幫我烹煮三餐。」

當韓信發出這樣的讚歎時，女子搖頭否認。她坦白表明自己並非富家小姐，而是僕役的女兒，她是在主人一家逃往咸陽途中過半數均遭殺害的情況下，為照顧重病的母親，這才留在屋內。遺憾的是，她的母親最後仍然在紛亂的掠奪中慘死，遺體就草草埋在庭院之中，而她為了安全起見，只好躲入炕中，直到被韓信發現為止。

「喔！原來你不過是一名奴婢，但是若論氣度和品德，卻是富家小姐也不能及的。」

韓信喃喃說道。

「咸陽眞不愧是秦朝的首都。」韓信心想，即連舊王都的奴婢階級，也有過人的膽識和勇氣：「我曾自詡為淮陰名士，沒想到舉止卻比不上王都的奴婢。」

從那天開始，韓信就要求羌與他同睡，單純地喜歡上這個貌似羌族、顴骨較高的女子。

韓信一直以為她是一名啞女，及至發現她只不過是話少了一些，也不再介意。而在知道關中土地已遭章邯等人三分之後，女子說：

「秦人會悲痛不已！」

隨後又喃喃表示這應該是不可能的事。

由於秦朝已完全解體，不久前才傳出項羽在新安（在今河南省）坑埋秦兵二十萬人之事，造成關中一地妻離子散的悲劇無數。短短兩個月間，秦兵幾乎全軍覆沒，只有章邯及其屬下司馬欣、董翳統領少數軍旅。如今這三人竟然登上關中王的地位，對於亡秦的遺民而言，備覺義憤塡膺，所有仇恨都要發洩在他們身上。

「眞恨不得吃他們的肉。」女子憤憤地說。隨後又激動的說道：「照這麼看，秦人仰慕沛公的信念必會更加堅定。」

儘管韓信來到咸陽尙未及一句，對於關中的人心向背並不淸楚，但是見到女子激憤的情緒，也爲之動容，心情頗感沉重。

「范增此舉難道是個錯誤!?」韓信反覆想到：「說不定過不了多久，劉邦又會回到關中。」

事實上，就范增的策略來說，將章邯等人置於關中的用意，就是爲了就近監視位處巴蜀、漢中的劉邦，防止劉邦可能採取的攻擊行動。再者，即使關中人心並不服從章邯的領導，但若劉邦襲擊而來，仍會抵擋一陣子。

項羽最後發布了論功行賞的名單。總計封了十八位王，其中當然包括項羽自己和劉邦在內。

他以王侯和官僚取代秦的法治主義及中央集權制，恢復戰國時代的封建體制。

根據項羽和范增新規劃的藍圖，爲了滿足一些反抗秦朝、揭竿而起的稱霸者，乃冊封他們爲王，總計稱王者爲西魏王、河南王、韓王、殷王、代王、常山王、九江王、衡山王、臨江王、遼東王、燕王、膠東王、齊王、濟北王等。

除了王位之外，項羽還封了衆多的侯。惟在這項論功行賞的背後，除了項王和關中三王之外，其他王侯都有或多或少的不滿。

項羽對於功績的評價標準過於單純，一些在背地裡組織流民或吸引流民的有功人員，幾乎都遭排除。依項羽之見，有功勳的人就是在戰場上出生入死的勇將，至於在後方和做幕僚者，則完全不屑一顧。

這些對象，當然包括義帝在內。

「義帝等人並無封地的必要。」

項羽隨口這麼說，他那耿直的脾氣根本不把義帝放在眼裡，更開門見山地指出：義帝從未對戰爭出過力氣，根本談不上封王的資格。直到范增婉轉地斥責他的不是，項羽才心有未甘地同意此事。

「已經沒有足夠領土可供分封了，若要依照亞父的指示，只好把義帝分配到南方之地。」

由此可見項羽也有寬大爲懷的一面，他是性情中人，具有赤子般的頑固和坦率；而在另一方面，他又是極其功利的，只管表面上的好處和壞處。

項羽遂將郴、吳等地分給義帝治理。郴地約爲今天的長沙以南數百里山地，屬於高山少數民族的雜居地，其中又以傜族人數最多，他們燒田耕種爲生，自成一個部落。另如劃地自居的苗族、通曉水稻耕作的侗族等，也居住其間。總而言之，郴、吳等地仍屬開發未深的蠻荒之地。

義帝在不得已的情況下，只好離開彭城，前往南蠻。

項羽想了一想，覺得義帝終究是個麻煩。

「不如殺了他吧！」

此計一出，項羽便派兵尾隨南下，在長江畔將他殺死。劉邦聞訊大爲震驚。劉邦刻正率領三萬大軍，前往矗立於西南方的一座險山。

背項羽，投劉邦

就在劉邦出發之前，韓信終於下定決心，未經項羽的同意便私自逃出。由於他在鴻門軍營之中充其量也只是一名小士，脫逃之舉並未引起注意。

「我已經看透了項羽！」

當韓信對他身邊的女子這麼說時，她的表情頓時浮現笑容。

韓信做出這項判斷的理由，並非預設項羽會敗在劉邦之手，而是看到項羽因坐擁天下，遂顯得自我膨脹，因此心生不滿。韓信自己也是頗有一番雄心，他固執地想著假使不能嶄露頭角，就此虛度一生，有何意義可言?於是，他不管項羽、范增或其他人做如何評論，索性放手一搏，出去闖蕩闖蕩。

「要去投靠漢王嗎?」女子問道。

漢中之地乃因漢水流經而聞名，當地多為漢人。對於新上任的劉邦，人們通稱為漢中王或漢王。該地也是舊秦時代放逐罪犯的地方，由於蠻地多未開發，無論韓信或劉邦、張良，均對該處抱持著野蠻、原始的印象。

但是韓信卻樂觀地以為:

「總有一天，劉邦一定會回到關中。」

韓信的理由是:自從項羽遠走彭城之後，關中只剩章邯等人留守，然而關中人民並未心悅誠服，倘使劉邦重新叩關，必能獲得民心的支持，有了這項助力，打敗章邯便輕而易舉。韓信堅定地以為:只要劉邦仍然保持著重返關中的企圖心，終有回到中原的一天，與楚軍的對抗也就為期不遠了。

「照目前的情勢來看，劉邦的勢力很小，項羽的勢力卻日益坐大。其次，劉邦非常膽怯，對打仗的事也全無概念。假若漢、楚持續作戰下去，恐怕劉邦也沒勝算，不過情況卻不致於更糟才是。」

韓信對劉邦頗具信心，因此他想到：自己若能襄助劉邦，說不定能扭轉局勢。

相對於韓信奮不顧身的舉動，許多正要前往巴蜀、漢中的漢軍，卻嚇得半途而逃。然而，韓信的意志並未因此改變，他透過同鄉的引薦，終於拜見了一位重要的高級人士，他就是蕭何。

「喔!?我只能見到蕭何。」

韓信話中透露出幾分失望。雖說蕭何也是軍隊中的高層人士，總攬漢軍的軍務、補給、行政業務等，但他畢竟只是一名文官，一旦收編其中，以後只有當文官的份兒！

就在翌日夜宿軍營之前，韓信會見了蕭何。此時漢軍全體露宿於關中的西南原野上，時值寒冬將盡、初春將至，乍暖還寒，遠眺漠北的星空，彷彿無數的寶鑽一般，閃閃發光，而黃土上奔竄的冷風仍凍得人發抖。

蕭何的軍營是借用黃土窰洞的兩處民宅，四周的房舍也住進不少士兵，大都是軍夫，放眼望去，原野上盡是井然有序、裝滿糧秣的推車，令人立刻聯想到指揮軍務的蕭何。

直到韓信走進營內，蕭何仍未停止他在燈光下削竹簡、提筆記事的動作。

「蕭何比起我想像的要老得多了！」

韓信在草蓆的另一端跪下膝來，觀察火光映照之處。韓信雖曾聽說，襄助劉邦建立勢力的幕後功臣即是蕭何，但在見過面之後，韓信感覺對方並無豪傑的泱泱氣概，與普通的縣衙官吏一般無二。

不久，只見蕭何舉著一把燭台站起來，走向韓信。他走路的步履極輕，動作顯得慢條斯理。

「我聽人說你是淮陰人。」

蕭何說話的聲音雖小，但卻簡潔有力，韓信不由得心頭一振，依此斷定對方是一個值得信賴的人。

接著，蕭何和韓信便如故友一般，天南地北的聊了起來，蕭何侃侃而談，有時言語極爲懇切，有時則以點頭或微笑做爲回答。倒是韓信一反平素的不苟多言，竟釋放心懷，言所欲言地傾洩而出。在他的話語中，多少帶著對項羽的不滿情緒。韓信頗自艾於未受重用，以致鬱悶難伸。

「哦！楚王原來是這樣的人。」蕭何內心想著。

這種情感的交流並非是僞裝的，從韓信的言語中，蕭何似乎看出了項羽的識見和器量的不足，但是聰明的他未做任何評判，只是耐心地傾聽著。直到最後，蕭何才問韓信爲何在離開項羽之後，卻來投靠劉邦，莫非是想充當千里使者，或是效命沙場，自此以後，揮戟在第一線上，成爲一名戰士。

然而，韓信卻一語驚人：

「我可以擔任指揮官，領導全軍攻城掠地。」

蕭何乍聽之下，覺得不可思議。他睜大眼睛看個仔細，心想韓信不過是項羽軍中的一名下級軍官，竟敢在初見面就坦陳自己可以操縱全軍，一時之間大感錯愕，不知如何回答。

為了避免當下的難堪，蕭何只好以頭痛的老毛病為由，說聲「對不起」之後，起身送客。最後又補充說：

「閣下的希望我自會轉告沛公，不過就目前狀況而言，仍得委屈一陣子！」

蕭何的話雖然模稜兩可，但言下之意是勸韓信稍安勿躁，韓信心知肚明，點頭同意，不過在他憂鬱如初的臉上，似乎道出了失望的心情。

「看樣子，我在漢軍也是沒有出頭的一天。」他想。

那一晚，韓信帶著扮成僕人模樣的羌沿路而行。依韓信的安排，是要把她送回親戚家，免得跟著他吃苦受罪，途中，韓信還把身上一切值錢的物品全數送給她——說不定以後再也沒有相見之日了。

「你不可能是一名奴婢吧⁉」韓信臨別時又問道。

在皎潔的月光下，羌的身子微微發抖。打從韓信見到羌的第一眼開始，就猜想她是那座富宅中的某位少奶奶，而非僅止於奴婢之身。從秦代到戰國時期之間，女子的貞德便受到極大的重視，甚至植入秦法之中，成為禮教的一部份。假使女子發生不貞的情節，得被判處死刑。儘管劉邦曾經一度廢棄秦的苛法，但是項羽不久又予以恢復，繼續執行。有些婦女恐遭不貞的罪名，索性在戰亂期間自戕而死，以免擔當不恥之罪。

「你丈夫拋下了你，卻逃往何處？」

「不，逃往他處的是我的舅子，不是丈夫。」女子低聲答道。

「那你的丈夫呢？」

「他被章邯徵兵到關東（指函谷關以東的中原一帶）去了！」

「那麼，你知道他究竟在哪裡嗎？」

「在新安（在今河南省）吧！」

女子說完之後，向韓信下跪拜別。

蜀道難，難於上青天

沿著歐亞大陸屋脊——喜馬拉雅和崑崙兩大山脈向東，山勢雖然愈見緩和，但仍形成高峻的岷山山脈，繼續向東，到達陝西的秦嶺山脈和大巴山脈，這些都是崑崙山和喜馬拉雅山的餘脈。

劉邦與漢軍一行浩浩蕩蕩地通過關中盆地，攀越海拔三千多公尺的山脈，即將通過褒谷道和陳倉道兩條棧道。

「此即秦代的古棧道。」

眼見中原人士所說的棧道就在眼前，衆人莫不小心翼翼地行走著，這些棧道多爲穿鑿岩壁、再以圓木當做支柱架成，棧道以下就是深不可測的千丈深谷。由於路面較窄，只能容一人單獨通過，由此通往巴蜀和大巴山脈，道路越是險奇，後代大詩人李白所吟誦的「蜀道難，難於上青天」，就是對蜀棧道的最佳寫照。

由於道路既峻且險，漢軍行軍之苦自然不在話下。不但如此，舉凡食物或武器均得一一由軍夫揹負上山，他們沿著山路蜿蜒攀爬，一路上步步爲營，稍有不愼，下場很可能會像脚下的雲霧一般，飄落谷底而消失無蹤。接連數日的行軍下來，每天總有幾名士兵不愼失足而死，悲鳴的聲音也最爲淒厲。

除了失足落谷的事件頻傳所造成的恐慌之外，許多士兵還有一種自始即存的憂慮，他們大多來自黃河、淮河或長江流域的水源故鄉，對於高聳的山脈多少存有一種畏懼和陌生感。所以在繞行山路途中，不時感到心驚膽戰，甚至害怕得打退堂鼓，遲遲裹足不前。

經過一段時日後，逃亡的人數便明顯地增加，其中不乏士兵集體逃亡者。緊接著，連將軍脫逃的事件也發生了。於是，諸如將軍帶領數十、數百名士兵逃亡的情況也陸續傳出，直到抵達漢中盆地之際，漢軍死的死，逃的逃，人數已經銳減。

看到漢軍潰散的景象，對劉邦一向忠心耿耿的護衛樊噲也不禁喟歎道：

「我們之所以這麼賣命般地打仗，目的無非是要凱旋返回故鄉。如今卻被發派到偏僻的西南蠻地，與其生前再也看不到故鄉之水，不如一死了結吧！」

說著便哭泣起來。

相對於樊噲的悲憤，新近投靠的韓信卻不這麼悲觀，在他認爲，漢軍最悲慘的情況莫過如此，將來總有否極泰來的一天，唯一令他悶悶不樂的是蕭何只派遣他充當連敖營中的一名雜役，負責搬運的工作。一天夜裡，韓信終於按捺不住鬱悶的心情，和十幾個伙伴從軍營的行李中偷出酒和菜餚，大家圍坐一起，大吃大鬧起來，藉此抒發心中的不滿。

韓信及其同夥此舉已觸犯軍法，理當斬首示衆。而且，依當時的軍法規定，殺頭之罪得由劉邦親自執行。

「哦！那個人就是劉邦。」

當韓信被人五花大綁之際，這才初次見到劉邦。回想自己原本投靠劉邦，心存獲得重用的機會，不料時運不佳，非但壯志難伸，而且即將就死刑場。韓信只覺得萬念俱灰，索性把心一橫，就想一死了之。

正在生死交關之際，一個熟悉的身影突然出現在韓信眼前。

待韓信定睛一看，不錯，眼前的人正是夏侯嬰。如前所述，夏侯嬰是劉邦的車夫，因屢建奇功，深受劉邦的倚重。當劉邦受項羽之封登上王位時，劉邦便封給夏侯嬰一個爵位，賜名滕公，並封樊噲爲舞陽侯，藉以提高自己的權勢。夏侯嬰和樊噲對劉邦極爲忠心，即連行軍途中遇有不能駕車等特殊狀況，也會輪流背負劉邦。

此外，夏侯嬰也經常隨伺在劉邦身邊。

那一天，正當韓信等十餘人論罪問斬時，夏侯嬰剛好有事外出，等他辦完事回來，匆匆瞥見劉邦正在審查犯人，只見場之中已有十三人被斬，下一個赫然是舊識韓信，夏侯嬰乍見之下，心裡暗呼不妙：

「韓信可不是平常人咧！」

於是，夏侯嬰立刻湊到劉邦身邊，低聲說道：

「大王，難道你不想要天下了嗎？」

不折不扣的戰略狂想者

由於劉邦對夏侯嬰的意見十分重視，從他口中獲知韓信是一個不可多得的人才之後，連忙命令鬆綁，免除韓信的死罪。

不僅如此，劉邦還把韓信引至別室，向他討教戰略和戰術，即使對於不甚理解的看法，亦能頻頻出聲。爲了表達內心的感動，劉邦立即封韓信爲治粟都尉。這是專司管理軍伕和軍餉的官吏，相當於軍隊中的主管地位。但是韓信並不高興，反而覺得悲哀。

「與其如此，不如砍首算了！」

韓信事後對同儕連敖這麼說道。但是連敖並不以爲意，他認爲韓信不過是個狂妄的人，也就縱聲大笑，心裡暗想道：像韓信這樣的人也想飛黃騰達，簡直是癡人說夢。

即連其他的人，也將韓信視爲自以爲是的人。

在衆人的眼中，韓信似乎不在乎自己的生命，雖然他並非完全的出世主義者，也說不上是個厭世的人，但不管怎麼說，**韓信眞是個不折不扣的戰略狂想者，腦海想的、嘴裡說的無一不是戰爭和計謀，似乎急欲表現出他的戰略野心——一種以戰略取勝的自信心**。爲此，韓信更堅定地想要進行一場實際的戰爭——一場從頭到尾都能自行構思的大戰。

然而在行軍期間，韓信所擔任的治粟都尉一職，工作繁瑣而枯燥，任務即在於督促背負重物的軍夫走過棧道。每天一早，韓信便得召集軍夫，指派他們從事粗重的勞役工作，直到天黑之後才收工。由於受不了吃力的勞動，許多軍夫均趁夜偷偷攜帶糧食逃逸。

「我也很想逃走！」

韓信每天早上清點人數時，均做如此想。唯一值得欣慰的是，自從擔任這項工作以來，他和蕭何有較多相處的機會。

「眞想不透劉邦爲何要重用此人！」

韓信起初如是想，對於蕭何的印象覺得平淡無奇，與劉邦視蕭何爲萬事通的看法南轅北轍。劉邦對蕭何的信賴，好比孩童倚靠母親的照顧一般；蕭何平時所擔負的工作始終仍以後方補給爲主，對講究軍功的劉邦和漢軍來說，蕭何的地位毋寧是非常特殊的，因此，韓信對於劉邦的用心始終無法理解。

尤其是在劉邦獲得巴蜀、漢中等地，受封漢王之後，蕭何便被任命爲丞相，更是引來不少爭議。丞相乃是文官階級中的最高職位，任務包括負責分配補給和軍旅用品，或是派遣先頭部隊進入巴蜀、漢中等地，以便從事行政奠基的工作。

有一次，韓信率衆走過一段坡度極陡的道路上，只見深不可測的谷底就在腳下，一個不留神，便可能人連行李墜落狹谷，一命嗚呼！這時，適逢蕭何已從後面追上，只見他裝束輕便，隨身帶些乾糧，前後則有兩名侍衛跟隨，等他走到韓信身邊，便向韓信拍肩道：

「韓兄弟，無論你是不是個天才，眼前你所遭遇的事情才是眞正的戰爭啊！」

說完這些話，蕭何大笑一聲，便輕快地向前走去。他的身體彷若輕盈的燕子一般，迅速飛奔而去。

這就是蕭何對韓信若有似無的關懷表現。

蕭何其實早就看出韓信是個不可多得的軍事奇才，於是，他又藉機向劉邦獻計，建議將韓信由治粟都尉調升爲隊長一職，地位遠比前者來得重要。因爲在戰爭期間，補給永遠是最基礎的工作，若非具備良好的軍事將才的人，勢必無法勝任。正因蕭何深悉此理，遂特地拔擢韓信。

蕭何接連的舉動，把劉邦弄得丈二金剛摸不著頭腦，但他本來就信任蕭何的爲人，因此便無異議。加上在行軍途中，險阻危難甚多，劉邦只是一逕地絕望。他似乎又恢復了原本好逸惡勞的習性，沒好氣地說道：

「我不行了！」

劉邦數度抱怨著說，甚至還自暴自棄地表示，索性回關中聽任項羽的指揮便是。蕭何聽到這番話，就對張良眨眨眼，蕭何淸楚地知道：除了張良之外，再沒有人可說服劉邦了。

「大王啊！眼前的狀況只不過是個小局面而已！」

衝著這話，劉邦的生氣似乎回復了不少。

在長征途中，劉邦受惠於張良的幫助頗多。張良一心想把劉邦護送到漢中之後再折返他地。

自從韓王成受封一小塊舊韓的土地以來，已暫定陽翟（今河南省禹縣）爲都，儼然形成一個小國家，張良因此極欲歸返陽翟與鄉親父老團聚。

蕭何逃走了！

就在即將抵達漢中盆地前數日的一個早晨，劉邦例行坐在高處校閱軍隊，猛地發現隊伍已經零落不堪，根據調查察知：這些陣營的空缺都是軍隊逃亡所致，甚至還有將領逃逸之事發生。

「這是怎麼回事呢？」劉邦俯首、搖頭。

沛縣同鄉的周勃、夏侯嬰、自小一起玩大的盧綰、以及歷任獄吏的曹參等正奉命清點人數，點著點著，竟然發現一件令人不可思議的事。

——蕭何逃走了！

消息爆發之後，劉邦只覺眼前一片漆黑，原本他的危機意識就不夠強烈，無法事先掌握精確的訊息，如今乍聞此事，猶如晴天霹靂，只有發呆的份。

劉邦的嘴唇微動，似乎在問：「這是眞的嗎？」爲了趕往漢中等地，他已疲憊不堪，尤其想到以後很可能老死該地，再也別想回到中原，內心更是悲歎！偶因心事過重，便食不下嚥，鬧起腹瀉來。

劉邦左思右想，突然醒悟到這正是衆人共同的想法，難怪蕭何等人會想到逃走一途。

「儘管如此，這種不告而別的方式仍然教我深惡痛絕！」

劉邦思及蕭何的作爲實在不近情理，不由得咬牙切齒地暗罵道。

「來人啊！把蕭何給我抓回來！」

劉邦大步走出軍營，揮舞雙手大聲叫道。在這個時候，就算蕭何曾經立下多大的汗馬功勞，也一併遭到劉邦的抹殺；但是在另一方面，蕭何對於整頓軍容的貢獻亦多得不勝枚舉，若是缺少這位助手，劉邦內心的戰敗陰影也會加深一層。

奇怪的是，不多久蕭何卻自行回來了。劉邦又喜又怒，幾乎完全失態。只聽到蕭何似乎在安慰劉邦說：

「我絕不是想逃逸，而是去追回一個人。」

劉邦起疑，問他究竟是去追誰？

「是韓信。」

當蕭何說出這個名字時，劉邦只覺得一頭霧水，他屈指數了數，計算出共有十多位將軍逃走，但是蕭何非但沒有去追他們，反而只去尋找隊長韓信，簡直有點好笑，莫非其中另有隱情？

「大王！」蕭何請劉邦先行坐定，接著說：「那些將軍逃走不足惜，但是韓信不同，**除非大王只想死守巴蜀、漢中一帶，不再向外擴充，倘若大王仍想回到中原，與強楚相抗衡，絕對有爭**

取韓信的必要。」

劉邦聽了，這才恢復鎮定問：

「韓信果眞是個不可多得的人才嗎？」

「那當然，只是……」蕭何停頓一下，接著說：「大王對韓信全然缺乏了解，爲今之計，最好趕快重用他，以免他再度逃走。」

「嗯！」劉邦的表情仍然半信半疑，依他之見，諸如韓信這一類的人實在不值得拔擢。於是，他想了一會兒才說：「既是如此，我就看在您的面子上，姑且封他爲將軍吧！」

「倘若他與其他將軍一般無二，難保他不會再離開。」

蕭何的口吻充滿自信和期待，彷彿對韓信的才能深具把握。劉邦聽了只好牽就地說：

「就封他爲大將軍吧！」

所謂大將軍，指的就是將軍的統帥。

「幸甚——」

直到這一刻，蕭何才如釋重負地感謝道。劉邦隨即拍手叫來連敖，吩咐他去告知大家，韓信已經升任爲大將軍的消息。

「萬萬不可如此草率。」

蕭何連忙阻止，同時婉言勸說劉邦，如果以爲只要大家改口，便是對人事命令的同意和實行，勢必無法收服人心。換句話說，假使劉邦並未對韓信當面延攬，誠意仍是不足。

「懇請大王先行齋戒沐浴，選擇適當的場地，擺設壇台，然後命令文武諸官出席做證，以此方法正式延聘韓信爲大將軍。」

經過蕭何的再三要求，劉邦終於照單全收，針對冊封韓信爲大將軍一事，舉行隆重的儀式。

15. 霸王臨城驚破膽

劉邦自成軍以來，從不知道軍隊竟能潰散至此。在僅約三萬名項羽軍的閃電攻擊下，不久前才自誇自耀的五、六十萬大軍，卻似遇風吹襲的塵沙一般，消失得無影無蹤。

韓信的爲人，很難從外觀看出來。

就拿當時有名的軍事專家龍且來說，起初也小看了韓信，直到晚年與韓信在戰場上分出高低之後，才甘拜下風。

「哦！韓信當了將領。」龍且最初聽到這個情報，只是輕蔑地付之一笑：「這個人我淸楚得很，他不過是個隨和的人罷了！成不了大器的。」

龍且所指的「個性隨和」，說穿了就是「愛好和平」，這類型的人在戰場上往往只知求和，而不願奮戰。龍且曾經聽說過「韓信是名懦夫」的傳聞，尤其是韓信怕死，一遇險難便立刻逃命；相對的，楚軍出身的龍且，自始至終效忠項羽，而且官拜將軍，對於曾在項羽軍隊中一名藉藉無名的小兵韓信，雖然認識但卻從不看在眼裡。關於坊間對韓信的傳言，龍且也深信不疑，對韓信有根深蒂固的渺視感，直到後來在彭城大敗於韓信，他才恍然大悟，可惜後悔也來不及了。

對傑出的軍事家來說，軍事才能的養成，光靠教育和訓練是不夠的，有時候，才能的表現純屬偶然的機遇。軍事才能是一種特殊的技能，究竟寄屬在什麼樣的人身上，即如龍且過去與韓信有過一段初識，亦無從得知。

從浪蕩子到大將軍

韓信擺脫過去被人瞧不起的自卑感，風風光光地高居受封儀式的壇台上。

典禮開始，劉邦依照禮儀，大聲宣布任命韓信爲漢軍的大將，儀式中共有數萬名士兵列隊參加。直到這個時刻，台下的士兵對於韓信的名字仍然感到陌生，並不相信壇上的韓信有什麼本事，足以成爲日後的名將。惟有蕭何的眼神始終專注、誠懇，深信眼前的韓將軍天賦異稟，是不可多得的將才。

蕭何終其一生，不曾刻意擺出盛氣凌人的架勢，極力避免惹眼的行動，更遑論吹噓自己的功績，在他的觀念裡，一直遵守著自己是劉邦幕僚的原則，恪盡職責。但是**就他能從韓信身上找出將才的特質而加以拔擢這點來看，可知蕭何的眼光並非尋常**。

劉邦聽從蕭何的建議，任命韓信爲大將軍，在冊封典禮上，劉邦充其量只是地位最高的主事者，他對蕭何爲何提拔韓信爲將之事，仍不甚了解。

儀式結束之後，劉邦設宴款待韓信及諸將軍。在場坐陪的有話語較少的蕭何和個性沉默寡言的夏侯嬰。

前面提過，戰國時期的社會已經建立起講究個人尊嚴的風尚，直到後來才日漸式微。不過關於個人尊嚴的養成，僅限於士的階層。只要本人有此自覺，即可以士人自居，毋需特別的標榜。而在劉邦的時代，社會上仍留存著戰國時期的遺風，因此，就在劉邦當上漢王之後，雖然任命韓信爲大將，但卻不能以對待屬下的方式驅使，而要待之以禮，讓韓信保有一種「士」的獨立人格及自尊心。

在敬重士的年代裡，即連對禮數一無所知的劉邦，仍得不免俗地對於屬下有所禮遇。

「韓將軍！」

劉邦表現出一種對韓信萬分敬重的求教姿態。但是在劉邦的內心，若非蕭何嘮叨不休地大力推薦，他實在看不出韓信是個將才，對韓信也不具有什麼認識，他懷疑韓信眞能貢獻什麼力量？

韓信也世故地點頭回禮。首先對任命自己爲將軍的漢王致上謝意。

接下來是雙方的對談。在當時，應對的修辭是非常講究的，韓信自由地抒發自己的一番見解。此番對白又與後代儒教發達、講求君臣上下對待的質問方式不同，相對於此，韓信和劉邦的交談顯得輕鬆自在得多。

「依大王之見，不多久就會發兵東來，與您發生戰爭的對手是誰呢？」

「是項羽吧！」

劉邦痛苦地回答。劉邦的回答顯得有點力不從心。照情勢來看，項羽才是天下的擁有者，劉邦充其量只能算是占據一小塊地方的軍閥而已！若說兩人要爭奪天下，傳到項羽耳裡，一定教他大笑不止！

韓信點頭稱是。不久，他那突兀的前額下方的雙眼，忽地爲之一亮，似乎若有所思。

「此人的眼光竟是這般銳利！」

不僅劉邦心中如是想，連一向與韓信親近的蕭何也發覺到了。韓信眼中所發出的銳利光芒，不是令人驚駭的那種，而是宛如透澈的深淵一般，深不可測，使人不禁要探知韓信在想些什麼。

至於韓信自己，早已處於沉思靜想、渾然忘我的境界。

對於敵手的畏懼、熟慮、客套、體貼、感情或尊敬之類的情感因素或行動，對韓信而言，早已消失了。**正因如此，韓信經常只以理性而冷酷的方式看待戰場上的敵人，絲毫不留情面，連帶將人類原有的感情也全部拋開，但意志力卻隨之提昇。**

項羽：匹夫與婦人的混合體

「大王！如果我把大王和項王的個人特質做一比較，項羽可得稱上『仁強』。我眞覺得您該更勇悍一些，排除掉優柔的情感。」

針對勇悍和優柔這兩種特質來衡量，不難發現，所謂勇悍其實指的是積極和勇敢，具體來說就是戰場上的凶猛或殺氣。所謂仁強則指比仁義更偉大的倫理感情，不但平素對屬下溫和體恤，在戰場上也有一念之仁。

勇悍和優柔看似矛盾，但卻可能同時出現在一個人身上，即令這兩種情感的結合往往只是理想，但在當時確是對王者有所評價的基本條件。

只不過韓信的質問方式未免太無禮了！連蕭何也有意加以阻止而站起身來，惟有劉邦可能被韓信異樣的眼光所懾服，於是在內心開始認眞思考著，不自覺地說道：

「我眞的比不上項羽嗎？」

韓信連忙點頭道：

「是的，我正是這麼認爲。」

接著又說：

「就我曾經入仕於項羽的經驗來看，對他的勇猛慓悍已有所聞。項羽這個人，一旦發起脾氣、怒罵別人時，即使上千名的勇士也是奈他莫何，無人敢抬頭正視。不過，話又說回來，儘管他如此強悍，卻從未拔擢勇敢善戰的人當將軍，所以，他的勇悍並非眞正的勇敢、強悍，說穿了只是匹夫之勇罷了！」

「……」

劉邦聽了雖然無言以對，心裡卻著實地鬆了一口氣，猶記在鴻門宴席上，他曾領教過項羽的盛怒相待，嚇得毫無招架之力，至今餘悸猶存！不可思議的是，韓信竟把項羽的勇悍比喻爲匹夫之勇。

「是嗎？這只能算是匹夫之勇嗎？」劉邦好似得到解脫一般，脫口問道。接著又說：「那麼，項羽的仁強又是如何解釋呢？」

「項羽個性中的仁強特質實在非常微妙，若非和他共事過，很難有所了解。大致上說，項羽具有一種擅於表現出對外人嚴苛、對部下溫和兩種截然不同的態度。由於士兵大多來自他鄉，離家背井在戰場上賣命，長久下來，生活自然是苦多樂少。他們對於在上位者的仁者之風十分仰慕與渴望，一旦發覺項王的言語如此溫和、體恤，內心的感動，便如歷經寒冬的蟲獸終於重得春陽的照拂一般。每個士兵都會義不容辭地爲項王效命沙場，其中尤以楚人最重感情。」

「項羽對待屬下的將軍也是如此嗎？」

「沒多大差別，每當某位將軍生病時，項羽就會站在病牀邊流著淚，並且把自己的食物分給病人食用。」

「喔！原來如此。」

本來劉邦只對項羽的勇悍略有所聞，除此之外，僅有的印象就是項羽坑殺數十萬降兵之事，想必在他盛怒、暴躁之際，只會斥責和處罰部下，卻萬萬沒想到，這個奇男子也有至情至性的一面。就拿項羽看到生病的部屬就會悲傷流淚這件事來說吧！劉邦可是從未有過這般深切的情懷。值得一提的是，項羽對人的感情是有親疏之分的，在他眼裡如非朋友，就是敵人，沒有似敵若友的情況在內。**他對敵人憎惡到底，也對朋友摯愛至終，一切行徑均依愛恨來做決定，搖擺不定的曖昧之情幾乎完全不存在。**

反觀劉邦本人，每當回顧自己的性情時，除了「平凡」二字之外，再也找不到任何詞彙來形容。對敵視或背叛過自己的人，劉邦從不極端地加以憎恨，但是對於所屬部將亦未曾刻意表示關懷或體恤。

「我只能稱得上是個無聊的男子吧！」

劉邦自己不免也覺得好笑。韓信的雙眼似乎看透了劉邦的心事，說：

「大王懂了嗎？」

只見劉邦一臉認眞地答道：

「我懂，看來我終究比不上項羽。」

直到此時，韓信對劉邦卻油然而生一種知遇之恩，他心裡暗想：「倘若換成是項羽，上述的話語不被怪罪才怪呢！」

韓信天生就缺乏對人情世故的敏銳感，此與張良迥然不同，在他的眼中，已將劉邦視為易於溝通的大好人，既是如此，他對劉邦的觀感也就單純地這樣認定著，對於劉邦的賞識和謙卑也就充滿感激。

「然而，項王是否具備長者的仁強呢？」

韓信答道：

「他乃婦人之仁罷了！」

聽韓信這麼一說，劉邦不禁大吃一驚，蕭何和夏侯嬰見狀，連忙補充說道：

「項王雖然愛護所屬的將軍，但以論功行賞這件事來說，卻又顯得猶豫不決、吝於施恩、褒己損人；他還有極重的權力慾，平日都將王室的印章隨身攜帶，不斷玩弄，直到損壞為止。就算他具有仁者的風範，卻過份珍視自己的權勢，這種行徑只能算是婦人之仁。」

「我倒不至於像他這樣！」劉邦心想。

「所以說，項王的強悍，到後來恐怕還是不堪一擊。」

「這麼說，項羽是外強中乾的囉！」劉邦宛如獲勝般歡呼道。

「並不盡然。」

「將軍剛才說的不就是這個意思嗎？」

「我認爲要看對象而定！」

「你說的對象是指誰呢？」

「就是大王啊！」

「大王！」韓信又說：「**您只消儘量做出和項王作風截然不同的事情，一經發覺武功精湛的人，立刻加以任用，並且不吝分封城堡和土地給他；如此一來，想必項王原有的強悍也會消弭於無形**。」

劉邦：不是大布袋就是糞土

此外，韓信又振振有辭地指出項羽曾犯下四項錯誤：首先，他不惜拋棄關中的沃野和要塞，逃到遙遠的東方，改以彭城（今徐州）爲根據地；其次，對於較感生疏的屬下，即使對方曾立下戰功，也不給予應得的冊封，因此，許多新封的王侯對項羽都畏懼大於崇敬；第三，他在作戰期間，曾經極盡虐殺暴行之能事，大失人心，韓信等人便因而出走；最後一點是，項羽放逐義帝於江南，視其如同罪犯一般（在此期間，義帝遭項羽殺害的消息尚未傳來）。

「所以說啊！大王！」韓信接著又說：「您的屬下雖然跟隨來到眼前的窮鄉僻壤，但是內心莫不強烈地懷念東方的故鄉。與其這樣痛苦下去，不如趕緊宣稱要率領大家聲討項羽，舉起進攻關中的大旗，想必士兵聽了一定大感振奮，對於眼前形勢的不滿，也會旋即沖淡，轉而投靠在大王身邊，追隨您的領導。」

韓信並且一再提及：首先要攻下秦的故地（關中），同時指出關中人心已悖離新王章邯的事實，以此預言關中之戰必勝，然後又陳述如何進攻關中的作戰計劃。

劉邦或正襟危坐，或屈膝而坐，雖然韓信的塊頭不小，但仍比不上劉邦。尤其是劉邦的上半身粗壯無比，隨著身子搖搖擺擺，動作十分逗趣。他的臉頰下方已被濃黑的鬍子遮住，令人很難從外貌上看出是賢是愚，溼潤的嘴角則在鬍子堆裡時隱時沒。他的雙眸看起來一點也不聰明，厚實的嘴唇看似充滿貪婪。無怪乎韓信曾經不安地以爲：

「這個男子果能成爲天下的共主嗎？」

劉邦只有微笑的時候看起來比較可愛。

他的可愛處在於：不同於美男子或小孩子，或許稱得上是個可愛的傻瓜。劉邦經常表現出一種天眞、散漫的氣息，碰到某些事情也會以爲事不關己，好比把自己放入一個大袋子裡，使得袋子的形狀千奇百怪，至於這只袋子是否懂得思考，並不頂重要，最主要的是他具有較大的容量而已！

然而，**一旦這類型的人成爲棟樑之材，往往比起聰明人來得優秀，原因是雖然他的思考力可能有其局限，但卻有極大的度量可容納更多的智者於其中，更能充實自己的才能**。

「劉邦這個人，如果不是個大布袋，就是糞土一堆。」

韓信心中悄悄忖度著。他對劉邦的爲人感到十分好奇，因而做了上述的譬喻，劉邦聽了之後，覺得很欣慰，高興之餘，他敲打著身旁的小茶几，叫道：

「韓將軍，你我眞是相見恨晚啊！」

劉邦覺得韓信的話有助於更了解自己，不僅找到自我實現的新方向，也獲得從今而後展開新方針的動力。對於這方面，貴族出身的張良卻顯得過度遠慮。韓信原本就是個一無所有的老百姓，他的言語率直露骨，具有冷靜觀察事物及辨別是非的能力和習性。也由於出身相近之故，劉邦遂能透過韓信、而非張良的陳述，立即了解自己。

劉邦已經做成決定：日後將率領大家打回關中。但就目前情況來看，不宜對外做此宣布。

明修棧道，暗渡陳倉

時值初秋之際，山麓的白天雖灼熱得像炙石一般，但是一到夜晚，氣候又驟轉爲逼人的寒意，彷彿星空都要凍結成冰霜。

漢軍在前進漢中途中，故意切斷後路，燒毀棧道，顯示出不再返回關中的決心。利用這個手段，劉邦是要安撫坐鎮中原的項羽、以及受封關中的亡秦大將章邯。

「看樣子，劉邦一旦進入漢中之後，就有老死該地的打算，不會再回來了。」

章邯這樣地告訴大家。

即連秦末著名的常勝將軍章邯也以爲，漢中地屬僻遠，如今棧道又遭切斷，自然就是表示劉邦無法再回到關中。在當時，漢中與關中之間的高山險阻極多，乃是無人不知的事實。在高聳如天的斷崖處，只有用木架搭起的棧道可供行走，步行之際，還得小心翼翼地跨出一腳，待踏穩之後，再踏出另一腳，稍有疏失，可能就會葬身谷底，一命嗚呼。正所謂「如臨深淵，如履薄冰」，一點也馬虎不得。

然而**就在漢軍前進關中的路途上，爲了防止項羽大軍尾隨突擊的可能性，韓信力勸劉邦燒毀棧道，以絕後顧之憂。**

消息傳出，大家都相信：除非劉邦變成插翅的鳥兒，否則萬難走出漢中。

劉邦自此開始得到韓信的輔助甚多。

進入漢中後，韓信首先派人偷偷重修棧道，對劉邦軍而言，這當然是件前所未有的大工程。

「我們要舉兵東歸。」

他到工地鼓舞士兵，指示大衆趕緊伐木、背負木材攀爬到岩地，再穿鑿傾斜的大石柱，惟因工程危險性極高，有時遇到山崩地塌，壯丁因而殉難之事亦時有所聞。

由於工事困難重重，士兵難免會想：就算不能凱旋返回故鄉，也要平安地活在世間，眼前的狀況則得日以繼夜地工作。令人感動的是：韓信幾乎無時無刻出現在現場以激勵士氣，久而久之，人人都覺得韓信是一位懂得體恤士兵的將軍，尤其具備了身教的仁者風範。

經由這段工程期間的相處，士兵與韓信建立起深厚的情感，每個人的內心無不燃起與他一同凱旋返鄉的希望之火。

關中一地通稱爲秦。項羽已將該地順利加以三分，做爲三位亡秦大將章邯、司馬欣、董翳的封地，後人又名三秦。

三秦之中，章邯的封地包括秦舊都咸陽以西之地，並依項羽之意，定廢丘（今陝西省興平縣）爲都，該城位居咸陽以南，是一座鄉野市鎮。

章邯的版圖以西之地則爲寶雞。在過去，秦文公曾在這一帶狩獵，並且取得一顆珍貴的寶石。那顆寶石的表面有如流星閃爍發光，輕輕摩擦時還會發出公雞般的啼聲。文公覺得神奇不已，遂立祠加以供奉，祠名寶雞，一稱陳寶祠，後人以此定名該地爲寶雞。

在寶雞附近，還有一座在黃土層間穿鑿而成的官倉，做爲收藏官糧之用，名叫陳倉。當地有渭水流經，渭水源自西方的隴西，向東流經陳倉、咸陽等地，秦代向來便將咸陽城內的糧物貯藏於陳倉，直到章邯才轉而存入廢丘。

當章邯聽說漢軍已經在陳倉出現的消息時，並不相信。

「該不會是從天而降或鑽地而出的天兵地將吧！」

他怒斥傳報的消息純屬無稽。章邯怒罵屬下的事情傳出之後，部將都深以爲憂，因爲這並非章邯平日的作風。

早在秦朝末年，章邯便率領機動部隊，赴各地討伐民亂，當時的他極具色溫言和的大將之風，從來不會亂發脾氣，最近卻好像變成另一個人一般，表情冷漠可憎，時而獨自發笑，時而莫名動怒。

不過，章邯此次大發脾氣是可以理解的，因爲在漢軍偷襲之前，無論寶雞或陳倉的守軍，竟然無人察覺有異，可見全軍上下已經失去應有的警覺性。

關中三王一一陣亡

漢軍此次得以奇蹟般地潛入章邯的屬地，主要仍得力於韓信戰略的成功，原來韓信早已組成一支特遣隊，事先潛進寶雞附近，待與農民做好充份的溝通之後，再將農民全部拉攏到自己這一邊。

因此，在漢軍進入寶雞之前，並無任何農民去官府報案，加上農民對章邯的怨恨極深，對曾經占領關中、卻未掠奪任何一物的劉邦及其軍隊，充滿感激，遂轉而襄助劉邦，期待他的到來。**農民全站在劉邦這一邊，劉邦在此次戰爭之中，等於先取得了戰略上的成功——民心的向背，是勝敗的風向雞。此種戰略也被後代所沿用。**

接著，韓信的大軍便悄悄進入關中平原，像「空降」或「地冒」一般，迅速蔓延至整個平原，順利奪下寶雞和陳倉。

章邯立即出兵抵達陳倉，當地的農民卻把章邯的行經路線和動向通報韓信，韓信依此布陣，俘虜了不少秦兵，章邯大敗。氣急攻心的章邯，索性率兵西進，沒想到首戰又遭敗陣，只好退到好時（地名）一帶，再逃回廢丘。韓信一路追擊至此，又把附近的河川一一潰堤，施以水攻，使廢丘陷於孤立，令章邯束手無策。

叱咤一時的名將章邯，坐困愁城，終於引劍自殺。

在此期間，漢軍的機動部隊同時攻擊司馬欣於櫟陽，再圍董翳於高奴，然後一一加以殲滅。韓信的戰略勢如破竹，司馬欣和董翳猶如推倒的骨牌，士兵如洪水般四處逃逸。

關中民衆眼見秦將兵敗，興奮之餘，無不熱烈期盼劉邦早日到來。

由於連年欠收和飽受掠奪之苦，再加上項羽的一把火，秦都咸陽已經形同一片焦土，劉邦不得已，只有暫定司馬欣統率的所在地櫟陽爲都。櫟陽位於西安（又名長安）東北方的高地，是一座小城，此地仍留有司馬欣駐軍時期所建立的宮殿和府衙。

關中的父老都聚集在這個臨時的王都慶祝劉邦勝利歸來，並且紛紛請求他當關中王，劉邦在典禮中雖然一再予以婉拒，但是抵不過大家再三的懇求，只好接受。如今，這位由衆多百姓所推舉的王，亦即全民所愛戴的領袖終於誕生了。

另一方面，擅長民政管理的蕭何又忙碌異常了，他開始查核秦代治理民政的有關資料，逐一任用地方官吏，又從當地父老口中，探悉秦代推行民政的詳情。

像蕭何這類的民政專家，在中國古代是少見的。他的權限也比後代任何民政專家都來得大，正因蕭何不循私與守分際的作風，贏得上下的一致信任，劉邦更將一切政務交付蕭何負責，因爲劉邦知道，即使蕭何大權在握，也不會心存二心。

此時，劉邦創制了國號——漢。

定名「漢」的原因乃是沿用劉邦曾在漢中爲王。

「要把關中之地建設成爲漢朝的根據地，則應先立社稷。」

蕭何提出上述的建議，劉邦這才想到：以前不僅是王，甚至連諸侯都曾以領土的重要據點爲社稷。

「一旦建國，可能還有許多痲煩的事呢！」

劉邦一面擔心著，一面卻又興奮不已！

所謂「社」是指神祇，尤其是指國土的守護神，小社可設在村里，大社則必須建在國都或重要的城市。「稷」也是神，或稱五穀之神，原意和社相同，是國土富饒的象徵。在古代，土地和五穀的神祇經常受到天子和人民的膜拜，因而普設宗廟於各地，直到後來才漸趨式微。

順便一提的是，當時的里是以二十五戶或一聚落稱之。每一里並設有氏神的宗廟，宗廟以內附有其他建築物。至於王國本身的社稷則無其他建築。每一處社廟內，都有一個特別的空間來供奉神明。四周則爲蒼鬱的樹林，以及一間供祭祠用的貯物間，古代流傳一種風水之說，認爲社神可在此地承受天之陽氣(日光、風雨)、以及地之陰氣(霜、露)。

亡秦也有自始沿襲的社稷建築。不過，一旦新王朝建立，便會將舊朝社稷宗廟內的樹木悉數砍伐，亦即消滅其社稷。

劉邦當然不能免俗地設立新的社稷，但是並未廢除秦的舊社稷。而是在的社稷附近另外搭建起一座新社稷，讓原有的建築無法吸取天的陽氣，這也是對於舊王朝社稷的一種阻礙。劉邦還在秦社稷內的北側開了一扇小窗，令屋內的地陰之氣無法聚集，此種做法形同「滅亡」了舊社稷。

彷佛重回戰國時代

項羽曾經費心安排如何論功行賞，終歸失敗，他的聲望因此江河日下。

本來，項羽軍——或稱楚軍——是由一批各自稱王的首領所組成，然而在滅秦之後，項羽並未依照原有的部屬形態，妥善加以分封；相反地，他不顧衆人的反對，只以自己的喜好爲主，換句話說，若非項羽本人所欣賞或信任者，就不可能被冊封爲王。還有一些原本位居王位的人，卻被項羽強制降級，或是加以殺害，後者的下場如韓王便是。

因此，項羽的褒貶結果只帶來更多的混亂和叛變，這些舉動，不過表明了對項羽的表現大失所望。

原屬齊地的山東半島一帶，也被項羽分割爲數部份。戰國時代的齊，王室原爲田氏，後遭秦朝殲滅，直到秦末天下大亂時期，舊齊王族的後裔田儋才趁機自立，但不久又遭秦將章邯所殺。此時田氏遺族仍多，田榮和田橫各自以將軍自居，流亡國外。當田儋一死，田假即位，田榮遂率軍返國，一舉擊滅田假；田假倉皇出走，轉而要求項羽的保護，並受收容，事後，田榮又立田市爲王，自己則當上宰相。

對於當時的政治局勢，相信很少人能夠面面俱到的安置妥當，對大權獨握的項羽來說，更不可能，他首先想到的，便是將所有能夠區分的土地加以分開。

項羽十分厭惡掌握齊國政權的宰相田榮。他想：

「田榮這個罔顧恩義的傢伙，叔父項梁在定陶作戰時曾經數度向他求援，他卻始終不理不睬，這種行徑和置人於死地的做法沒兩樣！」

項羽一開始就無視於田氏的地位，更不願意加以封賞。當然，項羽也不承認齊王田市，以及田榮自封宰相的事實，只是將形式上的齊王貶爲膠東（山東半島前端屬地）的領主。而在衆多的田氏族人當中，惟獨有一個名叫田都的人，頗獲項羽的好感。

事情是這樣的：項羽在鉅鹿作戰期間，此人曾經帶著一支爲數極少的齊兵趕來支援，使得項羽大受感動，遂將這名藉藉無名的小人物，大幅提拔爲齊王。項羽說：

「齊人之中，只有田都曾經與我共赴戰場。」

除了田都之外，還有一個名叫田安的人，只因項羽聽說他曾在陣營之中擔任侍衛，與齊國保持聯絡，加上他爲人機伶，便將這位素未謀面的貴族後裔，一舉拔擢爲王，並將三分之一的齊地濟北一帶分封給他。

齊相田榮接獲消息之後大感憤怒，他不肯讓自己所擁戴的齊王田市前往新封地膠東，要留他在齊都臨淄繼續稱王。臨淄爲戰國時期的齊都，是一座重要的大城市，秦代亦定該地爲郡都，市況繁榮。

爲此，田榮立即起兵造反，他率軍攻打甫當上齊王的田都，田都敗走。然而舊王田市卻畏懼項羽的威勢，遂前往新的封地膠東，田榮聞之氣結，派兵將他殺害。田榮爲人狠毒無情，他在殺死同族的血泊中自立爲王，稱齊王。

比鄰的趙國，也在項羽論功行賞的同時引來一場混亂和殺伐，舊趙的功臣陳餘從項羽取得三縣的統治權，另一舊部張耳雖與陳餘反目，卻也獲得了舊趙的屬地，當上大王，稱號常山王。

陳餘對於張耳非常不滿，於是召集舊趙的軍隊發動討伐。首戰之役，陳餘擊敗張耳，張耳遠遁投靠劉邦，陳餘爲了鞏固自己的地位，彷彿從舊寶盒中挖寶般，尋到趙王歇的下落，尊稱他爲「趙王」，自己則居代理地位，成爲代王。

此等自立的舉動等於是反楚的表面化，齊、趙既已成立，遂連成一氣，同聲對抗項羽。

天下又回復到群雄相爭的時代了。

「不想被殺就不該背叛我！」

看在劉邦眼裡，沒有比齊和趙這兩個黃河以北的王國背叛項羽的消息，更令他興奮的了。

劉邦在此之前，十分畏懼項羽，打從進占關中以來，劉邦就無時無刻不是處在恐懼當中。

「我只不過是幸運地先進入關中，完全不敢存有背叛項王的意思。」

他不斷製造這一類的消息，傳入項羽耳中。

另外，軍師張良亦顯得戰戰兢兢，他忙碌依舊，一心只想護送劉邦回到漢中之後，便立即抽身折返中原，回到韓王成的身邊。此時，韓王成可說完全處於項羽的掌握之中，在項羽進行封王的時候，韓王曾經要求回到舊韓的國都所在地陽翟（今河南省禹縣），可是未獲同意。

「韓王成及其輔佐之臣張良，與劉邦的交情一向親近，倘若相互連結，不就對我造成威脅了嗎？」

類似的揣度一直存在項羽心中，因此，項羽表面上雖然答應下來，但卻派人加以監視，令韓王不敢越雷池一步，更遑論前往該國王都。

對張良而言，受項羽軟禁的韓王已經失去自主權，尤其是在張良有事求見韓王的時候，便得前往楚軍的陣營，有時更會受到項羽的盤問，而張良也會藉機說明：

「劉邦絕對沒有走出函谷關，覬覦大王版圖的意思！」

然後，一而再、再而三地述說劉邦絕無二心的本意，設法讓項羽信以爲眞。**就謀略而言，張良這項舉動並不等於騙術，而是利用項羽自以爲是、藐視他人的居心，所設下的圈套。他又故作好心地提醒項羽，眼前各地的戰亂不斷，理應趕緊出兵平定，才是當務之急。**

項羽對於鎭壓內亂之事自信滿滿。然而這份自信只有項羽一人有，其他的將卒都知道：由於大家的凝聚力不夠，打起戰來都是孤軍奮鬥較多，無法持久。

「是必須攻打齊地的時候了！」

項羽下定這個決定之後，就把大軍交給部將蕭公角，由他帶著足夠的軍糧出兵北征。

此時，齊地乃由田榮所統治。輔佐田榮的，則是一個名叫彭越的老臣，他的幹練和野心和田榮不相上下。

「我和彭越氣味相投。」

據說憑著這句話，齊國一地的群盜都對田榮敬畏有加，不敢稍有違逆。

彭越爲山陽昌邑（今山東省金鄉縣）人，本爲盜賊出身，他趁秦末天下大亂之際，努力擴展勢力，等到項羽進入關中時，手下部衆已達萬餘人，勢力不可小覷。彭越天性倔強頑固，不喜聽命於他人，時値亂世之際，他爲求自保，凡事盡量保持中立，雖與項羽亦有一脈相通之氣，但卻不刻意親近。

當齊的田榮表明背叛項羽時，彭越立即協助田氏，使他當上大將軍，但是這並不表示他將效命田榮，而是爲了和田榮相處得融洽一點罷了。至於說他是因厭惡項羽而出此策略，則也不盡然。彭越始終求立於不敗之地，甚至野心勃勃期望自己能當上天下的共主。

彭越顯然是精悍無比的，只是爲人粗俗些罷了！對劉邦這個人，彭越覺得他有雅量、富幽默感、人緣頗佳，所以也就百般地拉攏他。

由於彭越兵力較強，兩軍一交戰，蕭公角慘敗。消息傳回，項羽大感不悅，雪上加霜的是，劉邦在關中稱王的消息也接著傳來。

「不如先殺了劉邦！」

項羽一時興起這個念頭，但是不久又改變心意，覺得劉邦隨時可殺，眼前最急迫的還是派兵北征齊國。

推算起來，項羽從拋棄關中、轉向進占楚都彭城（今江蘇省徐州市）休養生息，為期僅約半年。當項羽的大軍進行北伐之際，時令已近深秋，一批批聲勢浩大的人馬把秋天的山野點綴得五彩繽紛，滿山遍野只見紅、藍兩色的旌旗隨風飄舞，堪稱天下第一的楚軍，無論旗幟或軍服，都顯得極為搶眼。而在項羽親自點閱的時刻，全軍更像充滿電流般，舞動得更加生動、活潑。

這支北伐的隊伍驃悍異常，大軍所至，彭越及其部屬莫不聞風逃竄，楚軍勢如破竹，順利殲滅了齊軍，最後只剩下田榮一人驚慌逃逸，並在途中誤入賊手而慘遭殺害。

「現在，天下人該知道我的厲害了吧！」

項羽轉戰齊地時，一再自豪地說道。他對自己的部屬會發揮高度的體恤之心；相反地，對於那些和自己兵戎相見的人，則會殘酷地對待。在項羽的觀念中，非但是田榮，即連齊地的所有軍隊和子民都有背叛之心，當然罪該萬死。於是他下達殺無赦的命令，燒毀各地的村落和民宅，並且抓到不少壯丁和農民，一一加以活埋，再度施展他坑殺人命的伎倆。

「如果不想被殺，就不該背叛我。」

這是項羽統御術之中的鐵律，只要有人背叛他，就會招來殺身之禍。基於這個教訓，日後有許多聚衆達萬人以上的軍隊，也不敢表露出背叛項羽的意圖。

項羽召回一度被田榮趕走的齊王田假，讓他重新登基爲王，治理齊地；惟因齊人大多不願臣服，到處展開叛變，使得齊地的局勢益加混亂，處理起來也就更棘手了。

劉邦重登爭霸舞台

另一方面，居關中的劉邦聽說項羽要親自北征齊國，認爲這是突擊的好機會。

劉邦從張良那兒得知項羽北征的消息之後，認爲機不可失，便積極部署；而項羽在出發之前，爲了提防韓王成可能採取的軍事行動，索性又將他害死。張良得知事已至此，只有逃回劉邦身邊。

「我對此事覺得十分遺憾！」

對於韓王成的慘死，劉邦不禁陷入一陣沉思之中。其中除了對韓王成的哀悼之外，更不免爲長年進行復興韓國計劃而不輟的張良感到悲哀。就這點而言，出身農民的劉邦神情至爲眞摯。

張良自此之後便成爲劉邦名實相副的部屬。劉邦封張良爲成信侯。

「要採取東進嗎？」張良提及攻打項羽的時候到了。

「是的。」劉邦鬥志高昂地答道。

劉邦便尊奉張良爲首要謀臣，並立韓信爲全軍總指揮，擔任後方補給工作的，當然是蕭何。在中國歷史上，這群翹楚的組合幾乎是罕見的。

時爲公元前二〇六～前二〇五年，西方的羅馬正值進入高度文明的時期，各項成果十分輝煌，但在地球另一端，亦即劉邦所在的中國大陸，不約而同的也誇耀著異於前者的文明，可見人類對文明的詮釋雖有不同，但卻都能不斷地締造。

當時，劉邦所處的中國社會是徹底的農業形態，只要控制水源，便能掌握住整個水源所能及的地區，這點和希臘、羅馬不同；比如項羽想把視爲眼中釘的義帝放逐到南方的蠻地時，派使者對他說：

「據說古代帝王的領土若達千里以上，就會定都於河川的上游地區，照這樣看來，只有郴地是上游區，最適合您了！」

項羽特別囑咐使者強調上游區之事，理由即在於若能控制河川上游，下游的農民便會因而受限，失去掌握水資源的能力，倘若田園不幸枯竭，當地的人民就會餓死。

在中國，舉凡旱田雜糧作物、水田稻作、草原遊牧、河川和沿海的漁業、以及山中冶金等，無一不是古代技術集團流入雜居、相互影響的結果，遂在公元前時代形成高度的文明。但不論如何，仍維持著灌溉農業社會的架構，因此每個農民都無法獨立生活，其獨立性亦不被尊重，所以無法成立像希臘、羅馬文明的社會結構。這並不意味著中國文明的進步較爲遲緩，只是社會生產形態的不同罷了！

此一現象也意味著灌溉農業社會的形成是需要時間的，在此社會中，一定面積的土地可供養比希臘、羅馬社會更多的人口。但因人口密度愈來愈高，遂使個人的特質無形中消失掉，此與希臘、羅馬社會強調個人主義的方式迥然不同。另一方面，農業社會特別講究祭典，儀式中不強調科學，而注重感恩，至於數十年或數百年就會出現一次的改朝換代，也是當地對政治改革的一項特徵。

劉邦及其軍隊正處於這樣的條件和狀況下。

當他們從漢中窮鄉僻壤的地區返回中原時，首先停留在關中平原，爲期約僅三個月。劉邦的一部份軍隊以機動隊的名義先行出發，離開武關，繞道南方，來到一處低窪地帶，隨後再轉往南陽（在今河南省）。

收服烈性男子王陵

南陽是從前劉邦進擊關中之地，如今卻意外地成爲採取迂迴南進的通路。統治這一地帶的人正是王陵。

王陵是劉邦的同鄉，爲沛縣人。當劉邦還是無所事事的年紀時，王陵已是小有名氣的地方角頭，就地位來說，稱得上是劉邦的長輩。王陵本人也把劉邦視爲小嘍囉般，而當劉邦的勢力不斷擴增時，自然也引起王陵心中不快。

「那傢伙——」

王陵經常這麼稱呼劉邦，頗不甘心自己居於對方的下風。王陵的勢力雖不算小，但總比不上項羽，他卻也不願意臣屬於項羽。對於王陵，劉邦顯得非常卑微，他經常派遣使者前往問候，直到王陵態度軟化爲止。

當劉邦把南陽附近的勢力團體大致釐定之後，便召喚王陵前來，要這位桀驁難馴的前輩遵從他的統治。不過，劉邦始終未對王陵採取強迫的姿態，而是視其爲同盟者，繼續予以禮遇。這種情況其實不是基於政策的考量，而是出自劉邦平民出身、十足人性化的方針。因此，王陵對於劉邦所刻意表現出的自負心，也終於瓦解。

漢朝創建後，重義氣、具領袖風範的劉邦一死，王陵甚至出馬當上右丞相，他遵守劉邦的遺囑，對皇后呂氏一族的跋扈氣焰，始終不予妥協。

就取得王陵這類型的烈性男子心悅誠服的事跡看來，劉邦並非泛泛的鄉下流氓之輩。

此外，劉邦又故意派遣機動部隊到南陽與王陵進行接觸，理由之一是要求王陵保護他的雙親和妻兒。當時劉氏一家仍住在沛縣郊外豐邑中陽里，過著農家生活。由於該地已屬項羽的版圖，劉邦因此害怕家族會被殺害或逮捕爲人質，使自己的行動受到拘束。爲了保護族人安全，惟有借重具同鄉情誼的王陵才可。

就漢民族來說，若要託付這類的私事，都得靠交情深淺而定，並不等於俠義之心的流露，王陵也在劉邦不勝感激之餘接受了他的要求。

爲此，王陵就派一支突擊隊前往沛縣，成功地救出劉邦的家人，而當項羽發覺之後，便以王陵的母親挾爲人質，再予以烹殺。王陵不惜犧牲自己的母親來換取劉氏家族的性命，對劉邦來說，眞是一輩子也報答不完的大恩德。

劉邦和主力軍離開關中盆地之後，經過函谷關，來到中原的低地，這時又過了一個月，時值十月，張良則回到劉邦的帷幕中。

劉邦在臨晉（在今陝西省）渡口處橫渡黃河上游的湍急水流，繼續向東前進。這時被項羽立爲「魏王」的豹前來降伏。但是投降並非魏王豹的本意，眞正的原因是：魏王豹的手下士兵和農民因反對項羽的暴虐無道，於是轉而投靠劉邦。

從這一點來看，劉邦顯然已經獲得了時勢的好運道。

又：項羽殺害韓王成之後，改立鄭昌爲韓王，此舉卻使韓人民心盡失，鄭昌也被孤立起來。

他曾率領一支小部隊攻打劉邦，卻遭劉邦擊敗。不久之後，河南王的申陽（張耳的屬臣）也前來投降。另有一個名叫司馬卬的男子，過去曾為趙將，因為擅長作戰，受項羽提拔為殷王。這時司馬卬在殷的土地不過虛有其位，與劉邦一戰過後，便淪為俘虜。

劉邦把這些降兵敗將所率領的士卒，一律納入自己的旗下，以壯大聲勢，而在出函谷關以後不到一個月的時間之內，勢力範圍更遠達洛陽，達到統治權勢的頂點。

除了幸運女神特別眷顧之外，總指揮韓信的作戰能力也發揮很大的作用。

「我能始終保持這份幸運嗎？」

在此期間，劉邦不禁陶醉在幸運之中。過去的他曾經飽嘗敗績，如今勝利的喜悅確實令他心花怒放，原本緊張的心情得以放鬆下來。他強烈地感受到，時機的來臨彷彿像潮水般襲來，躲也躲不過。

「韓信實在了不起啊！」劉邦想。

要不是韓信的卓越領導和優秀的作戰能力，最近幾次戰爭的勝利不會這麼順利。有一夜，劉邦特地前往韓信的營幕中褒獎一番。然而韓信並不以此自豪：

「我總覺得眞正的勝利還未到來。」

韓信的臉頰像凍僵般紅白分明，看不出有什麼愉快的神情。說穿了，韓信相信自己可擬定出巧妙無比的作戰計劃，可惜的是後來卻未派上用場。

接二連三的捷報如雪球般越滾越大，韓信並不以此自滿，他油然生起一種奇特的反省，覺得勝利似乎唾手可得，不需稍假心力，不一定是好事。

「爲什麼我能夠戰無不克呢？」

韓信陷入深思之中，他急欲整理出其中的哲理和法則，又對劉邦大肆褒揚的話感到憂煩。

「將軍不敢居功的理由何在？」劉邦恭敬地問道。

「我覺得自己的才能尚未得施展。」韓信答。

「那麼，這些勝利又是如何得來的呢？」

換成是別人，理應說些感謝大王之德，極盡取悅的話，但是韓信天生不會恭維別人，於是沉默了一會才說：

「我覺得戰爭就像萬物一般，以最近爲例，我終於了解到自己的渺小，擋不過戰爭之神的安排。」

「眞是一個非常謙虛的人。」

劉邦想：原來韓信的個性是這樣的，但他卻不是有感而發，他只覺得韓信身上具有一種神祕感，這種能在戰勝之後誠實思考的軍事總指揮，確實不多見。

同聲討伐弒帝的劊子手

劉邦率軍沿著洛水進入洛陽城，三名新城（地名）的父老前來祝賀。誠如前述，舉凡任何軍隊所到之處，總會有當地的父老推派幾位代表，赴各將軍的營地表示恭迎之意。

不過這一次有點不同。這些父老聽說過劉邦告誡士兵不能掠奪及虐殺關中民家的消息，而在另一方面，他們又聽說了許多有關項羽的惡行，因此對項羽感到懼怖，對劉邦卻感到放心，只要進城的不是項羽，他們均會表示歡迎。於是，就在劉邦到來的時刻，父老的臉上淸楚地表露由衷的欣慰之情。

這些父老以董公爲代表。

「項王曾經派兵在後追擊逃赴郴地的義帝，而在長江沿岸將他殺害，這種非義之舉教人能寬容嗎？」

劉邦在途中早有聽聞，認爲這是一件悲慘的事，但卻不覺得訝異。此時，站在身邊的張良卻低聲提示道：

「大王爲何不表示驚愕呢？應該放聲痛哭才對啊！」

劉邦立即會意，他慌張地脫下外衣，露出白色的內衣，臉色轉爲憂戚，看似弔喪一般，然後開始嚎啕大哭，哭著哭著，果眞悲從中來，淚水嘩啦不止。

董公和其他父老見狀，都大爲感動。

待劉邦哭罷，張良便安排發喪事宜。首先對全軍發喪，命令大家穿著素縞，依當時禮儀規定，改穿白色喪服。於是，洛陽城內外的士兵一律穿上白服。**服喪這件事，等於是對項羽的強烈示威，爲的是要讓絕大部份的百姓知道漢軍是一支正義之師。**

劉邦本人則行三日哭禮，即使走到戶外，仍是抽泣不停。

緊接著，劉邦飛檄四方。文章內容並不像一般祭文那樣冗長，只是簡潔扼要地提及：義帝乃是天下形式上的共主，一直受到尊崇；項羽卻將他下放江南，並加以殺害，實屬大逆不道，最後才下結論說：

「但願諸侯、從王們，都能同聲討伐殺害義帝的劊子手。」

透過這些文字，劉邦避開高姿態的字眼，以溫和的稱呼來規勸受項羽冊封的王侯。由於劉邦只不過是從王中的一個，充其量只能用這種方式來表達。另如「陪伴大家」一詞，是充滿謙遜的，不敢居首的意思。「殺楚義帝者」指的雖然是項羽，但卻不便立即指明，也符合了委婉之意。

無論字意如何婉轉，事實上，劉邦的本意就是要以盟主的身份召集各地王侯及相關勢力來征討項羽，這份檄文，其實就是對項羽的宣戰文告。

洛陽的三月潮溼多雨，不過一遇天晴，澄澈的藍色天空中，柳絮隨著微風，像雪片般飛來。項羽和劉邦——楚和漢——之間血淋淋的激戰，就是從洛陽三月展開的。

劉邦率軍隊繼續向洛陽前進。

在此東進途中，漢軍人數即不斷增加，由於韓、魏、趙、燕、齊等地的王侯和士兵，對項羽的論功行賞早有不滿，因而率衆加入漢軍者亦不在少數。漢軍浩浩蕩蕩，無論道路兩旁或沿線市鎮都布滿了士兵。

漢軍的總人數已經到令人刮目相看的數字：全軍上下約有五十六萬。

維持實力比攻敵更難

猶記劉邦率衆離開關中、前往漢中棧道時，人數只有三萬左右，加上沿途逃亡的士兵極多，最後只剩一支死忠的士兵與劉邦同棲共命，成爲核心部隊。等到返回關中、進軍中原之後，劉邦曾在關中召募壯丁，大都是秦人，人數已竄升至六萬。

雖然軍隊的人數擴增一倍，但是相較於項羽，還是少得可憐，於是劉邦陸續的對外號召，想不到竟召集了五十萬人之衆。以原來的六萬名軍隊管理新進的五十萬人，可是一件不容易的事，這些後來者輕視原屬的漢軍人數較少，往往不肯服從劉邦和韓信的指揮。

「維持自己的實力，甚至比攻擊敵方更難！」

張良等人莫不爲了如何治理加入的王侯而絞盡腦汁。通常使用的方式是把他們留在營幕之中，待之如同人質一般，至於軍隊則交付韓信統治。

劉邦和張良每天都忙著與王侯周旋，每天夜晚都舉行宴會，由劉邦做東款待大家。時日一久，劉邦已能充份掌握他們的心，本來這些人也都是鄉野間的盜賊出身居多，一旦喝醉了酒，便會大聲直呼：

「劉邦！」

也有人主動地說：

「我酒品不好。」

有些人甚至糾纏著劉邦不放，劉邦只得好言相慰，對他說並無酒品不佳之類的話，只不過是酒入肚腸之後，人難免會變得失態。至於身爲主人的劉邦也會唱些俚俗歌曲，大吵大鬧起來。有時他更發起酒瘋，像遊龍一般在地上扭動或打滾，動作令人發噱！

韓信一樣負責帶兵之事，他時常反覆告訴士兵說：

「我們必須攻陷項羽的根據地——彭城，現今天下人最想知道的就是：哪一國的好士兵先把彭城攻下。」

除了提示具體的作戰目標，韓信還要大家互相競爭、互相切磋。除此之外，實在沒有其他更好的方法可統制這群龐雜的大軍。

當然，在韓信的幕營中，也曾召集新依附的小吏「開軍事會議」，以此掌握他們的行蹤和思想。只是韓信不同於劉邦，並不提供酒食佳餚。

「如果我們吃肉喝酒，士兵就會失去提足衝鋒、攻擊敵人的意志；而這種意志，正是軍隊的生命力。」

韓信這樣地告訴大家，要求士兵學習自制。

因此，韓信的幕營始終保持著僧院般的寧靜。起先軍中小吏都覺得韓信不懂得人情世故，一段時日過後，卻逐漸喜歡韓信，開會時也經常提出許多問題，甚至連極端不愛說話的人也能發言。而最後的結果是，大軍不需講求戰法，只要前進殺敵即可。

「眼前要做的，就是早一天直攻彭城。」韓信重複地說。

「十之八九，項羽並未留守彭城。」韓信這樣認為。

事實上，當時項羽確實已將彭城變作空城，轉戰齊地。齊王田榮已被殺死，齊城則遭燒毀，有活埋惡癖的項羽又坑殺了降伏的齊兵。

不過，這種接二連三的殘酷手段也激起齊人強烈的反彈，田榮的弟弟田橫及其遺子田廣都趁機結集齊人，揭竿而起，不僅採用游擊戰，更把項羽所攻取的城陽（地名）奪回，項羽為了平息已轉入齊境山野的無數戰苗，而把大軍區分成很多小部隊，使他們分散，以便個別出擊。

彭城：繁榮和鮮血交織的都市

彭城（徐州）的歷史是由繁榮和鮮血交織寫成的。該城位居平原的中央，道路四通八達，水運稱便。春秋戰國時代，宋國的農產品、鹽及其他商品均以此為集散地，再運往四方。城中民房聚集，富翁頗多。由於徐州是交通上的重要據點，因而成為貯存糧食之地，極易成為大會戰的必爭地。

「朝徐州出發吧！」

在中國歷史上，這一類的戰爭口號不知被喊過多少回，劉邦此次率軍前往徐州，則是首開徐州大規模戰爭的先例。

極富攻擊性格的項羽，已將首都設在彭城附近較難攻擊的城鎮。因為假使定都彭城，卻遭四面八方的軍隊夾攻，後果不堪設想。然而，項羽萬萬沒想到，自己也有戰敗、技窮的一天。

四月間，當劉邦及其部眾五十六萬大軍像潮水般湧到彭城時，城壁幾乎一無用處，四方城門立即受到摧毀，士兵瘋狂地進行殺戮，姦淫虐殺，不在話下，財物和布匹更是掠奪得一片不剩。更有士兵在富宅內為了搶奪財物和女色而兵戎相見。儘管事前韓信曾經竭盡心力地勸導士兵嚴守紀律，但是狂潮般的烏合之衆並不理會，原有的紀律更是蕩然無存。

少數原屬齊地的士兵，更因報復心使然，肆無忌憚地大開殺戒，對於陌生的人一律殺害；劉邦在關中所徵募來的舊秦兵，也企圖在彭城洗刷項羽在新安和咸陽的燒殺掠奪，他們在彭城殺了又殺、搶了又搶，爲的是宣洩內心的怨恨；韓國士兵也因埋怨項羽而殺人無數；燕兵及趙兵則希望能從此地帶些回老家的盤纏。

由於大家都一路朝著彭城急急趕到，行軍途中一律禁慾，無怪乎一到城裡，便個個變成渴望物慾和性慾的狂人般。

韓信在這場混戰中，心情始終飄浮不定。他不能再稱爲總指揮，他所想到的是，這支軍隊畢竟過度龐雜，爲了統制來自各國的士兵，他才刻意地擬定目標，鼓勵大家攻打彭城，如今目標已經達成，但是軍隊的環箍——紀律——卻蕩然不復見。

「看來，若要平定眼前這群狂亂的士兵，除了頭號敵人項羽之外，再沒有別人了。」

雖然這個邏輯顯得有點可笑，卻是不爭的事實。**韓信認爲，當軍隊的紀律破壞無遺之際，人人都變成草賊，要喚回他們的注意力，只有靠強敵的出現了。**

劉邦也恢復本色。

在行軍期間，劉邦不時把王侯找來喝酒，直到後來醉醺醺地抵達彭城，直驅項羽的宮殿。在殿堂中，只見有些士兵正在追逐美女，劉邦見狀也一面喊叫，一面加入他們。這時他已經恢復以前愛好女色的本性，逮到女人就拖往角落。

張良內心卻覺得空虛不已！

他連瞄劉邦一眼都覺得厭惡，他到處遊走，在街上找到一間空屋子，命令隨從在外看守，自己走進臥房裡，躺在牀上小憩。

只有車夫出身的夏侯嬰敢大聲斥責劉邦，但劉邦卻回答說：

「此乃天賜我也！」

劉邦的意思是：既然攻下項羽的首都是個不小的勝利，何不放開束縛，好好地享樂一番。就以眼前的情況來看，接近女色不也是人之常情嗎？

事實上，對項羽而言，彭城不過是一座空城。項羽的精銳部隊乃在北方的齊地。當他獲悉彭城陷落的消息時，立即從全軍中挑選三萬名勁旅，疾疾南下。

在齊地，項羽的大軍雖然多達數十萬之衆，但是爲了應付田橫和田廣的游擊戰，也就區分爲許多小支隊伍，由於這些小部隊的集結費時甚久，所以項羽並未動用。新召集的這三萬名士兵，只是項羽本營中的預備部隊而已！他當然聽說過劉邦已聚眾達五十餘萬，但卻認為這是一群烏合之衆。

項羽根本不把劉邦放在眼裡，派遣三萬名士兵南下征討已足足有餘。

「項王回來了！」

彭城的西郊有一個名叫蕭的小鎮，那裡也有十萬名以上的劉邦盟軍。一天夜裡，當他們聽到彷如天翻地覆般的巨大聲響時，早已身陷項羽大軍的劍光和馬蹄之下。一時之間潰不成軍，被殺者不知其數，有的則逃往彭城。項羽軍從後面追逐趕到，一起進入彭城內，使城內發生劇烈的混亂。

「項王回來了！」

這個消息像矛箭般刺中每個人的心窩，在交戰前，許多首級已被項軍的劊子手斬落，漢軍已經完全失去戰鬥的意志，沒有一個人願意留下來。

五十六萬大軍不再是一個團體，而是一盤散沙，為了保全自己的性命，大家無不希望早點逃離彭城。

劉邦自成軍以來，從不知道軍隊竟能潰散至此，在僅約三萬名項軍的閃電攻擊下，不久前才自誇自耀的軍容，卻似遇風吹襲的塵沙一般，消失得無影無蹤。

韓信也是單獨逃出的。

「此刻，除了逃亡，還能怎麼辦呢？」

韓信生著悶氣，嘀咕抱怨了很久，才決定趕緊逃走。幸好他的身材高、脚步快，一忽兒便竄至安全地帶。韓信逃出之後，不敢去想劉邦是否安然逃出，在他的想法中，只不過要找到一個發揮己才的機會而已，忠誠與否並不重要。

張良則在隨從的保護之下，悄悄逃出。途中他曾看到劉邦的侍衛軍，就問他們：

「漢王在哪裡？」

然而並無人知道。

每個人的神情都害怕到破膽的模樣，再也禁不起任何盤問，一時之間，大家發足狂奔，逃得無影無蹤。

16. 途窮路末大逃亡

逃亡途中還是冷不防地會遇到楚兵，劉邦等人不敢與之交戰，只顧拔腿就跑。這時劉邦身邊的侍衛每天都有人私自逃亡，從最初的十餘人，到沛縣附近時已空無一人。

以下的故事是根據當年發生的一段史實。

愛馬如命的師徒倆

在沛縣，有一個名叫李三的人，以養馬而聞名。李三在城外種田爲業，他的身材雖然像猴子般瘦小，但是每天都非常賣力地工作。有時覺得累了，便喜歡躺在馬的脚邊休息、打盹，令人感覺頗爲有趣。

李三對選馬和養馬頗具心得，但並不以此自豪，他經常到市場出售農作物，由於爲人老實，不善經商，日子過得比較窮困。李三很愛馬，相形之下，他對人的感情顯得有點冷漠。他喜歡和馬兒相處，深諳每隻馬匹都有不同的個性和脾氣。秦末年間，他到縣府衙門充當一名小吏。

「這匹馬是從李三那兒買的！」

後來，有一個人曾向李三買馬。

李三養的馬不夠強悍，並不適用於打仗。他的馬匹大都具有一種高貴、典雅的氣質，所以無論文官或仕豪，騎上李三的馬後，都會襯托出達官貴人的氣勢。但是也有不少人持相反的看法。

「馬兒本來就是用來搬運物品、馳騁戰場的牲畜，如果只是一副文謅謅的模樣，還算得上是馬嗎？」

批評者紛紛這樣說道。

每當李三聽到諸如此類惡劣的批評時，他總是畏縮地低頭不語。事實上，在李三的內心深處，他是極端尊敬馬的，甚至以馬的僕役自居，不厭其煩地伺候馬，從不會驅使牠們去做粗重的工作。李三認爲，馬本來就是一種弱不禁風而溫和的動物，要牠們赴戰場打仗根本是不對的。

「如果要得到強悍的馬，就該到匈奴去買。」李三經常這麼說。

李三有兒女數人，但是他對孩子的教育並不放在心上，只有么女嫺嫺較能獲得他的歡心。

「孩子的母親脾氣並不像馬兒那麼溫和！」身爲父親的李三經常埋怨道。

後來李三死了，長子繼承農稼，次子則成了佃農。養馬的事情從此停止，馬廐也就荒廢不用，連飼料都被丟棄一邊。在李三生前，家人就不喜歡馬的體味，因此李三一死，再也沒人過問養馬的事，而把精神完全投注在田事上。

李三的喪禮由平時掌理殯儀的周勃張羅。

「對於李三的死，眞正難過的，不是他的家人，而是那個小伙子。」周勃喃喃說道。他嘴上的小伙子，是一個體格瘦弱的年輕人，此時，他正攀爬李家門前的一根細柱，一面把葬禮用的白布條緩緩捲起，一面被強烈的狂風吹得左右晃動，連呼吸也變得上氣不接下氣。

他就是夏侯嬰。

夏侯是複姓，在沛縣，夏侯原屬貴族的姓氏，但因歷代屢分家產，如今已落得赤貧，本宅也變得零星而分散。夏侯嬰充其量只是住在城外的一家貧戶，平時幫著地主看顧座落在農地的小屋子。

夏侯嬰從少年時代就喜歡馬，若論對馬的憐愛之心，與李三十分近似，他甚至從十三歲起就搬入李三的馬廄內居住。

「我很想雇用你，供你吃飯，可是卻雇不起！」李三歎著氣說。

但是夏侯嬰並不以爲意，對他而言，養馬是最大的興趣，遇到農事忙完的時候，他就前往馬廄幫忙。由於和李三相處日久，夏侯嬰的脾氣也和他酷似，甚至染上李三口吃的毛病，對李三的尊敬也與日俱增。

夏侯嬰漸漸長高、長壯了，雖然李三的身子相對的越來越矮，但是夏侯嬰對師父仍極尊崇，每次說話時，一定蹲下身來，表示恭敬。

直到二十四、五歲，夏侯嬰仍未娶妻成家，依舊過著勤儉、刻苦的日子。當時，縣令派人向李三買馬。

「順便推薦一名馭者吧！」

有了這個難得的機會，李三便說出夏侯嬰的名字，縣令一聽，未經思索就同意了，並且派他管理馬廄和照顧馬匹。得到這個差事之後，夏侯嬰對李三更是充滿感激。

在李三的葬禮上，夏侯嬰流露出極爲哀慟的情感。

看著夏侯嬰對自己的父親之死如此的悲悽，嫺嫺只覺得不可思議，因爲夏侯嬰的哀泣甚至比李家的子女還來得眞切。儘管嫺嫺不同於兄長，與父親的相處較多，但卻有意藉此指桑罵槐，於是故意踢夏侯嬰一脚，數落他太多情了。

「你說什麼？」

夏侯嬰站起身來，回踢媢媢一脚，高聲叫著。在平日，夏侯嬰的脾氣很溫和，但是這時卻不禁怒斥。

「小娘子！」夏侯嬰擺出一副神聖不可侵犯的架勢說道：「在師父生前，我爲了顧慮他的立場，什麼話也不敢多說。如今師父已死，我就不再客氣了，在我看來，你們這些人簡直待師父如仇人一般。」

說著說著，尾端的話語已形同哭泣。

願爲知己死的士

葬禮持續了三天。每天夜裡，夏侯嬰總會不厭其煩地告訴大家李三是個多麼善良的人，起先並無人相信，紛紛想離席而去，但夏侯嬰卻嚴詞斥責，使他們不得不正襟危坐。

媢媢剛開始也回頂幾句話，但是到後來，也被夏侯嬰的話說服了。

「你們都是李三的兒女嗎？」夏侯嬰問道：「既然是李三的兒女，怎能對父親的長處一無所知呢？」

說到這裡，夏侯嬰氣極敗壞的說道：

「我再也不願意回到這裡了！」

媚媚聽了，卻挺身而回答道：

「我會到你家拜訪你。」

不久之後，夏侯嬰與劉邦結爲好友。他在每天的例行公事過後，跟劉邦到處奔走，劉邦和李三雖屬截然不同的人，但是對夏侯嬰卻深具吸引力。

「劉邦先生眞是一個令人難以了解的人物！」夏侯嬰和時常來訪的媚媚，已經到了無話不談的地步：「那個人像雲彩一般，教人無法捉摸。」

從夏侯嬰的話裡，媚媚對於劉邦的印象並未改善。照沛縣人的說法，劉邦是個終年無所事事的閒散份子，他喜歡吹牛，注重穿著，卻不事生產，爲此，同鄉的人已將他形容成貪婪、懶惰的鼠輩。

「那個傢伙會有什麼長進!?」媚媚說。

「正因人生下來都有貪欲之心，才能思考有所作爲，倘若無欲無求，不就成了隱士嗎？」夏侯嬰答道。

有時候，夏侯嬰會瞞著縣太爺，邀請劉邦坐上馬車，帶他四處走走。

「你爲何執著於當一名車夫呢？」

嫺嫺有時這樣問夏侯嬰。他只簡短地表示：既然受到師父李三的調教，便得做這一行，凡此種種，似乎都是命運所賜。

「但你畢竟是縣令而非劉邦的車夫啊！」

嫺嫺的話語表達出對夏侯嬰的質疑。

「喔！不是的，我是一名士。」

夏侯嬰振振有詞地說。

「士？」

嫺嫺不禁覺得可笑，連大字都識不得幾個的農家子弟，怎能自豪地稱自己爲士？

「我不是在開玩笑，我是一名士。」

換句話說，夏侯嬰看待劉邦的態度已經不是單純的朋友了。劉邦可以使夏侯嬰產生「士」的意識，這究竟又是怎麼一回事呢？

「所謂士，純粹是自覺的反省。士可以自由選擇自己的主子，對我而言，眼前的職責雖是縣府內的一名御者，但是惟有劉邦才是我心悅誠服的主人，以後我可能因士而生，因士而死。」

夏侯嬰說。

有一次，劉邦潛入縣府內舞刀弄劍，結果誤傷了夏侯嬰。事發之後，縣令有意藉機將劉邦逮捕歸案，囑咐夏侯嬰充當證人和受害者，然而為了保護劉邦的安全，夏侯嬰卻執意不肯出面，最後反而因偽證罪被陷下獄，不但飽受鞭笞之苦，且坐獄一年。即令如此，他仍堅不吐實，就這件事情來看，夏侯嬰已具有成為士所應具備的「為知己而死」的條件。

不久，天下紛擾，夏侯嬰便跟隨劉邦輾轉各地，因形勢一變再變，劉邦遂成為漢中之王，直到占領關中等地之後，夏侯嬰受封為侯，只不過他的工作並未因而改變，仍是一名揚鞭策馬的御者。

嫺嫺則不時前往夏侯嬰的老家，探視他的老父。她一直未嫁，至於不願結婚的理由，顯然是和夏侯嬰有關，夏侯嬰的老父一眼便看出她的心意，卻苦於無計可施。

有情人終成眷屬

夏侯嬰隨漢軍流離各地，時常居無定所。不多久，住在沛縣的劉邦族人——老父及妻子——由王陵派人祕密交付漢軍時，嫺嫺也加入其中，準備前往漢軍營地投靠夏侯嬰。

「小娘子！」

夏侯嬰與嫺嫺重逢的那一刻，仍不忘記從前的暱稱。

「這個男子到底愛不愛我呢？」

嫺嫺心中浮出一絲暖意，她陶陶然地想著。

當時正值兵荒馬亂，軍中不乏丈夫攜著妻子同行的例子，很多士兵的家眷也能分到軍糧。假使夏侯嬰同意的話，把嫺嫺留在軍中也是可行的，不過他顧慮的是自己是一名車夫，必須經常陪劉邦東奔西跑，因此，最好的情況是保持獨身而不要有家累。

嫺嫺則是一廂情願地認為，夏侯嬰既然已受封為侯，就該享受貴族般的待遇，結婚成家也是理所當然的事。直到瞧見夏侯嬰仍得親自替馬洗脚時，她才覺得心上涼了半截。

「小娘子！」

夏侯嬰已經瞥見嫺嫺的到來，從馬腹下面發出驚叫聲。嫺嫺再也忍不住了，她大步走到夏侯嬰面前，問道：

「你不是已經受封為侯了嗎？」

夏侯嬰立即會過意來，他不溫不火地說：

「我的確是受封為侯了，但是職責還是一名車夫啊！」

夏侯嬰的表情顯得認眞而篤定，意思好像是自己會當一輩子的車夫。

「嫺嫺，你為何來此？」

嫺嫺想了一會，終於鼓起勇氣說：

「我是爲了要和你成親才來的。」

這時已有士兵靠過來，他們聽到嫺嫺的話，不禁哄然大笑。

「我沒有時間來照顧你啊！」

夏侯嬰的回答非常認眞，士兵中又有人因而捧腹大笑。在軍中，夏侯嬰的人緣一向很好。

這時，劉邦恰巧也走了出走。

「這是你的妻子嗎？」

劉邦邊說著，邊將視線停留在嫺嫺動人的曲線上。夏侯嬰知道劉邦一向喜好漁色，只好故作鎭定狀，久久不敢答話，直到最後才迸出一句話：

「是的，她是我的妻子。」

「我怎麼沒聽說你已娶妻了呢？」

劉邦仍然瞇著眼盯著嫺嫺，夏侯嬰心慌意亂之際，不得已只好告知他和李三師徒之間的事。

「哈！」劉邦愉快地笑了起來，說：「養馬的李三爺我是識得的，可我並不知道他也有個這麼標緻的女兒！」

言之下意似乎想藉機一親芳澤，然後又想以沛縣婚禮中「偷窺洞房」的習俗來試探嫺嫺，害得夏侯嬰趕緊慌忙地說：

「她還是個姑娘之身。」

「喔！原來她還是一名姑娘啊！眞教人看不過去。」

劉邦故意彎腰湊近媚媚，目不轉睛地端詳著。

「快點成親吧！」劉邦轉爲正經地說：「現在不正是春天嗎？」

劉邦大模大樣地指著天空和原野，猶記周代以來，帝王只有在春天才容許百姓舉行婚嫁之禮，劉邦又宣布說：

「從今夜起，你們就結成夫妻吧！」

劉邦輕輕地走到媚媚身邊，在她的耳畔說了一些話。媚媚連連點頭，表情十分羞怯，當她抬起頭來，劉邦已經消失不見了。

「難怪嬰會爲了主子不肯成親。」

媚媚終於知道了劉邦的爲人。

在春天，黃河流域處處呈現朝氣蓬勃的景象。

夏侯嬰和媚媚趁著夜色走出軍營，來到一處布滿草地的高阜上。薄霧籠罩著夜色，草地因而顯得溼潤，夏侯嬰將隨身攜帶的禦寒裘衣鋪在地上，媚媚的身上則披著一件綠色的外衣。

魁梧的夏侯嬰摟住嫺嫺的細腰，兩個人的身體緊靠在一起。遠處的營火像地上的星星一般沿河閃動著。

「喔！你的頸子是如此細嫩。」

躺在夏侯嬰那強而有力的臂彎裡，平日說話的聲音又尖又高的嫺嫺，現在連呼吸都像嬰兒一般軟弱乏力，夏侯嬰已情不自禁，隨口又問：

「這就是你心中深藏已久的『宿願』嗎？」

此時，嫺嫺已把臉龐貼在夏侯嬰的胸膛上。

「我原來單純地以爲，在這一生之中，除了師父之外，只有追隨劉邦打仗，萬萬沒想到今夜能與你成親。」

嫺嫺對於夏侯嬰所說的話充滿諒解，不再像父親生前那樣，埋怨父親爲了養馬而疏忽家庭。夏侯嬰的陳述聽起來恰似優美的旋律一般，再也無怨無悔。翌日早晨，夏侯嬰把嫺嫺帶到呂氏面前，正式告知他已娶嫺嫺爲妻，日後還請呂氏多關照。呂氏只吩咐嫺嫺做些打掃之類的工作。

「眞是個可怕的女人」

呂氏名雉，字娥姁，爲劉邦之妻。她是單父(在今山東省)富豪呂公的女兒。

由於劉邦在偏遠的漢中即位爲漢王，呂氏雖然順理成章地成爲王后，但仍過著農婦的生活。在封后不久之前，她只是劉氏農家的媳婦，在妯娌的支使下，做些農務和炊煮的事。這段期間，劉邦一直很少在家，惟因劉邦惡名遠播，使她一度被冠上壓寨夫人的頭銜，直到劉邦受封爲王，家鄉親友的態度才有了較大的改變，只有嫂嫂的態度始終不爲所動，依舊視之爲眼中釘、肉中刺，把她當奴婢般差遣。對於這些不愉快的遭遇，呂氏一直無法忘懷。

當時見過呂氏的人，無不爲她蓬鬆而濃黑的頭髮感到訝異，在那個時代，頭髮又多又黑，是美女的首要條件，甚至有許多婦女還戴上假髮。

對呂氏而言，她最憎恨的人當然就是嫂嫂。

「有朝一日，我一定要報復。」

呂氏心想，可惜這個願望始終未能如願。到了後來，王陵派遣密使前來沛縣的中陽里，營救劉邦族人，全家大小都得同行逃出，否則一旦被項羽逮捕爲人質，性命難保。在嫂嫂扶著車門準備上車時，呂氏卻想趁機把她推下去。

「王陵要救的人並不包括嫂嫂在內啊！」

呂氏佇立在車旁，口出惡言地對嫂嫂說道，意思是要強迫她留下。嫺嫺則坐上了那輛馬車。

「眞是一個可怕的女人！」

嫺嫺心裡這麼想，表面上卻未流露出絲毫的厭惡。畢竟眼前這位原本毫不起眼的農婦，如今已經貴爲王后了。

呂氏對於長年隨侍在側的奴婢頗有感情，她尤其偏愛與自己有血親淵源的貼身奴婢。至於嫺嫺，早先並未把她看在眼裡，直到一段時日的相處之後，才視爲親信，大加寵幸。

有一次，呂氏把一支玉簪送給嫺嫺，這是劉邦掠奪來的貴重物件之一。

「再怎麼說，你也是列侯的夫人啊！」

聽呂氏這麼一說，稚氣未脫的嫺嫺不由得格格發笑，她想到自己不過是平常百姓出身，如今卻突然升格成爲王侯的夫人，實在有點荒唐。加上在軍中的期間，女人所要做的雜務也不少，嫺嫺的衣著始終顯得汚垢不堪，如此齷齪的打扮，怎麼看都不像是貴族的夫人。

在呂氏等人的避難途中，負責一切安全事宜的人是審食其。

審食其也是沛縣人，他的臉像樹皮般凹凸不平，做起事來卻是縝密又周詳，平日喜歡管閒事。在沛縣，擅於料理葬禮儀式的，除了周勃之外，次佳的人選就是審食其了。猶記劉邦娶呂氏爲妻時，審食其也爲他感到高興，說：

「劉邦啊！你能娶到呂氏，對於將來的前途也是不無助益。」

爲了這件事，審食其甚至高興得流淚。

此外，還有一件令劉邦感到迷惑的事情：有一段時期，在街上明明看到審食其迎面走來，但又無緣無故地避開，一個招呼也不打。直到劉邦舉兵之際，才採納周勃的建議：

「一定要把審食其喚回來，儘管他會藉口說自己只是農夫，不會打仗，但我會說服他，相信此人終有大展長才的一天。」

周勃的這番話提醒了劉邦的注意。他派人把審食其找來，請他在漢軍中擔任分配補給物品的小吏，隨後又負責保護呂氏等人的安全，可見劉邦對他的器重。原來只是掌理葬禮司儀工作的審食其，不但受封爲辟陽侯，晚年更當上漢朝的宰相。

以上是漢軍占領彭城之後所發生的幾件事。

落花流水大逃亡

在攻下彭城之前，劉邦的軍事行動進行得十分順利。爲數僅六萬的漢軍，竟因各地王侯軍隊和流民爭相加入，使得人數激增至五十六萬之數。

此時，楚王項羽因爲親自北征，只留少數士兵駐守於彭城，使該城變成一座空城。直到聽說劉邦已率大軍抵達彭城，項羽這才大爲驚慌，立刻召集附近三萬名勁旅回攻彭城，首戰之役便將該城一舉攻破，令漢軍全線潰散。

劉邦也和衆人一樣，爭相逃亡，他急忙地跳上一輛馬車，抓起夏侯嬰的馬鞭，不斷驅策快馬在黑暗中奔馳。

這一仗的慘敗，只能用「落花流水」來形容。

四處逃逸的士兵已視楚軍如餓鬼，大家逃的逃，躲的躲，爲的就是尋個安全的地方。至於一些投靠漢軍的昔日王侯，此時更紛紛倒戈，轉而要求歸附項羽，並且信誓旦旦地表示再也不敢違逆的決心。項羽爲了顯示他的寬宏大量，只好饒恕他們，而且分派許多軍隊由他們統率。如此一來，劉邦和項羽的軍隊比例又有了重大的改變。

劉邦在彭城失利之後，原有的六萬核心部隊已經所剩無幾，加上劉邦逃往何處的說法不一，有聽說劉邦往南，就往南方去找；有的聽說劉邦往北，就往北方去找。混亂的情報使得很多軍隊流離在外，無法歸隊，一時之間，幾近乎有兩萬人迷失了方向。

「韓信在南方的睢水附近！」

劉邦在途中聽到這項消息之後，馬上帶領士兵南下。果眞如情報所說，韓信已在睢水附近布置了一處小型的營地，在劉邦看來，韓信正是他日夜記掛的守護神，儘管韓信手下只有五千名士兵，但也不無幫助。

相形之下，項羽的四十萬軍隊可就強大得多了。

「大王，請您趕快逃亡他處吧！」

韓信大聲說道。接著他又表明自己將全力防守睢水一線，替劉邦爭取一些時間，必戰到最後一兵一卒爲止。然而韓信的防守計劃尚未完成，楚軍已大舉攻到，五千名漢軍奮不顧身的迎戰，墜落睢水而亡者不知凡幾，幸好劉邦拔腿較快，並未淪入楚軍之手。

這時，夏侯嬰想用載舟的方式來運送馬車。幾乎在同一個時刻，劉邦等人和審食其所護送的呂氏等人在睢水相遇，夏侯嬰遠遠看到妻子婣婣，但他並未打聲招呼，只是彎下身子，強拉著馬車前往岸邊的斜坡。

劉邦心急如焚。

「有沒有船呢？」

劉邦一面吼叫著，一面來回踱步。夏侯嬰見狀，只有閉口不語，心想這時候乾著急也沒有用，他立刻指派侍衛分頭去找，即連呂氏等人也不約而同地四下探望。不一會，兩名侍衛回報說船隻已經找到了，大家依其所指，果然見到幾艘小船正翩翩划來。待船隻靠岸，夏侯嬰便搶先跳上，拉著兩輛馬車上船。

「哪有先讓馬坐船而不是主子先搭船的？」

劉邦不禁脫口怒斥道。他的神情狼狽不堪，急得面紅耳赤，夏侯嬰逕自裝作沒聽見，仍舊使力拉著馬車上船，再將每匹馬的腳綁在船柱上。一切就緒之後，這才輕描淡寫地說：

「大王若要平安逃亡，不就只能靠這兩輛馬車嗎？」

在這千鈞一髮之際，遠處已經傳來達達的馬蹄聲。

呂氏一行人經由審食其的安排，迅速登船，只有媦媦全身沾滿泥沙，在蘆葦之間穿梭往來，爲的是要收起岸邊的繩索。隨著船隻向水中划去，她的身子也浸在水裡。

睢水沿岸的蘆葦深植泥中，根部看似紫色一般。

「這種顏色眞令人嫌惡！」

媦媦一面追船一面這麼說。她果然是農家出身，全身充滿幹勁。不過她說討厭紫色，在當時而言無異是犯上。等她登上船後，發現黃濁不堪的睢水，與沛縣老家的澄清小溪完全不能相比。

天色很快地暗了下來。

劉邦等人終於脫離險境，抵達一處岸邊。衆人歷經一場亡命之旅後，莫不感到精疲力盡。就在稍事休息的當兒，突然傳來呂氏的聲音說：

「快回到對岸去。」

原來呂氏把一對兒女丟在彼岸。

審食其立刻會意，指示媚媚協助他趕緊划舟回去尋找小孩。媚媚點頭，登船舉槳逆水而划。

「這到底是怎麼回事？」

媚媚十分納悶。怪只怪當時大家都急於逃命，連親生骨肉也來不及照顧。審食其只覺得自己的心緊張得就要跳出來了，遠遠眺望，岸邊似乎已出現楚兵的身影。

「這樣做不是很危險嗎？」

媚媚很想把自己的疑惑告訴審食其，再說劉邦的子女如今已不知下落，如果因而上岸，全數遭楚軍逮捕，這樣的代價不就太高了嗎？再說劉邦本人對子女的安危似乎並不放在心上，回到對岸只不過是送死罷了！

「如果能由審食其出面說話就好了！」

劉邦以眼色示意，要審食其說服呂氏。於是，審食其便安慰呂氏說：與其大伙兒上岸白白送死，不如仍以大局爲重，切勿自投羅網，淪爲楚兵的俘虜。

最危險的地方最安全

事實上，呂氏的子女並未失蹤，而是搭乘另一艘由夏侯嬰導航的船隻。

稍早在乘船之際，大人都在岸邊慌張地走來走去，而將劉邦的子女棄之不顧，他倆因害怕而哭泣，最後卻莫名其妙地跟著上了船。

當時劉邦等人沮喪不堪，大家莫不咬牙切齒地看著岸邊咆哮不已的楚軍，只恨船隻不能划得更快一些，早點遠離岸邊。因此，再也沒有人會把注意力放在照顧兩名孩童這件事情上。

這天風浪頗大，兩艘船隻全力划向水中時，正好捲起一陣巨浪，這點倒讓劉邦寬心不少，他知道如果風浪越大，楚兵越難以瞭望劉邦逃逸的方向。

「天助我也！」

劉邦心想。他彷彿虔誠的信徒一般，默禱上蒼能夠助他一臂之力。

河上狂風怒吼，水波變得激盪洶湧。

在船上，馬車幾乎占據了全船的寬度。馬車的車輪上左右各設置有兩塊木板，通稱橫木，上方的橫木名爲「較」，下方的橫木則稱「式」。上下橫木之間並無座椅。因此，搭乘馬車的人都得採站姿，並用一手緊握著「較」，以免因爲馬車的前進而上下搖動。

車夫更是辛苦，爲了駕馭馬匹，車夫必須一手套上馬繮，一手握著馬鞭，如此一來，勢必無法再去抓著橫木，只能用脚保持平衡。一般達官貴人的馬車總是行進得很緩慢，這倒還好，如果非得跑得飛快不可，就有待馭者純熟的技術了。

就駕馭術而言，夏侯嬰是相當了不起的，深受劉邦的信賴。

兩名孩童站在船頭握住船舷，正和蹲在他們身邊的夏侯嬰交談著。劉邦的女兒已十三歲，兒子只十歲，前者就是後來的魯元公主，後者叫劉盈，後來成爲漢朝的二世皇帝惠帝。劉邦對於這個兒子並無任何期許。

「這小子笨頭笨腦的。」劉邦經常這麼說。

由於劉盈長得比姊姊俊秀，皮膚細白，眉毛和睫毛也比較濃密，所以頗得女人緣。但他的臉龐稍嫌單薄了些，下巴尖翹，又容易動情而流淚，所以總是被人說是缺乏男子氣概。

「你實在太仁慈了！」

劉邦晚年對劉盈這麼說。後來爲了漢朝王位繼承人選的問題，劉邦幾度要換掉太子，惟因老臣力諫才作罷。

當船隻在河中行駛時，夏侯嬰開始想到，單是到達彼岸仍是不夠的，那兒很可能仍屬楚軍的陣地，屆時勢必求救無門。

「逃亡的方向是否正確呢？」

夏侯嬰想著，所謂「最危險的地方就是最安全的地方」，如果劉邦等人已經瀕臨窮途末路，與其南下逃命，不如逆行前往北方的沛縣，或是轉移到劉邦最早以流賊起家的碭（今江蘇省碭山縣以南）構築山寨，亦無不可。總之，若能回到家鄉一帶，就能找來不少朋友幫忙。

夏侯嬰雖非富智謀的人，但是自從跟隨劉邦以來，凡事都懂得爲大局著想。反倒是劉邦自己卻拿不出什麼主意。依他的優柔個性，凡事都喜歡由別人出點子或獻上策略，不論親疏，只要說出智謀，劉邦都會欣然接受。劉邦不但能夠虛心請益，更能激勵別人絞盡腦汁地思考。而今遭遇如此大變，劉邦乃就近請教夏侯嬰。

夏侯嬰獻言道：

「往北吧！」

劉邦聽了卻不禁大叫，這不等於是回到原來的岸上嗎？但是夏侯嬰卻分析說，如果不往北方走，就不能到達沛縣。

「而且，我們可趁黑夜登岸，迂迴北奔，途中遇到的楚兵就少得多了，到時候會有更好的法子也說不定啊！」

採用這種似虛又實的逃亡方式，確實需要很大的勇氣，但是若非死裡求生，勢將很難獲得新的轉機。

「嬰，就照你的說做吧！」

這就是劉邦的好處，他不願一意孤行，只好顧全大局。於是，兩條船又摸黑前進。途中，劉邦改搭夏侯嬰的船，但卻幾度看不到呂氏等人所搭乘的船，夏侯嬰囁嚅問道要不要找找看。

「不必管他們了！」

劉邦答道。這句話看似薄情，但是對於身爲漢軍首領的劉邦而言，克服眼前的危難才是最重要的，呂氏一行人是否平安非關緊要。

「他們已有審食其在旁照料。」

劉邦好像要安慰自己似的，把呂氏的安危全部寄託在審食其身上。

「嬰，現在只靠你了！」

在夜色黑暗之中，他們終於登陸，大家聚合之後，繼續北上。但是行進不久之後，前方突然冒出一支火炬，嚇得大家趕緊改道，深怕遇到楚兵。直到天快亮時，這才辨識出正確的方向，把馬車藏匿在森林之中，人員則躲入草叢中稍做休息。

從睢水北岸到沛縣這段路途，一路上就只能在夜間行動，白天藏匿，以免驚動楚軍。逃亡途中還是冷不防地會遇到楚兵，劉邦等人並未與之交戰，只顧拔腿就跑。這時劉邦身邊的侍衛每天都有人私自逃亡，從最初的十餘人，到沛縣附近時已空無一人。

「嬰，現在只有靠你了。」

劉邦不由得自怨自艾地說。夏侯嬰的身子因害怕而微微發抖，但是神情卻得故作鎮定，在他認爲，逃亡本來就是一件冒險的事，如今只好走一步算一步了。直到有一天，他突然想到：「媢媢是否平安無事？」但是這種念頭稍縱即逝，他已不屑把兒女私情掛在嘴上。

抵達沛縣附近的某天，衆人都已精疲力竭了，只見城內、城外到處充滿楚兵。

「嬰，這到底是怎麼回事？」

劉邦絕望之餘，連聲音也哽咽了。

夏侯嬰極力保持鎮定，他想，儘管越接近沛縣，遇到的楚軍越多，危險性也越多，但若能找到親朋好友襄助，蒐集到敵人的情報，則勝算亦自不小。

「不如到下邑（江蘇省碭山縣以東）去吧！」

「到哪兒不都一樣。」

劉邦雖然說著氣話，但仍聽從夏侯嬰的建議。根據夏侯嬰的情報，下邑也有一股小勢力可以依附。那股勢力的主腦人物是呂澤，他原來就打算率衆投靠劉邦，於是從單父（在今山東省）出發，準備前往彭城。

呂澤是劉邦之妻呂氏的大哥，早先爲了要投靠劉邦，從關中等地開始招兵買馬，聲勢日漸壯大。但因援救彭城失陷不及，只好轉往下邑。下邑一地曾是呂澤的父親呂公長期駐守之地，因此人緣和地緣極佳。

「呂澤果眞在下邑嗎？」

劉邦顯得憂喜參半。喜的是，若能前往該地重振旗鼓，便不至於步上絕路。憂的是，身爲大王的他，不但無能保護屬臣的安全，甚至還得要求對方的保護，宣揚出去實在難聽。

此時，呂澤已受劉邦冊封爲周呂侯，加上他是呂氏的長兄，對劉邦而言，若要攜家帶眷前去投靠，心裡頭實在不是滋味。

夏侯嬰了解劉邦的微妙想法。

「大王何妨先派人命令周呂侯防守下邑，然後假造情報，稱自己將前往西方的碭，暫且隱跡一段時間，然後下達召集漢軍的命令，使流落在外的士兵陸續歸隊，再偷偷潛回下邑。」

「嬰，你的謀略簡直和張良一樣高明。」

劉邦終於高興起來。

從沛縣到下邑，要行經西南的道路。在沛縣附近的那一段時間，劉邦等人莫不屏氣凝神，提高警覺。此時，楚軍已經獲悉劉邦出沒沛縣的消息，因而展開突擊檢查。

一連幾天，劉邦不敢稍有妄動。直到脫離楚軍的控制，走往朝下邑延伸的街道上，劉邦這才恢復平日的愉悅，此地是典型的沖積平原，視線所及，沃野千里。

他們駕著馬車，在白天趕路。不料這次卻失策了，就在距離下邑不遠處，前方出現一支爲數百人的楚軍，其中有步兵和騎兵。

「嬰！」

劉邦驚慌之餘，不由得舉起雙手抓住夏侯嬰的肩膀。

「沒問題的，不要害怕。」

夏侯嬰雖然感覺快要窒息了，仍平靜地說道。聽到劉邦驚駭失聲的語調，夏侯嬰反倒變得出奇地鎮定。他揚起馬鞭，驅策馬兒繼續前進。當時馬鞭前端都裝有鐵製的小釘，一旦用力抽打，會使馬臀受傷流血，爲此，夏侯嬰一向避免過度鞭打馬匹。

「哆！」

夏侯嬰叫喚著馬名，這兩匹馬是昨天才找來的，他分別命名爲「哆」和「葉」，每當喊叫馬兒的名字時，夏侯嬰會緊接著說：「**良馬不待策錣**（即鞭策之意）**而行，駑馬雖策錣而不進**。」夏侯嬰的駕馭術十分獨到，只要連連呼叫馬名，不必經常揮鞭，馬兒就會不斷奔馳，除非遇有緊急狀況才會急急揮鞭。

此時，夏侯嬰已揮鞭驅策馬兒繼續前進。劉邦驚恐地緊緊抓住右側的較，兒子劉盈和女兒劉姉則盤住左側的較。楚軍大驚之餘，紛紛讓路，等到馬車疾馳而過，這才驚覺車上的男子正是劉邦。他們立刻緊緊追趕塵灰中的馬車。

箭矢從後而不斷飛來，劉邦感到一股巨大的恐懼。眼前的情勢非常緊張，劉邦等人不斷閃躲，大家驚聲大叫，不知過了多久，後而的追兵已經走遠，夏侯嬰的馬兒也累了，車輪終於停止轉動。

抛子棄女，你丟我撿

可能是搭載劉盈和劉姉而使馬車的負擔過重吧！劉邦突然發覺此事，他抓住劉盈的衣襟，把他抛出車外，接著又撥開緊抓住橫木不放的劉姉，將她抛出車外。

夏侯嬰大驚，立即停下馬車，跳下車把兩人拖起，帶回車內。

「嬰！不要攔阻我。」劉邦怒斥著說：「把小孩丟下，我已經考慮淸楚了。」

「考慮什麼？」

「減輕車內的重量。」

劉邦這項舉動，就當時的倫理思想看來，是不會受到非難的，因爲自古以來，家庭的重心均以父母爲主，子女只不過是其枝葉，一旦雙親面臨危難，子女只不過更增負擔和掣肘，理應自行離去才是，譬如馬車負荷過重，子女就應該趕緊下車，表示孝順之意。所以說，劉邦把子女抛出車外的舉動，說穿了就是讓他們表現孝順的意思。

劉邦又重複地做了幾次，夏侯嬰也不厭其煩地停車、下車，把兩個孩子搶回來。最後一次，劉邦把劉盈高高舉起，丟向路旁的田裡。夏侯嬰見狀，又停下馬車。

「不要停車，否則我會殺了你。」

劉邦把手按在劍柄上，做出拔劍的姿勢。但是夏侯嬰仍毫不遲疑地下車，救起驚魂未定的劉盈之後，一起上了車。劉邦見無計可施，只有默默不語，他清楚地知道，自己絕不可能殺了夏侯嬰，如果他死了，這輛馬車勢必走不動了。

劉邦終於到達下邑，並且會見了呂澤。此時，劉邦對於曾經患難與共的夏侯嬰已經完全信任，但對呂澤卻顯得不太放心。他故作鎮定，以悠閒的姿態漫步而來，拍拍呂澤的肩膀說：

「大家都很平安，眞是太好了！」

相較於先前急著想把子女抛在路旁路狼狽模樣，劉邦的神采看起來有精神多了。

「彭城一戰，我實在是太疏忽了。」

劉邦輕描淡寫地說了一些彭城戰役的情形，然後佯稱自己順利地逃往碭以後，才到下邑來探望呂澤。呂澤陪同劉邦一齊登上城樓視查軍情。

「下邑的城牆稍嫌矮了些，又不夠堅固，不如你將軍隊全部轉移到碭縣來，如何？」

劉邦漫不經心地說著，透露出碭縣的重要性。除了隨行的夏侯嬰之外，沒有一個人會相信劉邦已經到了窮途末路，連一名士兵亦無的地步。

呂澤手下兵力約千餘人，勢力雖然不大，但若探悉出劉邦已無任何援兵，可能會生出殺劉邦以自立為王的野心，再說呂澤是劉邦的兄長輩，倘若把劉邦拿下交給項羽，亦無不可。

但是為人謹慎的呂澤竟被劉邦的假話矇住。呂澤的頭髮稀疏、發白，看起來年紀不小，但是脾氣卻是陰晴不定，極易受人煽動，有時也會做出心狠手辣的事。

劉邦那寬大的袖袍正圍抱著矮小的呂澤，兩人顯得十分親密。這時劉邦已經覺得自在得多了，甚至也能自行使喚左右僕役，形成「反客為主」的情勢。

「果真要說服呂澤前往碭縣嗎？」

劉邦心裡默默想著。碭，音同「蕩」，指水波流動之意。誠如字義所示，碭縣內的河流很多，沼澤也是處處可見，有些乾涸的地方則形成碭山、芒山等低丘。若能充份利用沼澤地形，比起建築城牆的防禦能力更能奏效。過去，劉邦曾以盜賊身份潛伏於此，使得秦末的縣官大感棘手。

只要劉邦回到昔時的藏身之處，散落四方的伙伴們都會聚集而來。

這段時間，蕭何一直待在關中。

「只要蕭何還活著，相這會設法送援兵來。」

劉邦一心一意地指望蕭何的援兵，但是他並未細想只有兵員還是不夠的，必須還得配置武器、馬匹和糧食，才能組成一支軍隊。

一天夜裡，周勃、盧綰等人自沛縣來到下邑，與劉邦會合。劉邦乍見鄉親故友，十分感動，眼角不禁流出淚水，連日來的驚惶、不安，遂一股腦地宣洩而出。

17. 九江王臨陣倒戈

房間內的氣氛瀰漫著一股風雨前的寧靜。大家你看看我，我看看你，間或發出刀劍的把柄相互碰觸的聲音。過了良久，有一門終於打開了，一個魁梧的人影隨即進入。……

劉邦經常口沒遮攔地說些粗里粗氣的話。

「像殘渣一般的傢伙！」

他對屬下有時會來個當頭棒喝或迎面痛罵，完全看他的心情好壞而定。

「可惡的傢伙！」

類似這一類的粗話，已經成了他的口頭禪。

隨何：正經八百的儒生

隨何是劉邦身邊的一名近侍，至於何時開始加以任用，劉邦已記不得了，只是依稀記起剛舉兵自立不久，這名男子已經跟隨在側了。

隨何給人的感覺像是正經八百的儒生，他的穿著打扮又像一名謁者（接待賓客的小吏），待人接物小心翼翼，處事十分謹慎。劉邦在彭城大敗後，返回原來的根據地碭縣，而隨何也循聲歸隊。

「隨何是個了不起的人！」

劉邦偶而會這樣地誇讚他。假使有人提出批評，劉邦也會大聲予以斥責：

「他不是壞人！」

劉邦不只一次爲隨何辯護，使人以爲劉邦對隨何非常賞識。

隨何一直以儒者自居，在三十歲的時候，他的眼神已經透露著少許老成的意味，甚至還學儒生一般留起鬍子，不管任何場合，他都盡量戴著頭冠，加上長年的自我磨練，使得外觀的容貌顯露出溫文儒雅的氣質，令人一望而知是一名知書達禮的儒生。

在當時，儒學風氣仍不及墨家普及，以儒爲國的論調也不夠普遍。無怪乎會有一些人批評隨何說：

「他只不過是在裝模作樣罷了！」

劉邦雖然不是讀書人出身，但是對於儒生並不排斥，只是偶而會藉機開開玩笑，指著儒服說是婦人的衣裳。

儒家的核心思想是仁義與忠恕。所謂忠，是指不事二主的盡忠，恕則是對人的體恤。儒家又強調凡事以身作則，但要保持謙虛，即使學富五車，也要懂得虛心待人，不能高傲自滿。

「儒生只是徒具表面工夫罷了！」

劉邦有時會這麼想，不過他對隨何仍然極為推崇。

秦朝曾經彈壓儒生，始皇甚至做出遺臭萬年的坑儒、焚書等惡行，但是被活埋的四百多名儒生以首都咸陽的人居多，其他地方的儒生很多仍然僥倖存活，值此亂世，儒生都得到處求職，幸運一點的，就能像墨家的學者一般，受到極大的禮遇。儒教不但強調做人要溫柔敦厚，重視倫理道德，並且提倡以禮治國，諸如王侯出入各地，都得依循禮儀，由謁者妥為安排。

劉邦並不講究王侯禮儀，在他看來，這些都是一些矯飾之情，並不值得重視。

「這是什麼東西！」

劉邦曾將儒帽取下，做為自己的尿壺，這種做法與其說自卑感作祟，不如說是未將禮儀看在眼裡的天性使然。

「儒生的動作和打扮，竟與女人有些相似，不知道還算不算是個男人？」

更有甚者，劉邦有一次曾經朝隨何的褲襠間冷不防地抓了幾下。

「喔！原來你眞的是男人！」

劉邦戲謔地說。

隨何爲六地(屬安徽省)人，早在虞舜時代，六地曾經出現一位首創中國第一部法律、以及提倡設置牢獄的官吏，那就是皋陶，六地人均以此事引爲美談，自稱爲皋陶的後代。爲此，劉邦特別影射與「皋」同音的「睪」，抓抓隨何的褲襠取笑一番。

「喔！隨何爲何竟不動怒，難道儒生的涵養都是這麼好嗎？」

劉邦不禁讚歎道。事實上，隨何始終保持和顏悅色，並未動怒。他緩緩說道：

「孔夫子教人要懂得忍辱負重，我讀過聖人之書，深知未見好德者如好色者的道理，對於大王輕率的舉動不會在意的。」

對劉邦而言，隨何的一番話是在拐彎抹角地挖苦自己。

「我一向不喜歡你唱高調，因此很想請教你：爲何不回復男性本色，別再做出唯唯諾諾的樣子。」劉邦說。

「儘管大王幾次揶揄過我，但我深信你的心地是善良的，因此一點也不生氣。不過我要懇請大王別再開玩笑下去。」

「你眞是執迷不悟啊！」

劉邦自知理虧，不願再多說什麼。

當劉邦返抵碭縣，與舊部下聚會時，有人建議說：

「繼續往西進攻吧！」

劉邦便率領衣裝襤褸的士兵繼續西走，進入虞城(今河南省虞城縣)境內。虞城是一座歷史悠久的名都，傳說中的帝堯曾建都於此。當地水運便捷，腹地廣大，取得糧食並不困難。劉邦和韓信、張良等人也相繼聯絡上，並且獲知他們四處募兵的訊息，而在西進的路上不期相遇。

「要更往西去吧！」

張良這麼認爲。更具體的目標是：要以控制黃河流域最大穀物集散地的滎陽(屬河南省)爲據點，該地的穀倉不僅可供應數十萬名士兵的糧食，更能就近監視關中盆地，對外交通也十分便利。

蕭何則已搶先一步，進駐關中盆地。他自兵敗彭城之後，就和劉邦失去聯絡，自此他便潛返關中，暗中招募士兵，再將新招募的兵馬一批一批地進駐滎陽。此舉雖未告知韓信等人，但卻很快地被張良發覺，張良曾派人到虞城傳話給劉邦：

「滎陽及其西鄰的城牆上已經飄起漢軍的紅旗，相信不數日，虞城即可獲得十萬的援兵。」

「喔！會有這種事？」

劉邦的神情顯得半信半疑，歷經彭城戰敗以來，劉邦彷若一隻傷痕累累的鬥雞，只想休養生息，對於軍隊事宜無精打采。每當想到楚軍的聲勢如此壯大，就認定自己又會敗下陣來，此種潛伏的不安，無形之中已經消磨了他的鬥志。

「我很難勝過項羽。」

不戰而敗的想法像壞死的傷口般一天一天地擴大，彭城失陷和逃亡的情景，經常出現夢中，幾度令劉邦從惡夢中驚醒。「我好疲倦！」「你們這些沒出息的傢伙！」這類話語也成了劉邦的口頭禪。

別有居心的墨刑犯

某一天，劉邦看見左右只有儒生隨何及其他少數人，他憂心地抬起下頷說：

「待在我身邊的盡是一些無聊的人，難道沒有人替我出使千里，設法挽救眼前的危機嗎？」

這時候，意外的事情發生了。

「大王！」

劉邦一聽，不禁站起身來，原來是從角落傳來一個凜然的聲音。劉邦仔細一看，原來正是儒生隨何。

「你有什麼好的建議嗎？」劉邦問道。

「是的。」

劉邦意興闌珊地說：

「能否說出來聽聽！」

「沒問題。」

接著，隨何便獻上一計，原來是有關項羽的部隊主將之一黥布的事。此時，黥布知道項羽及劉邦正在交戰之中，卻又極力保持中立的姿態。

「黥布的舉動很怪異，難道他對項羽已經不再忠誠了嗎？」劉邦反問道。

黥布並非貴族後裔，而是一介平民出身，這點和劉邦的背景相似。唯一不同的是，黥布是個前科累累的盜賊出身，因此聲名極壞。當時的刑罰極重，除了死罪之外，常見的處罰就是斬斷雙脚的脚後跟或直接在身上刺青，使人一望而知對方曾有犯罪的前科。又如戰國時代的思想家墨子，據悉也曾受過刺青或紋青的墨刑。

「黥」字的意思，是指受過墨刑的人，布是他的名字，他的本姓是英，但不自稱英布，而被別人稱爲黥布，此稱的由來不能不說是和人們對受刑人的輕蔑有關。正因如此，黥布的名字頗受大家的爭議。

在當時，人相學頗為流行，英布在少年時期被一名相士看過相，這名相士當下表示：在他長大之後可能會受到刑罰，但是日後卻能一路騰達，當上大王。正因如此，當他受到墨刑時，不但不難過，反而滿懷信心地以為自己即將時來運轉。

黥布的自負引來別人一陣嘲笑，紛紛表示：

「黥布眞是一個忝不知恥的人。」

隨何也聽說過這個傳聞。

無獨有偶地，黥布和隨何都是六地的同鄉。秦末年間，黥布受到召赴驪山從事勞動時，曾經飽嘗鞭笞之苦，終日忙著搬運泥土。由於該地的勞工都是囚犯出身，和黥布的賊性十分投合，於是便相偕逃亡，前往長江岸邊，幹起打家劫舍的勾當。

「黥布發跡成為老大，是從受到墨刑開始的。」隨何這麼想。

秦末，當陳勝發動平民革命之際，黥布也乘亂揭竿而起，他說服了治理長江、鄱陽湖一帶的鄱陽縣令吳芮，娶了他的女兒，然後又把吳芮的部屬全盤接收過來，逐漸擴展自己的勢力。相形之下，黥布比起許多英雄豪傑競相投靠陳勝的情形，來得獨立得多。

「我才不屑跟隨陳勝呢！」

黥布的想法顯然是自負心使然。此外，造成這股勢力的日益蓬勃，也是因爲陳勝和占領長江中游的黥布各據一方，地理位置相隔較遠。

不久，項梁也在長江下游附近崛起，勢力急遽成長，當他率領大軍經過長江流域時，黥布曾經主動要求加入。**造成黥布急欲見風轉舵的原因，是因爲軍隊的養成不易，負擔又大，只好轉而依附其他更大的勢力，以求自保。**

戰局一天天地發生變化，繼項梁於定陶戰死之後，楚軍內部也發生不小的權力鬥爭，結果由項羽取得權位。

「項羽這小廝。」

黥布覺得非常意外，雖然他也聽說項羽具有不服輸的個性，但是內心仍有一絲顧忌。

「是否該退出楚軍的陣營？」

黥布心裡不斷思索著。但是幾經考慮過後，他決定暫時作罷，原因之一是，一般百姓對項羽具有崇敬的情感，對黥布卻只是敬而遠之。在項梁時代的某一時期，黥布和劉邦曾是同僚。黥布起初未將不擅打仗的劉邦放在眼裡，等他發覺劉邦的聲勢已日益增長時，更覺不是滋味。劉邦主要是由關中農民推舉出來的領袖，具有一種寬宏的政治性格，而黥布在這一方面則遜色得多了。

當黥布在新統帥項羽成立新楚軍時，便順理成章地留下來擔任一名部將，乍看之下，理應是個安於現狀的人。但在滅秦之後項羽大封王侯之際，黥布卻因只受封爲九江王而顯得耿耿於懷。九江包括黥布原有的根據地鄱陽縣及其故鄉六縣在內的大地區，也許是基於衣錦還鄉的心態，黥布遂以六縣爲王都。

所謂「王」，其實不過是西楚王項羽的一名手下而已，說不定因爲項羽一時的情緒起伏，連帶身首異處呢！可見王侯的地位並無保障可言。黥布只宿命地認爲：他的一生註定能當王，既然已當上王，一切就認命吧！

然而，自從受封爲九江王之後，黥布對項羽的態度卻產生了微妙的變化。

項羽的勢力雖然相當強大，卻有許多人相繼背叛他：齊與趙表露出反楚的敵意，西方的關中儼然成爲劉邦的軍事補給地，雖然這些勢力尙未構成嚴重的威脅，但是接二連三的反對勢力，也使項羽疲於奔命。

爲此，項羽特別需要仰賴九江王黥布的軍援，但是黥布的態度並不積極，當項羽準備遠征北方的齊地時，黥布佯裝生病而不願出征，只派遣數千名士兵前往支援。

劉邦趁項羽不在的期間攻占彭城時，黥布也未前往救援。後來項羽雖奪回首都彭城，但從這時開始，九江王黥布究竟存何居心，遂成爲項羽十分關注的事。項羽好幾次派遣使者前往六地予以斥責，不過這些指責反而使黥布的態度更形堅定。

「有朝一日，項羽會下令殺我。」

黥布有此不祥的預感，於是對接連幾次項羽召他回營的命令，只有佯裝生病不便前往。黥布對於項羽的抗逆之心益見明顯，似乎有意自組第三勢力。

黥布的中立反倒對劉邦有利。

出使六地拉攏黥布

「必須設法拉攏黥布……。」

經隨何這麼提醒，劉邦突然眼睛一亮，豁然開朗。他責怪自己已經好久不曾想過當前的情勢。彭城失敗後，地方上的各個勢力大都倒向項羽，劉邦幾乎忽略了其他盟友的存在。如今居弱勢的劉邦能否取得黥布的支援呢？

「怎麼辦呢？」劉邦一一環視在坐的人，不知何時，四周的將卒已越聚越多。「有誰願意擔任使者，前往淮南六地說服黥布呢？」

劉邦刻意把視線從隨何身上移開，環視其他人。一時之間，大家沉默不語，只有隨何一人抬起頭來，等待劉邦的視線回到他的身上，當兩人的視線相遇時——

「我願意去！」隨何以鎮定得令人生敬的口氣說道。

劉邦以似笑非笑的口吻說：

「可不能在隊伍前面吹奏音樂喔！」

劉邦之所以這麼說，完全是因爲他對儒家講求禮儀的漠視。隨何並不想多費唇舌，只說：

「難道大王忘了我是六地出生的嗎？」

「確是如此。」

隨何的話已經表明自己的立場，當下令劉邦折服，立即決定派遣他出任使者。

不久，項羽又發動更大的攻勢，進逼虞地，劉邦驚惶不已，趕緊向西逃亡，進入黃河南岸的滎陽城。

在滎陽城內，張良和韓信已將該地布置成一處要塞。

自先秦至秦代年間，位居中原黃河沿岸的滎陽及成皐在內，都是政權和賦稅——尤其是繳交穀物——的重要集散地，正因如此，這些城壁顯得特別高聳和厚實，城門也十分牢固，外敵很難輕易攻下。

張良和韓信充份利用這些城牆的設計，進行更堅實的防禦工程。他們在周圍的大小城鎮之間還開闢出幾條又長又寬的甬道（亦即建起兩側與胸同高的圍牆，中間挖出一條道路），平時可相互聯絡，戰時則供軍糧的搬運和補給之需。同時爲了加強甬道的構築，兩側的圍牆亦修建得十分厚實。

此外，蕭何在駐守關中盆地期間，也將該地的軍事、交通設施做得十分周詳。蕭何把糧食經由函谷關一批批送到，再將新徵募的關中軍，陸續送往滎陽、成臯，接受軍事訓練。

「這就是我的守城嗎？」

劉邦懷著雀躍而驚喜的心情，進入滎陽的城門。隨何和其他幾位受派到六地的使者，護送劉邦等人到滎陽城外，便和劉邦辭行，調頭朝南方去了。

劉邦進入城門，與張良相見，兩人久別重逢，熱烈寒暄了一番。

「彭城一別，眞是難爲你了，我還直擔心漢的氣數已經到盡頭了呢！」

儘管劉邦這麼責怪自己，張良的情緒依舊相當鎭定，他那穩定的眼神猶似晚春的陽光，撫慰劉邦受折難的心，只淡淡地說「勝敗乃兵家常事」，然後仔細端詳劉邦的臉說：

「大王的氣色倒還不錯！」

話中充滿對劉邦的激勵，劉邦點頭稱謝，然後才說：

「我已派遣使者去見黥布。」

「使者何人？」

「是隨何。」

劉邦說出名字之後，只見張良微微動容，劉邦旋即想到此人是否並不適合擔任使者，於是補充說隨何和黥布同鄉，是六地人。

「使者何時動身的？」

「剛剛才從滎陽城外出發。我也覺得奇怪，爲何隨何不願進入城內？」

「那是因爲……」

張良停頓了一下，這才笑出聲來。原來，多智的張良已經猜測出隨何的心意，他是害怕自己一旦進入滎陽城內，必定會和張良見面，這麼一來，隨何生恐劉邦會改變心意，派張良同去。**既然隨何有意迴避張良，以爭取自己出使的機會，顯示此人已經具有過人的智慧和膽識，出任使者的任務應當不成問題**。

「隨何並不怕死。」張良讚歎地說。

「喔！想不到外表斯文的他，也有出生入死的勇氣，我眞是低估他了。」

劉邦慚愧地說。

「大王的看法實在太偏頗了，舉凡是人，無論男女老少，若能堅持理想，到頭來連犧牲性命也再所不惜。」

「那麼，隨何爲什麼不立刻從虞城出發呢？」

「對於出使千里的人來說，唯有得知自己的後盾堅強而鞏固，才能產生最大的毅力和自信心。假使從虞地那個殘破的城門出發，勢必影響自己的信心，我想，隨何是想多看一眼漢軍的強盛軍容吧！」

張良坦率地表示：

「子房先生，」劉邦鄭重地稱呼道，接著又說：「隨何一行果眞能說服黥布嗎？」

「也許吧！」

劉邦不禁嘀咕說：如果改派張良出使就好了，但是張良卻搖頭說：

「不管誰當使者都一樣，因爲黥布實在是個老奸巨滑的傢伙！」

言下之意是說：就算取得黥布的支援，滎陽、成皋及敖倉的防禦陣線仍得加強防守，以備項羽突如其來的攻擊。**惟能先求自保，才能爭取別人的同情和助力**。

「唉！漢軍何其脆弱！」劉邦又自怨自艾起來了，他又說：「漢軍的氣勢怎麼做也不是項羽的對手。」

「不對，我們還有韓信。」

張良答道。韓信在漢軍的卓越表現，早已爲關中的人所熟知，此時劉邦已從夢中乍醒，對於韓信的才能誇口不已。

走進殺人魔王的城堡

隨何繼續向南前進。數日後，他卻接獲項羽派兵團團包圍滎陽城的消息。

「那座城池可堅守百日。」

隨何心想。換句話說，當劉邦等人堅持固守的這段短時間內，他的命運也和漢軍休戚與共，必須趕緊爭取外援，拯救漢軍。

隨何並不敬重劉邦這類草莽性格的人。不過既然以儒者自居，凡事得講求義理，不能拂逆劉邦的意旨。至於九江王黥布，隨何對他的看法是：此人生性殘暴不仁，個性與項羽頗為相近，應為崇尚仁義和忠恕的儒教所不容，相形之下，無論劉邦如何厭惡儒者，卻是比黥布良善得多了。隨何仍寄望劉邦有朝一日能成為天下的共主。

至於項羽如果獲勝又會如何呢？

項羽對於血親極為看重，但對背叛或無關緊要的人則不屑一顧，舉個例子來說：他曾活埋舊秦兵二十萬人，而不願加以接納，就是殘忍不仁的事。此外，項羽還把楚義帝放逐至南方的蠻地，並加以殺害，種種倒行逆施的作風已經使他惡名昭彰。

對於出使六地的隨何來說，還有一件可怕的事烙印在他的心中——黥布曾是一位殺人魔王。猶記在新安城內，黥布曾經指揮把二十萬秦兵活生生地趕入谷坑內，再予以塡土活埋。又：派人執行在長江沿岸追趕義帝加以殺害者，也是黥布所爲，那個手執兵刃、刺殺義帝的人則是過去和黥布一起揭竿而起的岳父吳芮，此時吳芮已獲衡山王的封號。以上種種罪行，無一不是項羽針對黥布的殘忍性格加以利用的結果。

隨何此行的目的，要說服這一位殺人不眨眼的魔王，將他拉攏到劉邦的旗下。

「此行是福是禍，委實難以預測。」

隨何一路上只覺得心情非常沉重，臉色一陣灰白，不知能否達成任務。

隨何不時地在反省自己是否遵守儒家的道德規範。依照他的解釋，如果自己是一名提倡「非攻」之說的墨家信徒，勢必不能強辭說服黥布倒戈。假使自己信奉的是老莊學說，也不適合談論軍事事宜。換句話說，惟因自己正是一名不折不扣的儒生，才能論情論理地分析時勢，以此爭取黥布的信任。

「看樣子，劉邦爲了獲取最後的勝利，即使和豺狼握手言和也是不得已的。」隨何自言自語道。

爲了不汚辱漢王的名聲，隨何依照禮儀多帶了幾名隨員，劉邦對於隨何的鄭重其事曾經嗤之以鼻，不論如何，此行光是使者團員就有二十餘人。總計包括主要的使者隨何及數名隨員、護衛、以及擔任搬運工作的人在內，人數約在三百之譜。

隨何對於部屬的服裝要求得極爲嚴格。當他們一行人在不遠處看到六城的城門時，所有人都得換上新衣和甲冑。

「整肅儀容就表示對九江王黥布的敬畏。」

依隨何之見，整容更衣便是禮儀的表現，然後他又吩咐一名隨從輕叩城門，要求和黥布見面。過了不久，城裡傳來黥布的指示說：

「不行。」

隨從回來傳報。

「哦！這麼一來，又該如何是好呢？」

一種不安的預感掠過隨何的心中，但他旋即想到：不妨改以禮義之交爲由加以說服，於是他又交待隨從前往說明「漢王願與九江王相待以禮」；並且強調說：身爲漢王的使者，如果無法得到同等對待的禮遇，等於侮辱漢王，甚至辱及九江王。進一步說，惟有禮遇使者，才是雙方建立友好關係的開始。

「這就是禮。」隨何補充說。

隨何的話並未打動黥布，所獲得的回覆竟是：

「九江王本來就沒有和漢王交好的意思，何來禮貌的問題呢？」

聽了這番答話，隨何仍然故作鎮定，並未露出不悅的神情。

抱必死決心的使者

事已至此，隨何只好暫時作罷，先行安排住宿的事。在六城，住有許多舊識和親戚，找到住處並不困難。

隨何有一位故舊姓楊，是位肥胖的男子，很早以前便服侍黥布，任太宰職。太宰的地位頗受重視，專司大王的飲食和宴客等事。

「我乃奉漢王之命而來。」

隨何對楊姓朋友門門見山地說，以此聲明自己達成任務的決心，然後委婉地請求能透過太宰的安排謁見黥布。楊太宰抵不過隨何的苦苦哀求，便向黥布報告此事，但是黥布的回答卻是異常冷淡。更糟的是，楚王項羽也在這個時候派來使者，使隨何的求見希望愈見渺茫。

「看來這件事情是談不成了。」

楊太宰說。然而隨何卻斬釘截鐵地說：

「九江王眞是大錯特錯！」

他又說：

「楊太宰啊，九江王之所以願意接見楚王的使者，而迴避漢的使者，只不過是有鑑於楚漢強弱的情勢罷了！事實上並不盡然，請您轉告九江王，投靠項王對他只是有百害而無一利。」

「我只不過是一名太宰。」楊太宰困惑地說：「我的職責是爲大王做飯做菜，盡心竭力地討好他的胃口，若要和他談論政治的事，難免有踰越職位之嫌。」

「楊太宰啊！你難道看不出九江王的心事嗎？」隨何的眼神像刀斧般犀利。他又說：「**我來六地之前，早已抱定必死的決心，目的是爲了救九江王而不是漢王**。如果九江王不肯聽我的肺腑之言，只管派人將我殺死了事，再將屍體陳放在楚王的使者面前，顯示出他對項羽的忠貞吧！」

隨何這番慷慨激昂的話，果然打動楊太宰，他將隨何的話語一分不差地傳入九江王的耳裡。

「喔！原來漢王的使者是抱定不惜一死的決心來的，衝著這一點，我倒要見見他。」

黥布聽了太宰的話之後，便答應召見隨何及其二十餘名隨從。不過，爲了顧及楚王使者的耳目，此事不宜宣揚。因此，當隨何獲悉九江王願意接見的消息時，已是日落時分。

進入宮殿之後，隨何等人由楊太宰舉著一盞微弱的燈火做爲引導，每個人都抓住前一人的衣袖而行，依序右轉、左折……，幾經彎路之後才到達一間小屋。

「難道這間黑漆漆的屋子就是我殉死的地方嗎？」

隨何不禁害怕得簌簌作響。

坊間曾傳聞黥布十分喜愛女色，只要擄獲美女，立刻鎖在後宮限制其行動，他所獲得的美女不計其數，都是來自各地不同種族的美女，彼此的言語也都無法溝通，不過這些並不重要，黥布只是爲了性慾的滿足罷了！

惟有這一天晚上，黥布打破入夜尋歡作樂的慣例，因爲他決心接見漢王的使者。

「究竟該不該見見他們呢？」

類似的疑問已經困擾黥布好幾天了，如今他已決定放手一搏，聽聽隨何等人的高見。造成這個改變的原因是：黥布仍存有爭霸天下的野心，他極不願意終此一生聽任項羽的差遣，於是力思突破，爲了一己的利益，只好冒險嘗試。

猶記項梁猝死之際，黥布內心便生恐慌，害怕甫就位不久的項羽會加害自己。項梁生前曾擁立楚懷王（即後來的義帝），並自稱爲武信宗，然後依序封賞有功將領，他對黥布極爲禮遇，特封當陽侯，大力褒獎其軍事長才。直到項羽繼位爲王不久，黥布才改稱爲九江王。

黥布萬萬沒想到，劉邦及其勢力竟會發展得如此快速。

當劉邦趁項羽北征期間，攻下首都彭城時，聲勢已達五十餘萬人，這種情形頗令黥布訝異，接著漢楚便展開激戰，雙方苦戰迄今，後果如何誰也不敢預料。黥布見狀，頗思漁翁得利，於是採靜觀其變的方式，極力保持中立。

但是楚王項羽卻想逼迫黥布就範；另一方面，漢王也派來使者，準備說服他轉而援助漢。

「依目前的情勢來看，仍不宜輕舉妄動。」

黥布心裡已有算計，他所堅持的中立原則不會改變，但若論及維持中立所需的強大武力，仍嫌不足。身為九江王的他，軍隊只有一萬名左右，遑論取得天下的共主地位。他翻來覆去地想了幾次，覺得**如果表明抗楚之心，勢必會激怒項羽派兵來襲，不如暫且假意示好一陣子再做打算，至於示好的禮物無他，就是那些自投羅網的漢王使者。**

「與其和項羽過意不去，不如刻意表示我誠服之心吧！」

黥布年輕時十分好賭，有時為了爭意氣，再大的賭注也甘願下，但是經過歲月的歷練之後，他已變得沉穩內斂得多了，不再做意氣之爭。

風雨前的寧靜

門外已傳來宦官傳報的聲音，稟告漢王使者已經在另一廂房中恭候多時。

隨何等人正在房間裡焦急地等待著。房內的地板鋪得極厚，隨何一夥人分別坐在各處角落，銅製的燭台上灼灼燃燒著五根小火苗，在幽微的燭光下，只能依稀辨識出彼此的臉。

房間內的氣氛瀰漫著一種風雨前的寧靜。大家你看看我，我看看你，間或發出刀劍的把柄相互碰觸的聲音。

過了良久，有一扇門終於打開了，一個魁梧的人影隨即進入，同時也有十座燭台分別跟進——是黥布和他的侍從。藉由明亮的光線，黥布看清了漢使者一行的臉，奇怪的是，隨何並不能清楚地看到黥布的臉，可能是侍從刻意將燭台放置在離黥布較遠之處所致。

黥布發出沉重的聲音說：

「我就是九江王。」

然後坐了下來。

由於隨何具有使者的身份，毋須行使特別隆重的君王之禮，所以只是緩緩地彎腰行禮，說些祝禱的話，再將漢王的贈禮一一獻上。這時，黥布已經忍無可忍，打斷隨何的話說：

「我已從楊太宰得知你是漢王派來的使者，有什麼話請爽快地說吧！」

隨何聽出黥布說話的聲音雖然刻意壓得極低，但卻字字清晰有力，心想：

「原來黥布已經完全清楚我的來意了！」

於是隨何便鼓起最大的勇氣，湊上前去仔細地看著黥布的臉。黥布的五官極爲突出，稜角分明，眼、鼻的線條很明顯，隨何聯想起此人正是在新安坑埋二十萬秦兵的魔王，不由得心中爲之一寒。

「這個文謅謅的書生能夠想出什麼好計？」

對黥布而言，眼前所要談的事無非就是攸關自己的權勢和利益，等到取得這些情報之後，漢王的使者也就沒有利用的價值了，屆時不妨先行加以軟禁，再對項王或漢王施壓。

早在戰國時代，雄辯之士透過滔滔不絕及隨機應變的口才，留下很多動人的故事。隨何也想藉著對答的方式來說服黥布。

「對楚而言，但不知大王以何種身份自居？」

「我嗎？」黥布陷入一陣沉思，他低聲地說：「我只不過是楚王底下的臣子罷了！」

「喔！這麼說來，大王並非項羽的血親，論地位，當然不及楚國的其他諸侯了。」隨何又以溫和的口氣加以挑撥：「楚就是項王，你我都只是項王的屬臣而已！」

「我懂。」

隨何見黥布點頭同意之後，便一一列舉出許多楚的屬臣並不支持項羽的事實，然後影射黥布對楚王的忠誠並不切實際，譬如他只派了幾千名士兵參加北伐，而在劉邦攻陷彭城時逕自袖手旁觀。對於這些證據，黥布並未表示異議。

「換言之，大王只是徒具屬臣的名份，卻未履行屬臣應盡的義務。」

「……」

黥布臉上頓時失去生氣。

「大王啊！」隨何正色說道：「**您以虛名的屬臣身份投靠項羽，說穿了不過是為了自保，但是自古以來，採取這種低姿態的方式而能獲得權位的人，卻是不會有的。**」

「眞的嗎？」

「我隨何是一介儒生，從來不打誑語。」隨何特別強調自己是孔夫子的信徒。他又說：「大王不妨想想看！如今你以中立之姿覬覦天下，這是人盡皆知的事實。」

「世人都是這樣看待我的嗎？」

黥布認眞地問道。隨何緊接著說：

「連彭城的三歲小孩都曾這麼說，難道您竟一無所知!?」

「我並不知情。」

黥布說話的聲音變得軟弱無比。

舌粲蓮花的說服術

「大王，如今是您澄清立場的時候了。」隨何舉起雙拳放在桌上，做出兩者取其一的暗示說：「就我所知，大王有朝一日定會背叛楚王——雖然這句話未免言之過早，大王也因爲楚軍實在太強了，還不敢輕易地做成決定。但是您不妨想想看，強弱之勢往往是相對的，楚的強大是基於表面上的強勢，而漢的示弱卻是局限於表面上的弱勢。事實上……」

隨何突然把聲音壓得更低一些，待黥布湊近時才說出：

「漢的防禦猶如銅牆鐵壁一般。」

隨何詳細地指出：漢王劉邦已召集散落四方的諸侯，退守至滎陽—成皋一帶，把這兩座城堡構築成大型的碉堡，不但充實要塞的設備，並且挖掘溝渠、加高城牆，在野外矗立起具防守作用的「邊徼」，徼內布滿士兵，防禦規模之大，堪稱史無前例。除此之外，後方還有巴蜀、漢中、關中等腹地，使得軍用的兵糧得以經由黃河沿岸的水、陸運交通，一批一批運到滎陽、成皋，兵馬也不虞缺乏。

隨何不愧是儒生出身，一字一句，都深深打動了黥布。

「所以說，楚若來攻，必得從彭城出發南下，行軍路途雖無萬里之遙，但要深入漢軍的核心地帶，至少也有八、九百里之遠。」

隨何又細數楚國後繼補給乏力：

「在這條八、九百里的行軍路上，不時會有反楚的流賊出沒其間。同時爲了因應採取圍攻所需的大量兵力，楚王勢必組成浩大的隊伍前來，連彭城的老弱殘兵也得派上用場。然而對漢軍而言，只要堅守城池，不讓楚兵攻進，那麼楚兵只有消耗而死，一籌莫展地收兵而返。」

隨何的話似乎已經勾勒出楚漢對峙的勢力圖，好讓黥布認清當前的局勢。

「四方的諸侯……」隨何這才改變話題：「怨恨楚王者所在多有，就算毫無怨恨可言的人，十之八九無不害怕會被楚王任意誅殺，一旦漢楚的對峙呈現膠著，他們勢必爭先恐後地支持漢王，盤據滎陽、成皋到關中的漢軍，勢必更形穩固。」

「確是如此。」

黥布點頭稱是。

「大王啊！」隨何又說：「如果大王想獨自舉兵背叛楚王，以淮南的兵力實在不及項羽的十分之一，我要惶恐地斷言：這種情形只不過是雞蛋碰石頭罷了，項羽一定不會覺得痛癢。」

「你說的不錯，我的兵力實在微不足道。」

黥布變得率直得多了。

「漢王不致於期待大王做出此種錯誤的決定。然而如果時機成熟，等到項羽平定齊地，大王即可擺明立場，掛起反楚的旗幟，好讓項羽有所顧忌，不敢全力攻擊滎陽和成皋，這才是使大王發揮影響力、名滿天下的方式。」

雖然隨何竭盡所能地自圓其說，但是他的預料卻錯了，因爲後來項羽對漢軍的襲擊並未曾稍減。不過，黥布並未察覺出話中的謬誤。隨何又說：

「如果能把項羽牽制在齊地一帶，天下當然就是漢王的了，這時寬宏爲懷的漢王一定會分出大塊土地封賞給你。」

黥布不禁陶醉在隨何的話語之中，他一反平常做事謹愼的作風，乾脆地答道：

「就聽您的話吧！」

黥布隨即吩咐屬下準備酒菜，款待隨何及其隨從。隨何雖然因說服九江王而感到欣慰，卻又稍覺不安，他想：像黥布這樣的男子，果眞這麼輕易地就能接納自己的話嗎？

最後，黥布透露楚王的使者也已來到，於是將隨何等人安排在宮殿內休息。

一行人的臥室有一扇窗子，窗外不時會傳來草叢中的蟲聲，吵得人難以入眠；正當隨何覺得心煩氣躁的時候，蟲聲突然停止，取而代之卻是士兵巡邏的脚步聲，同時人數頗多。

次日晚上，巡邏的士兵更多。

「難道是準備刺殺我們嗎？」

一想到這裡，隨何的心情變得忐忑不安。自從離開虞城到六地以來的緊張情緒，已經達到最高點，他反覆思考黥布的性格，一股恐懼感頓時瀰漫心頭，連帶牙齒也害怕得喀喀作響。

第三日起，隨何等人的行動便受到明顯的限制，白天禁止到迴廊和庭院內走動，如厠時得有衛兵跟隨。

「這不就是擺明了要殺我們嗎？」

隨何的年輕隨從之中有個名叫沈鴻的人，不禁哭泣起來，這樣質問隨何。他也是一名儒生，老家住在鄰近鄱陽湖的廬山，他是獨子，新婚不久，還沒有後代，假如不幸殉難的話，他的家族恐怕就要絕後了。

「我不怕死，只是擔心不孝！」

沈鴻哭喪著臉說道。隨何以「士者視死爲歸」這句話先安慰他，然後提高聲調說：亂世未定，遑論妻兒。

「如果有人做了不孝的事，所有的罪過就歸在我身上吧！」

隨何義正嚴詞地說。沈鴻仍是哭泣不已，隨何便拍拍他說：

「你不正是一名士嗎？士就是指在非常時期，做出非常任務的人啊！」

「要成爲士之前，先得要成爲儒生，儒生必須做到祭祀祖先。」

換句話說，沈鴻和其他隨員一樣，只想早點返回故鄉，至於其他儒家所說的大道理，並未放在心上。隨何對此只有默然搖頭，一時之間也想不出什麼好法子。

在這段期間，隨何已和一名九江王的衛兵攀上交情。數日過後，那名衛兵便傳話說：楚的使者已經進入宮殿，正在謁見大王。隨何見機不可失，與其這樣坐以待斃，不如發動暴亂。於是，他從行李中拿出幾匹絹布，買通衛兵，請他帶路前去會見黥布。

「我上了這儒生的大當了！」

宮中瀰漫著愁悶的氣氛。楚王的使者正高聲地說個不停，責備黥布的支援不夠積極，黥布則垂著頭，悶不吭聲地坐著。

突然間隨何逕自長驅直入地走進宮中，大聲地說：

「我是漢王的使者，九江王已經決定歸附漢王，楚人最好趕緊離開這裡！」

當隨何說完這些話，比楚王使者更加驚愕的人，當然就是黥布了。幾天前，他因爲一時陶醉於隨何的辯才無礙之中，勉強同意歸漢，如今早已心生動搖，轉而思考重回楚王旗下的可能性。

聽了隨何這番唐突的話，楚王使者不分青紅皀白，盛怒之餘，隨脚踢翻坐席起身，不發一語便揚長而去。

隨何立即對黥布說：

「事已至此，大王等於對楚宣戰了。」

態度至爲謙卑而殷勤。

黥布見大勢已去，只好下令追殺楚使，以示與楚決裂的決心。

同時期，項羽已經下令將滎陽、成皋兩城團團圍住，攻擊之烈，令漢軍難以招架。項羽本人則親率士卒前往虞城以東的下邑，掃蕩幾支小勢力。當他獲悉黥布背叛的消息時，大發雷霆，立即將戰場上的大軍交給龍且及其部屬，另組一支由項聲帶領的軍隊，一舉圍攻黥布所在的六地。

對於這件事，隨何早先對黥布的保證：「一旦你背叛楚，項羽就會停留在齊地按兵不動。」便不攻自破。

「唉！我上了這個儒生的大當了。」

黥布心中懊惱不已，但是後悔也已來不及。他指示士兵，努力防守，但是大家卻聞楚色變，趁入夜時分紛紛逃亡，沒過幾天，六城淪陷。

黥布只得落魄亡命，他率領隨何及一些殘兵敗卒，轉往北逃，準備前往投靠滎陽的漢軍，途中幾度遭遇楚兵，只好拚命逃亡，整支隊伍最後只剩下少數人，為了保全性命，大家傷的傷、逃的逃，丟盔卸甲更是不在話下。

他們白天都躲在叢林裡，到了夜晚才繼續趕路，曾經叱咤一時、令人聞之喪膽的殺人魔王黥布，怎麼也不會想到，自己會有落魄逃亡的一天。

「一個人的威猛、英勇，不過是時勢造就出來罷了！」

隨何這麼想。

代價昂貴的賭注

當他們接近滎陽城時，立即感到楚軍兵臨城下的可怕威勢，四面八方布滿無數的敵兵，截斷了漢軍的甬道，此種景況又和隨何對黥布所說的情形大相逕庭。

「我並不怪你，因為所有的使者都一樣，必須具備天花亂墜的口才。」

黥布對隨何輕聲斥責說，但是在他的心裡，再也不願相信儒生的話。事實上，使者說的話，不正是都要天花亂墜、言過其實，才能動人心志嗎？

然而，使黥布的期望沉到谷底的事情，則是當他冒著極大的危險，進入滎陽城之後，見到劉邦的情形。

劉邦向來喜歡由別人替他洗腳。這時，他習慣地坐在矮凳上，張開兩腿，由兩名婢女替他洗腳。黥布就是在這樣情況下見到劉邦的。照道理說，黥布和劉邦一樣，具有王侯的身份，會見時應該換上像樣的衣服，並且預設宴席，率領衆臣隆重迎接才是。

「想不到貴爲王君的劉邦，竟然一點禮貌都不懂。」

黥布覺得非常生氣。

「不如一死算了。」

由於飽受劉邦的漠視，黥布內心痛苦不已，氣得只想走上絕路。

劉邦倒不這麼認爲。他一向不喜歡遵守禮儀，除非特定的對象，才會慎重其事地對待。對於黥布，劉邦本應以禮相待。但是他又心有未甘，覺得黥布只是一個惡名昭彰的壞蛋，不值得敬重，無怪乎當隨何返回通報九江王已抵達滎陽的消息時，劉邦只是輕蔑地說：

「這囂張的傢伙。」

劉邦甚至有點氣憤地想。於是想到故作不屑的態度，來對待黥布。

此外，劉邦也很厭惡聽信儒者的意見，這點可從劉邦得到天下以後，他對黥布備極禮遇、對隨何卻未予提拔之事看出。即使如此，隨何始終秉持忠恕的原則，默默地爲劉邦做事。只有一次，劉邦在宴席上藉著醉意粗魯地對隨何說：

「一名迂腐的儒生能夠做什麼呢？」

當時隨何竟忍無可忍地答道：「大王好像在刻意提及過去的事。」

然後便把劉邦從彭城撤守以來，卻無力率兵打黥布的事情說了出來。

「如果……」隨何又說：「陛下有此兵力的話，何不發動步兵五萬、騎兵五千全力攻打黥布，而要改派使者前往說服呢？」

劉邦的回答倒也坦然，他直率地說：

「是的，我無此兵力。」

換言之，**憑著隨何的三寸不爛之舌，其影響力卻超過五萬名的步兵加五千名的騎兵，這是劉邦始料所未及的**，若非他那雄辯滔滔的口才和極富邏輯推理的思考，是不可能完成這項任務的。

劉邦自此便甘拜下風，他向隨何道歉，並且升任他爲護軍中尉。

見到劉邦一面洗脚、一面和他寒暄的黥布，心中滋味大不好受，覺得自己受到極大的委屈，確實很想一死了之。等到他被引進一間廂房之後，這才發現屋內的擺設、傢具、以及早晚的酒食菜餚、僕役人數，均和劉邦完全一致。由此可見劉邦待自己不薄，無異也給自己很大的面子。

黥布的妻子都留在九江，而在項羽入兵該地時，便將她們殺得精光。

黥布這次的賭注，代價實在是太大了。

18. 盜嫂之徒施毒計

「眼前的困難只有一個，那就是大王您！」說到這裡，陳平的聲音越放越低……，最後，陳平還補充一句：「大王不會懷疑我的人格吧！如果連我都信不過，這個毒計就行不通了。」

陳平是陽武縣(屬河南省)人。

「像這麼赤貧的人實在罕見。」

附近鄰里的人都這麼說。但在另一方面，陳平卻以相貌俊美而馳名。他有一對黑白分明的大眼睛，一望而知是個聰明睿智的人。羨慕陳平俊美的人都會這樣問他的嫂嫂：

「陳平是吃些什麼食物，才會變得這麼英俊呢？」

嫂嫂素姚則以痛恨陳平的口氣說：

「是米糠！」

她又說：

「他不過是個浪費米糧的人罷了！」

素姚還形容說，偶而會讓陳平吃些米、麥之類的粉屑，這是陳平二十歲之前即已傳遍鄉里的事。

陳平居家盜其嫂

陳平的家位於郊外，是一處偏僻的破屋子，不知打從何時開始，陳家就落居於此。陳平的雙親早逝，哥哥陳伯每天在田裡賣力地幹活。而當陳平也想和哥哥一起到田裡舉起鋤頭工作時，陳伯卻阻止他說：

「用不著你來幫忙，快去唸書吧！」

陳伯的個子較爲矮小，臉頰透著紅潤，他與陳平的性情不同，是個隨和的大好人。他把一切的期望都寄託在陳平身上，並且以弟弟的學識爲榮，他經常告訴妻子說：

「就算別人再怎麼看不起我，但我有了陳平。」

這句豪語益使素姚心生不悅，她在心裡嘀咕著：

「爲了自己的弟弟，這個人做牛做馬也不在乎。」

對素姚而言，嫁到這個赤貧的人家已經夠不幸了，令人氣結的是，儘管再忙再累，還得照料一個連雜草也拔不動的書蟲，才是最大的負擔。陳平每天都是一副書生的打扮，他向哥哥要求米麥和布疋，前往陽武縣的大街上，進入一家私塾就讀。等到下課之後，有時還會帶幾個朋友回家，素姚一見訪客來了，只好準備水煮的鍋巴飯，招待陳平的朋友。

「陳平從來都不會心存感激，」素姚向鄰居訴苦道：「他以爲自己是皇太子，生活過得養尊處優，而我卻得無怨無尤地伺候他。」

陳平能夠獲得哥哥的支持，到城裡上私塾求學，無異於擁有了一般人所不能享有的特權。

素姚身材嬌小，反應靈敏，幹起活來認眞又勤快，她尤其擅長播種，先用一只瓢盛滿種子，夾在左邊腋下，看準風向之後，再用右手抓起一把芝痲種子，輕輕地灑出去。素姚播種的美姿就像舞蹈一般，十分引人注目。

當然，陳家並無廣大的芝痲田，素姚只不過是到別家的田地幫忙，以此換取少許麥、粟的酬勞。有一天，陳平從城裡唸書回來的路上，太陽正緩緩沉落，晚風襲來，他經過幾處田野，眼前的路途已被暮色籠罩，在落日餘暉中，他隱約地看出一個小小的人影正在眼前晃動，仔細一看，原來正是嫂嫂素姚。

「想不到嫂嫂的身材竟是如此窈窕。」

陳平放輕脚步，踏著柔軟的泥地走去，直到逼近時，素姚才驚覺後面有人，但是想躲開卻來不及了，她的腰肢已被輕輕舉起，這個抱住她的人正是陳平。

素姚驚嚇不已，等到脚尖再度接觸到地面時，卻已落入陳平寬大的懷裡。素姚的心情亦喜亦憂，她並未叫出聲，只有軟弱地倒在泥地上，毫無抵抗地任由陳平擺布。

——平居家，盜其嫂。

關於陳平侵犯嫂嫂的事，很久以後才被宣揚出去。或許有目擊的證人也說不定。陳平也許不是一個喜好女色的人，但是這件事情傳開之後，對他的名譽影響不小。

喜愛老子甚於孔孟

陳平信奉老莊思想，曾經讀過「谷神不死，是謂玄牝，玄牝之門，是謂天地之根」這段話，因而解釋爲男女媾和之事不必勉強，可視情形而定，陳平喜讀《老子》甚於《論語》《孟子》，全副的精神已經浸淫其中。

但如老子提倡的「無爲而治」，卻是陳平無法認同的理論。老子曾經指出：儒教虛構了仁，欲以此改變世界，但是卻違反自然。與其創設這些虛有其表的架構，不如回歸每個人原有的本性，適當地表達自己的需求，才能過得逍遙自在。對於這番道理，陳平並未全盤接受，只有在思考人生問題的時候，逐漸地去求證。

陳平也善於掌理禮儀之事。

在古代，舉行葬禮是件非常隆重的事，若非具有充份的學識和良好的人際關係，並不適合從事此事。假使有人處理得宜，便能受到大家的尊敬，即連項梁、劉邦等人，也有主持過葬禮儀式的經驗。

「把孫女嫁給陳平吧！」

鄰里之中的一個大富人家張負心裡這麼想。他是看到陳平主持葬禮時的翩翩風度之後，才有感而發。所有族人都表示反對，因為沒有人願意把富家的千金下嫁給一個赤貧的人家。族長張負於是率領大家一同造訪陳家，遠遠望去，陳家的大門並無木板，只是掛著一張草蓆，門前泥濘的路面上，留下許多曾出現過的車輪軌跡，十分醒目。

「看吧！這座房子雖然破舊，但卻出現一個彬彬有禮的美少年，可見得陳平是個極富上進心的人！」

女兒的父親張仲也只好答應，不再反對這門婚事，加上這名待嫁的女兒已是梅開五度，實在也找不到其他的夫婿人選了。

儘管陳平聽說那名女子的長相並不美麗，腦筋也有些魯鈍，但是仍然一口氣就答應下來。

娶妻之後，陳平在鄉里的地位立即大為提高，是年秋天，在鄉里舉行例行的重要祭典中，陳平已被選爲宰領。「宰」的語意，根據中國研究文字學的古籍《白虎通》的解釋，是「割裂」的意思。宰領，指在祭祀過後，將所有捐獻的肉品用刀切割、分給族人。就這個職位而言，首要條件是做事公平、公正。而在遊牧民族之中，宰的工作一向都由家中兄長來執行，顯示威嚴和平等的精神。

總之，陳平擔任「宰」的職務後，任勝愉快，因而贏得里人的讚美。不過，陳平有著更大的野心——

「把天下的土地交給我來治理吧！我不只是一名會切肉的宰。」

誠如前述，秦末自陳勝舉兵以來，天下大勢即已陷入混亂。陳平所住的地方正是魏國的故地。陳勝曾經在此擁立亡魏的公子咎，仍稱魏王。

陳平有意參與這股反動勢力。於是，他召集了二十餘位親朋好友，一起加入陳勝的陣容。魏王咎見陳平一表人才、相貌堂堂，大加讚賞之後，便提拔他擔任負責車馬的小吏。可惜這位才智平庸的魏王，並未識出陳平的軍事才能，對於陳平的獻計亦未加以看重。

魏咎的部屬多是盜賊出身，在他們的眼裡，陳平一味以知識份子自居的高傲態度，顯得有點格格不入，有心者更處心積慮地向魏王咎大進讒言。一個人的長處往往也會是他的短處，陳平因爲做事過於謹慎，一旦察覺有人不利於他，未加證實便連夜逃走了。

投效項羽立軍功

這時，天下的版圖以項羽最大，陳平見機不可失，便前往投靠項羽，為他立下不少功勞。

「陳平是個相當機警的人。」

項羽對他的評價極高，另眼相待。

項羽終於將秦軍打敗，還把劉邦逐出關中，並且大封王侯，這時陳平也受封為卿。然而陳平的晉升也引來不少同儕的反對，他們紛紛指出：陳平的戰功並不足以封卿。這些話也傳入項羽耳中。

「我倒要看看這名男子的風度。」

陳平的表現果真未讓項羽失望，他依舊保持極佳的態度，並未針對惡意中傷的話提出辯駁。

項羽平定天下之後，一度以彭城為根據地，其後又因北方的齊地發生騷亂，遂大舉北伐。此舉給予劉邦可乘之機，一舉攻陷彭城，項羽聞訊大為吃驚，連忙率軍返回，至於派赴殷地進行討伐的任務則交由陳平負責。

「陳平啊！如果你只以卿位來統率士兵，恐怕會引發士兵的質疑。這樣吧，」項羽基於愛才而說：「我封你為信武侯，讓所有的將卒都得聽從你的領導。」

儘管封侯並不如實際的意義那麼重大，陳平仍然覺得喜出望外，他積極地部署出兵事宜，迅速敉平殷地的叛亂。

「不愧是個軍事將才。」

項羽大爲高興，加封陳平爲都尉。所謂都尉，相當於秦代掌管軍務的官吏。

「原來楚王只把我當成軍官看待。」

陳平反倒失望起來。照理說，能夠在項羽的軍營連升三級，已是萬分難得的事，而今陳平卻不以此爲滿足，莫非還有其他的野心。

是的！**陳平最大的志願是要當上一名軍師**。在他的想法中，與其擔任一名都尉，在戰場上與敵人做面對面的殊死戰，不如在帷幄之中，運籌如何致勝的計謀，或者提出爭戰策略，影響時局的變化。陳平自負地認爲自己擁有這份才智。

但是在項羽方面，也有不得已的苦衷，理由在於：幕帷之中已有軍師范增。

「亞父！」

項羽視范增的地位僅次於父親，對他的信賴和尊敬極爲崇高。無論如何，范增軍師的地位已無人可以取代。

「不如先獲得范增的信任吧！」

陳平心裡想。後來，他也藉機會和范增交談了幾次。范增已經年過七十，精力不及年輕時代，除非必要很少發表意見。有一次，陳平滔滔不絕地獻計時，范增卻僅是半閉著眼，露出無動於衷的神情，最後才說：

「喔！是這麼回事啊！」

還有一次，陳平終於忍無可忍地問道：

「您認爲我的才智足以擔任軍師嗎？」

范增聽後突然微笑起來，仍然不發一語，似乎在說：「正是如此，你是一個不錯的人才。」

事實上，老范增早已看出陳平確是一個不可多得的人才，不過爲了避免彼此的猜忌，索性佯裝不知。

陳平的機智表現在各方面，他曾經不費一兵一卒，和敵方談判，便攻占了殷地。不久，殷又傳出叛亂的消息。

根據情報顯示，未遭陳平斬除的首領，依然故我地據地稱王。

「由此可見，陳平此人頗擅於詐術。」

范增曾對項羽提醒道。

項羽得知殷地再度淪落敵手，十分震怒，派人將陳平找來。陳平見情況不妙，只好畏罪潛逃。在此之前，陳平早已將都尉的印信及錢財封箱裝好，請使者呈還項羽。

脫衣保命，投奔漢營

陳平帶了六名同鄉的隨從脫逃而出，在黃河岸邊雇舟渡河。當船隻駛到河心時，船主眼見陳平身著華服，準是隻大肥羊，預藏的小刀眼見就要出手。陳平早已洞悉船主的意圖，他不慌不忙地把上身的衣服脫得精光，然後說：

「讓在下也幫您撐船吧！」

船主一看之下，知道對方的身上並無值錢的東西，於是便將陳平渡到岸邊的蘆草叢中，揚長而去。

陳平等人只好決定轉而投靠劉邦，他們跋山涉水，不知走了多少路，終於來到滎陽城附近。巡邏的漢兵見這干人形跡可疑，於是全數逮捕。陳平立刻想到如今已入仕漢軍的好友魏無知，因此，當他被漢軍逮捕時，立刻表明說：

「我是陳平，和魏無知是舊識，我想見他一面。」

然後高聲喊叫魏無知的名字，最後漢軍拗不過陳平的要求，安排他見到魏無知。魏無知是個胖子，才智平庸，並非漢軍中的重要人物，但是基於故舊的情誼，他立刻前去會見陳平，陳平得此貴人相助，終於脫離危險。

「啊！果眞是陳兄！」

魏無知擁著陳平的背，喜極而泣地說。一名中涓看在眼裡，知道陳平果眞是友非敵，也就放心地走開了。

「陳兄果眞願意投靠漢王，不知道會讓大王多麼高興呢！」

魏無知聽說陳平來降之意以後，十分愉快地說。

陳平來到滎陽的事立即傳到劉邦的耳中，劉邦宣布要召見他。當見到陳平的廬山眞面目之後，劉邦也說：

「此人絕非泛泛之輩。」

於是劉邦吩咐僕役擺設酒席，款待陳平及其隨從，此舉無異是對陳平的重大禮遇。陳平見多識廣，酒席之中談笑風生，瀟灑自在；六名尚未成年的隨從則顯得緊張得多，有時連夾塊肉都會掉到地上。

陳平也在細心地觀察劉邦的一言一行，酒席之中，劉邦對陳平說：

「我們已經爲你準備了臥房，請早安歇吧！」

對劉邦而言，此語充滿誠摯之意，爲了攬獲陳平的心，劉邦在初見面時就顯示出極大的熱忱。陳平連連稱謝，但是卻說一句語重心長的話：

「大王，我陳平並不是爲了避難而來的。」

此語一出，陳平的眼角突然溼潤起來，臉上泛出一片殷紅，心底的情緒似乎就要宣洩而出。劉邦吃驚地看著他，拍拍他的肩膀說：

「我知道你的處境。」

待陳平的情緒恢復鎮定之後，他便侃侃而談現今的天下情勢，這些鞭辟入裡的說詞，使得劉邦暗自佩服。

「陳平眞是了不起啊！」劉邦雖未鼓掌叫好，但卻細心聆聽。劉邦問道：「你一直都入仕楚王嗎？」

低沉的聲音從陳平的口中傳出，似乎在說：「是的。」

「有官位吧！」

陳平心中一片失望，他在楚營的官位，早就透過魏無知告訴了劉邦，劉邦難道眞的一無所知嗎？

「雖然劉邦的認知顯得遲鈍些，但是脾氣卻比項羽好得多了！」陳平想道。接著說：「我在楚國曾經擔任官職。」

「官職爲何？」劉邦故作不知地問。

「是都尉。」

「哦！既然如此，從今以後我就封你爲都尉吧！」

當劉邦爽快地說出時，陳平的內心只覺哭笑不得。但想了一想，覺得劉邦不愧是位大方的領袖，於是也就轉憂爲喜。長久以來，劉邦的寬宏大度一直是大家公認的事實，對於素不相識的才能之士，也不吝給予禮遇和賞賜。

「先生覺得不妥嗎？」

劉邦見陳平的表情並無愉悅狀，趕緊追問道。

「微臣不敢，對於一個尚未在漢軍中建立功勞的人來說，這是分外的光榮啊！」

「也不盡然。」劉邦又說：「同樣是都尉，楚的地位恐怕比起漢要來得重要吧！」

聲音之中已充滿笑意。陳平驚覺到劉邦對於人心的揣測竟是如此準確，不由得告訴自己：

「劉邦是個大智若愚的人，假使有人做了對不起他的事，恐怕會遭到極其悲慘的下場。」

千里馬遇伯樂

自從彭城兵敗，劉邦更得到不少痛苦的教訓，最後得到一個結論是：要有好部屬才行。針對這項要求，他開始揣摩別人的心意，並且認清眼前自己的實力仍不及項羽的事實。尤其在部屬之中，除了張良和韓信之外，其他的將率大多是烏合之衆，比不上項羽的部衆。

「不知還能找到哪些人才？」

當劉邦正在發愁的時候，陳平適時地出現了。

由於對陳平所知不多，劉邦只能在談話中進行了解；外貌過人、氣質不凡的陳平，立即贏得到劉邦的信任。尤其是在探知陳平曾是楚軍中的都尉時，劉邦毫不猶豫地便任命他爲都尉。剩下的是如何向大家推薦這位新上任的官人了。

「別人會不會因此嫉妒他呢？」

劉邦心思周密地考量著。第二天，劉邦延請陳平共乘一輛馬車，帶他前往各地陣營巡查。這種破天荒的寵遇，果然引起衆人的注意及少數將領的不滿：

「陳平不過是楚軍的逃兵而已！」

然而劉邦卻未予理會。接著，劉邦便要求陳平參與實際的軍務工作。

在漢軍中，共有兩名六國王室的貴族後裔，一是張良，另一則是韓王信（不是韓信），後者負責統率亡韓的士兵。劉邦決定指派陳平充當韓王信的副將，以便輔佐他處理軍務。

在劉邦駐守滎陽期間，韓王的軍隊布陣於滎陽外圍地區的廣武（屬河南省）一帶，重要任務是直接作戰和情報蒐集等。陳平的加入，立刻引發當地士兵的反彈，甚至明指他收受賄賂，只要有人重金相贈，即可獲得一官半職，未付分文的士兵小卒則無出人頭地的一天。

「陳平曾經侵犯嫂嫂。」

諸如一些對陳平不利的揣測陸續在軍中傳開。又有人說：

「陳平曾經入仕於魏王咎和項羽，如今卻轉而投靠漢王，無異恩將仇報，這個人絕對不是什麼好東西。」

陳平立刻成爲衆矢之的。

關於陳平的惡劣評價，當然也如旋風般地吹進滎陽城，漢軍諸將紛紛口誅筆伐，他們推舉周勃和灌嬰爲代表，到劉邦面前告知此事，並要求放逐陳平。周勃的口才平平，灌嬰則比較具有說服力，他是睢陽（今河南省商邱縣）人士，在沛縣時曾擔任劉邦的中涓，後來才轉任武官。灌嬰一見到劉邦便說：

「陳平雖然是個美男子，但是爲人不仁，對大王而言，此人不過是裝飾用的碧玉罷了！」

灌嬰首先指出以貌取人的不正確，然後再對陳平展開人身攻擊，列舉陳平「盜嫂」、三度易主、以及收取賄賂等罪狀，最後才說：

「所謂反覆無常的亂臣賊子，其實就是這種類型的人。」

劉邦聽了，覺得心中一片茫然：

「他是這種不仁不義的人嗎？」

依劉邦原先之見，陳平是因爲聰明過人，才會惹來這麼多的讒言，如今連木訥的周勃、忠心耿耿的灌嬰都這麼說，恐怕事情並不單純。劉邦立即喚來魏無知，對他引薦陳平之事痛斥一頓。魏無知大驚，低頭沉思許久，才說：

「大王啊！如果尾生和孝己（都是古人）仍然健在，你會把他們都喚來詢問一番嗎？」

尾生是爲了履行約定而淹死，孝己則是殷高宗時代的一名孝子。劉邦沉默不語，魏無知的意思是說：陳平既是他的故舊，無論如何不能見死不救。魏無知又說：

「尾生守信，孝己盡孝，都是千古流傳的佳話。假使我見陳平有難而不加施救，也就成了不義之人。此外，自從大王進駐滎陽以來，不正需要對外吸收軍事人才嗎？陳平的到來只不是個巧合而已，再說他爲人極是機警，有朝一日會替大王立下軍功的。」

「你的話也不無道理。」

毒瘤般的爭議性人物

劉邦一向不喜歡偏袒某人，他對周勃、灌嬰和魏無知的話都表示同意。不過，爲了愼重求證起見，還是得質問陳平本人才對。於是劉邦便派特使去召喚陳平。

「我的性命只到今天為止嗎？」

陳平見使者到來，心裡已有最壞的打算。

隨著特使的腳步，陳平很快地來到滎陽城內，途中，陳平巧遇魏無知，得知劉邦發怒的事，並無絲毫埋怨，反倒懷念起哥哥陳伯。他的心裡不斷咀嚼回味著那段美好的日子，恨不得重新回到哥哥的身邊。

「至於嫂嫂嘛……」

陳平不忍再想下去，自從他一時心動，侵犯嫂嫂之後，內心對哥哥便覺得過意不去，然而陳伯始終沒有責怪的意思，反而痛斥素姚一頓，並與之離異，據說素姚在他村再婚。

「一切的一切都將過去了。」陳平抱著視死如歸的心情來到劉邦的面前。

「先生！」劉邦不再稱呼陳平的職稱，卻以見外的方式招呼說：「你的所作所為好比一個找馬騎的牧童，眞教人難以捉摸。」

陳平答道：

「大王誤會了，我的遭遇完全是時勢造成的啊！」

陳平據實指出自己曾經仕於魏王和項羽，但卻因不得已的情況而離開。

「楚王是怎麼對待你的呢？」劉邦問。

「楚王不肯接納部屬的建言，只有他特別寵信的人才有發言的份，那些人則以項氏居多。」陳平說的都是實情，項羽的確是個極端重視血緣關係的領袖，只要是同族的人，不論是愚是賢，大都予以重用。其他的人卻似被一道藩籬隔開一般，有的受到漠視，有的飽受猜疑，除了范增之外，再也沒有人得到合理的禮遇。

「對於這一點，大王卻大大的不同。」

陳平一語道出劉邦為人寬厚的長處。劉邦默默地想起前塵往事：自己曾經憎恨嫂嫂、疏遠鄉親、甚至在逃難途中不惜拋棄子女，凡此種種，無一不是不可對外人言的事實。為了掩飾自己的過錯，劉邦說：

「我不愛自己，只愛天下。」

雖然這句話並非劉邦的本意，但卻無人敢加以否定。劉邦把話題一轉，問道：

「有人說你收取賄賂，這是眞的嗎？」

在漢軍中，這類的事情並不多見，劉邦認為已經抓到陳平的把柄，就等陳平如何辯駁了。

「這是眞的。」

不料陳平竟未給予任何理由，直截了當地招認。但是他同時指出：自己並未依收受金錢的多寡來決定職的高下，只不過是要求對方送來一些見面禮而已！

「卑職是赤手空拳來投靠大王的！」陳平接著說：「舉凡服裝和日常所需的費用，都少不了金錢，除了一小部份的花費之外，我所張羅來的錢都已裝封妥，不敢任意揮霍，假使大王不信，可以派人查明眞相，等到那些錢財有了適當的職掌者之後，陳平再離開不遲。」

「平！」劉邦大聲地稱呼道。他站起身來用力拍著陳平的肩膀說：「從今天起，我任命你爲護軍中尉！」

護軍中尉負責掌管中央事務，平日可監督全軍的將領，地位比都尉高出許多。陳平大喜之餘，欣然接受，劉邦立即對外發布這項人事命令。發布之後，即連周勃和灌嬰等人也得乖乖聽從。

換言之，劉邦不但原諒了陳平的過錯，而且大膽起用這個毒瘤般的爭議性人物。

漢軍在滎陽城的攻防日益吃緊，各式各樣的謠言滿天飛，弄得人心惶惶。

「把那座賊窟給我攻下來。」

項羽不斷激勵士兵全力攻擊，企圖一舉擊破滎陽，滿山遍野到處充滿楚軍。劉邦等人則竭力防守，就像蚌蛤一般地緊閉城門，不容項羽輕易攻下。

敖倉：滎陽的命脈

黃河沿岸有一城市名叫敖倉。

從秦代開始，人們便已利用黃河流域的水運來運送穀物。當時有一座大型的穀倉，名叫敖倉，位於黃土高原的小土丘上，這座穀倉之所以設置於該地，是基於當地土質鬆軟，易於開鑿的緣故。其他穀倉也和敖倉一樣，多為挖掘洞穴而成，黃土的質地原本就比較乾燥，不必耽心會滲出地下水，只需放置少許木炭防潮即可。

敖倉已經成爲支持滎陽城內漢軍的糧食來源。

漢軍還在敖倉的四周加上防禦的設施，然後開掘一條聯絡敖倉和滎陽之間的甬道，俾便運輸糧食或調派兵馬，遇有戰事時，可以躲避敵人的攻擊而運送糧食，尤其是在甬道的固定距離處，便會堆起磚塊砌成的高大城牆，從城牆的洞孔，可射出箭矢襲擊敵人。

漢軍的運糧主脈就是滎陽至敖倉這一段。項羽卻能應用這一點，設想出最佳的攻戰方式：「只要破壞甬道，滎陽城的人就會挨餓。」

於是，項羽立即下令攻擊漢軍的甬道，並且使用大木錘加以破壞，然後派遣大軍重重包圍滎陽城一、二十圈之多。

漢軍主要是由灌嬰率衆負責防守甬道。絹商出身的灌嬰在弱勢的漢軍中，稱得上是一名悍將，每當遇有楚軍來攻，灌嬰就會下令加強防守，夜晚更是通宵不眠地到處巡視，只有在白天看不見敵蹤的情形下，才會稍事休息。

攻擊甬道的軍事行動由項羽親自指揮，楚軍的攻勢一次猛過一次，有時箭下如雨，天地都為之晦暗，對於漢軍的威脅日益嚴重。

「滎陽一旦攻下，天下的版圖就是楚王的了！」

項羽的軍師范增曾經這樣激勵大家，每一名士兵的氣勢不禁大受鼓舞。相形之下，漢軍的防守顯得十分棘手，儘管如此，與楚軍仍呈拉鋸戰。

劉邦駐守滎陽城之初是在公元前二〇五年五月炎暑，戰爭結束時已是翌年五月。

就在楚漢雙方開戰的第七個月的冬天(十二月間)，滎陽城的士兵和民衆開始陷入饑荒，造成饑荒的原因是甬道受到楚軍的破壞，使得運糧的工作發生極大的阻礙。直到翌年的五月，甬道已經柔腸寸斷，每當灌嬰押運糧車時，就會和楚軍相遇而展開激戰。

「看來滎陽城已經保不住了。」劉邦忍到無可奈何，他消沉地說：「我是打不過項羽的。」

滎陽即將失陷的陰影在劉邦的腦海中，日復一日地擴大。換言之，滎陽已經變成一座孤城，再也無力撐持。過去種種的努力亦將付諸流水；張良指派各地的間諜，唆使豪傑和流賊展開反楚活動之類的工作，如今也變得毫無意義可言。

通常，**護守孤城的方式，除了死守之外，別無他途，惟能死守，才有等到援軍的一天**。但是滎陽城內的危機卻日益加遽，由於漢軍士氣十分低落，各式謠言不斷傳出，幻想的破裂、期待的落空，深深侵蝕著漢軍的人心。

滎陽的陷落似乎只是時間早晚而已！

劉邦不斷地加強安撫人心與提振士氣。他對漢軍宣稱：西方的腹地仍在他的掌握之中，只要派兵溯黃河向西而行，就能到達函谷關；進入關中之後，就有蕭何在那裡屯墾駐守，所以漢軍絕無後顧之憂。等到穀物成熟之後，糧食很快就會送到，紓解眼前的饑荒。另如兵員不足的問題，亦可經由蕭何的安排不斷送來，屆時糧食和兵馬都有了，一定會打勝仗。

儘管劉邦說得天花亂墜，滎陽城內的士兵並無如此樂觀的想法，大衆紛紛猜測說，如果滎陽遭楚軍攻破，首先逃亡的必然會是劉邦，至於能否順利逃到關中，誰也沒有把握。一味地困守愁城，漢軍將會日益凋零，等到強楚進城，可能連帶一舉攻破關中。

十二月間，另一件不利於劉邦的事也發生了：鯨布牽制項羽不成，反而損兵折將，單獨逃到滎陽城求援。

合談：陳平的毒計

翌年正月，劉邦終於改變心意。在漢軍尚存餘力之際，劉邦主動向項羽提出和談的要求。

「我只要求滎陽以西的漢中之地，其餘版圖仍歸大王所有。」

開出這樣屈辱的條件，劉邦顯然有他不得已的地方。來到項羽陣營的漢使極盡卑恭的表明臣服之意，使得項羽大爲高興。

「這樣也好。」

項羽接見漢使者後，不願多做表示，只是面色溫和地笑了一下。

「項羽的老毛病又犯了！」

老范增對項羽答應和談一事，頗有微詞，他藉漢使應移駕休息爲由，支開旁人，私下對項羽表示：

「楚軍有什麼非和談不可的理由呢？」

事實上，范增對於項羽不願一舉殲滅漢軍的想法，十分反感，但是爲了顧及君臣之禮，他婉轉地指出：

「**如今漢軍已經成爲一個病入膏肓的病人，如果與之和談，說不定會讓對方再度在關中坐大；只要劉邦一息尚存，大王就無法成爲天下的共主。**奉勸大王應該趁此機會聚集楚軍，全力消滅劉邦！」

范增這一番利害分析，深深打動了項羽。項羽想了又想，回答漢的使者說：

「漢王的條件我萬萬不能接受。」

使者一聽，無不苦苦哀求，指稱漢軍的處境十分艱困，懇請大王饒過漢王一命，漢王由衷地希望接受大王的指揮。

「不能修睦！」

項羽簡短地回答。漢的使者又說：

「既然如此，能否請大王另派幾名使者送我們回滎陽去，再請大王的使者把這些話當面告知漢王吧！」

事實上，請項羽另派使者前來，乃是陳平的一條毒計。然而，項羽並未詳加思考。

「哦！就這麼辦吧！」

依項羽之見，派遣使者前往滎陽，只是件微不足道的小事，再說互派使者也是應有的禮貌。

「再過幾天，我自會派使者前去。」

項羽內心大爲高興，正好藉此機會一窺滎陽城的虛實。范增也表示贊成，他說：

「何妨先行發動一場大規模的攻勢，等到漢軍處在伸手不見五指的迷霧當中時，再派出使者前往偵探，才是上策。」

無論項羽或范增，都中了陳平的毒計。

劉邦聽完使者的回報之後，與陳平登上城牆的瞭望台。極目所望，眼前已是冬盡春來的景致，城牆間隙的褐色雜草也出現了新的綠芽。

劉邦折下一支嫩草放入口中。

「嗯！有春天的味道喔！」

他露出難得一見的笑臉，陳平也對他笑了笑，覺得劉邦委實是個臨危不亂的人。

「陳平啊！你有沒有什麼起死回生的計謀呢？」

劉邦說這句話時，表情變得相當嚴肅。

「目前還很難說。」陳平凝視著劉邦的臉，語中充滿玄機，他對未來的事情並無多大把握。然後隨口問道：「如果計謀失敗了，大王會失望嗎？」

「不會的。」

「眼前的困難只有一個，那就是大王您！」說到這裡，陳平的聲音越放越低……，最後，陳平還補充一句：「大王不會懷疑我的人格吧！如果連我都信不過，這個計謀就行不通了。」

「我相信你！」

「用毒計。」

「……」

劉邦並未全了解陳平的意思，只是粗略地以爲陳平要用毒藥害死項羽，但是事實並非如此。

陳平搖了搖頭說：

「不是下毒藥害人，我所用的毒計是更厲害的一種，大王相信嗎？」

「毒計行得通嗎？」

「請您拭目以待吧！」

劉邦終於說：

「好吧！」

「既然如此，還請大王給我黃金一萬斤！」

劉邦立即叫來管財務的大臣，清點出黃金五萬斤。

「我給你四萬斤。」

劉邦故作大方地說。

「至於金錢的用度，恕我不能直言，懇請大王見諒。」

「我知道，你儘管使用吧！」

從那天起，陳平便暗中進行一項計謀。

利用項王的猜疑心

漢中不乏舊楚的士兵，陳平從其中挑選幾名機伶份子，加以組織訓練，他們直接聽從陳平的指揮，人數約爲兩百人。陳平一一接見他們，告知應盡的任務內容，並傳授活動方式，再給予每人充裕的費用。

「大家注意看我的眼睛。」陳平睜大了眼睛，雙眼炯炯有神：「當你們進入楚軍的陣營之後，建立了什麼功勞，這雙眼睛都會看到，假使不幸犧牲生命，我會把你們的撫恤金送給故鄉的遺族。」

陳平還說：

「不必吝嗇花錢，見到唯利是圖的人，就要用錢收買，但卻不能透露自己的身份，只要謊稱是地方父老授意即可。中原的父老都很厭恨項羽的殘暴，就算栽贓，父老也會諒解的。」

陳平指派這些間諜的用意是想瓦解楚軍內部的團結。他自己也潛入楚軍進行間諜戰，對楚軍的舊識大加收買。經過半個月的時門，劉邦才又見到陳平。

「怎麼樣？」

「進行得很順利！」

事實上，陳平的間諜戰只是整個計謀中的一小部份。

「項王不愧是個傑出的將才，待人處事愈見溫和敦厚，頗得民心。」

陳平突然讚賞項羽的優點，這是劉邦始料所未及的事，不過劉邦的修養頗佳，並未感到自卑或嫉妒，只是一臉沉思地說：

「可能是吧！項羽是個卓越的領袖。」

「相形之下，大王卻顯得無禮和粗魯多了，只會使用街上無賴的用語來對待賢者和勇者。」

「你說我用無賴的言語，這麼說來，我就是一個無賴囉！」

劉邦說。陳平接著又說：

「賢者和勇者的自尊心極高，所以聚在大王身邊的將領，除了少數，都是渣滓之類的人，若非基於大王慷慨而熱忱的態度，不會心悅誠服，這樣看來，漢軍中多的是既貪婪又薄情寡義的人，很少人會眞的願意替大王賣命。」

「我同意。」

對劉邦而言，無論誰批評什麼，他都不會生氣，可以稱得上是個極具寬容心的人。

「然而，項王的屬下並非如此。」

陳平一一列舉：包括亞父（范增）、鍾離昧、龍且及至於周殷等人，無一不是智勇雙全的軍事強人，對於項羽十分愛戴，他們大都廉潔而無私心，是頂天立地的大人物。

「我懂。」劉邦說。

「不過，項羽卻有一個致命的缺點……」陳平說道：「那就是猜疑心。」

陳平之所以採取間諜戰的原因，其實就是針對項羽的弱點設計出來的。

「哦！照這麼說來，你最近的工作都在做些什麼呢？」

劉邦不禁好奇地問。陳平回答說：

「前面所說的四位將領和軍師，是項羽最爲倚重的人物，對項羽的忠誠度也最高，原本是人盡皆知的事實，然而項羽並未分封土地給他們，這不正是項王爲人吝嗇的一面嗎？」

針對這一點，陳平便設下圈套，製造四人心懷不軌的假象，好讓項羽產生猜疑，以爲他們和漢軍私通，等到這些將領紛紛出走或前來投降時，漢王只要熱忱地接待他們就行了。

「那四人都會和我聯繫嗎？」劉邦問道。

「這倒不一定，大王只要記得保持誠懇的態度便是。」

「這眞是一件可悲的事。」

劉邦不禁興起一陣同情心，當他想到寧可戰死沙場也不願投降的鍾離昧等人，竟要冠上莫須有的罪名時，不由得替他們感到難過。陳平則露出不以為然的表情，他說這個計謀是天大的賭注：贏了暫且不說，如果輸了，值得被同情的不是敵人，而是自己。

「陳平眞是辯才無礙。」

劉邦一面想，一面露出笑容。

「姑且不談其他三人，范增的下場將會十分悲慘。」

陳平之所以這麼說，乃是因為足智多謀的范增正是唯一能識破這個毒計的人。

演給楚使者看的一齣戲

春意轉濃，山野已是一片翠綠。

楚軍的攻擊仍然相當凌厲，漢軍的饑餓也越加嚴重。陳平的反間計雖然尚無具體的成效可言，但是根據情報顯示，項羽似乎開始懷疑鍾離昧等駐守前線的將軍，不時派人前去刺探。

「看樣子，只要再多熬一段時日，讓毒藥的毒性慢慢發作，就會產生效用。」

在此期間，陳平最耽心的是：滎陽城是否還能撐下去。

事情終於出現轉機。項羽表示「我要派出使者」，他把箭矢射進城內，漢軍也給予回應。陳平判斷，此事是項羽或楚軍中了毒計的徵候之一。結果眞的被陳平言中。

「不知道他們是否曾派使者與漢王私通？」

換言之，項羽此次派遣使者前來的眞正目的，並非原來所說的偵察軍情，而是想要藉機從漢王那裡獲得具體的情報。誠如陳平所言，項羽最信任的人是項氏血親，無怪乎這次所遴選的使者，全數都是姓項的人。

「軍中盛傳楚將和漢王私通的事，不知你們是否聽說了？」

項羽質問正、副使者，只見他們兩人面面相覷，說：

「大王切勿聽信這些謠言，那些謠言只不過是一些小廝譁衆取寵的論調罷了！」

「我也不相信。」項羽點頭說：「不過，包括剛才說的那件事，都得請你們仔細觀察。」

這句指示已爲後來的變局埋下伏筆。**對於一向忠心耿耿的范增、鍾離昧等人來說，項羽竟然產生這種猜疑之心，整個事態的發展遂變得撲朔迷離。**

楚的使者進入滎陽城內，受到劉邦熱忱的款待。

「這是怎麼回事？」

劉邦對於他們的招待顯得無微不至，彷彿招待的使者是同盟國而非交戰國。劉邦先行帶領他們進入一處布置優雅的房舍，稍事休息之後，再請他們來到臨時的王宮，抵達豪華的盛筵之中。這些安排都是陳平一手導演的，只是陳平不想被楚的使者識破，所以不便現身。

劉邦等人在盛筵入口處列隊歡迎，請他們就上位入座。儘管城內處於饑荒狀態，筵席上的酒菜卻豐富到令楚的使者咋舌的程度。

「這裡不像是傳聞中的饑荒之城吧！」

兩名使者相互交換眼色，看著牛、羊、豬三牲齊具的酒肉佳餚，不由得食指大動。更特別的是，筵席中還有用青銅鼎和俎板盛裝出列的特製餐點，分別由僕役一一端出，待客人挑選之後，再由厨師當場調理。

「你們終於來了！」

劉邦極盡有禮地寒暄道。使者自然感到十分愉快，但是爲了表明並爲非和談而來，只好先示好一番：

「楚王要我們恭祝大王平安。」

使者的話才剛剛收口，劉邦的臉色卻突然大變。接著，態度也變得粗魯起來，他說：

「什麼！你們是楚王的使者，我還以爲是范增先生派來的呢！」

劉邦立刻召喚所有僕役說：

「換酒菜。」

漢的列席者大多自動退席，一時之間，原有的酒食菜餚都被撤走，換上一些粗糙不堪的飯菜。兩名使者看出劉邦的態度變得極不友善，草草說了一些無關緊要的話之後，便告辭離去，盡快回到項羽營中。他們要求支開閒人，然後將在滎陽城目擊的經過一五一十地說出。

項羽聽了，果然開始懷疑起亞父范增的忠貞。

「亞父已經和漢王串通」

無獨有偶的，事發之後的第二天，范增在項羽面前提出必須趕緊對劉邦展開攻擊。

「依我看來，滎陽城已經岌岌可危，倘若一味僵持，時日一久，反而會耗損我軍的士氣。爲免夜長夢多，不如盡快攻下，前鋒部隊可由我出面擔任。」

「果然如我所知，亞父已經和漢王串通好了！」

項羽心裡惱怒地這麼想，但他卻不表露於外，只是隨口答稱「我會愼重考慮」，並未採用范增的建言。等到范增調頭一走，項羽就把他的防區從最近的城堡移到最遠的一個。並從第二天開始，不再邀請范增參加例行的軍事會議，遇有不懂的事也不會向他請教。

范增覺得事有蹊蹺，但卻不明究理，於是派人刺探項羽的左右侍衛，這才知道楚的使者誤會他和漢王私通。一時之間，范增有如五雷轟頂。

「發生了什麼事？」

「原來如此。」范增已不願提出辯解：「自始以來，我和項羽一直互信互諒，如今這種信任的關係已經破裂，我不該再留在楚軍營中。」

事實上，自二月上旬開始，范增已發現項羽對將領的態度轉爲冷漠，鍾離昧、龍且及周殷等人，都曾分別前來造訪，哭訴項羽派遣密探在他們的身邊進行監視。所謂密探，其實就是項氏的族人。更可悲的是，項羽在後來的人事安排上，都指派密探爲副手，逼得他們必須天天和項氏密探見面，這種處境實在令人難以忍受。

「簡直如坐冰窖一般。」

鍾離昧說。此人後來背叛項羽，轉而投靠韓信，韓信待他如上賓，直到捲入一場紛爭之，深感世態淡涼，遂自刎而死。

范增一向以位高權重的軍師自居，萬萬沒想到，挑撥他和項羽多年的情感，誣陷他於不仁不義的人，竟是滎陽城內的陳平。

在老范增的心裡，最放心不下的人還是項羽。不過他又想到：

「反正項羽身旁的助手多得是。」

滎陽城已經岌岌可危，攻陷之期指日可待，屆時漢就會被項羽消滅，劉邦必死無疑，項羽就可以登上霸主之位，分封諸侯。想想自己爲楚國盡心盡力數十年，後來卻成了遭人遺棄的罪人，范增越想越是悲哀，所幸楚的基礎已經相當深厚，不如告老辭退，返回故鄉安度餘年。

范增決定辭官退隱。數日之後，他便進謁項羽，奉還印信。

「願大王早日成爲天下的共主。」范增對項羽期許道：

「我想自己已經無法再爲大王效勞了，以後大王凡事可要多費心思才是。」

當老范增語重心長地表明自己將告老還鄉、不再返回中原之類的話語時，聲音已經變得哽咽而發抖，一般積存的怒氣，都化成悲憫之情，久久不能釋懷。范增老淚縱橫，充滿感傷的淚水再也過止不住地宣洩而出。

范增只帶著一名僕人共騎一匹快馬，離開了項羽的陣營。不久之後，坊間便傳出范增死在途中的惡耗。一說在他尚未抵達彭之前，便已氣憤而死，另一個說法則是因爲長期惡性腫痛發作。

項羽失去范增，無異自斷一臂，滎陽城的困境立刻出現一線曙光，城池的淪陷雖是遲早的事，但是陳平已經勝劵在握，積極地部署下一著棋。

19. 金蟬脫殼出滎陽

劉邦預定逃亡的日子終於敲定了。那一天，紀信將要假扮成漢王，向項羽稱降。「紀信，一切拜託了！」劉邦已經喬裝成農夫，在宮中與紀信握手道別。

黃河流經滎陽城外。

滎陽城的城壁是用燒磚築成，白天的色彩近似灰白，不過到了傍晚時分，由遠處眺望彷彿朦朧的紫色。

滎陽的城壁顯得十分堅實。據說在城頭上行走，就算閉著眼睛也不會失足掉落。城內的市鎮規模不小，漢軍進駐之後的住宿也不成問題。

「滎陽城的優點極多，但卻不能當做久居之地。」

劉邦開始想把這裡當做暫時駐守的據點。基於此，如今在他腦海中所想的，無非是如何脫逃的事。

屍臭蓋過糞尿味

包圍外城的楚軍日益增多，滎陽城的防守更加困難，城內將近十萬名的軍隊，所有糧食的補給完全仰賴黃河岸的敖倉至滎陽的一條甬道，如今這條甬道已遭破壞，連帶使得運糧的工作受到阻礙，城內發生了嚴重的饑荒。

過去一年中，滎陽城之所以能夠固守，就是有糧食無虞做後盾，如今事已至此，漢軍的攻守能力自然大受影響，野外怒放的春花都比城內漢軍的旗幟來得鮮明。

劉邦每天早晨都會搭乘馬車到街上巡查。這是一項非常簡單但卻十分重要的例行工作，目的是讓士兵們知道：大王是顯得如此神氣而健康。

劉邦的座車由黃色的絹綢加以布置，任何人只要看到手扶橫木的一名留鬍子的大漢，便知是劉邦。

饑餓使得城內的漢軍死亡了大半數。苦守城壁的士兵繼續為糧食和勝利而戰，街上的士兵則都蹲縮在路邊，百姓幾乎足不出戶，糞尿流滿路面，臭氣沖天，令人作嘔。不過就在最近的幾個月內，屍臭的氣味卻蓋過糞尿的騷味，許多空地已堆滿臨時棄置的屍體。冬天時，屍體凍結較不易發臭，但是一到春天，屍體開始腐爛，因而產生極為可怕的臭味。

「遍地的屍體眞是令人寒心。」

劉邦心裡極爲難過。不久之後，城內又傳出活人開始吃死人肉的事情，另如易子而食的事也一再傳出。劉邦的飲食份量也日漸減少。

「不知何故，我在飢餓的時候，會更想接近女色。」

劉邦對身邊的儒生這麼說。

「這種現象可能是天性使然吧！」儒生安慰劉邦說：「江南多樟樹，樹林越老的時候，成長就會變得遲鈍而緩慢，但卻不斷地開花結果，這大概是傳宗接代的另一種寫照吧！」

根據這種說法，劉邦一來是因爲年齡越來越大，二來是想以性慾來取代食慾的滿足。

「你說得很有道理。」

劉邦聽了不禁付之一笑。

早從少年時代開始，劉邦就性好漁色，幸好他並未因好色而躭誤過大事，其實他並非是個懂得自律的人，而是他把性慾當成和吃飯一樣的平常事。

漢軍之中不乏各式各樣的人，價值觀也不一而足。譬如有一個叫紀信的人就說：「大王是錯的。」

「喔！軍中有一個喜歡批評我的人嗎？」

當劉邦聽說有人經常在城裡惡言批評他時，尙未得知對方的姓名和長相，只知是一名指揮十五名士兵的下士，爲沛縣人。

「是紀信嗎？」

「大王想起此人了嗎？」

想密告紀信的人越發起勁地問。

「不，我想不起來。」劉邦只有隱約的記憶，是自幼至今的好友盧綰將軍，曾經對他提及一個名叫紀信的人：「是個魁梧有力的人嗎？」

「不，他長得非常矮小。」

儘管盧綰曾經向劉邦推舉同鄉人紀信，但是劉邦並不認同。由於沛縣的同鄉對劉邦的評價不佳，鄰近豐邑縣的人更視他爲無賴，因此漢軍舉兵以來，豐邑人不但未曾參與其中，而且推舉雍齒與劉邦抗衡。

「鄉黨的人並不願意支持我。」

這句話已成了劉邦口頭禪。**在中國的歷史上，鄉黨的力量一直是人際關係的重要基石，舉凡是同鄉，都會相互支持和信賴，而且不會輕言背叛**。和項羽相形之下，劉邦就顯得孤僻多了，他並不特別對劉氏或同鄉的親友加以重用，因此，身邊的謀臣和部屬也少有同鄉人。

至於盧綰所推舉的沛縣同鄉，最初只能充當一般的士兵，運氣好的則當下級的軍官，負責指揮流民。由於當時的流民極爲常見，經常以一、二十的人數出現，極易造成管理上的困擾，爲此，漢軍特別指定一些沛縣的軍官負責治理，代表劉邦略盡地主的心意。

「治軍實在不是一件容易的事。」

劉邦經常把這句話掛在嘴邊。他想起了酈食其。

「那個人倒是蠻熱忱的。」

老酈生的「先王之道」

猶記大年初一的晚上，氣候非常嚴寒，城裡的井水都結冰了，劉邦點了一盞火，和姓戚的寵妃正在宮中嬉戲之際，酈食其突然求見。他已經六十幾歲，眼窩深陷，笑起來的時候，眼眸彷彿黑洞一般，牙齒也在這段期間掉落得一顆不剩。

「酈生請進吧！」

劉邦所稱的「生」，就是「先生」的意思。他記起第一次會見酈食其時，正由兩名女人替他洗腳。酈食其一向孤高，劉邦便改稱他爲生或先生，命他擔任高陽的守衛工作，不知不覺已經過了幾年。有一次在宴席，酈其食喝醉了酒，漫天亂說：

「我之所以願意留在漢軍之中，是想教導大王施行儒教。」

在座的劉邦聽到後，禁不住笑得把酒噴得一地。

「先生是來教導我什麼呢？」

此時，劉邦只好拋下戚妃，重新點燃幾支燭火，與酈食其相對而視。突然間，酈食其變得非常激動，頰骨上的汗水，也在燭火的照映下閃閃發光。

「大王，無論你再怎麼努力，也贏不過楚王！」

酈食其開門見山地說。劉邦深知他是個老頑固，說話往往有失分寸，所以並不動怒。

「你說的不錯，我是贏不過項羽。」劉邦平淡地說。

「滎陽城有朝一日會被攻破！」

「儘管這不是我所樂見的，但是卻不能否定這項事實。」

「守城必須要有勝算才行，大王還有什麼打算呢？」

「沒有。」

劉邦的回答，坦率得像小孩子一樣。

「想聽聽卑職的建議嗎？」

「願聞其詳！」

「大王知道『先王之道』這句話嗎？」

「是儒家的義理吧!?」

劉邦露出厭煩的表情，他曾經聽說過儒家提倡往昔君王「先王之道」治國的論點。

「不，是和利益直接攸關的意思。」

酈食其引的是《書經》的話，話說在遠古時代，殷的始祖湯征討暴虐無道的夏桀，但在滅夏之後不久，卻封桀的子孫於杞(屬河南省)，以免斷了夏朝的祭祀，因而成爲後人頌讚的對象。

周武王也一樣，雖然他打敗了暴君紂王，卻仍冊封他的後代爲侯。關於這一點，酈食其指出，秦並未徹底消滅六國的後代，反而任由六國恢復祭祀，然而截至目前爲止，天下蒼生卻懷恨著劉邦。

「喔！天下人憎恨我什麼呢？」

劉邦不禁問道，他已了解儒家重視祭祀禮儀的事，但卻不知自己犯了什麼錯。

「難道我的罪狀就是先生所說的話！」

劉邦把話縮回喉嚨，有意轉變話題。但是酈其食並不意會，反而接著說：

「大王應該努力找出六國遺族的王孫，再把象徵君主的印信授給他們，則六國君臣和人民都會感激大王的大恩大德，人人無不興高采烈地推舉您為天下的共主，即連強楚也要因而折服。」

「是嗎？……」

劉邦深深吐了一口氣，他的心情顯得非常好，好像正被對方的話高高地捧在雲端，令人覺得有點飄飄然的。儘管這些論調與事實並不吻合，但是劉邦並不知情，反而說道：

「有道理，如果是這樣的話，我也不再害怕強悍的楚軍了！」

劉邦最想克服的是：眼前楚軍的攻勢日益加強，如何結合其他的外援，解除眼前的危機。

「我立刻請工匠製作六國的印信。」

劉邦馬上吩咐左右進行刻印的事，在當時，印信乃是君權的具體化象徵之物，王君身邊不乏專司刻印的工匠。

「連夜刻好。」

劉邦一面指示手下，一面對酈食其說要勞駕他帶著這些印章，分別造訪六國的遺族。酈食其欣然接受，聲明會不顧一切代價，努力完成這項任務。

張良一語驚醒夢中人

酈食其說完之後便告退，劉邦覺得心情很好，於是吩咐左右端出酒菜，然後獨自吃了起來。

這時，張良也輕放脚步前來求見。

「子房啊！」

劉邦要把心中的快樂與他分享，便一邊動箸，一邊詳細地說出他已接受酈食其的建議。張良聽後臉色大變：

「果眞如此做的話，大王的基業即將不保了！」

劉邦看到張良的表情後，心裡暗叫不妙，語氣轉爲虛弱，說：

「先生爲何竟出此語？」

只見張良取走劉邦手上的筷子，當做道具加以說明，他的意思是這樣的：自從秦朝滅亡之後，天下的禮儀已破壞殆盡，儒教所崇尚的王權社會暫時不能復見。且因春秋戰國以來，人智發展日益蓬勃，早已取代小國寡民的服從心態，認爲殷湯、周武的仁義遺風可以再現，無異是政治神話。

「但是……」劉邦停頓了一下，又說：「六國遺族不會因而顯得更高興嗎？就我來說，只要天下人心悅誠服，我便可一舉推翻楚王。」

「大王！」張良對劉邦未能擺脫酈食其的論調而覺得不安。他說：「誠如您所說：天下人當然大爲欣喜，不過眞正值得高興的，是六國的遺族，至於傷心難過的人不知會有多少？」

「喔！誰是會悲傷、難過的人？」

「正是大王手中的幾萬名士兵。」

劉邦聽了大感納悶，但張良卻繼續說：

「以及天下的遊士。」

張良最後所補充的是指劉邦的所有部屬，其中不乏離開原屬六國之一的故鄉，與全無血緣關係的劉邦輾轉走戰各地的才能智士。

「他們最大的願望是追隨大王的領導，以便早日取得全天下的版圖，分得一小塊封地。」張良接著說：「如今大王卻不顧一切，聽信酈生的建言，便思仿效先王之道，立魏、燕、趙等六國遺族。如此一來，漢軍中的遊士就會拋下大王，轉回故鄉仕於自己的君王，還有誰會留下來和大王一起打天下呢。」

「酈生這廝！」

劉邦起身怒叫道，隨後便說差一點就會變得前功盡棄之類的話，於是又叫來工匠，指示停止印刻的事。當時只有「趙王之印」已經做好，其他尚未著手。等到張良告退之後，劉邦又把酈食其找來，他並未說些責備的話，只是簡略地說該項建議並不可行，必須立即打消。酈食其吃驚地問究是何故。

「我做了一場夢。」

劉邦謊稱接獲神祇的旨意，勸他繼續忍耐下去，終有成就大業的一天。他也對酈食其的提案表示致謝。

「不管怎麼說，酈生眞是一位了不起的人。」劉邦想。

酈食其想把他心目中的理想政治廣被於天下，而把個人的名利拋諸腦後，實在了不起。

「張良亦然。」劉邦想著。

長年以來，身體羸弱的張良始終如影隨行地輔助劉邦，不具任何爭逐名利之心，最令劉邦深深感動。

「漢軍不乏可用的人才！」

劉邦心想。

當面斥責劉邦的小兵

在滎陽城內，除了漢軍，城中的百姓更是戰爭的受害者。他們和劉邦非親非故，只因劉邦進駐此城，便將全城的人力和資源完全囊括，號召大家一起爲守城而戰。爲了安撫人心，劉邦每天都得會見當地父老，與他們相互溝通。

「項羽是個毫無人性的魔王！」

劉邦經常列舉項羽曾經在黃河沿岸的新安活埋舊秦軍二十萬人的事實，一再提示項羽的可怕，使得滎陽城內人人引以爲誡，不敢稍有疏忽，以免成爲楚軍的俘虜。

「城裡的百姓才是最值得同情的。」

劉邦不只一次地這麼說。他和百姓已經建立起良好的友誼，人們咸認他是一名仁德的君王。自古以來，懂得體恤民情的君王，百姓都會特別敬重他。其次，相對於王朝正規軍極盡掠奪之能事的統治方式，有些反抗軍的作風會顯得溫和得多，因而可獲得百姓的支持。

楚漢之爭雖然同屬反叛勢力的對峙，但因項羽較占優勢，帶有正規軍的意味，予人掠奪的惡評較多，不如漢軍來得取悅人心。

「大王經常爲了全城的安危而憂心。」

滎陽城內的百姓都這麼說，他們並未想到劉邦日後會當上皇帝，只是基於長久處於被領導的情形之下，所凝聚而成的向心力。

事實上，單憑劉邦一個人的能力，勢必無法捍衛整座城，爲了顧及將軍和士兵分層負責的制度，他只能做些巡視的例行工作。而在持續守城的壓力之下，劉邦有時也會覺得焦躁難安，就在一天晚上，他由夏侯嬰陪同，沿著城壁行走。

突然有人出聲斥道：

「你是誰？」

「是大王！」

夏侯嬰代爲回答。這時劉邦正爬著階梯，聽到突如其來的人聲，一個不小心，腳步便踉蹌地跌倒了。

「你不過是個好色之徒。」那個聲音又說。

「你說什麼？」劉邦覺得好氣又好笑，他想：「我難道是個荒淫無度的人嗎？」

在還來不及辯駁的時候，聲音又說：

「全城的人都在挨餓著！」

劉邦一定神，這才發現聲音出自一根五、六尺高的旗桿之下，藉著望樓上的光火，看出是一個穿著軍裝的人。

「我是劉邦。」

劉邦主動說明自己的身份之後，有意趨向前去，夏侯嬰也把火炬伸了過來，一看之下大驚，原來是一個非常矮小的人。

「你是越人嗎？」

劉邦直覺地問，據說吳越等地的人個子較矮。

「不是，大王只要聆聽我的腔調，就能猜得出。」說著便站起身來。

「原來是沛縣的同鄉。」劉邦驚道。

「不，我是豐邑人。」

說完之後，他便消失在黑暗中。劉邦猜想對方應該是中陽里的人，如果確實的話，只要看著他的臉，應該不難認出究竟是誰。

翌日早晨，劉邦把盧綰找來。

「昨天我遇見了紀信。」劉邦首先胡亂地猜測，因爲他以爲敢在城內背地數落自己的人，只有紀信：「他自稱是豐邑人氏，對我頗多微詞，好像很不喜歡我。」

「這是家鄉人對大王的偏見罷了！正因跟隨了你，我也遭到不少鄉親的責難呢！」

盧綰直言不諱地說。

「家鄉的人對我的惡劣批評依舊如故吧！」

劉邦把視線停留在遠方，腦海中浮現故鄉的田野和河川。

「是啊！」盧綰又說：「有一段時間似乎更糟，因爲雍齒和王陵把大王說成極差的人。」

「雍齒！」劉邦突然笑了出來：「就他而言，可能是萬不得已吧！」

劉邦的故鄉情結

雍齒是劉邦舊日的同伴，但是極端厭惡劉邦，儘管劉邦舉兵之初曾把豐邑拱手相讓，雍齒仍然刻意地與劉邦作對，他和陳勝等人私通，把豐邑獻給周市，還不斷製造謠言，打擊劉邦的聲譽，使得劉邦在家鄉抬不起頭來。

王陵雖也排斥過劉邦，不過後來卻能化敵爲友，提供不少援助。王陵早期很看不起劉邦，當他聽說劉邦舉兵的事，不但大笑不止，並且指示部屬不得追隨劉邦，直到後來，劉邦的勢力越來越鞏固，王陸雖然心裡老大不是滋味，卻又不能不投靠他。

雍齒後來也加入劉邦的旗下，劉邦的器量很大，既往不咎，封他爲「什方侯」，另如王陵也頗受禮遇，後來做到了二世皇惠帝的右丞相。

到劉邦晚年的時候，他對豐邑的鄉人始終不予重視，顯然劉邦一直有著解不開的心結。直到後來才緬懷起故鄉鄰里的情誼，於是宣布說：

「萬年之後，就算我的肉體已經歸入土中，變成魂魄，但是沛縣的父老鄉親，卻可獲得永世免除賦役的特惠。」

至於豐邑並未受此禮遇。

「希望豐邑也能和沛縣一樣受到恩賜。」

當沛縣父老如此提出懇求時，劉邦表示，舉凡是人，有誰不會懷念故鄉呢？但是對他來說，沛縣才是他眞正懷念的地方。不過後來劉邦終於拗不過父老的懇求，這才讓豐邑也享有和沛縣相同的特惠。

「紀信那個人，爲何不去投靠王陵或雍齒？」

劉邦問盧綰說。本來，沛縣和其他鄉里的子弟，在王陵和雍齒徵募兵員的時候，也有不少人加入，後來才全部依歸漢軍。

「紀信是受誰的直轄呢？」

劉邦問身旁的盧綰說。

「可能是灌嬰吧！」

灌嬰在漢軍中負責防守甬道，是一名勇將，但並非沛縣人。

「爲何會納入外鄉人灌嬰的管轄呢？請査明後向我稟告。」劉邦要求說。

「我比任何人都討厭自己」

紀信確是豐邑人，但不是在動亂之初從軍的，當王陵和雍齒在家鄉召募時，他仍守著僅有的田宅，終日忙著耕種。

「我有老父在家，怎能去從軍呢？」

紀信依然故我地耕田度日，加上他本來就不喜歡與人來往，對於雍齒或王陵的評價亦低，故鄉父老也提醒過他「你最好不要當兵」，他們告訴紀信，如果有人要來召募，他們會設法除去兵籍，使他不必步入軍旅。

「當百姓也是一種天職，千萬不要懷有野心。」

父老這麼地勸告紀信。

「偶而說說別人的好話吧！」

由於紀信只會說別人的壞話，很多人都這麼提醒他。紀信有一個好友名叫周苛，個子和紀信一樣矮小，但是個性卻極敦厚，很少批評別人。父老經常透過周苛去規勸紀信，尤其是阻止他從軍的事。

「紀信，你爲何要說別人的壞話呢？」

有一次，周苛在郊外沼澤旁一邊割草，一邊問道。

「我眞的經常如此嗎？」

紀信對周苛極爲信任，他立刻這麼反問。

「紀信啊！你在世間是否喜歡自己更甚於別人？」周苛想找出紀信喜歡批評別人的根源爲何：「換句話說，除了自己之外，你並不能認同別人的想法。」

「周兄！」紀信微慍說：「**你應該知道我的脾氣才對，我比任何人都討厭自己！**」

「這下糟了。」周苛想。如果只是談論好惡，可能只會流於口舌之爭：「我問別的好了，譬如說，你是否希望被別人認同，你覺得自己是否受到應有的重視，難道你想窮其一生，在這片田地耕作到死爲止嗎？我覺得這項安排雖然是出自父老的好意，但是對你未必有利。」

「你何必這麼說呢？我家中還有老父啊！不去當兵純粹是我個人的抉擇。」

「唉！只可惜我還不能完全了解你。」

周苛想了一下，事實上，爲了好友紀信，周苛也放棄從軍的意願，一心一意留在紀信的身邊照顧他。

「你欣賞劉邦嗎？」周苛又問。

「不。」

紀信說這句話時，首度停下手上的工作。

「為什麼呢？」

「因為他其實是個傻子；另外王陵也是。」

「既是如此，你願意讓自己改變態度去欣賞他們嗎？」

當周苛這樣逼問時，紀信只轉過頭去，摒住氣息，久久不言語。

「其實他是欣賞劉邦的。」周苛想著。

自古以來，人們一直在找尋自己信仰的對象，誠如儒家推崇孔子，墨家尊敬墨子一般，有了信仰之後，很多心結都會打開。周苛認為：紀信雖不過是粗俗的鄉下人，但是心地極為淳樸而善良，只因見識狹小，這才養成好說別人壞話的習慣。

紀信的父親因為長年臥病，不久死去，周苛與他一同上山挖掘墓穴。就在這個時候，紀信突然抓起一把泥土塗抹在臉上，痛哭起來。連續幾個月，他在墓地附近臨時搭起一處簡陋的茅屋，守著父親的新塚。

每天，紀信都不禁失聲痛哭，他的舉動引起鄉人的注意，咸認紀信是個難得的孝子，不過紀信卻告訴周苛：

「世人所說的話經常都是錯的。」

「難道你不是爲了父親而哭嗎？」

周苛覺得不可思議。

「周兄，你看著我的臉吧！」

紀信用力拍打自己的右臉，然後說道自己實在是個一無是處的人，既不愛鄉也不愛人，並不值得被鄉人說成孝子。

「紀信怎麼了？」

周苛暗叫不妙，只見紀信激憤之餘，突然舉起石頭擊向自己的頭，鮮血迸出，他的頭顱立即染成一片鮮紅色。周苛好不容易才將石頭搶下。

紀信繼續哭著，一邊哭一邊說：

「我因父親生病才一直待在鄉里，要不是爲了他，早就從軍去了。如今父親已經逝去，我即將成爲一無是處的人了。」

周苛見狀，不斷地安慰他，並且勸服紀信加入劉邦的軍隊，離開豐邑。

此時正值劉邦從彭城兵敗之後，輾轉流亡各地，周苛和紀信很快找到漢軍，並且加入滎陽城的守軍陣容。他們兩人之所以不願加入同鄉王陵和雍齒，是基於近鄉心怯的情緒，歸附劉邦就不害怕被人指指點點了。紀信擔任輪守護衛的工作，夜晚住宿在望樓。那一夜，他見劉邦外出巡視，就是蹲在望樓的城壁旁邊對他說話。

事實上，盧綰也不記得紀信的長相，只好親自來到望樓，設法找到他。

周苛冒名救紀信

「有一個名叫紀信的人嗎？」

盧綰邊走邊問，消息立即傳開來，當盧綰登上一處望樓時，有位士兵由上面走下來。

「我就是。」

盧綰見此人身材矮小，以爲他眞的是紀信，萬萬沒想到，他是周苛冒名頂替的。周苛很早就有種心理準備，生怕紀信會因一慣的尖酸刻薄而受人誣陷，如此一來勢必會遭殺身之禍。假使如此，他很想替紀信爭取一次說明的機會，表明紀信的憨厚純潔。至於這些說詞若仍遭到曲解的話，索性爲朋友犧牲吧！

冒充紀信的周苛立即被盧綰下令捆綁，帶到劉邦面前。劉邦見到之後，命令趕緊鬆綁，說：

「我只是吩咐帶人來見就好，並未說要加以捆綁。」

劉邦又說：

「我想聽聽閣下的高見，聽說你也是沛縣豐邑人。」

「這個人就是劉邦嗎？」

由於是第一次見面，周苛覺得誠惶誠恐，不知該說些什麼。劉邦見他未發一言，隨即又說：

「告訴我一些豐邑的近況吧！」

周苛便對劉邦說起故鄉種種，兩人交談之下，這才發現劉邦對於故鄉的小橋、流水、以及當地的父老都極熟悉。

「家鄉人見面總是使人格外親切。」劉邦高興地說，不過，他又把話鋒一轉，說：「可是，我最不能理解的是，爲什麼總有人會在背後惡意地批評我？」

「你會錯意了，大王！」周苛鼓起勇氣，用他笨拙的言詞說道：「有些傳言絕非出自惡意，還請大王見諒。」

「這是在我舉兵之前的事了。」劉邦一臉不悅地說。他承受過諸如雍齒和王陵等同鄉的惡意批評，心裡越想就越生氣：「至於紀信你說的壞話又是什麼意思呢？」

「大王！」

周苛突然充滿委屈，滿腔的話不知從何說起。他沉默良久，這才打破僵局說，自己是周苛，是紀信最要好的朋友，如今他願承擔欺君的罪名就死，只是希望能在臨死之前說明一件事。

劉邦大感意外，並未拒絕。等到聽完周苛的話之後，劉邦覺得周苛實在是個重情重義的漢子，立刻拔擢他擔任侍衛。然而周苛並不接受，他只求能和紀信同進退，不想在職位方面高出紀信太多，說完便告退，只留下劉邦一人苦思不得其解。

「既然周苛是講義氣的漢子，想必紀信亦應如是。」劉邦想。

數日之後，劉邦又派盧綰去找眞正的紀信。盧綰終於在城壁上找到紀信。

「他的外表一點也不雅觀。」

原來紀信穿著一件破舊不堪的軍服，看起來十分邋遢。

「想必你已知道周苛進謁大王的事，再過幾天，大王想親自會見你。」

盧綰還透露出劉邦想提拔周苛到官中擔任中涓這件事。這時周苛也聞訊而來，但卻當面懇辭。盧綰回報劉邦之後，不久又來到望樓。

「大王再度表示，與其只由周苛升任，不如讓你們兩人同時任中涓。」

盧綰將劉邦的旨意再度傳下時，同時也宣達將灌嬰提拔爲指揮者的地位。此後，紀信和周苛都被推舉爲甬道的防衛軍官。在作戰方面，紀信比較機警而驍勇，至於周苛則因爲人敦厚，較善於治兵。

陳平的金蟬脫殼計

三月梧桐開花時節，滎陽城的攻防日益吃緊。

漢軍原先所占的優勢是在關中穀倉一帶，那裡是由蕭何主導，再將獲得的物資和兵員送到，守城初期，滎陽城因而出現難得一見的繁榮景象。很多父老都說：

「滎陽從未如此繁榮過。」

一年之後，由於項羽把蕭何的補給完全封鎖，使得滎陽的糧食無法順利經由甬道從敖倉運來，遂令全城陷於饑荒之中。

「這樣守下去，還有什麼希望呢？」

張良很早就料到這一點。守城之戰日益艱困，漢軍所守的到頭來只是一座死城，由於該城的甬道完全都被項羽封鎖，城內彈盡糧絕，人人坐以待斃。

「基本上，漢王守在這裡，就是下下之策。」

張良雖這麼認爲，不過眼見事已至此，只好走一步算一步了。

張良不斷地思考如何解除眼前的危機。他曾提醒劉邦趕緊派人從漢中、巴蜀等地募兵，由外攻擊圍攻滎陽的楚軍。

滎陽的糧食亦將耗盡，除非把城內的士兵人數減至五分之一，否則很難維持下去。也就是說，若要支持下去，必須設法使五分之四的兵力完全消失。然而，究竟又該如何辦到呢？

「這項計策聽起來好像做夢一般。」張良向劉邦獻計：「但是如果做不到，漢軍只有在滎陽城內等死了。」

「喔！那該怎麼辦呢？」

「陳平是個擅於構思奇計的人，不如找他想想辦法。如果辦法有了，全城的人就有救了。」

張良向來不喜歡陳平的爲人，但卻覺得非用此人不可，因爲**他知道，權謀術數不是自己擅長的，惟有像陳平這一類心狠手辣的謀士，才能死中求活**。

於是，陳平再度受到劉邦的延攬成爲軍師。包括各項事務在內，劉邦均授權給陳平去辦。

「在這次謀略之中，少說要犧牲兩位烈士！」

其中之一是詐降之人，另一則是劉邦的替身。

「然而，漢軍之中誰是最適合的人選呢？是盧綰嗎？嗯！不行。」

陳平想了又想，他暗中觀察所有的文武官吏，卻未能找出理想的人選。再說滎陽城內盡是一些烏合之衆，很少有人具備爲別人而死的勇氣。

後來陳平想到周苛，他曾聽說過一些周苛和紀信的事，偶而也在宮中見到周苛。

有一天，陳平把周苛叫來，和他閒話家常，然後透露出突圍奇計中的一部份內容，問他願不願意出任這項工作。

周苛垂著頭，並未立即回答。

「他可能是想推辭吧！」

陳平不禁後悔自己不該告訴周苛。但是不久之後，周苛卻笑著說：

「我想這是一件很有意義的事，卻不知道紀信是否也會這麼想。」

換句話說，周苛是想先回營區，把這些事情告訴紀信。但是陳平爲了保守機密，立即加以阻止，他說：

「把紀信叫來，我們一起去晉見大王吧！」

陳平的腦中已經閃現一個念頭，如果紀、周兩人事後反悔，就得當場格殺或加以監禁，以免洩露軍事機密。

當時紀信正在甬道內指揮士兵作戰，聽說大王召喚，覺得十分驚訝。

「眞的是叫我嗎？」說完之後，紀信就大聲喊道：「眼前的楚兵隨時都會翻牆而來，如果有事，等晚上交完班之後再說。」

直到入夜之後，劉邦又派人傳令召見紀信。紀信不再推辭，他重新披上戰袍，與使者一同前往。

「是什麼事？」紀信的心裡反覆想著。

「劉邦不過爾爾！」

原先紀信很看不起劉邦的爲人，一方面因爲劉邦原本只是一個農家子弟，竟可當上大王，令他驚駭中帶著反感；另一方面，雍齒等人曾與劉邦一度交惡，放言詆譭劉邦，也使劉邦的名譽受到前所未有的傷害。

直到加入防守滎陽的戰役之後，紀信才對劉邦的爲人有了更進一步的認識。

「不知劉邦是否也喜歡像我一樣的士兵？」

想到這裡，紀信對於那些成天圍繞在劉邦身邊的謀臣、將軍、隨從等人，眞有說不出的厭惡。原是盜賊出身的劉邦，如今也變得高高在上，接受部屬的奉承和推崇。對於這種情形，紀信始終覺得既排斥又鄙視。

「權力不過是這麼回事！」紀信自言自語說。

此外，根據紀信的揣測，劉邦身邊不乏密告者，以致於將自己批評過劉邦的話，全都傳到劉邦的耳中。萬萬沒想到的是，自己不但沒有被論罪處刑，甚至還被劉邦拔擢爲中涓，一躍而爲可任意出入宮中的軍官。今天晚上，劉邦又派人說要召見，不知還會發生什麼事。

假漢王，眞好漢

紀信終於來到宮中。他見到了陳平和周苛。

「周苛，我不是來送死的吧！」

紀信開玩笑地說。

不久，劉邦進入，儘管都是同鄉的農民出身，紀信見到劉邦之後，身子卻不禁害怕得發抖。

「紀信，我們曾經在城壁上見過吧！」

當劉邦這麼說時，紀信刻意把臉移向旁邊。

「看樣子，這個人是不會答應的。」

劉邦見了紀信桀驁不馴的態度之後，不禁這麼想。陳平更不消說，他一直在困惑著是否該把奇計的執行委託給他。陳平和周苛互看了一眼，見周苛點了點頭，似乎在說對紀信儘可以放心！

第二天，周苛便被拔擢爲御史大夫，相當於滎陽城的最高指揮官。

周苛身邊則派任兩名副使，一是樅公，他的爲人極爲溫和，另一則是魏王豹。

魏王豹是六國舊魏的遺族，秦末之際，曾與其兄咎一起舉兵叛亂，而與秦將章邯展開一場殊死戰，最後魏王咎兵敗自焚而死。魏王豹富計謀，爲人機警，並不執意投靠項羽或劉邦，在此時期，楚又發兵攻魏，魏王豹乃轉而投靠劉邦。不久之後，魏王豹又以歸鄉爲由，強占黃河渡口，反抗漢軍，劉邦乃派韓信出兵平定，將軍隊帶回滎陽，令人納悶的是，劉邦並未殺死反覆無常的魏王豹，反而加以任用。

「不能和這種人一起防守滎陽城！」

周苛心想，他和樅公商量過後，決定殺了魏王豹。就這一點來看，周苛已經具備軍事將領應有的魄力。紀信則充當劉邦的替身。但因個子過於矮小，只得在車內放置一塊墊脚的木頭。假劉邦所率領的士兵共有二千名，不過都是由婦女化粧而成。

陳平擅長運用毒計，儘管城內的婦女起初並不願意僞裝，但在重賞之下，只好接受陳平的安排。

冒充劉邦的紀信始終沉默不語，他在思考事成之後，如何安排婦女安然逃出。依他的想法，不妨大開倉庫，讓大家自行拿取財寶，一旦楚兵從後面追趕時，可能會因爲撿拾財寶而躭誤時間，如此一來，便可增加逃亡的時間。但是陳平對此並不贊成。

「陳平！」紀信擺出一副領導者的架勢，說：「跪下！」

然後又說：

「我是漢王而不是紀信。」

此語一出，把陳平給嚇呆了。

「我是認眞的。」紀信說：「身爲漢王，如果不能獲得部屬的敬重，又將如何自處呢？」

劉邦預定逃亡的日子終於敲定了。那一天，紀信將要假扮成劉邦，向項羽稱降。

「紀信，一切拜託了！」

劉邦已經喬裝成農夫，在宮中與紀信握手道別。然後，紀信便搭乘劉邦的御車，當他坐定之後，又伸出手對劉邦示意說：

「大王，請不要忘了，並不是所有豐邑的同鄉都不喜歡你！」

紀信充滿感情地說著。

「原來你是一個愛戴我的部屬。」

「這倒不盡然。」紀信突然又恢復尖銳的聲音：「故鄉的父老都說，**人的一生就像從門縫看著白馬疾馳而過般飛快而短暫**，如今我能爲漢軍犧牲，不也死得有意義呢？」

到了深夜，紀信便率領二千名女兵到達滎陽城的東門，友人周苛則已站在望樓之上，周苛必須等待紀信進入楚軍營地之後，乘機發射箭矢，而在西門伺機脫逃的劉邦及其部屬，就會盡快向前奔馳，這些步驟都是陳平的毒計。

「項羽，你受騙了！」

東門打開了。

紀信的車輪聲轆轆地衝了出去，他頭戴皇冠，站在馬車的右座，至於馬車左側則飄舞著象徵漢軍的紅旗。二千名由婦女扮成的士兵未攜任何武器地跟在後面。

「我是漢王，因爲城中糧食已經耗盡，只好出城投降。」

紀信大聲喊叫。

最初楚兵並不相信，不久之後便高喊「萬歲」，有人相互擁抱跳躍，以爲戰爭眞的結束了！攻圍之戰果眞告一段落，歡悅的氣氛傳到每一名楚軍的心中。每個人都離開自己的崗位，齊聚於東門，至於西門的劉邦、張良、黥布、陳平等人則趁楚軍不注意的時候，火速地逃跑了。

陳平的毒計又一次成功了，劉邦及其部屬大都平安逃出，直到黎明時分，滎陽城內只剩周苛及其殘留部隊。

紀信的座車在楚軍的騎兵呼擁之下，前往項羽的營地，至於原有的女兵早就逃走了大半數。由於楚軍的前線士兵並不識得劉邦的長相，致使喬裝的紀信一時並未被識破。直到天亮時，紀信即將抵達軍營前才被認出。

「你究竟是誰？」

項羽看到喬裝的紀信，不由得怒火中燒。紀信也是初次看到項羽，對於此人的剽悍作風留下極深的印象。

「項羽眞是一位不可多得的將相之貌。劉邦實在比不上他。」紀信替劉邦感到悲哀，但是卻得刻意裝出憎恨項羽的模樣，幸災樂禍地說：「你受騙了，項羽。」

接著便大聲斥罵項羽。

「把他烹殺了！」

項羽命令送來所有柴薪，再把紀信五花大綁地丟在上面，下令點火。在熾熱的火焰中，紀信並未停止怒罵，繼續喊叫，直到嚥下最後一口氣。

周苛則在滎陽城內繼續抵擋一段時間，這段期間楚軍並未發揮全力，一來是因爲項羽非常忙碌，無意全力攻擊，再則是因爲昌邑（屬山東省）人彭城已組成游擊軍隊牽制楚軍的補給路線，使得項羽疲於應付，滎陽城的防守亦得以持續一段時間，才被楚軍攻下。

周苛遭到生擒，帶到項羽面前。項羽從隨從那裡得知周苛是紀信的好友，而在看到周苛所表現的一種大無畏的氣度之後，便說：

「你願不願意擔任楚軍的將軍？」

依項羽的個性，若非看中周苛的泱泱氣度，必然不會輕易地饒恕他，遑論封賞對方爲上將軍、萬戶侯。但是周苛卻像紀信的靈魂附身般怒吼道：

「我不屑這樣做！」

說完之後，便大叫「漢王萬歲、勝利」等語，然後指著項羽的鼻子說：

「有朝一日，你會被漢王所俘虜，倘若愛惜生命，不如趕緊投降算了！漢王一定會東山再起，重新稱霸天下。」

項羽大怒，下令烹殺周苛。

20. 軍事天才背水戰

「這是泜水。大家渡過泜水到對方陣地那一側布陣；換句話說，我們要以泜水爲背。」

「這樣變成背水位置，兵家大忌啊！」衆將訝然，拚命勸韓信修改戰略。

韓信奔波轉戰於各地。

雖然身爲漢的上將軍，韓信卻無法時時待在劉邦的身邊。劉邦當然坐鎭在主戰場，韓信則是機動隊伍的領導統帥，自然必須四處轉戰；他置身於劉邦的同心圓中，又野心勃勃地在其外畫出更大的圓——一邊忙於轉戰，爲漢打天下；一邊自壯軍容，擴大勢力範圍。

「好個軍事奇才，眞是獨放異采呀！」人們如是說。

處於劣勢的漢軍只要在韓信的領導下，總會奇蹟似的贏得勝利。

——韓信該不會是想獨立吧!?

劉邦麾下的部將雖沒說出口，卻以警戒之心盯緊韓信的一舉一動。

充滿孩子氣的天才將領

既受尊敬、又受輕視的老者酈食其，又被稱爲「酈生」。古人在姓氏之下加上「生」字以此述明書生的身份，但在秦漢之際，「酈生」卻是「酈先生」的意思。酈生也猜測著韓信的意圖。

酈生對韓信的印象不錯。他形容韓信是「用木頭穿過鼻子拉拔長高的漢子」，言語間充滿好感，他認爲韓信的眼睛長得極好，卻看不出他的心思。韓信的眼神的確很孩子氣！他瘦瘦高高的，雙頰有鮮果般的潤澤，疏於整理的黑鬍子像雜草似地擠在臉部下方，彷彿一不留意就會被嘴巴咬住。易言之，韓信還未褪去淮陰城下的浪子行跡。

「你大概無法成爲儒者，光看那雙眼睛就不及格了！」

酈生曾這麼嘲笑韓信。酈生認爲，儒者不但要心智成熟，還得有深邃的眼眸；此外，必須注意儀容端整，在人群中要懂得藏斂，外貌要流露溫雅的氣質，態度更要恭敬合禮。不過，打從韓信還只是淮陰貧士時，就沒夢想過要成爲儒者。他以爲儒者是主持葬禮、掃墓儀式的人，甚至懷疑是殯儀館的顧問之流。

「酈老，沒有人想當儒者吧!?」

韓信很尊敬酈生。

「你錯了，每個人都該學些儒教，像你就缺乏所謂的『規矩』。」

「是什麼規矩呢？」

「做人的規矩，思考、行爲的準繩呀！」

「我覺得沒有礙手礙脚的規矩反而好。」

韓信像趕蒼蠅似的急忙說道。

「準繩是一門大學問，沒規矩的人不可能受人尊重，也不被信賴。」

酈生所說的「信賴」，指的是獲得君王、同僚及長輩的喜愛。

「不管怎麼說，要受到敬愛就必須做個對人無害、甚至討人喜歡的人，這與我的本性不和嘛！」

韓信並非強辯。

「你的本性如何呢？」

「我如果知道就好囉！」

韓信說完後，露出孩子般的笑容。

這段對話發生在縣衙宅邸的前院，韓信當時正爲某件事從前線趕回，要進謁劉邦之前的情景。院中有一棵大槐樹，老酈生坐在樹蔭下的石頭上，而韓信就站在他面前，背對炙熱的豔陽，替老先生遮陰。韓信把長劍當成枴杖拄著，將全身的重量壓在上面。

「好髒的劍，」酈生諷刺說：「而且太長了！」

韓信的劍確實長得怪異非常：刀柄上的漆已斑駁，青銅製的小怪獸飾紋也被磨平，刀鞘更是傷痕累累。

「它對我而言非常重要。」

酈生也曉得。早在韓信落拓於淮陰，受洗衣婦一飯之恩時，這柄劍就與他形影不離，可能是太重感情，當韓信成爲漢上將軍後，它仍然是他隨身之物。

「那把劍是你自戀的表徵吧！」

酈生像在囊中翻揀似的，想剖析韓信捉摸不定的靈魂。

「我並不自戀！」

「那麼，它代表什麼？」

「可能是我在淮陰時的心情，也可能是『抱負』」。

「你說的是年少輕狂，但……」

酈生突然中斷談話，他本來想對韓信說「你那個算不上『抱負』」。在酈生心中，「士的抱負」即求弭平亂世紛爭，拯救天下蒼生得免於飢餓、流離之苦，敎化黎民尊崇儒敎，使世界合於禮法。要實現這種理想，唯有擁立新王一統天下——劉邦，正是酈生夢想的執行者，因此，輔弼劉氏已成當務之急。

「不知韓信認爲如何？」

酈生淸楚地知道，在亂世裡投身軍旅的人，無一不想獲得富貴，韓信卻是個異數，對名利沒啥興趣。說穿了，亦即**韓信根本不知富貴爲何物，更缺乏追求享受的意識，他過慣窮苦的生活，絲毫不羨慕或嫉妒他人的成就。酈生賞識他的不凡，認爲唯有這等無慾無求的人，方能成大器。無稜無角的圓球不正能滾得更遠嗎？**

「但他必須眞正忠誠。」

酈生顧慮這點。出身俠客的衆將皆非儒者，卻表現得很忠誠，甚至以此自矜，與劉邦密切結合，就像蝴蝶飛入花叢取蜜，他們的忠誠是爲了從劉邦那兒獲取更多的利益。

劉邦的不凡在於他擁有吸引衆人投靠的魅力。他曾環視左右說道：

「你們雖然很能幹，卻不夠可靠。」

當彭城（今徐州）大敗後，劉邦局困在沼澤間，很感慨地說了這句話，而部屬也明白，如果能力不足，只好靠忠誠來博取劉邦的重視。韓信卻非泛泛之輩，所以被那班無能又忠誠的心腹視爲眼中釘，連喜愛他的酈生也不免猜疑他的意圖。

安居關中？重入虎穴？

劉邦忙得焦頭爛額。

他隻身逃出滎陽城，前往根據地關中，奇怪的是，項羽並未從後追趕。如果項羽派出追兵，歷史將可能改寫。項羽的失策乃因無人進諫，彼時范曾早已離開，而龍且及鍾離昧這兩位世間罕見的猛將都赴前線，就算他們在項羽身邊也不會表示任何意見，因爲他們已受到項羽的猜疑。事實上，這全是陳平玩的把戲，雖然項羽不久便發現敵人的詐術，但兩位大將被誤解的創傷已無法平復。既然高人都沉默，而項羽身邊又只剩親信及善於逢迎拍馬之輩，自然無能獻策。

除了上述原因，強大的楚軍沒有追趕劉邦的另一要素，是受到游擊軍扯後腿之故。

「鉅野（在今山東省）的漁夫又出現了嗎？」

項羽想追劉邦卻不得不放棄時，曾憤而舉鞭揮打地面。此處所謂「鉅野的漁夫」是指彭越，他曾在鉅野的沼澤一帶當漁夫兼任盜匪頭目，在亂世中起兵遠較其他群雄來得晚，但他投效漢王劉邦麾下，在各地與楚軍進行小規模的交鋒，屢獲勝績。

彭越不愧是盜匪出身，他總能很快掌握敵方的弱點，當敵人軍力過強，他就率軍避至洞中不露面，即使項羽已率軍圍困住滎陽城中的劉邦，他依然故我。彭越指揮游擊軍不斷騷擾、切斷楚軍的補給路線，令項羽煩不勝煩，無法全力攻打滎陽，反給劉邦脫逃的機會。

「彭越眞像虻！」

項羽對左右這麼說。有人建議項羽不要理會彭越，但固執的項羽堅決表示，寧可讓鹿脫逃，不可讓會刺自己額頭的虻飛走！於是他率領主力軍大破彭越的游擊隊。彭越一逃亡，軍隊也隨之四散；但劉邦也因此得以逃離虎口，逃往關中。

劉邦一回關中，立即恢復聲勢。

關中是劉邦東山再起的活力泉源，他在此地徵募新的生力軍，並收購大批糧食，決心重整軍隊。他以「拯救滎陽」為號召。起初，劉邦是眞心的！他棄守的滎陽城還未眞正淪陷，守將周苛嚴守城寨，與楚軍惡戰苦鬥。

「我一定要重回滎陽。」

劉邦對周苛說，也對諸將這麼說，如果不履行這項承諾，他將失信。立足於逆境中的劉邦，憑藉的正是信義，否則如他這等孑然一身又一無是處的漢子，將渺如草芥，很快就被淘汰了。

「無心成為英雄的鄉下俠客，如同沼澤中的泥鰍般狡詐。」

這是劉邦對自己前半生的評語。透過這點自知，**劉邦從經驗中學到很多，講求「信義」是他得到眾人擁戴的原因**。當初揭竿而起時亦然，不論人望、才能、思想，蕭何都遠在他之上，沛縣的父老都對子弟說：

「擁立蕭何爲王吧！」

蕭何卻一再婉拒，親自把劉邦推薦給大家，心甘情願屈居下屬。雖然人們對劉邦的才幹表示懷疑，但蕭何仍不改初衷，他認爲講信重義的劉邦足以立人，更值得被擁立。

但面對解救周苛及滎陽一事時，劉邦深感猶豫，他覺得那等於再度受辱，而且必死無疑。

「簡直是重入虎穴嘛！」

安居關中咸陽的劉邦正處於痛苦矛盾中，他茫然迷惑，不知如何是好。

「誰能取代我？」

劉邦曾在用餐時摔筷子大叫，他是認眞的。他的聲音、表情都非常沮喪，彷彿向命運之神求饒。他自知敵不過項羽，寧可退到巴蜀山中當個平凡老百姓。不，巴蜀太遠了，如果能在沛縣得到一點封地安度餘生，他就心滿意足了。

劉邦失去爭奪天下的慾望後，心情反而輕鬆許多，但問題仍未解決。前去滎陽已成他日夜的夢魘：去，有性命危險；不去，則失信於人。看著劉邦歇斯底里地大叫，他的侍從急忙去找大臣幫忙，張良迅速趕至宮中。

「張良，你來得正好，大位讓給你吧！」

劉邦像獲救似地緊緊拽住張良的衣袖，硬要將他按在帝位上。張良環顧滿桌滿地散亂的菜餚，親切地請劉邦靜靜坐下，開始諄諄勸告：

「只有您足堪大任，大王！」

劉邦一臉茫然。

「大王，您只是憂慮滎陽之行，才會失去信心。」

張良一語道破劉邦的心事，接下來卻是好長一段沉默，突然末席有人說：

「臣能獻策嗎？」

此人叫袁生，平時並不引人注目。

「袁生這個小人物想取代我嗎？」劉邦心想。

「大王，臣以爲直接解救滎陽，只會加速周苛的敗亡，如果先出遊南方的宛（今南陽），不但可以讓滎陽鬆口氣，項羽也會疲於奔命，達到減弱敵軍實力的目的。」

「你說什麼？」

對劉邦的斥責，袁生充耳不聞，他繼續說道：

「請聽臣說明。若把關中盆地視爲一個天然的大城郭，則其正門（東門）是函谷關，武關的開口處相當於南門（正確而言應是東南方的門）。我軍不出函谷關，而自武關出兵，然後進入南方的宛城，進而控制附近的葉（今葉縣），另外形成一個南方戰場。此時，正在攻打北方（黃河沿岸）滎陽城的項羽會訝異於局勢的演變，以他的性格，一定會匆忙率軍南下攻打宛城，如此滎陽城即可趁機喘息。」

「項羽一定會來嗎？」

「必然如此！項王的目標是大王的首級呀！」袁生答道。

「要以我的性命做餌？」

劉邦露出恐懼的神色。

此時張良說話了，他刻意用開朗、樂觀的語氣讚美袁生的計策，張良的態度令劉邦的情緒立刻穩定下來。

「如果我隻身前往，不正稱了項羽殺我的心意嗎？」

「所以一定要有人從北方去扯項羽的後腿。」

張良說出他的意見了。

「派彭越去，你覺得呢？」

「臣以為彭越還沒有這個能耐。」

「那怎麼辦？誰能去呢？」

「讓韓信去北方吧！」

按船不動，直搗黃龍

韓信常被置身在主要戰局之外，這並非他刻意的主張，而是劉邦的主意。約在同一時期，魏王豹的府中尚存有強大的勢力，集聚衆多食客，他看清劉邦的不善攻伐，決心與項羽合謀；他假託前往探視病中的老母，離開滎陽奔赴河北，並隨即切斷河關(黃河)渡口的交通，與漢敵對。

劉邦派酈生前去遊說，但仍無法改變魏王豹的心意，盡心的酈生累得雙頰消瘦。

「先生仍無法勸服他嗎？」

不得已只好動用武力了。本就兵力不足的漢軍好不容易湊齊人員，組織一支機動軍，而有能力指揮這支倉促成軍的隊伍，唯有韓信一人。劉邦特別把韓信從上將軍升爲左丞相，命他討伐河北。

「這麼做行嗎？會不會出亂子呢？」

很多人對於讓韓信掌理龐大的獨立軍團不以爲然，他們相信，其中必定潛藏著極大的危機。

韓信殲滅魏王豹的那一場戰役，確實頗具創意。

魏王豹將軍力集中在蒲坂城（在今山西省）。蒲坂城南方有一條河流，魏王豹很愼重地派駐水軍防禦，嚴守河防。相對的，韓信在對岸臨晉（在今陝西省）擺滿了船，裝出一副即將渡河攻打蒲坂城的模樣，背地裡卻暗將兵力調派至他處。

魏王豹全心注意船的動靜，韓信卻「按船不動」，另外大肆收購名叫「木罌缻」的木製瓶子（當時農家常用的器皿），將它們綁在一起，於上頭放木板，載兵馬偷偷渡河。這支祕密的渡河軍攻其不意，長驅直入魏的首都安邑（在今山西省），而不至蒲坂城。魏王豹一見首都淪陷，大驚，只好離開固守的城池，回首都救援。如此一來，魏軍成了野戰軍，但他們豈是最擅野戰的韓信的對手呢？魏王豹很快就被俘虜了。

「韓信爲何不殺豹呢？」劉邦問。

「千萬不可殺呀！」

酈生聽到捷報大喜，但他不贊成處死魏王。**這位老儒生覺得，畫工繪圖，鑄工製銅器物皿，都是藝術；韓信的武功就像藝術，他的作品正是活著的魏王豹！**

韓信花了很長的時間平定魏國。

魏原本是古代帝王舜及禹的定都所在地，也是黃河文明的發源地。魏的北方是趙國，東北方是燕國，趙燕之地即今日的華北；在離魏稍遠的東方是山東半島，齊國正處於半島的南端。因此，韓信這次的戰役，目的在於加強漢軍對這些國家的約束力，甚至使他們成爲漢的陣線同盟，以形成廣大的反楚勢力。

劉邦感到有些不安，他也有猜疑心呀！

「如果韓信成功達到目標，他所轄的版圖豈不比我還大？」

縱使念頭只是一閃而過，劉邦依然難以釋懷。

戰況好像一下子複雜起來。如果韓信的勢力範圍不大，絕對無法對強勢的項羽形成牽制力量；如果韓信的版圖壯大，萬一有朝一日他有貳心，難保不會與劉邦相爭天下。但心裡的不安並不表示韓信將不被劉邦重用，畢竟，劉邦也沒有猜疑的時間，他經常像老鼠似的，被項羽這頭雄虎般的貓追趕得無路可走，眼前只要有個地洞暫且躲命，他一定會鑽進去。

張耳亦然。

有人建議派張耳去協助韓信，劉邦覺得很可行。派出張耳並非爲了牽制韓信，而是想借助他的人脈。張耳早年便在趙、魏任要職，當秦興盛時，他竭力促成反秦義事，光憑這項經歷與年紀，就足令沉浮亂世間的豪傑敬重。在劉邦還只是個小僂儸時，曾因仰慕張耳而遠赴外黃（在今河南省），於張耳家中做客數月。

「張耳很好，張耳很好！」劉邦喃喃唸著。

張耳是魏國人氏，又長年遊走趙國，兩地百姓都很佩服他的德行，有他協助，韓信取魏會更順利，對張耳而言也正好可以衣錦還鄉。何況張耳人高馬大，在劉邦的感覺中，彷彿比較容易壓制高瘦的韓信。

劉邦採用袁生的計策，從南方的武關離開這塊盆地，到古代爲韓國的南面郊野，再進入宛城與葉縣，給項羽一種截然不同的刺激。

劉邦的舉動，令項羽十分吃驚，也令他聯想起蒼蠅。倘若項羽不加理會就沒事了，但依他的性格，不趕去消滅劉邦有如芒刺在背，而漢軍也就達到解救滎陽城的目的了。**項羽的南下並非戰略需要，實在是個性衝動使然**。

另一方面，在韓信幾乎平定魏國時，劉邦卻突然下了一道詔示：廢除魏的國名。原來，有傳言說韓信想當魏王，劉邦不得不先下手爲強，廢止魏國無異封殺這個念頭，於是魏國自此被稱做「河東郡」。

這件事並不僅僅爲改名的勾心鬥角之爭，更證明劉邦的統御思想已從封國制度改爲郡縣制。

郡縣制是秦始皇創立的，雖然漢滅了秦，卻在統治魏之際沿襲秦制。

彼時，韓信正在河東郡安邑，年邁的張耳也率軍趕到。張耳憂慮著：

「我的前來，會不會使韓信誤解成來監視他的？這會影響他的心情吧！」

實際上，韓信與傳聞迥異，他設宴款待張耳，由衷表示歡迎之意，張耳的不安才漸漸平復。他細讀韓信的表情，那一張飽歷風霜的笑臉，實爲大將之才呀！

「我是寡德不足以服人的，」韓信說：「張先生您來得正好，這樣魏國名士才會心悅誠服地降漢。」

韓信給人的感覺，是個非常投入工作的男子漢。

這時漢王的手諭早就到達：「先討伐代，再攻趙，如果可能，把燕與齊也取下吧！」命令中透露出貪婪的氣息。

代是個很小很小的地區，即介於今之太原市與大同市之間的代縣、繁峙縣一帶。春秋時代，它屬於晉國，戰國時期則變成趙國的一部份，但因地理位置特殊，經常遭受軍閥割據，不時處在半獨立狀態中。

代接近匈奴之地，想征服它可沒那麼容易。韓信告訴張耳，爲了解決給水問題，他已派人製造很多儲水的樽，並張羅大批軍糧，軍隊的補給毫無問題。這一點證明韓信不光是擅用奇謀的作戰天才，也是個重視下屬的好將軍。

淮陰小子不在陳餘眼中

韓信確實賣力。

閏九月時，韓信北伐推翻代，俘虜宰相夏說——代的實際主宰者，而代王又是趙王的輔佐人，名叫陳餘。

韓信並未殺人質，這點與劉邦的看法不謀而合。不殺敵人的首領，才不致激起對方士兵的憎恨，如此可輕易將之收編入自己的軍隊。

韓信的軍隊迅速膨脹不少。而在主要的戰場上爲自己的兵力不足而苦惱的劉邦，聽說韓信軍力大增，便立即索求，命令韓信把軍隊撥一些給他。韓信聽令行事，劉邦的兵力立刻強大不少，可惜無人看出韓信的忠誠。

韓信接著又轉而攻入趙國。趙王只是個傀儡，眞正掌大權的是陳餘。陳餘本是張耳的刎頸交，當他順利取得趙的統治權後，便與張耳反目，加上張耳投靠劉邦，兩人遂成不共戴天的仇敵。

陳餘不是省油的燈，他擁有無人能及的群衆魅力，可惜卻有不夠果斷的缺點，決定大事時，總嫌憂柔寡斷。

「陳餘是個聰明人，可惜他把智慧全花在保住面子及滿足私慾，這使他和傻瓜沒啥兩樣。」

部份有見識的趙人如此批評道。陳餘的人品實在令人不敢恭維，說穿了，相當於「在鄉村教育子弟的夫子，慾望過高，致使孩童也不願聽命」。這種批評或許過於刻薄，但厭惡他的人卻不以為然。

韓信初到趙國時，陳餘的確很謹慎——他從韓信的來路著手調查，據報告發現，不過是個淮陰小子。

這個情報也不算錯誤，它著實令陳餘放心許多。打從秦朝時就四處奔波，在秦末之亂時轉戰各地，有這些豐富閱歷的陳餘，對誰都不放在眼中，只當對方是個小僂儸。

關於韓信的兵力也衆說紛紜，起先傳說有十萬，陳餘派人探聽後，卻只有兩萬。

「這小子怎有能耐率大軍前來嚒！」

陳餘放心極了。就算事實上不是兩萬，也相差無幾。劉邦把韓信的軍隊人數高估太多了。

回顧韓信自舊魏之地轉向代、趙北進的路線，今天已鋪設同蒲鐵路，行政區劃歸為山西省，主要範圍屬於黃土高原區。其間有幾座南北走向的平行山脈，無論頂峰或山谷皆覆滿黃土，少有綠樹生長。汾河呈南北走向，彷彿利刀剖開高原，兩岸則是黝黑的斷崖，還有不少的灰色土丘；

有些季節因河道轉移，反使耕地增加。據傳，韓信當年行經之地，即是汾河河谷。

就地名來看，沿途經過曲沃、平陽、介休而通向榆次（在太原市南方），在榆次附近東轉。黃土高原陡降，隨之是開闊的河北平原，亦即今日的石家莊一帶。

出河北平原的路是最後一段艱辛行程，在盡頭有太行山脈阻擋，造成奇特的地形，像用菜刀切分山地，形成細長縱橫的山谷。雖然細谷各爲自然的平地，人馬並排通過仍舊不易，這條長路被稱爲「陘」。

最出名的自然狹道是井陘，韓信要往河北平原前進，更是必經之地。在出平原之前，有個古關卡「土門關」，亦稱「井陘口」；**自古兵家相信，只要緊守住井陘口，定可抵擋大敵**。

趙國舉行軍事會議時也得到這個結論，他們於是安排大軍守候，準備等韓信一出井陘口立刻加以殲滅。

井陘口外有一河流名叫泜水，渡過泜水就到井陘。這個小城市很有特色，街市城牆是用黃土推砌，經陽光曬乾疊成，十分簡陋。

當時趙的首都位於襄國（舊稱信都）。陳餘集結大部份的兵力守在井陘附近，親自指揮坐鎮，號稱有二十萬大軍，並帶來傀儡趙王——一位舊王族的後代，十足的好好先生。

時爲秋季十月，陳餘布陣妥當後，便陶醉於自己壯盛的軍容。主要陣地預設在井陘，另外附近亦築有小城堡以容納兵源，陣前是流動的泜水，形成一道天然的屛障！

「多年來，我一直致力於建設趙國，如今終於有成就，欣賞欣賞這偉大的陣容吧！」

陳餘如此告訴上將李左車。陳餘是出名的美男子，佼好的面貌美得令人窒息，他從年輕就是位儒生，很注重儀容，是個彬彬君子，眼前的軍容有致，在他看來也一種美吧！

「廣武君，」陳餘這麼稱呼李左車：「這不愧是王者之師呀！」

陳餘與張耳本爲刎頸之交，但在鉅鹿之役中竟爲保護自己而對張耳見死不救，他渴望飛黃騰達的慾求強烈，不惜貶低、糟蹋身邊的人，然而，他在成爲趙的統治者後，開始佯裝成好德者。李左車正是陳餘揀回來拉拔的大將，但對於陳餘的歪理與傲氣，並非心服口服。

「廣武君呀！從這個陣形判斷，你的作戰策略大有問題哦！還是聽從我的意見吧！」

事實上，在陳餘布此陣之前，李左車有一套新見解，但不被重視。

「韓信軍的弱點在於他必須通過井陘口，」李左車建議說：「當他的輜重部隊從窄路過來時，只要迅速截斷其主軍，其餘的孤軍會在開戰前自行萎縮。請賜我三萬軍隊，讓我沿捷徑去攔截韓信並搶糧，再把主軍潰擊。」

「你胡說些什麼？」陳餘迷信陳腐的基礎理論，立刻責備說：「兵書教我們『兵數十倍於敵，則應包圍對方，如為三倍，則進而交攻。』今我方十倍於韓信，敵方又行軍萬里，疲勞困頓，我若再用詭奇之計，恐怕鄰國各君會恥笑我怯懦。」

「我們的大軍要堂堂正正地打一仗！」陳餘道。

身為名聞天下的戰略家，李左車卻得屈服，他順從慣了，從未忤逆過陳餘，然而此刻他不由得擔心：陳餘根本不了解韓信的可怕。

李左車對韓信的作戰記錄瞭若指掌，深知韓信非泛泛之輩，他才開口勸道「別小看韓信……」卻被陳餘的臉色喝止住了。

陳餘傲慢至極，雖曾有過數次作戰經驗，其實卻缺乏軍事才能，這點反倒成為他心中一個難解的結，深怕他人戳破；李左車頻頻表示意見已對他造成威脅，才會擺出防禦姿態，令李左車不得不沉默。

元帥作餌的背水之陣

同樣的，韓信對李左車也是又敬又畏。

在作戰之前，韓信也著手蒐集不少情報。由於張耳在趙曾經是顯要人士，認識陳餘身邊的隨從，韓信便用重金利誘，換取對方軍中的情報，對陳餘及李左車兩人的意見之爭已有所聞。

韓信發現，只要能平安通過井陘口的隘道，這場仗就算贏了！果眞，漢軍順利通過，不久就駐紮在井陘城外二十公里處的山中，爲最後的攻擊做準備。

留傳後世的「背水之戰」即將展開！

首要之務是編組：先撥兵兩千名進行欺敵計劃——每名士兵手拿漢軍紅色旗幟，由韓信下令，祕密潛入山中的捷徑，再走到可與井陘城相望之地。韓信再三叮嚀：

「戰爭期間我會佯裝兵敗逃竄，讓敵方追擊，這個時候，你們要立即攻進空城，在城郭上樹立漢旗。」

韓信召集全軍，分成三隊，並告訴各隊長：

「讓弟兄在晚上進食，至於正式的早餐等戰後再吃吧！」

衆將或驚訝或訕笑。從韓信所說的話裡，可聽出「戰爭會在一早結束」，在諸將尚不了解韓信的情況下，大家都認爲韓信太過自誇。

半夜時，欺敵計劃的士兵已先出發；天色未明之前，又派一萬名主力軍先行部署。韓信告訴手下「我隨後出擊」，並宣布全面作戰。他用枯枝在地面上畫出敵陣的位置及地形，最後加上一道粗線，說道：

「這是泜水。大家渡過泜水到對方陣地那一側布陣；換句話說，我們要以泜水爲背。」

「這樣變成背水位置，兵家大忌啊！」

衆將訝然，拚命勸韓信修改戰略，兵書上說，以山林爲右，水澤爲前或左才是正確的攻法。

「萬一敵軍攻打過來怎麼辦？」

「將軍若來遲呢？弟兄們豈不要跳入泜水？」

「陳餘不會發動攻擊的！」

韓信彷彿一眼看穿對方。韓信告訴手下，陳餘要的正是他的首級，並相信只要殺了自己，漢軍自會潰不成軍，所以，縱使主力軍出現，陳餘還是會固執地等待韓信的軍旗。

果不出韓信所料。

當一萬名漢主力軍出現在井陘外開闊的原野上，天色還未泛白。趙軍一看見漢軍的火炬，立即派出探子偵測動靜，回報表示未見韓信，且漢軍正背水布陣。趙軍上自將軍下至走卒，無一不譏笑韓信不識兵法。

他們落入韓信的陷阱了。

天亮時，韓信率領第三部份兵馬出現在井陘口，大旗飄揚，鳴金擊鼓，勇猛地對趙軍展開攻擊，張耳自然也在其中。此時，泜水旁的主力軍卻聽命按兵不動。

陳餘下令打開各城堡，讓軍隊出城迎戰。他們使用的是毫無陣法、只仗聲勢的人海戰術。很快地，韓信屈居下風。**在此戰之前，「陷阱作戰」的戰略不算稀奇，但以元帥及直屬部隊做餌，倒是前所未聞。**

箭矢亂飛，掠過韓信的額頭。直屬部隊雖力拚敵軍，終因寡不敵衆，開始丟棄戰鼓及鉦，轉入第二陣。泜水阻隔逃生的路，太陽剛剛昇起，把流動的河面映照得有如融化的鉛，黑黑的，靜靜的，無聲地流動。

韓信把馬頭調轉回來喊叫：

「與其逃亡淹死，不如打一仗吧！只要贏了，我們就能活下去。」

下級指揮官也嚷叫道：

「不想死就快反攻呀！」

於是韓信及張耳帶著直屬部隊與主力軍會合，反向敵陣衝去，戰局立刻陷入一片混亂。

在戰場的另一隅，起了一些變化，韓信派出的欺敵部隊已在山間出現，迅速攻入趙的空城，插上兩千支漢軍的紅旗，令趙軍大爲恐慌。

「漢軍已殺死趙王及陳餘，拿下城堡了！」

每個人都這麼想，便回頭向故鄉奔去，引起大潰敗。儘管陳餘在人群中吼叫「回來呀！我在這呀！」自己卻也不自覺地隨人潮逃向安全之處。

於是，占領空城的軍隊由另一側出擊，與背水的軍隊會合，夾擊趙軍。不多久，戰爭結束，趙王、陳餘及李左車皆被生擒。韓信實現承諾，讓漢軍休息，享受一頓豐盛的早餐。

午後時分，韓信將趙王送交劉邦。至於陳餘，除了斬首別無他途，於是將陳餘帶到泜水旁斬首，讓他的頭顱隨波逐流。隨後漢將把被縛的李左車押解到韓信面前，韓信親手鬆綁，並說道：

「請讓我師事於您！」

無論是李左車或一旁的漢軍全都楞住了。韓信堅持讓李左車東向而坐，自己則朝西低坐，執師徒之禮。

「眞是個怪人！」張耳心想。

拜敵爲師，擅自封王

夜裡，韓信在營帳裡與諸將商量統治趙國的策略，他又出驚人之語：

「張耳先生，你應該當趙王！」

張耳訝異一介將軍竟敢誑言帝王之諭，也十分恐懼——韓信和他是同事，一旦劉邦聽聞這句狂語，必定會懷疑兩人謀反。

「理當如此呀！張先生。」

韓信認爲，有才德、有機緣得以統治趙國者，天下唯張耳一人。如果現今是太平盛世就另當別論，目前是非常時期，劉邦已自身難保，而且不久前韓信才將自魏得到的降兵送給他，現在要再把趙兵上呈，必須說服趙國父老，而立張耳爲趙王，正是最好的辦法。

「漢想獲勝，必須先讓您當上趙王！」韓信說道。

「可是，韓將軍，這樣做不妥吧!?」

張耳怕劉邦會因此怪罪韓信膽大妄爲，竟敢擅自封王；然而韓信卻聽不出他的語意，逕自告訴趙人：

「從現在起，張耳就是你們的王。」

然後先斬後奏地上書劉邦。不久，劉邦捎來簡單的信，寫道「就這麼辦吧！」又差人將趙王的玉璽送來，不過劉邦這麼做，完全不帶一絲情感。

「齊呢？該如何處置呢？」

關於此點，從井陘口大捷後，韓信即不斷地思索，他想一股作氣趁勢拿下北方的燕與齊，卻因缺乏信心而作罷。他決定請教師父李左車。起初李左車不停地推辭，可是韓信孩子似的追問個不休，他才以溫和的語氣說：

「讓士兵休養是必需的。你既然打算攻打燕與齊，得先做好補給，否則必敗無疑。」

韓信像個少年一樣，率直地聆聽師父教誨。

「韓信的性格是不是缺少什麼？怎麼像小孩呢？」

張耳覺得很好奇，堂堂一位上將軍竟會禮遇俘虜，人家隨便說個隻言片語，就感激得不得了，眞是奇怪。

不過回憶起井陘口那場勝戰，誰敢小看韓信？張耳覺得韓信是不需要師父的人，他雖是一名將軍，但在劉邦眼中只是一條供他差遣的狗，只要求韓信做好份內之事，不必踰越。

「師父」應該像亞父范曾之於項羽，或是張良之於劉邦吧！師父一向是出策謀劃的人，韓信又不是王，有需要嗎？他請李左車輔助，是否代表有野心？

「萬萬不可和韓信走得太近。」

張耳心想，他擔心日後發生反叛的疑案時，會受到牽累。最令張耳覺得可笑的是，李左車乃士卒出身，對補給很在行，不過缺少宏觀天下大勢及擬訂政略的魄力，韓信卻拿他當寶，成天跟前跟後地請益，師徒兩人眞不相稱。

在張耳看來，韓信是一個偉大軍事奇才的靈魂寄身在最孩子氣的人身上。

韓信必須離開張耳。把這位老人安排在趙國後，便自行南下赴魏——河東郡，在南端近黃河處落脚。他的新根據地是修武(在今河南省)的市街。

修武具有縣城規模，這個市鎮在周朝時叫做「寧」，是黃河文明的發祥地，由於土地肥沃、人口衆多，是補充兵糧的理想之地。韓信在此爲日後攻擊做準備，同時也越來越倚靠李左車。

由趙到修武的路途中，韓信從李左車處學到不少東西。這位師父長相不佳，他的臉猶如牛皮，無啥特色，平常沉默寡言，從不主動參與意見。只有一件事是李左車做得既謹愼又得要領的——即決定駐營地、分配糧食的搬運等軍務。韓信固然注重補給，但畢竟是書生出身，不諳實務經驗，而任何戰爭都不能沒有實務經驗；所幸，韓信懂得觀察李左車的行動，可從中了解一切。

例如，有一天，一名殘暴的士兵傷人，雖然被逮捕關入囚籠，仍然吵鬧不休；突然，韓信發現他靜下來了，不禁詢問李左車是如何辦到的。

「只不過把食物中的鹽逐漸減少罷了！」

鹽份減少，人會失去元氣，李左車用這簡單的道理來統御士兵；他還有慧黠的心智，趁對方失去元氣時，請鄉黨之人前往勸說。

李左車於修武一地訓練士兵，一方面收集糧食，把它堆放在攻齊途中的驛站；此外，糧食裡除了添加油水，還有系統地推廣料理方法。

「韓信的部隊吃得眞好。」

這類的批評是衝著李左車而言。

韓信回到舊魏南方的修武，並以此處做根據地，令人十分不解。在這裡要統治舊魏有些不便，距離下個攻擊目標燕與齊又太遠。唯一的理由是，此處地理位置與劉邦的陣線很近，韓信認爲駐紮在此便於接收劉邦的命令與聯絡，而劉邦並不這麼想，不學無術的幕僚也認爲：

「既然接到伐齊的命令，爲何又回修武？」

連酈生也覺不妥，不禁爲沒心思的韓信捏把冷汗。修武是周武王伐紂、推翻君王時的練兵之所，把寧縣改成修武，正是有這麼一段叛謀的淵源呀！

井陘口一役使韓信成爲英雄。身處遠地的酈生也聽到舊魏百姓奉韓信如神的傳說。

「這地方的麻煩可眞不少。」

酈生替韓信想道。

肆・大決戰之卷

21. 齊城七十彈指間

劉邦知道齊國並非等閒之輩，如果她的七十多座城池全部備戰，漢軍就算派遣三十萬大軍，想平定的話，至少需要一年以上的時間。

六月底的某夜，劉邦逃亡！前夜的雨氣未散，遮掩群星的光芒。

「這是第幾回了？」

劉邦邊逃邊想。彭城一戰慘敗時，他是坐車逃亡的，那時由夏侯嬰駕馭馬車，把兩匹馬的屁股打得紅腫，幾乎流出血來。劉邦的一對兒女也在車上，爲了減輕重量，他三番兩次把孩子推下，但每次都被夏侯嬰救起。

後來又逃了幾回，每當逃走時，都聽見車輪轉得飛快的聲音，只有這回是徒步。項羽的軍隊從西方擁進，包圍成皋城，準備擒捉劉邦。飽受驚嚇的他見到柏樹影子，也驚疑爲楚軍，甚至害怕聽到車聲。

現在只有夏侯嬰陪著他。

「上呀！快上呀！」

夏侯嬰經常這麼狼狽。尤其是夜裡摸不著路，劉邦一不小心蹚入池中，水淹及面，夏侯嬰一邊急著嚷叫「大王，此處有水！」一邊像長臂猿般，伸手拉起溼漉漉的劉邦。

他們的目的地是黃河邊。黃河流經剛棄守的成皋城附近，按理說是該到了，只是今夜沒有半點星光，才會經常走錯路。

以自己作餌的弱者戰略

劉邦一直在打敗仗，尤其這五十天來，運氣更是奇差無比。上個月初，他把周苛留在最前線的大要塞滎陽城（與成皋城爲鄰），自己則領著少數人逃走，回到後方根據地關中招募新兵，重新恢復軍力。那期間，他最常說的話是：

「我一定要去援救被項羽包圍的滎陽城。」

事實上，劉邦沒去滎陽城，而走向遙遠的南方宛城（今河南省南陽縣），並且四處宣傳：

「漢王劉邦在宛城呀！」

雖然這是食客袁生的平凡計策，卻是劉邦窮途末路時的唯一出路，老天相助，竟得到意想不到的成功。或許是直接刺激到常會有反射性動作的項羽吧！項羽迅速以天崩地裂之勢南下，圍攻宛城以求逮住漢王劉邦，於是周苛等滎陽的守將得以暫喘口氣。

「項羽那傢伙來了！」

當時劉邦正在吃飯，聽到消息立刻放下筷子大笑，內心實則萬分恐懼。**這個戰略是以劉邦的性命做餌，要教項羽南北奔波，疲於應付，而以身作餌的夢魘，實非他人所能了解。**

劉邦的戰略是由張良等幕僚所擬定——把自己界定成弱者，亦是利用恐慌情結所衍生出的戰略。

「子房啊！怎麼辦呢？如果正面受敵，連宛城也守不下去呢？」

「沒問題！」

張良已擬定讓項羽轉移至其他地方的後續戰略。他苦口婆心地說服正在圈外進行游擊戰鬥的隊長彭越，叫他在遠處的下邳（今江蘇省邳縣）機動截斷楚軍運糧的路線。正因這種準備，他才敢請劉邦一試。

「啊！這件事原來是由彭越在做。」

劉邦想起彭越是盜賊出身，恰巧是做這種工作的高手，但這次的對手是以項羽的族人項聲爲首的楚軍。

「彭越就像蒼蠅一樣討厭。」

項羽低估了彭越。正當項羽攻打宛城時，彭越卻大破項聲率領的楚軍，這麼一來，項羽立刻亂了方寸。

項羽足以向天下誇耀的是「勇」。他對敗仗有著病態的厭惡，他憤怒地解除對宛城的包圍，巡向北方的駈城，打算一舉殲滅彭越。**所謂的「勇」，說穿了，是不是只能採取戰術做小規模的行動？就這疑問來診斷劉邦的弱者局勢，此刻他想出的不是戰術，而是戰略，他有如一張大網，項羽則是把尖尖的錐子。**

「是時候了。」

劉邦想，他逃離宛城，循山間小道向北行，很快就進入黃河南岸（現在的隴海線旁）的成皋城。成皋城與滎陽城相連，唇齒相依，它們都仰賴從敖倉山中的大洞穴得到穀類，維持城內人口的性命。

項羽的軍師范增曾以尖酸的口氣說服項羽——劉邦就像蒼蠅停留在食物（擁有敖倉山存糧的滎陽與成皋兩座城）之上，只要把食物除去，蒼蠅便無處可逃了。范增力主徹底摧毀，並取下敖倉山，可惜項羽未採納其意見。

對慣於扮演強者的項羽而言，與其迂迴作戰處理「食物」，毋寧打死「蒼蠅」，在他寫的詩句「力拔山兮氣蓋世」中，也可看出「我就是項羽」的豪邁。就是這種自視經常左右了他的行動，他北上東進，徹底摧毀彭越軍，但彭越卻逃掉了，趁這大好時機，劉邦順利躲進成皋城。

項羽得到消息，立刻轉向西，噴火似的猛攻滎陽城，逮捕守將周苛並加以烹殺。然後，他又以迅雷不及掩耳之勢包圍劉邦藏身的成皋城。

「項王來了！項王來了！」

劉邦聽後再也忍不住了。他丟下成皋城內的將士，由城北的玉門逃走。

「我是不可能戰勝項羽的。」

劉邦宛如喪家之犬。一來是因爲兵力不足，縱使韓信自北方送來新占領區的降兵，但光憑那些士兵怎麼打得贏呢？劉邦絲毫沒有信心。

主僕二人亡命江上

劉邦和夏侯嬰好不容易來到黃河岸邊。蘆葦中藏有一艘船。夏侯嬰一見，立即興奮地叫道：

「大王，您的命運還沒走到盡頭吔！」

然後把劉邦推上船，自己也從船頭跳上去。夏侯嬰的肌肉發達，看起來油亮亮的。

風勢逐漸大了起來。

可能是這種風吹開雲層，使原本隱藏在雲際間的星子露出光芒。劉邦開始躺下來數星星。也許是個性使然吧！當他看到天邊有顆隕落的流星時，心中竟興起一股悲淒情愁。黝黑的河水上布滿漣漪，遠遠與天相連，此情此景，令劉邦懷疑自己也來到星子的世界了。

「嬰呀！你眞可憐。」

每次逃離戰場時，夏侯嬰總緊緊跟隨著劉邦，倘若仍一輸再輸，會演變什麼局面？

「如果到了星星的世界，一定很快樂。」

「對呀！是不錯。」

夏侯嬰並非不認同劉邦，只是當他一想到自己曾是沛縣縣衙的馭者時，就會想到其實昔今並無不同，劉邦原本不就是市鎭裡的浪子嗎？

「上天庇佑，您一定會逢凶化吉的。」

「你是指五彩雲嗎？」劉邦問。

劉邦覺得很無聊。不曉得從何時開始，又是何人多嘴，竟傳出「劉邦所在之處總有五彩雲跟隨著」的說法。

「大王，您自己可不能懷疑。」

夏侯嬰在張帆的同時，恰巧風向改變了。

「這教我如何相信？你以爲有天運就能不敗嗎？」

張好帆的夏侯嬰立即答道：

「臣斗膽，會敗不是因爲天運，是因爲大王您的關係！」

「對！是因爲我太懦弱無能，實在與天運無干。」

可是像這回輸得如此徹底，簡直無話可說；從前逃亡再狼狽，也還有些部屬保護他。

「韓信是個殘酷的傢伙」

「不管怎麼說，韓信十足是個殘酷的傢伙。」夏侯嬰生氣地說道。

黃河東流入海，滎陽及成皋都在南岸。雖然當地的主君漢王劉邦被項羽追得東奔西跑，生命之火隨時可能熄滅，但淒慘激鬥仍持續不斷，韓信卻悠然自得地待在北岸，擁有大軍又裝成毫不知情。在夏侯嬰看來，韓信眞無恥到極點。

「他和我們隔著黃河呀！」

「我認爲他是故意不理。」夏侯嬰說。

「至少，他送來不少降兵，補充我的軍力。」

劉邦是總元師，自然不能批評下屬，否則不滿之語傳進當事者耳中，對方只要是血性男兒，一定會倒戈投到敵人麾下。

「是送來了魏兵，不過盡是些廢物。」

由於被韓信平定的降兵與漢無多大關係，自然不願拚死命打仗，夏侯嬰以此理由責備韓信是不公平的。在韓信看來，劉邦拚命向自己要兵，所以自個兒打勝仗並沒壯大多少。得之不易的士兵轉送給劉邦後，往往又因戰敗就自行逃竄，有如杯水車薪，救不了急也幫不上忙。

「韓信幫不了您。」

「嬰，你從前的優點是不說人壞話的。」

「可是我們狼狽成這樣……」夏侯嬰抬起腳，用力地把船板踏得亂響：「難道要我去讚美韓信嗎？」

夏侯嬰所謂的狼狽是指劉邦運氣不佳又連連敗逃，如今只剩孑然二人。

「況且，大王，我說韓信的壞話應無不可吧！」夏侯嬰的本性漸漸流露出來了：「是我把他推薦給大王的，您記得吧?!」

當韓信還只是劉邦麾下一個無名小卒時曾犯軍紀。那時有十四個觸犯軍法等候問斬的罪犯，韓信是其中之一；在即將行刑前，夏侯嬰看出韓信的不凡，於是立刻稟告劉邦：

「主人呀，您不是想完成大業嗎？失去那位壯士（韓信）就將備加艱辛哦！」

於是韓信免於一死。劉邦特赦了他，命令隨從解去捆綁的繩子，並封他爲治粟都尉。

「對，那時我們還在蜀。」劉邦回憶道。

「便宜了那個臭小子。」

夏侯嬰每當立了個小功勞，就會得意忘形，他雖只是馭者，劉邦卻封他爲滕公。然而，夏侯嬰一開口說話，總令人難以忍受。

「他也很忙呀！」

劉邦以想睡的慵懶聲音替韓信辯護。

世上還會有像韓信這般天才的軍事將領嗎？他以極短的時間平定魏國，取代、滅趙、呑燕。現在黃河以北的一整片未得手的土地，不就是齊嗎？韓信卻接納趙國的降將廣武君（李左車）的意見，暫緩討伐齊國的計劃，而廣武君所持的理由是：

「將軍自南方崛起，以迅雷不及掩耳之勢連戰連勝，取得廣大的版圖。但士兵也是人，如今已極度疲乏，率領虛弱的士兵去攻打固若金湯的城池，會有生還之理嗎？」

於是韓信回到遙遠的黃河北岸，讓士兵充份休息，並接受軍事訓練；此外，還建立東向征齊的補給線。至少，劉邦接到的情報是如此。

「但是，大王，請回想一下韓信重返黃河北岸至今已有多久了？」

「我一向不擅計算時間。」

夏侯嬰雙手握拳地湊到劉邦鼻子底下，然後一一算道：韓信在井陘口大破趙軍時，是去年十月；回到黃河北岸是隔個月的事；打那時算起，至今也已將近八個月了。這段時間他根本是在休息……。

「休息？」

「可以這麼講。」

這段期間劉邦又在做些什麼？他說服降將黥布投靠自己，歸到滎陽城下；那時正值去年十二月，滎陽城早已有如一座囚籠，將領們也認爲幾乎守不下去了，兵民皆如餓殍。撐到今年五月，劉邦依陳平的奇計逃出滎陽城，逃往關中南方的宛城；六月時，劉邦重返成皋城，滎陽已被項羽所破，成皋城情勢亦岌岌可危，演出如今這場逃亡記。

欣賞黃河欣賞了八個月

當韓信在黃河北岸休養生息，主君劉邦卻歷經波折。想到這點，劉邦不禁發怒道：

「**這傢伙眞是的，竟欣賞黃河欣賞了八個月！**」

在水的另一側，劉邦惡戰苦鬥，極其悲慘，或許順風時，吶喊廝殺聲會傳到韓信那兒吧！何沉烽煙早把天空染黑，沒有道理不聞不問呀！

劉邦對韓信的感情本就脆弱得像用一層薄膜裹著，如今卻有如裂開的膿包。罵歸罵，劉邦這個人還是學不會憎恨，或許是劉邦個性使然，也可能韓信特殊的人品吧！夏侯嬰糾正道：

「那小子是流氓出身。」

劉邦回答說：

「但他有一股特殊的氣質，除了張良之外無人能比。」

「張子房是韓國貴族，韓信怎麼能與他相比？」

「**氣質與出身未必有關，那些好出身卻品格下流的例子我看得太多了**。韓信的才情與氣質都是與生俱來的。」

「大王，您是在批評還是讚美？把我都弄糊塗了。」夏侯嬰心急地繼續說：「你可知漢軍營中的將領是如何談論韓信這個人嗎？」

夏侯嬰是劉邦的車夫，過去一直謹守本份，不敢在主子的面前肆意進讒；這種沉默是侍臣最基本的行爲準則，的確很少有人向夏侯嬰那麼不踰矩。然而現在是非常時期，他不能不坦白向劉邦說出心裡的話。

「大王，韓信打算謀反！」

劉邦聽後心想：

「換成我是韓信，我也會如此打算。」

劉邦一邊冷眼譏諷自己的無能，一邊卻忍不住鼻酸。韓信掌有相當廣大的領域，而主子劉邦卻只剩夏侯嬰相隨，連袂逃到黃河岸邊；劉邦一旦被項羽逮到殺頭，能與之匹敵的，天下也唯有韓信一人。韓信雖比不上項羽勇猛，他的智慧卻是古今罕有，更河況劉邦早想退出這場爭奪戰。

「韓信是陛下的家臣，是您把他從一個小士兵拔擢到成爲大將軍，他怎配……」

夏侯嬰無異是在說廢話，在亂世之中，誰還記得這些呢？

韓信確實帶領劉邦的士兵北渡黃河，攻下魏、趙、代，並把燕納入旗下；其間，他又把當地的兵力收編；相形之下，漢軍的戰果卻少得可憐。而劉邦每次要求送來降兵時，韓信無一次不奉旨照辦，就算是做生意，韓信早就連本帶利地還淸了。

可惜劉邦還是屢戰屢敗。

「韓信若不打算自立爲王，那才是怪事！」

「韓信像在下圍棋似的。」對韓信頗有好感的老儒生酈食其這樣對劉邦說。他還表示：「傾全部智慧力拚，最後的勝利才是目的。」

然而劉邦根本聽不進去，心中反而冷笑地說：

「眞不愧是個迂腐的儒者，老冬烘啊！」

就算韓信心甘情願永久臣服於劉邦，但他的戰績彪炳，其左右手不容他做個無慾的臣子，一定會慫恿他自立。

「是漢王自己不爭氣才會一直吃敗仗，就算您視若無睹，不去救援，世人也不會苛責的。」

當劉邦想到韓信的手下對他咬耳朵細聲道「別理劉邦，裝做不知情」的情景，他立即回想起夏侯嬰所說的，韓信是個可怕的敵人。

無庸懷疑的，目前韓信確實很具威脅性。劉邦躺在甲板上，身體竟輕微地顫抖著。他感覺得出局勢已在逆轉，縱使自己是君王，也只有夏侯嬰一人；相對的，韓信僅是受他封賞的上將軍，卻擁有大軍。

「人啊！」劉邦說完後停頓了一下，且流露出前所未有的悲傷。他絕望地把臉湊向夏侯嬰，說道：「很難過吧?!這時候，唉，唱歌吧！」

劉邦認爲再也沒有比此刻更適合唱歌了，而夏侯嬰便唱將起來。那是泗水湖畔的漁歌。當地漁夫以越國人居多，無論語言、風俗都大不相同。漁夫擅長唱歌，如今夏侯嬰所唱的，正是漁民要求風神送一陣順風的歌謠，曲調有如海嘯，時而在虔誠地向神明請求，婉轉細密，時而又像是在恫嚇海神，咆哮如雷鳴。

修武：武王伐紂的訓練營

船隨著水流東行，朝向對岸駛去。

韓信正在修武。這個地名今仍沿用，不同的是，彼時的修武較今日相比，是稍微偏向東方，在今日的獲嘉（河南省）附近。

修武是舊魏的縣城，在殷商時代本稱做寧邑，打從青銅器時代就是繁榮的市鎮。這個城鎮有過一段輝煌的歷史——公元前十一世紀時，暴虐無道的商紂王失去人心，周武王決定討伐他，為求慎重起見，便在寧邑一地訓練士兵。《韓非子》一書曾提到「勒兵於寧」，指的即是此事。

周武王北伐成功後，建立了周朝，便將寧邑改名成「修武」以茲紀念。經過漫長的歲月，韓信以修武做為練兵伐齊的根據地，但外人全然未感覺到伐齊的動機與意圖，只見他平白浪費了八個月。

當韓信以修武為根據地的消息傳至漢營時，老酈生不禁動氣地罵道：

「沒腦袋的傻瓜！」

周武王之所以被譽為英明之主，主要在於他伐紂一舉。韓信若不想遭人臆測圖謀不軌，就該識相地避開此地才對。

劉邦終於上岸了。

他抬頭看看天空，呢喃道：「天晴了。」

天空像被風擦拭過一般，滿天星星格外的亮麗，有了星光，步行並不困難。

修武的城牆一如任何時代的城牆，是用土磚砌成的，豪雨來襲時便會崩坍，且隙縫間也長出不少雜草。

早上城門一開啓，二人即行入城。修武市區一塵不染，市容井然，整頓得很徹底。根據殷商的法律，把灰塵、泥巴倒在市區道路上者，會被處斬手刑，而根據秦朝的法律則是處黥刑。按理說，市容整潔應該是必然的，可是在當時那個亂世中，反而變成奇蹟了。

「修武這麼乾淨，八成是韓信徹底推行政令的結果。」

劉邦一邊這想，一邊提醒自己萬萬不可掉以輕心。主僕倆找到一家客棧，安頓好後，劉邦就拚命喝酒、睡覺。不久，客棧老闆開始起疑。在彼時，爲了防止盜賊、間諜摸入城中作惡，每個縣城都規定，若有可疑份子投宿，老闆有義務向衙門報告，但因爲夏侯嬰闊綽地塞了不少錢，所以客棧老闆只在暗中觀察，並未上呈。

「他是滕的亭長。」

當被告知劉邦的身份後，老闆更狐疑了。滕是劉邦的故鄉沛縣東北方的一個小鎮，也是夏侯嬰的封地(夏即滕公)。客棧主人認爲，亭長只是個小職位，穿著及出手怎會這麼有派頭呢？

「難不成他們是盜匪的首腦？」

亂世是離不開盜匪的，既然賊首都可能變成王侯，現在隨便去告密，若惹來殺身之禍豈不是太划不來了？

劉邦微醺就躺下來大睡，醒了又叫人送吃食。

有一人死，天下就太平

這一夜，主人親自送來酒菜，眼見劉邦臉大、髯黑，又氣宇軒昂，不禁稱讚地說：

「客倌，您長得眞體面呀！」

「也只有這張臉能看罷了。」劉邦苦笑道。

客棧主人心想，這個人也許不是壞人吧！瞧他長得一副仁慈敦厚的模樣，一點也不像賊。賊不是該緊張兮兮才對嗎？

「這種亂世眞難度日，不知哪天才會天下太平。」

劉邦像農夫在談莊稼般悠然地答道：

「只要兩人之中有一人死，天下就太平了。」

「哪兩個人？」

「項羽和劉邦呀！」

主人一聽到這番話立刻落荒而逃。不多久，他再端酒菜來時，戰戰兢兢地對劉邦說：

「剛才的話算我沒聽到，您要小心才好，讓別人聽到您就會惹來麻煩。」

「你見過韓信嗎？」

「嘖嘖嘖，您怎麼這樣直呼名諱？您是指淮陰先生韓大將軍吧?!當他的座車經過時，我曾見過幾次，是個了不起的大人物哩！」

「稅課得重嗎？」

「不，相當低！」

「嗯！不錯。」

劉邦陸陸續續地又探聽了有關韓信生活的情形。由於劉邦連連勸酒，客棧主人一貪杯就醉了，口風自然不緊：

「韓將軍就像士兵一樣樸實，不過依我看來，這眞是美中不足。」

從前，王侯將相靠收刮民脂民膏而奢靡貪逸，似乎是理所當然的現象，遭殃的是辛辛苦苦的農民，但王侯身旁的侍者、都市商賈、工人等，卻反而得到不少好處；相對的，若反其道而行，在衆人眼中不但是怪胎，還會被瞧不起呢！

劉邦說：

「那是因爲他在乎農民的處境，不願榨取農民的血汗錢去粉飾都會的繁華呀！」

「是嗎？不見得喲！」

客棧老闆滿是醉意地笑道。

「你以爲呢？」

「我認爲他是未脫書生之氣罷了。」

「書生氣？老闆，這話怎麼說？」

「就像書生爺酸酸地喝了幾杯便宜的酒後，會在路上邊走邊唱嘛！聽說淮陰先生也會和三兩個人勾肩搭背地唱歌吔！」

劉邦不禁啞然失笑：

「你見過嗎？」

「怎麼可能嘛！別開玩笑了。」

老闆表示這只是傳聞，不過，他還聽說過更恐怖的事——韓信的主力軍幾乎全是魏國與趙國的降兵，據說士兵的長相都變了。在修武郊外的沙積平原上，每天都有許多部隊在接受訓練，進退迅速，軍令之森嚴前所未見。

「**在淮陰先生的軍隊面前，無論楚軍或漢軍都不得不屈服呢！**」

當老闆這麼說時，劉邦不自覺地撫摸著臉頰，爲什麼全然沒提到韓信是漢王劉邦的麾下呢？難道修武是韓信培植第三勢力的根據地？

「韓信自己這樣誇口嗎？」

「我這種身份哪有資格聽韓將軍說話呢？」

直闖韓信大本營

天明前半刻，劉邦睡眼惺忪地爬起來，他叫醒夏侯嬰並說道：

「嬰，今天我要直接攻擊韓信的本營！」

他們喚來客棧老闆，請他帶路。其實，韓信的本營位在何方，夏侯嬰早就偵察得清清楚楚，但天色未明，只好請土生土長的客棧老闆帶路。

每個縣城皆有里，每個里又設有門，日落後門則關上。自古以來就禁止夜行者入城遊蕩，否則會遭巡邏士兵撲殺。老闆是當地人，和巡邏者熟識，便對他說：

「這是漢王派來的使者。」

劉邦一行人總算通過重門。

韓信的本營設在舊縣衙中，燈火通明，而且有士兵守衛著。當士兵見到來人闖入想逮捕時，夏侯嬰以壯碩的體格壓倒對方，並嚷叫：

「我們是漢王派來的使者，有急事要見韓信。你們統統退下。」

然後夏侯嬰打開大門，讓劉邦從容地走進來。無奈韓信寢室外也有衛兵，夏侯嬰只得扼住士兵，摀住他的嘴，而劉邦也趁此時潛入室內。

「韓信，起來吧！」

劉邦的嗓音低沉有力，然而韓信仍扭著身軀鼾睡。

「那是韓信的懶惰病。」酈生曾如是說。例如韓信這八個月來按兵不動，也是其症。這個淮陰來的男子有著周期性的生理時鐘，有時得像蛇一樣地冬眠。劉邦看到韓信熟睡成這副模樣，開始相信老酈生的見解。

劉邦終於挪動房內的東西。

「啊！」

韓信跳了起來。

「爲什麼不進攻齊國？」

劉邦厲聲問道。

劉邦拿起放在寢室中的印璽箱。這裡面的印璽本是劉邦封賞的，有了它，就能以漢的上將軍身份統領全軍，甚至是下令攻打漢王；但只要失去它，韓信則與常人無異了。如今劉邦拿到印璽，等於得掌兵權，又能號令軍隊了。

「嬰！嬰！」劉邦叫喊夏侯嬰：「快把韓信的部屬召集起來。」

於是傳令兵在黑暗中奔走，韓信則呆坐在寢室的地板上，睡牀一側擱著他最鍾愛的長劍。

「殺了他吧！」

如果說韓信沒想到這一點，那是騙人的，只是瞬間他已力不從心。

「原來劉邦是這種人！」

韓信雖不曾敬重過劉邦的才華，但也從未像此刻這麼訝異於劉邦不可思議之舉。於是他像幼兒般地跪著仰望劉邦，有如在等待父親吩咐。

「今天之內去攻打齊國，」劉邦說：「但只准帶兩千名士兵。」

「要我用兩千名士兵攻齊！」

「其他軍隊由我率領。」

對漢王劉邦來說，這是理所當然的，除非把韓信的軍隊據爲己有，否則他眞無一兵一卒了。韓信點頭之後開始思考。光是趙就有五十幾座城池，透過代、燕召募來的徵兵大約有幾萬人。當然啦，士兵不熟練是無可避免的，不過運用戰略即可彌補。他並不打算殺掉劉邦，日後韓信想到此事，就覺得自己很好笑。

「那麼，」韓信道：「……我今天就率兩千名士兵去伐齊。爲了統御他們，請把印璽還給我吧！」

「不行！」

劉邦絕情地把頭轉開。連帶兩千名士兵也要聽命於劉邦，韓信的任務只不過是帶他們出發。

一生唯一的漂亮出擊

寢室中只有劉邦、韓信兩人，夏侯嬰在屋外走廊上，房屋四周全是韓信的手下，此刻要殺主篡位是輕而易舉的事。韓信爲什麼不如此做呢？與其說他被劉邦的氣勢嚇阻，不如說是還沒到緊要關頭，又非面對憎恨之人，他自然不會採取行動。

韓信常瞧不起劉邦，卻未曾憎恨他。對某些人來說，即使不憎恨對方，也可以爲了慾望而採取非常的行動。韓信並非那種人。

天亮時衆將齊聚一堂，一瞧見漢王駕臨，莫不大吃一驚，一時喧嘩起來，但在劉邦大喝一聲令下後平靜了。

「從現在起，我兼任你們的上將軍。韓信依然是上將軍，但他身負伐齊的重任，就在今日啓程。」

大家目瞪口呆，非但不能理解局勢爲何演變成這樣，也無法理解劉邦所言。劉邦當然知道衆人心理，卻毫不作聲，他長久地保持沉默，使大家覺得厭煩。等他覺得大伙兒差不多理解他的意思後，便喊叫道：

「曹參何在？」

曹參是劉邦打從沛縣以來得力的部屬。

「你陪韓信去伐齊，一切聽令於韓將軍。」

在沛縣時，曹參曾任縣官，職掌獄政事務。蕭何是其上司，兩人關係良好也彼此欣賞，認爲對方是做主官的最佳人才。但劉邦舉兵後，蕭何在後方關中繼續擔任行政工作及漢的補給任務，等於續任文官；曹參卻不然，他曾被任命左丞相、右丞相，也常擔任將軍，等於又轉任武官。目前，也隸屬韓信的軍隊。

「派曹參同行，相信不會發生摩擦，又可對韓信產生掣肘作用。」

劉邦也想到這應該不至於阻礙韓信的戰略。他另外又挑選灌嬰同行。灌嬰曾在滎陽參加甬道防禦戰，人品很不錯，作戰態度也很踏實。

搶奪韓信軍隊一事，是劉邦一生中唯一的一次漂亮出擊。以他的性格來分析，誠屬一樁不可思議的事。**連劉邦也承認自己是個無法成大事的人，打從年輕時和伙伴們東奔西闖，凡事都交給旁人去做，就某方面而言，他只是騎在別人頭上，但騎術確實很巧妙。**

劉邦最聰明的地方就是無論何時何地，絕不把自己放在距敵人咫尺的前線，但也從不躲在人後墊底。即使是應付項羽亦然。面對項羽這頭猛獸時，劉邦常用自己做餌，讓急著想咬他一口的項羽疲於奔命；這與其說劉邦有膽識，毋寧說他可以滿不在乎地實行，使部下深覺他的魅力，進而誓死跟隨。

這一次，劉邦又把自己當成餌，暴露在韓信面前，並對他怒吼，一方面是劉邦已走投無路，別無他法，同時，韓信與衆將會被手無寸鐵的劉邦嚇止住，足見劉邦定有不凡之處。

劉邦繼續戍守在黃河北岸。修武的東方有個市鎮名爲小修武。他把補給基地遷至此地，把士兵的存糧囤積在街市裡。奇特的是，他的軍營並未設於城內，而是在黃河南方的岸邊。

對岸的成皋城已淪陷了。漢軍將士向四方逃難，當他們聽說劉邦在北岸，便自動聚集而來。

「渡河算了！」

召開第一次軍事會議時，劉邦認眞似地這麼說，打算渡過黃河與項羽決一死戰。這時，郎中（政務官之一）鄭忠出列稟告：

「大王，此事萬萬不可！現在應該高築城壘、深掘壕溝，設法充實兵力呀！」

劉邦也如此想過，但在這節骨眼上，若不講些威風的話，怎麼提高士氣呢？

「鄭忠，你眞的這麼認爲嗎？」劉邦又問了一次。

「是的，即使奉上微臣的這條性命，臣也要這樣規諫，望大王三思！」

劉邦表情嚴肅地說：

「鄭忠所言甚是，我決定採納忠言。」

此時若採取守勢不發動攻擊是危險的，但劉邦等人是在北岸，只要阻擋住項羽大軍，就有機會壯大。所以劉邦決定出動軍隊，大規模地擾亂後方。換言之，是要攻擊楚的後方根據地（長江沿岸）。楚軍因溼潤的稻作地帶獲得不少兵糧，擾亂此地並截斷交通，就會令項羽分心。

由於項羽把所有的力量集中在第一線，後方呈空虛狀態，攻伐這兒應不是難事。而擔任這項任務要長驅直入楚地的機動軍首領，即使不必太具才能，至少要忠心才行，因此劉邦選擇了有竹馬之誼的盧綰及父親的堂兄劉賈二人。

另一方面，他令韓信及兩千名手下向東出發。

老儒生的崇高理想

現在還有一件祕密工作，就是重用老儒者酈生。劉邦的幕僚對於酈生頗有好評，例如張良等人就說：

「那老人家豈是生來趕車的嗎？」

被通稱爲酈生的酈食其曾經擔任河南省高陽城的門衛，若非遭逢亂世，他很可能以鄉野一儒生的身份享其終老。當時，秦軍的勢力尚屬強盛，而劉邦收羅四方的殘兵敗將，頻頻轉戰於各地。當劉邦一行人通過高陽城時，酈生眞心覺得：

「**沛公確實是一位高風大度的長者**。」

酈生曾對劉邦說：

「行經高陽的大將軍不計其數，我一一看在眼中，卻找不出一位雄才大略之資，唯有您，我可以了解，您是位肯接納忠言又大度能容的大人物！」

終於，酈生投入劉邦的帷幕，成爲其中一員。這種關係稱爲「主客」。客猶如食客，是替主人提供意見、分析局勢、擬定政略、蒐集情報的人，主人以「先生」稱之，以示敬重，他們所提供的，正是寶貴無價的無形資源。

酈生最初提供給劉邦的並非意見，而是一件情報：

「陳留（在今河南省）是秦的糧倉，他們在那兒儲存了大量的穀物，將軍唯今之計宜猛攻陳留，取得食糧的主控權，再做其他打算。」

劉邦聽從其計，取下陳留並得到大批食糧，而後再用這些食糧結集大軍，壯充兵力。

「這傢伙不是泛泛之輩哦！」劉邦心想。

劉邦不尊重儒生乃是因他認爲儒生不過是揑造歪理的蠢貨，然而他賞罰分明，這次酈生既然立下大功，便十分慷慨地封他爲廣野君。不過對儒者以態度粗魯聞名的劉邦，依然不改本性，經常不尊重酈生，不時說：

「喂，太多話了！」

酈生善於獻策，惹來許多嫉妒批評。事實上，酈生的計策中確有不少問題，幾乎有三分之二辦不通，不過他的口才好，修辭能力又佳，常令劉邦懾服，直到施行後發現出了狀況，才由可憐的張良處理善後。

雖然張良也認爲酈生滿糟糕的，但他絲毫不認爲這就是愚蠢，他明瞭酈生的苦心完全是想借助沛公之力，來實現儒家的理想境界。在這種前提之下衍生出的各種方案，往往如空中樓閣，而研究老莊的張良並不過度責怪他。

隨著年歲漸長，酈生的這類企圖似乎變得更加露骨，張良之所以認爲這老人活得不耐煩了，也是出自於觀察。但酈生卻不這麼想，他反倒認爲，可憐的是韓信。

齊是強國，想以兩千名士兵取下齊國，無異以卵擊石，豈不是要害韓信死在戰場上？

齊是田氏的國家，被秦所滅後，田姓王族淪爲平民，趁著這次戰亂，田儋以詐略殺害狄縣縣令，以「我是舊齊王族，從今起，我將以齊王身份統御！」的說法自立門戶，並侵犯四鄰。其後田儋在與秦將章邯激戰中敗亡，自此之後，田氏內部的權勢傾軋更形嚴更，不少姓田的人自詡爲王，聚衆成黨，互封爲將相。目前的齊王乃田儋的堂兄之子田廣，宰相則是身經百戰的武將田橫，而實權掌握在田橫手中。

「田橫是有民望的人才。」

酈生爲劉邦解說道。

田橫大量禮聘賢者，愛士親民，且爲人熱忱，即使在這亂世中，齊仍治理得井然有序。晚年，他爲了保護名聲，在客地自盡，同行的兩位食客也不貪戀螻蟻之命，一同自刎隨侍於黃泉。當時田橫正率士隱居在現今之遼東半島附近的小島上，聽說田橫一死，這五百名食客竟也隨之自殺以爲效忠。

「田橫是儒者，我多少有點了解，我去，他或許會見我。請大王命我爲使者，臣一定可以說服田橫，不費一兵一卒取下齊地。我以三寸不爛之舌，說服田橫歸漢，以不流血方式保有齊國的安泰。」

「你是說憑你這張嘴，可使齊國七十多座城池歸我嗎？」

劉邦彼時若氣勢盛大或許會一笑置之。戰國時代出現了提倡合縱的蘇秦及主張連橫的張儀兩位辯士，他們以雄辯及奇計說服衆國之君，改變初衷而聽命於他們。這兩人之後，研究這類外交手腕的人稱之爲「縱橫家」，憑一張嘴來左右國家方針，根本是遙遠的戰國時代的故事，現今怎麼行得通呢？

「酈生，你是儒者，幹嘛模仿縱橫家呢？」

「我不像縱橫家那般不講道義。我打算用儒者的身份去說服齊相田橫。」

「讓他一試吧！」

劉邦之所以如是想，因爲就算酈生計謀失敗，也不會有啥損失，況且局勢危殆，劉邦像將溺斃之人，連根稻草也不放過。當然，劉邦也知道齊國非等閒之輩，如果她的七十多座城備戰，漢軍就算派遣三十萬大軍，想平定的話，至少需要一年以上的時間。

「去吧！」

劉邦似乎想通了。他命人取來印璽，並寫了一封親筆信要酈生呈給齊王。

行軍中的韓信尚被矇在鼓裡！因爲劉邦認爲，韓信伐齊需要一路擴充軍力，不是三天兩頭就能完成的。

聖人前往賢王之國

酈生年紀雖大，動作卻非常敏捷輕快。到了第三天，他就準備妥人馬，離開修武。一行人包括衛士及腳夫，超過兩百人，隨行人士中自然有精通齊國狀況及田橫個性的謀士。

「**聖人要前去賢王之國！**」

身爲儒者的酈生之所以興高采烈地如此說，乃因齊地山東是孔子的出生地，鄒地又爲孟子出身所在；不過相對的，酈生也聽說過齊國人士擅使奇計詐術。田橫王室間的鬥爭血淚史足以顯示，他們對於政敵的仇恨遠於外敵，以血洗血的慘烈歷史似乎已成爲齊的特徵，卻也正因如此，加強了酈生此行的意圖。

黃河的流經路徑——尤其是從中游至下游一段——隨著時代變遷，用今日的地名依序來說，自潼關到鄭州、開封一帶爲東流，此處開始彎曲往東北方向轉折，當初所在地較今日偏北，河口也大不相同，於天津附近流入渤海灣。

酈生等人經過韓信所平定的趙地，由德州涉河。齊乃以黃河的天險做爲防禦線，對岸是一個平原地形的市鎮，可謂第一線要塞，駐防的兵士充塞城內城外。

「漢王使者酈食其來了。」

爲方便外交談判，酈生已派前驅衛士先到齊傳播消息。齊王甚至吩咐駐守黃河的司令官說：

「漢的廣野君是一位大人物，他的行車一到，應即爲他開路。」

酈生感受到的齊，卻充滿備戰的氛圍。所有的兵力彷彿全集中在黃河邊，軍隊的密度相當高，每名士兵的表情都十分緊張。

「究竟是怎麼回事啊？」

當酈生詢問防守平原城的將軍時，對方便答道是因漢將軍韓信即將攻伐此地，大家都很緊張，他還反問道：

「你是漢王的使者，難道不知箇中原因嗎？」

酈生嚇了一跳，卻佯裝成輕鬆的模樣：

「我當然知道，不過這情報已經舊得快發霉囉！」

對齊人來說，韓信被劉邦叱責，像被踢屁股似的趕往征齊的這個情報，十天後已傳遍齊國，從此之後，齊國上下立即進入警戒狀況，以應付大軍攻伐，好把韓信殲滅。

「你誤會了，我可以全權做主，來齊國一舉乃爲雙方帶來和平呀！」

酈生在平原城如是說，然後在齊國衞士保護之下，前往首都。接著，他通過第二線要塞歷城（今山東省濟南市），此城有高大的牆垣，牢不可破。

今日的黃河流經此鎭的北方，當年卻非如此，流經此地的河流叫濟河，取名之故即「流經齊國之水」。齊的傳統戰略是，當以黃河屛障的平原城受挫後，立即退居濟河環繞的歷城。

歷城位於知名的泰山北麓，水源豐富，所以此地自石器時代起，即爲人們鍾愛的居住地。如今歷城也充滿戰爭氣氛。當酈生的車騎通過時，有人丟石頭，他轉頭一看，竟是個小娃兒。

「齊人對外國人很排斥，沒想到竟至這種地步！他們爲了保護國家什麼都可以不顧，我們實在不應與齊國爲敵！」

酈生如是想。終於，他抵達齊國首都——山東臨淄。

由道路上遠眺，但見丘陵上的城牆又高又長，使人覺得這與傳說中「中原以東最壯盛的市容」形象相當吻合。在城外接受齊王使者的歡迎，在前後飛颺的旗海擁簇下，酈生威風地進城了。

城內果眞是一副繁華景象！

「看來，臨淄的繁華不減蘇秦當年！」

比酈生早一百年的縱橫家始祖蘇秦，以一介遊士身份，說服六國聯手組成抗秦的軍事聯盟，他曾造訪齊國臨淄，並讚說此市有七萬戶之多。以一戶五口之家來核算，齊之國都少說有三十五萬名人口吧！而當時已有不少遊民了。

連袂成帳、揮汗如雨的臨淄

臨淄非常富有。居民或吹笛、或鼓瑟、或擊筑、或彈琴，喜遊樂。此外，鬥雞、鬥犬、賭博都是他們的最愛。

街道上人車雜遝，車馬熙來攘往，絡繹不絕，幾乎碰撞在一起，行人必須錯肩擦背而過。遠見有如用一大片衣袖連成帷帳，衆人的汗水揮之如雨。

以上的描述正是消費重鎭臨淄的具體景況。雖然酈生所見的臨淄曾受秦帝國統治，在經濟、文化都略顯式微，但是戰國時代的經濟代表城鎭之風仍然保留著。

酈生在宮殿前受到宰相田橫的熱烈歡迎。

「啊！這就是傳說中的田先生呀！」

酈生爲自己的使命及從中衍生出的情感所陶醉。有道是出使千里而不辱君命，身爲一個男子漢能負起這等神聖任務，古往今來能有幾人呢？

同時，君命的內容並非劉邦之意，而是酈生大力推薦的主意，國家與國家之間能摒棄利益而憑藉道義結合，廢利而就義則可避免交戰。這種儒家的理想境界，或可經酈生的努力來完成任務！而這場舌戰的對手正是宰相田橫。酈生對於田橫之所以產生超出同志之愛，而萌生上前擁抱他的念頭，正是源於此點。

田橫微胖，臉大眼小，還有許多大小不一的疙瘩，以致有時會不知他究竟在看哪裡；他笑的時候，大嘴像裂開似的，裡頭沒幾顆牙。田橫也親切示好，執起酈生的手，步入宮殿。

酈生謁見齊王。這位名喚田廣的青年白皙高䠷，眉目清秀，雖然少了君王的威嚴，卻相對顯得十分和藹可親。當他稱呼酈生爲「酈先生」時，眼中含著敬慕之意，酈生因此感動得差點流下眼淚。

「劉邦和他眞是不同。」

漢王厭惡儒者是衆人皆知的事實，對儒者以外的人更是隨便，言談間也不是很具品德；相對的，這位齊王很不平凡。

「這才配稱王！」酈生心想。

「先生舟車勞頓，請先休息一下吧！」

田橫親自領酈生到住所歇息。

無論是建築物、家具，皆具王室品味，酈生在那兒洗去旅塵，換上衣物。

夜裡舉行酒宴。雖然齊王並未出現，但田橫以下的齊國要人全出席接待他；酈生隨行的人員、事務官、衛士、馭者，乃至腳夫，也都依階級受到相稱的禮遇，在相當階級的官吏接待下，參加了酒宴。

酒宴就這樣持續三天。這期間，齊方代表不但深入觀察酈生，連隨行侍者的一言一行都不放過。到第四天酈生晉謁齊王時，齊方已大致了解盟友漢王的意思。

「齊要持續壯大，留傳萬世！」酈生用這樣的開場白引出一段修辭華麗且立論牢不可破的陳述：「因此，齊國更得了解天下民心之所歸。齊王可能了解？」

「我不太懂！」

齊王用率真的表情答道。

「那就糟了！如果大王知道天下局勢及民心歸向，將可保齊國之安全；否則就算空有百萬精銳，也難安然度過這段時期。」

「天下將屬何人呢？」

「歸於漢王。」

酈生的斷言使齊王露出驚訝的神情。

「爲了齊，請先生務必告知理由。」

事實上，劉邦怯儒，項羽強悍，天下理當歸楚，酈生這番話聽來簡直像是詭辯。

齊一向保持中立。她曾經一再受到楚國威脅，甚至面臨項羽親率大軍攻伐，齊的百姓確也毛骨聳然地感受到難敵楚國滅族的恐怖命運。這樣的楚，爲何還敵不過漢呢？

酈生的舌璨蓮花，這下總算可以好好發揮了。他詳細列舉出漢楚雙方的優勝劣敗，把楚的致命傷誇大地敍述一番，說出項羽氣度狹小，不拔擢賢才，且生性殘暴，塗炭生靈，甚至殺害自己所抬出來的懷王，令世人大失所望。

「而漢王劉邦所擁有的人格卻是完全相反。」

劉邦重義氣、胸襟寬大、對賢才敬重有加，更難得的是，他尊重生命。但，這眞是劉邦的本性嗎？

與其這麼講，不如說這是劉邦意圖塑造的性格吧！另一方面，**項羽的個性引起太多攻訐爭議，於是他的對手劉邦的個性遂被世人塑造成相反的模式以作對照，而劉邦本身也意識到人們的微**

妙心理，便順水推舟演好自己的角色。當然，劉邦是可塑之才——可加工，像黏土一樣，可塑造成各種形象，這是他與生俱來的能力。

這種性格優劣論一套在項羽身上也適用，齊王與田橫只抱著藝術欣賞的態度來看待酈生的敍述。不過酈生在陳述中提到了糧食。當他提出漢王的軍糧占壓倒性的優勢時，齊王與田橫突然爲之動容，有如雲際露出陽光。

酈生接著說：

「楚在補給兵糧上困難重重。」

酈生還說，從遙遠的南方，即楚國產米的地區開始，因爲年輕人都當兵去了，只剩下老弱排成一條蜿蜒的長蛇陣，一一搬運糧食。

酈生表示，項羽絲毫沒有補給運輸的概念。他得到亡秦的天下第一糧倉「敖倉」時，竟只派一支人數很少的囚犯部隊去駐守，因此才被漢軍搶奪到手。不過酈生並未說出當楚軍攻陷滎陽城與成皋城時，又將敖倉奪回的事實。

最後一次宴席：烹煮酈生

然後，酈生回到客棧中休息，這同時，齊王與田横已決議站在漢王這一邊了，傍晚又準備酒宴款待酈生及其隨從，許多齊國佳麗在一旁侍候著。

「太愉快了，這世間會有更快樂的事嗎？」

酈生確實喝得爛醉如泥。齊王與田横似乎也很開心地撤掉前線的軍隊，讓士兵回返故鄉，將士則回到臨淄。

酒宴持續了好幾天。有些齊國的儒者、從前線回來的將軍也善意邀宴，誰也不曉得這樣的飲宴將持續至何時。

在宴席還未至尾聲時，酈生已被齊王烹煮了。烹調用的青銅製大鼎被安置在臨淄市鎮的廣場上，鼎中盛滿水後，丟入一絲不掛的酈生，然後在下方生火。

「難道要叫我把在齊所食之肉還給齊嗎？」

酈生全身被捆綁，只有頭顱露出水面。

齊的宮廷得到韓信軍隊出現在齊國西方，並大舉渡河的消息，於是無防備的平原城立即淪陷，歷城才掙扎半天，也歸韓信所有。如今，韓信打算如潮水般湧入臨淄了。

齊王與田横認爲這是漢的詭計：以酈生的遊說使齊人掉以輕心，韓信才能趁機攻入。但酈生與韓信都不知道事情會演變成這樣。當韓信的軍隊接近齊國時，早就派到齊臥底的密探才回報說酈生已到齊國謀和成功了。

「那麼把軍隊留在趙地吧！」

韓信原本如此決定，後來卻改變主意。使他改變的是新加入的幕僚謀士蒯通。蒯通相信戰國時代的詭辯及奇計依然可行，他研究多年，寫成與縱橫之術有關的八十一篇文章。但劉邦與項羽都不重視縱橫術，這使蒯通在亂世益加徬徨——直到他成爲韓信的謀士。

韓信這個軍事天才的大腦除了戰鬥之外，幾乎是空白的。他把蒯通的縱橫術視爲政略，且深信不疑。

「酈生只不過是個迂儒罷了！」蒯通如此說道，而後又解釋：「沒錯，他是憑一張嘴說服齊投降了！不過，如果讚揚他的成就，豈不是貶低軍事的重要性了？**將軍之功若不敵一張嘴，則漢鐵定要腐敗了。攻齊可拯救漢的立國精神，若不伐齊，這無形中的損失將是難以衡量的。**」

韓信最後採納蒯通的意見，渡過平原的渡口。

齊王與田橫只有四處逃竄。在逃命之前，齊王來到鼎前，大罵酈生說：

「你這個騙子！如果你不是說謊，就去制止韓信進攻，如能制止就放你出來！」

「煮了我吧！」酈生說：「我對你所說句句實言，看著我，我沒有說謊。你如果這時還懷疑我，只證明你也是個腐朽的俗人，我不會為了活命而去說服韓信的。韓信是好男兒，我則是比他更好的『士』。士是置之於死地才見眞性情。我若去求饒，就不配當儒者了！煮吧！你煮了我，我就成為頂天立地的士了。」

說完，酈生朝著齊王吐口水。

酈生被烹煮，齊王與田橫不戰而逃，韓信終於占領齊國。

22. 據地稱王假變眞

聽到使者帶來的消息後，劉邦氣得一脚踢翻脚邊的痰盂：「我正在苦戰，眼巴巴地等候韓信捎來援助，沒想到他竟想自立爲王，他……」

蒯通的蒯字，無論是在字義上或做爲姓氏，都罕有人熟悉，然而在當時若是說「蒯町的蒯」，則位於黃河沿岸的居民會點頭說：「哦！原來是那塊河旁邊的土地。」此地即爲後代的洛陽旁之地。

策士：政治魔術師

蒯通以這塊土地爲姓氏。他出生在現在的河北省涿縣——亦即當時的范陽。這塊大陸在春秋戰國時期諸子百家爭鳴時，歷經思想文化的洗鍊，戰國末年被秦國統一；秦旋即又亡國，這段時期裡，思想仍在傳遞，知識份子也隸屬各種學派。

這些知識份子被尊稱爲「生」。蒯通亦被稱爲蒯生，儒家酈食其先生則被稱爲酈生。以酈生的滿懷熱忱來分析，他是想以劉邦的力量爲槓桿，建立孔子的理想社會模式。他臨死時之所以能痛快淋漓地破口大罵齊王「把我烹殺了吧！」可視爲被思想力量所塑造出的氣概。

蒯生並非儒家或道家的學徒，只不過是戰國縱橫家的小徒弟，應算是權術學派，思想上的底子是膚淺的。他的技術在於政略上的權變，乃爲一國的膨脹或自衛所做的外交手段，在他的思想中，並無理想社會的模式。

這種人被稱爲「策士」。

策士本身無法也不想成爲王者或皇帝。他們找出有希望稱王的人選，然後做他們的食客，極盡權變之能事，打理其內外要事，使之成爲眞正擁有廣大領土的支配者。

策士好比政治魔術師。

「韓信是最優秀的人才！」

蒯生如是想。韓信憑藉天才般的軍事能力，使趙投降，又立張耳爲趙王；然後合併燕與代，又攻陷齊國七十多座城池，把總司令設在齊舊都臨淄。他的版圖以今日的省名來稱呼，等於把自古統稱爲中原的河南省、河北省合併再加上山東省，比遠在南方，沿著現之隴海鐵路沿線一再窮困死鬥的劉邦與項羽都大。

「韓信本人並未察覺自己的壯大！」

蒯通心想，韓信仍是隸屬劉邦麾下的一員大將，關於這點，韓信本人也同意，這使蒯生頗爲驚訝。有一回，蒯生與韓信辯起何謂縱橫論時，蒯生說：

「你可以探討國家或勢力的消長，國家有實態與虛態呀！刺探敵我的實態與虛態轉化成記號或公式，分別衡量彼此的力量、判斷對方的意圖，並找出支持這個意圖的原始靈感，取之用於本國的策略中，這種術或學就是縱橫論。」

韓信只是抬起下顎表示聽到了，卻興味索然。

蒯生想使韓信覺醒。

「你的勢力的虛態何在呢？關鍵在於你只是漢的將軍！」

「事實不正是如此嗎？我本就是漢王劉邦的一名將軍，這應該是你所說的『實態』呀!?」

「不，在我的學說中，這只是虛態，實態是你是把趙、燕、代、齊合併起來的大王，可與劉邦、項羽匹敵。」

「別再說了，」韓信厭煩地說：「我懂了，縱橫論就是鼓吹叛變的言論，對不對？」

「在其他學派的人來看，這或許是背叛，就我們來看，則只是成功之術。試想，**成功的背叛****怎麼會算是背叛呢？**拿亡秦一事爲例，項羽及劉邦兩位先生豈不成了叛徒？但歷史觀點中，被唾罵的秦既然已亡國，這兩人又怎麼會被批判？縱橫術就是這種學問。」

「眞可怕的學問！」

「爲什麼？」

「老儒者酈生就是被你的縱橫論害死的。」

酈生以劉邦的外交官身份使齊，與齊訂下和盟，齊王大悅，全國及邊界的防備都因此鬆懈下來。孰料受劉邦命令對齊展開武力進襲的韓信，立即突破齊的防線，攻陷邊界，七十多座城池在剎那間淪陷。齊王一怒，結果把酈生烹殺，這等於是韓信殺害了酈生。當初，韓信也一度因擔心酈生安危而躊躇不前，但在蒯生慫恿下，還是犧牲了酈生。

「酈生是這世上少數幾個關心我的人。」

雖然韓信事後懊悔不已，蒯生卻全不放在心上。

「這正是權變。將軍不是已經取得齊國廣大土地？你還有什麼不滿足的？」

蒯生譏笑韓信的多愁善感。

對韓信的再教育

對於韓信的稟異，蒯生比任何人都驚訝，但他又認爲：「這不過是書生嘛！」同時，**除非使**

用權變及慾望來改變單純的韓信，否則他終將註定因功大而導致滅亡。

蒯生命令小蛾去伺候韓信，無異是想對韓信再教育。

韓信將齊國舊都臨淄的王宮改爲總司令的官邸。

「齊王廣曾在此處極盡奢華之能事。」當被帶到齊國國王的寢宮時，韓信非但未有絲毫的感動，只冷冷地說：「只要能不餐風露宿就好。」

然後，韓信連厚重的長靴也不脫，就爬上絹質的寢具上呼呼大睡，而那把長劍依然寸不離身。一連幾日，即使夜間也不卸下戎裝，這不是誇耀他的豪邁性格，實在是忙於掃蕩轉戰之故。

小蛾指揮二十名左右的少女。無論是小蛾或這班女子的服裝，一律由白綢製成，當時的人並不忌諱這種白色裝束，不過清一色的衣著確實很乏味。

「這是爲了不使韓信引起無謂的淫慾。」

蒯生對小蛾說。

小蛾是齊國第二豪門即公的么女。即公是蒯生流浪於齊地時的恩人，當田氏一族趁著秦末混戰之際執掌齊國勢力時，即公未能恭逢其盛，以致得罪齊王田氏一族，到後來竟演變成在野的部份勢力。當韓信逐走齊王，成爲臨淄城新主時，蒯生就與其他豪族一起推薦即公，以便盡速建立齊地的新秩序。

「順便向即公借一下么女！」

蒯生此舉是因爲小蛾聰慧機靈，遠勝一般女子。

韓信是無妻無妾的單身漢。從前每當人問起爲何不娶親時，韓信便說：

「你認爲會有好事者肯將女兒嫁給淮陰城下的窮小子嗎？」

如今風水輪流轉，一大票齊國豪族看好韓信，爭著送來女兒，想託外戚這層關係重享顯貴。

「讓那些愚蠢的人變成韓信的外戚，那就麻煩了。」

蒯生獨自憂慮著。在齊從事鎮撫時，若由令人埋怨的豪族當外戚，其他勢力定會背離。

「還是即公合適！」

由於即公被田氏一族人忽略，遂未被其他勢力所憎恨，但這並不表示即公最適合當上外戚。

蒯生認爲，倘若韓信有更大的抱負，應該找個強勢的外戚支援，而這畢竟得長期物色。在這之前，總要有個女人來照顧他吧！不過韓信是個怪人，以致這種「必要」顯得不是非常迫切。

在蒯生的感覺裡，如果由舍人去伺候韓信，將軍的心情一定不能平靜下來，甚至，萬一他找了個怪女人回來，陣中的人事豈不大亂？通常而言，男人會把中意的女人的兄弟或堂兄、表弟等提拔到身居要職，假如其中恰好有個聰慧多謀的人，一定會得到重視，屆時，像蒯生這種光憑才識的貧士就會被貴族排擠，終致毀滅。

「女人眞是禍水呀！」

蒯生如是想。**對於從事蒯生這類工作的人來說，女主人及其親族往往是得提防的對象。**如果由即公之女小蛾來當女主人，蒯生還算有信心完全掌握一切。

不過縱使是小蛾，蒯生仍希望她只是得到韓信的信任，不要有進一步的關係——在蒯生的想法裡，唯有如此才能使一切計劃圓滿達成。

「我並不是陛下！」

從掃蕩戰凱旋歸來，穿著戎裝進入寢室的韓信不禁叫道：

「啊！怎麼回事？」

原來韓信一回到寢宮，脚下彷彿被一片片白雲飄浮了起來。一會兒他的長靴被脫掉，雙脚泡在熱水中。接著，好幾雙細如白絹的手又脫掉他的軍服，把他推進溫水裡。

「蒯生所說的女人就是她們嗎？」

在謎底未揭曉之前，韓信已失去一半興趣。一方面是事出突然，一方面是身體被一群陌生女子觸摸，沐浴後又被換上絲綢睡衣。韓信忍不住粗魯地怒吼：

「這樣不符合我的習慣。」

「抱歉，這是我們的任務。」

在白衣女郎的代表回答的同時，她們的手並未停下來。於是韓信的聲音轉變爲無力，無可奈何地說：

「戰爭一天不結束，我絕不脫下軍服。」

當韓信這麼說時，一名穿白衣的女子立即搶答：

「我們是爲了讓陛下睡得舒服一點呀！」

「你是誰？」

話雖如此，由於房間內的燈光幽暗，韓信只看到一群移動的白色影子，什麼也看不清楚，所以韓信等於是對著一個女子的聲音發出問題。

「我叫小蛾，家父正是即公。」

「我並不是陛下！」

韓信這句話是針對小蛾之言而責備。

「啊!?」小蛾發出驚訝聲：「把王稱爲陛下不是理所當然的事嗎？」

「我並非齊王。」

「那齊王是誰呢？」

嚴格來說，只有據傳逃亡至東方高密城（在今山東省）的齊王才有資格被稱爲齊王。不過在這年頭，要稱王就得要有高度的自立能耐，其資格需有武力做基礎，一旦失去軍隊，人們就不再把王當王了。

「我不是王。對我而言，只有漢王有資格被稱爲陛下。」

「可是在齊，人們不都把將軍當成齊王嗎？」

「是蒯生教你這麼講的嗎？」這種程度的心機，韓信還不至於無法識破：「這個人的點子可眞多。」

雖然韓信少不了蒯生，但想到這個縱橫家竟想像用竹片雕塑泥娃娃般地左右自己的意念，韓信仍然大感嫌惡。

「用不著如此！」

然而不知何時，韓信已被好幾雙手半推半抬地移置牀褥上，恍恍惚惚地進入夢鄉。

隔天早上，韓信穿上戎裝，率領著部隊走到城外。

田氏一族逃亡後，韓信便展開一場大規模的掃蕩戰，他之所以親自前往，乃爲了視察前線，同時，每天也仍有些小場面的戰鬥發生。

「首都臨淄依舊保持昔日的繁華。」

大部份的齊人都樂見這種局面。由於韓信指揮得巧妙，臨淄才能維持原有的景況，甚至有些人幾乎忘卻支配者已經換人了呢！

韓信將麾下諸將控制得服服貼貼，尤其是由劉邦直接任命，投入韓信旗下的曹參、灌嬰兩位客將，對韓信絲毫未有申控，這是頗值得驚訝的現象。曹參是劉邦揭竿起義時就緊緊追隨的老幕僚，灌嬰更是身經百戰的老將，比韓信有經驗多了！但他們卻相信：

「凡事只要依韓將軍的命令去執行，絕不會有差池。」

準確預言齊楚同盟

韓信的部隊可分為幾支主力，其中由曹參率領的一支，已將齊將田既追逼到膠東（今山東省平慶縣）；另一支由灌嬰率領的部隊，也正在追殺曾任齊國宰相的田光、齊將田吸，及齊國真正之主——田橫。至於傀儡齊王田廣已逃至高密城。

「田廣一定會向楚軍求援，而楚王項羽勢必會答應。」

蒯生如此告訴韓信。

「真的嗎？」

韓信未能理解其必然性。

齊國田氏一族對楚並不友好，經常挑些微不足道的藉口與之作對，還曾經不肯派遣軍隊援助曾任楚軍總帥的項梁（項羽的叔父），以致項梁被秦軍所敗而亡。從此之後，項羽對齊大爲反感，兩年前的一個秋天，他甚至指揮大軍北伐齊國，把齊軍打得落花流水。總之，像齊與楚這種幾乎算得上世仇的關係，實在非比尋常，可稱之爲宿敵。

正因如此，老儒者酈生入齊遊說才會成功。齊並不喜歡漢，但若必須在楚、漢之間做個抉擇，齊自然願意與漢握手言和。當然，酈生的辯才是很有一套的，但更重要的是齊與楚的交惡情結。現在，齊王廣像老鼠般地逃至鄉下了，項羽會把援軍借給殘敗的齊王嗎？

「若是儒者遇到這種情形就無法預估了。他們一開始就會先在腦中描繪出國家、世間是如何的理想情境，然後把事物一逕套入這個公式。」

蒯生說話時，總能像水波不興的湖水般平靜，這與他圓胖、堆滿油脂的臉很不相襯。

「你的意思是說縱橫家才有能力預估評斷囉!?」

「至少比較不會隨便夢想吧！」

據蒯生評斷，**就兩國的關係來講，當雙方出現共同的敵人，危急存亡息息相關時，過去發生的不愉快都將如過往雲煙，彼此親密的程度，甚至在兄弟情誼之上。**蒯生說，國家並無理想，就算有，充其量也只是利己主義，縱橫家不同於儒家，他們能眞正針對國家的利己主義加以分析。

對楚的項羽而言，齊國原本只是第三勢力，然而它竟落入狡獪（楚軍認爲）善戰的韓信手中，使整個局勢爲之改觀。從前光對付劉邦一人就夠累了，如今北方又冒出韓信這股巨大勢力，不加以殲滅，一定會阻礙楚國問鼎天下的計劃。幸而戰敗的田廣發出求援之聲，項羽鐵定明白非得摧毀韓信不可的道理。

「項羽可能會把他能調遣的餘軍全派到這兒來。」

「項羽會親自來嗎？」

「就他的個性研判，他絕對想親自征討；不過他得繼續與漢王死纏活鬥、一決高下，他若聰明，就應放下親征齊國的念頭，而且一定會派大將龍且來才對。」

猛將龍且簡直是項羽的縮影，他與鍾離昧號稱爲楚軍的龍虎之將，過去因漢的謀士陳平施反間之計，而遭項羽懷疑，一度意志消沉；後來項羽發現自己中了敵人的計謀，便向他道歉，龍且在戰場上的魄力更甚以往了。

「是龍且嗎？如果是他，漢大概無人能擋了。可能只有我可以與之匹敵吧！」

雖然韓信這麼想，龍且卻不見得會同意。從前，韓信曾在楚軍擔任下級士官，龍且卻是高高在上的大人物；韓信在離開楚營之前的職務是郎中（掌理軍營中的事務），經常有機會見到龍且，相傳龍且還記得韓信。如果龍且對他有印象，一定會嗤之以鼻地說：

「是那個擔任郎中，又蠢又笨又常驚惶不已的傻瓜嗎？」

韓信感激地對蒯生說：

「我了解了！」

韓信之所以感激這位縱橫家，是因蒯生的思慮及分析精闢入理，能把情勢具體而正確地描繪出來。

「蒯生我可不懂得作戰之事。」

「這件事我會負責。」

韓信靜靜地說。

「我們能戰勝龍且嗎？」

一提起軍事，蒯生的智慧像沾到乳汁似的，變得混濁。

「要做了、試了才知道，總之我會提防龍且這個人。」

「最近睡得如何？」

蒯生突兀地扭轉話題，韓信被弄得一頭霧水，只是靜靜看著蒯生的臉，好一會兒才領悟地回答道：「混蛋！」臉上也莫名其妙地現出紅暈。

如果韓信變得不像韓信

韓信已經變了，他把回到臨淄宮殿休寢視爲一大樂趣。

這座宮殿的寢室具有齊國獨特的建築風格，是用木頭、竹子及土合材建成。牆壁以細竹編成的網格爲心，再塗上摻有枯草的紅土，外頭再塗上用蜃殼燒成的白灰，這種塗在外層的顏料被稱做「堊」。

牀板也不像後代用土或磚鋪成，而是在比地面略高的土層上鋪片木板，再鋪上編織精細的草薦，所以走入室內得脫鞋。早在那群女子掌管寢宮之前，韓信也常打著赤脚跑上跑下。

寢室裡仍大量使用綢絹作成幃帳。

「這裡是山野。」

開始時，韓信會這樣告訴自己，且帶著像在露營的感覺使用這個房間。現在完全不同了。小蛾指揮下的白衣女郎，在把韓信放到牀上後，依然不斷忙碌著。十支左右的燭台在韓信入眠之前，會被逐支熄滅，直到剩下最後一支。

「這樣對我的身體不好吧！」

韓信這麼考慮著。韓信的信仰是，唯有書生才能看清事物，在別人的照顧下，連起居都沒能使用自我的意識或力量，這豈不像嬰兒或虛弱的老人嗎？王侯的生活雖然本就如此，但只要一再受到別人照料，則對敵我雙方士兵的想法勢必不能了解，因爲生活習性已有了太大差距，很難設身處地去思考。

「我已經變得不再是我了。」

如果韓信變得不像韓信，那與平常人又有何差異呢？

「蒯生這個人一定不懂這種大道理。」

蒯生看不慣現在的韓信，覺得他太像個窮書生。蒯生一心想把韓信栽培成心甘情願喜歡王侯生活的貴族，倘若他成功了，韓信極可能不再是韓信。

「蒯生的靈魂有二分之一是了不起的，剩餘的另一半，簡直像個腐爛的臭瓜，令我想把它切掉！」

韓信忍不住這樣想，不過若能適應王侯生活，就不會覺得蒯生有何不對之處。

一天晚上，韓信疲憊地歸來，如往常一般，他連軍服也沒脫就吃飯了，不過飯是由男侍者端來的。然後他入寢宮更衣沐浴。

「沒想到男人這麼笨手笨腳。」

韓信一面由白衣女郎清洗身體，一面低聲呢喃，他像個小嬰兒般，任由別人照料。

「你也可以不需有任何能力。」

聽那篤定的女聲，像是小蛾在說話。由於衣服一律是白色，韓信不曾用視覺去辨認誰是誰，對他來說，這一群女人沒什麼特別，都差不多。不過即公的么女擅於應答，給了韓信較特殊的印象，但除了手脚敏捷、下顎可能是尖的、動作纖細之外，韓信還是一無所知。

「每個人都穿白衣服，我根本認不出誰是誰。小蛾，你能不能在衣服的袖口及襟上繡上一道黑邊呢？」

「謹遵大王的吩咐。」

「不要叫我大王！」

韓信正想開口抗議，小蛾就已立即察覺地問道：

「連叫『大王』都不行嗎？」

這一回，她讓韓信刮目相看了。韓信心想，小蛾眞是個聰明慧黠的女人。

「那麼我該如何稱呼您呢？」小蛾接著說：「難道可以叫『哥哥』嗎？」

「好呀！」

當韓信這麼說時，彎著腰替他洗脚的女人忍不住發笑，那模樣滿像小蛾。

「小蛾，你在這裡嗎？」

「對呀，你以爲我在哪呢？」

語氣彷彿在責怪韓信把她當成別的女人似的。小蛾把聲音吊得尖尖的，聽起來非常可愛。

早晨的陽光射進幃帳，韓信立即醒了過來。當他把上半身探出帳子時，看見小蛾已準備好漱洗用的小臉盆，蹲在一旁等候著。

「衣服已鑲上黑邊嗎？」

韓信盯著小蛾看。

在衣袖及襟上繡了黑邊後，小蛾馬上和別的白衣女郎有了顯著的差異，這令韓信大爲驚訝，沒想到服裝及設計可以如此凸顯個性。在思想上，韓信不隸屬任何派系，若硬要在諸子百家中找出一個相近的理論，他大概會比較憧憬老莊提倡的「無」的平等世界。此刻，韓信用一種新奇的感覺來觀看小蛾的模樣，並發現，原來每個人存在世間都是與衆不同的。

「看起來眞漂亮！」

「是嗎？眞的嗎？」

小蛾認爲在衣服上變花樣以便與衆不同的做法，令她十分難爲情。就感覺而言，小蛾似乎已經脫離了白衣女郎，成爲特異獨行的人，而這種急欲脫穎而出，又拚命想壓抑的心理掙扎，確實非常矛盾，甚至，它已經變成害小蛾無故緊張的原因之一了。

「人這種動物眞是麻煩！」

韓信已漱洗完畢，轉頭一看，小蛾雪白的胸口亮晶晶的。

「小蛾，今晚你也一起沐浴吧！」

現代所說的「沐浴」與當時的含意不太一樣，其實韓信是邀小蛾今晚同牀共枕。小蛾聽了這番話，羞得臉頰、脖子通紅，只吩咐白衣女郎收拾臉盆，就匆忙地逃離韓信的寢室。

龍且：項羽的首席戰將

項羽命令龍且盡速出發。

「要多少兵馬就給多少，說吧！」

由於項羽慷慨地承諾，所以龍且所率領北上的軍隊，其壯盛軍容宛如楚的主力軍。軍隊一面北進，一面對外號稱「二十萬大軍」。

另一方面，齊國亡君田廣雖已敗逃，但依然普受天下人的注目。

今日所謂的山東半島，其形狀猶如龜首，突兀地橫亙於大海，隔開渤海及黃海。在此龜首的根部，有濰水如頸紋般環流，濰水流至龜首前端之處，正是半島的東部。

齊王廣所在的高密城位於濰水的內測（半島的一邊），剛好能以濰水為天然屏障，防止敵人（即韓信軍隊）從西方的平原攻入。更河況高密並非一座孤城。在高密東南的城陽城，也同樣有濰水及半島地形保護，齊的宰相田光就於此地駐守。

韓信苦惱的是：倘若未能全力掃清濰水西側的平原一帶，就無法斷絕後顧之憂，那麼，他絕不可能冒險將軍力全集中至半島前端。這一點，龍且是自由的，至少他無這層顧慮。

「是逕行攻擊韓信的臨淄城呢？還是前去高密城與田廣會合？」

龍且最後選擇第二項。或許是因為高密城有濰水及半島等天險，防守較便，換言之，他等於選擇了防禦攻勢——這確實不像龍且的個性；然而，龍且一定有其理由，換作別人，也會認為高密路線較理想，畢竟到臨淄城多少還有背後受敵的危險，高密城卻防守、攻擊兩者皆宜。更何況，龍且怎麼會看上乳臭未乾的韓信，想與他賭運氣或做決生死的挑戰呢？

龍且與麾下二十萬大軍趕在韓信之前到達高密城，受到齊王田廣及其禁衛軍的熱烈歡迎。

不過龍且也有他的客人。所謂客人，是指未定有嚴密主從關係的幕僚，這些幕僚所建議的，正是中國自古延續的傳統戰略方針，而它甚至被延用至現代，諸史可證。

總之，楚軍的戰略是堅守一地（山東半島的尖端），在其他地點則展開大規模的游擊戰，擾亂韓信軍的後方根據地；甚至與農民合謀截斷對方的糧食供輸線，迫使韓信的士兵陷入飢餓困頓，最後不得不投降。

韓信最大的弱點是他從遙遠之地行軍跋涉。據楚軍幕僚所言：

「漢軍客居於兩千里之外。**不過弱點有時卻會變成優點。外來的士兵對土地、市鎮比較陌生，在兩軍交戰時，反而非得拚死拚活打贏不可，這種決心是不容輕忽的**。因此，楚軍要預防漢軍這種由弱轉強的趨勢，就應避免現在交戰，先鞏固濰水一帶的防禦陣線，並鼓舞散落於濰水西側山野間的齊國殘兵，提供他們兵器、糧食，直到漢軍缺乏補給而敗亡。」

「進一步的……」幕僚先生繼續說道：「楚、齊聯軍裡，齊兵是在自己國內作戰，熟悉地理環境，又有熟識的親友，萬一到決戰時，他們一定會陣前逃亡，這嚴重的弱點不能不防……。」

示弱驕敵的宣傳戰

韓信也一直擔心對方採取守勢。

「如果是齊王統軍，他一定會這麼做吧！」

然而楚軍在人數上占壓倒性的優勢，整個戰略只好由主帥龍且做決定了。所以，現在必須依龍且的性格來做分析，好決定策略。

龍且的個性眞是道地的楚人：剽悍，只知進不知退，甚至把戰爭價值寄寓在激戰、踐踏敵軍屍首，淫掠敵國的鄉城。從他一手導演的戰役來看，其手段與項羽如出一轍，親自揮舞鎗戟，帶領全軍如火舌般地衝陣、打殺，絕不離開第一線。

「可能會激戰吧！」

韓信倒巴不得與龍且決一死戰。

要促成激烈決戰，非得激起龍且的狂傲驕氣，亦即要令他鄙視韓信。於是韓信使用金錢攻勢，把大批諜報人員送往濰水東側，要他們大肆渲染：

「楚軍是百戰百勝的雄獅部隊；相對的，漢軍不過是由趙兵、燕兵、代兵及齊國降軍組成的烏合之衆。」

上述的話並非詭辯，而是無人不信的事實。

「韓信原不過是個白面書生，當他佩著長劍在淮陰城下遊蕩時，以膽怯懦弱著名，甚至曾經從屠夫的胯下爬過呢！」

這也是實情。沒有比事實更容易宣傳的。

「因此，韓信一直害怕龍且將軍的到來。」

陷阱終於出現了，這是百分之百的謊言啊！

韓信這個懦夫有欣賞自己膽小的傾向，他熱中於一切可稍減恐懼心理的方法與步驟，而且樂此不疲。龍且卻不知道這一點。

「我不打算採取你的策略。」龍且這麼對幕僚說道：「我準備和韓信大幹一場，如果我採取讓漢軍因飢餓而投降的戰略，怎麼立功於楚、揚名於世呢？好不容易領著大軍踏上齊地，如果不掀起激戰，我與怯懦的韓信又有什麼兩樣？天下人全盯著我們看，先生，我要是不打這場仗，楚國將來要如何博得世間的信賴與尊崇？韓信以前曾投靠楚軍，他的膽小是無人不知的，也沒有人會比我更清楚！」

歲時邁入十一月。

韓信命令全軍東進。

「到了濰水就停下來。」

韓信如此命令曹參與灌嬰。

群峰已童山濯濯，樹木大多凋零，只見松柏挺立於霜雪間，大地更是舉目無盡處。韓信的麾下主軍從各路靜靜地向東移動。韓信比前鋒遲一日啓程。

「小蛾啊！」韓信在牀上要求：「能不能再沐浴一次？」

韓信眞的很喜歡看著小蛾。剛才小蛾在別的房間沐浴時，韓信出其不意地走了進去，雖然引起女郎們騷動，韓信卻不顧一切直盯著小蛾。由於燭光昏暗，他看得並不淸楚，只記得小蛾似乎沒有拭乾身體。

「你想看，是嗎？」

在這個保守的大陸文化中，縱使把身體獻給對方，仍無在其面前裸露的習慣。韓信這個人，與其說他性好漁色，倒不如說好奇心太強了。

「拜託你成全，可以嗎？」

「如果你要求人家勉強做不願做的事，那麼大王也得多忍耐別人的要求。」

「比方說？」

「我可以稱呼你爲『陛下』嗎？」

「那件事不能與這件事混爲一談，那根本……」

「我認爲一樣。」小蛾接著說：「我的身體在衣服的隱藏下，確實令陛下有所感覺，但是，一旦我脫去衣服，站在陛下的面前，我怕你的好奇心一消失，感覺也不見了，只剩下膚淺的……，唉！」

韓信卻像個孩子賴皮著，強調只要一次就好。

「你不是叫過我兩次『陛下』嗎？」

結果，小蛾順從了他。

韓信拿來一個黑漆漆的臉盆做爲燭台，然後命令別的女郎退出，央求小蛾解下衣衫。

「陛下，請把臉轉過去。」

小蛾邊說邊坐入溫水中。水浸到小蛾的腰際，她雙手抱胸，低頭不語，韓信則拿起黑色的杓子，舀水淋在她的肩膀、脖子等處，但見光潤的皮膚瞬間將水彈開。

「多不可思議的肌膚！」

當韓信這麼驚訝時，抱著身體縮著的小蛾美得像仙女。

「希望你也祈禱。」韓信說：「祈禱我的心不會全繫在你的身上吧！就像你會不以爲意地叫我『陛下』，目前暫時可以，不過等你穿上衣服後若還如此稱呼，我則將嚴厲責備你，我還是希望做我自己，你懂嗎？」

「眞是個怪人！」

小蛾雖然如是想，但還是伸長桃紅色的脖子點頭答應。

「小蛾啊！」韓信再度喚起她的名字時，兩個人已經躺在牀上了：「明天我就要上戰場了，不知道我的首級會不會被割下來送給龍且，但我覺得，濰水好像會爲我決定命運。」

韓信：河川戰的高手

第三天，韓信策馬立於濰水的河堤上，眺望對岸的敵軍及高密城。

「龍且很有大幹一場的打算。」

從對岸的旗海及旺盛的兵氣看，龍且八成已衝出城，來到最前線了。河面雖不寬廣，但因最近幾日下了豪雨，河流突然暴漲，有些地方竟隱有漩渦，水流湍急。

「絕對無法渡河。」

韓信將事先想好的一道計謀訂爲命令：他規定兩萬名士兵每人各製造一個土囊，並召集麾下所有將軍，解說他的戰略。

「我們要逮捕龍且，並斬首示衆。」

楚軍完全依恃勇猛的龍且，只要主腦一死，他們一定不願再留滯齊國，只會爭先恐後地逃回項羽身邊。

「龍且就在對岸，」韓信邊揮著馬鞭邊說道：「只要看看旗幟多寡，我們幾乎就能知道他的所在位置！」

「龍且在攻擊我們時會不落人後，只要逮捕前鋒主力，就一定能捉住龍且！」

韓信高興地說。

「問題是，龍且渡得了河嗎？」有人問。

依當時的水流量估計，人馬鐵定會被沖走。

「只要使河水減半就行了。」

韓信回答道。人人大感不解：

「龍且會這麼做嗎？他做得到嗎？」

「沒問題，」韓信大笑：「因爲我們要幫他做到！」

韓信是河川戰鬥的箇中老手。

在黃河渡河戰中，他放棄舟楫，而以無數的木罌缻集結成筏，從敵方所料未及之處渡河上岸；在井陘口一戰，他大膽背對泜水布陣，創下有名的背水陣，使原本只不過是烏合之衆的將士，興起破釜沉舟、向前衝刺的念頭。

「韓信擅於利用水仗。」

這麼重要的一環，竟然被龍且疏忽，眞枉費他對韓信的研究了，而此乃楚齊聯軍的大不幸。

當晚，韓信派士兵到上游的狹窄部份塡土。兩萬個土囊被結實地從河底堆至河面；水繼續由土粒間穿隙而過，看情形也只能撐這麼一夜，但下游已受影響，水流量減少了一半。

韓信立於下游岸邊。天色微明，他就令士兵鳴金擊鼓，並親自走在前鋒，像要涉過變淺的濰水。

「韓信親自攻打過來了。」

對岸的楚齊聯軍奔走相告，龍且一接獲軍情立刻趕來，下令狙殺正在對岸的韓信軍的側面。馬背上的韓信大驚——或許是佯裝出的模樣吧！韓信軍在水中慢慢移動著。

韓信指揮身旁的禁衞軍，但看數十支旗很快地傾倒、紊亂，彷彿害怕得快掉落到河裡頭。遇到緊要關頭便佯裝敗走的策略，在井陘口一役中，韓信已對趙軍玩過一次，完全不把韓信放在眼裏的龍且，這回一樣輕易中計。

「幕僚先生呀！」龍且邊馳馬邊向食客誇耀：「這一切不正如我所預估的嗎？韓信還是那麼膽小，哈哈！追殺遊戲開始囉！」

於是楚齊聯軍擊鼓下令攻討。

僞裝敗逃，誘敵半渡

縱然十一月的河水冰冷，但龍且仍帶領士兵渡河，河水及腰，一行人走過時水花四濺。

「我們一舉殲滅韓信吧！」

龍且命全軍渡河。爲了避免大伙兒統統擠在河裡，這支大軍不得不分爲十列或十五列縱隊前進，如此一來，反倒失去征伐的雄壯聲勢。

韓信一爬回己方陸地，立刻轉頭欣賞正辛苦渡河的楚齊聯軍。他繼續僞裝敗逃，並計劃等半數的敵軍一上岸，就立刻放狼煙。上游正在等待這個訊號，好截穿土囊築成的堤欄，讓水奔流而下，他們就可以立即轉至戰場與韓信會合。事先埋伏的其他漢軍也一口氣衝過去。

龍且及他的部隊變成孤軍——韓信成功地誘使敵人「半渡」。

這名詞後來演變成兵法用語，但在當時還很新鮮。它是指軍隊渡河時一半上了岸，另外一半因水流量增加被困在水中，有的被溺斃，有的被沖走，有的則丟盔棄甲游回己岸，使進攻的章法大亂。

韓信軍已包圍住上岸後的龍且軍隊。他們像狩獵時圍捕野物一樣，由遠處放箭，然後一面走近一面再射，直到團團圍住。終於，逮住龍且了，他的肩膀挺硬如岩石，脖子粗短布滿筋絡，可惜被箭射中而跌落馬下，血流全身；當漢軍先鋒部隊找到他時，他已伏在地面，被漢的雜牌士兵刺死，一代勇將就如此殞落了。

龍且在楚軍裡是難得的勇將，也唯有他可與項羽匹敵。半數以上的楚齊聯軍在對岸袖手旁觀，看著龍且被折磨至死的情景；同盟者齊王則張大嘴巴驚訝得說不出話，他心裡覺得這簡直不像一場戰爭，而是一場魔術。

這場勝仗使韓信的形象變得更偉大。雖然韓信的本質未曾改變，但是對蒯通那種把韓信當成縱橫學實驗品的謀士來說，他情願相信：

「韓信的存在意義早就凌駕於楚漢相爭之上。」

只要韓信有意，他早就可以稱霸，成爲項羽與劉邦之外的第三股勢力，並與楚漢抗衡。當然啦！蒯生不會就此滿足。

「韓信有資格建立自己的帝國！」

好不容易找到韓信這個可造之材，光叫他和劉邦或項羽分庭抗禮是不夠的，唯有幫他建立帝國，才不枉爲縱橫家啊！至少，得先讓韓信擁有「王」的身份！

「就當齊王吧！」

蒯生如是想。

在掃蕩剩餘的殘兵敗卒時，韓信的主力軍把齊王田廣逼至城陽城活捉，灌嬰則捉到亡齊宰相田光；至於田橫雖逃掉，但在嬴下（在今山東省）一役戰敗時，其軍隊已被漢軍殲滅。此外，灌嬰在千乘（在今山東省）狙殺了田吸將軍。至此，田齊勢力全告瓦解。

接下來得好好安撫齊人才行。據說，這塊古文明蓬勃發展的土地，孕育出智慧極高的百姓；相對的，他們也老練、狡詐，反覆無常。

「光憑漢將軍身份是無法統馭的！」

蒯生向韓信建言。倘若以漢將軍資格來治理齊國，齊人很難忘記自己是亡國之民，戰勝國留下來掌理軍政是件多麼可恨的事！不過如果以齊王身份統治齊國，即使韓信是外地人，但王終歸是王呀！做臣民的人會爲了忠誠於王的階級倫理，心悅誠服地接受韓信。

當一個倫理歷經久遠地建立後，要違拗是很難的，大家只有搭上這班傳統列車繼續走下去。除了以齊王身份統治，別無他法。

以假王身份統治齊地

「這個我懂，但要當齊王，豈能如我所願？我有難處呀！」韓信說。

「除將軍之外，還有誰適合當齊王？」

「維持目前這樣，不行嗎？」

這可說是韓信的矛盾心理。儘管他是個胸懷大志的人，但當事情發展至「非如此不可」時，他又猶豫、難爲情了。與其這麼講，不如說是他覺得「以漢王的軍隊贏得自身的榮耀等於虧欠劉邦」，蒯生現在慫恿他自立爲王，這簡直是叛變嘛！韓信的倫理觀念強烈得幾乎成癖，要他自求改變是行不通的事！

「仔細想想，胸懷大志其實是很虛幻空洞的。就我而言，我一直想好好打贏一場戰爭來證實自己的天份及才氣，這又何嘗不是孩子氣呢？」

韓信每仗必勝，每打贏一次，世間予他的評價就又提高一層，而世人想像中的韓信與實際上的韓信實在有天壤之別。蒯生想利用世人的想法來改變韓信。

「我寧願是一介書生。」

「你在撒謊吧?!」

雖然蒯生很喜歡韓信，卻仍忍不住嘲諷他。像蒯生此種性格的謀士，是無法了解韓信心理的微妙陰影。

「不，有一半是眞的，另一半或許是野心──然而我的野心只不過是想在世間好好歷練自己而已。」

韓信一派認眞地說，蒯生卻笑道：

「眞是瘋話連篇！你現在不能再當書生了，你若不當齊王，齊國勢必動盪不安；齊國一亂，對你、對漢王都沒有好處，這一點你總得承認吧?!」

「嗯！我承認。」

韓信笑得很微妙。

「既然如此，就充當臨時代王，如何？」

「如果只是臨時稱王，相信漢王會了解我的苦心。」

韓信遂答應由蒯生全權處理此事。

張良踩脚，劉邦應變

韓信派遣使團晉謁劉邦。使團的領導人姓楊，楊先生謁見過劉邦，劉邦還有印象；蒯生隨之拜見漢王，然而人家根本不認識他，畢竟他只是韓信的私人幕僚，沒有資格擔任正使。爲了替韓信促成大事，蒯生自願退居使團的小從員。

在東流的黃河沿岸，劉邦繼續與項羽纏鬥。

劉邦曾帶著夏侯嬰逃出成皋城，渡至黃河的北岸，搶奪韓信的兵力，如今他正是利用這些力量維持戰鬥。

爾後，劉邦又攪亂項羽的後方。

項羽像是一頭追趕蒼蠅的大猛獸，不停地忙東忙西，於是劉邦趁機南渡黃河，得到重要性堪與成皋城並駕齊驅的滎陽城，並取下大穀倉敖倉。這是唯一有利於劉邦的戰況，往常，勝利彷彿一面倒，只屬於項羽。項羽愼重其事地包圍滎陽城，打算把正在發動火辣辣攻勢的劉邦殺掉，以洩心頭之恨。

彼時劉邦已經負傷，甚至頻頻喊道：

「我不行了，我快死了！」

劉邦逮住張良哭訴個不停，一天得重複好幾次。

就在這段期間的某個傍晚，韓信的使者進城了。當時爲了苦思讓戰況好轉的奇計，劉邦在本營的一室裡傾聽張良與陳平商討戰略，可惜一無所獲。

「吃晚飯吧?!」

行儀得當的張良向劉邦提議了幾次，劉邦卻悶不吭聲，他像忘了自我存在似的拚命沉思，有時還抱頭不語。聽到韓信使者到來，劉邦即刻宣召入殿，誰料得到竟是韓信暫時要當齊王的消息，劉邦氣得一脚踢翻脚旁的痰盂：

「我正在苦戰，眼巴巴地等候韓信捎來援助，沒想到他竟想自立爲王，他……」

張良與陳平就在桌子的各一側。這兩位稀世難得一見的謀臣不約而同地想：

「韓信雖只是劉邦的上將軍，但他武功蓋世，實力更在漢王之上。如今他身在遠方又擁有大軍，已有能力與楚匹敵，甚至一舉推翻漢王……」

張良及陳平都踩住劉邦的脚，做了「沉著勿怒」的暗示，但劉邦卻未能了解；當他準備再發威時，張良移動修長的上半身，將嘴附在漢王的身邊：

「目前大王的處境堪憂，一旦觸怒韓信就麻煩了。韓信就算不來滎陽城，留守齊地也是不錯的，大王應該滿足才是。」

「我懂了。」劉邦把臉轉向使者之際，已經眉開眼笑，發出開朗的聲音：「你回去告訴韓將軍，光是當個臨時的『假王』未免太小家子氣了，他是英勇的大丈夫，既然取下齊，就該當個名副其實的強人，嗯！就讓他當齊王，不准推辭！」

張良與陳平至此驚愕於劉邦的應變能力。同時，劉邦起身拍著使者的肩，一面吩咐郎中替韓信鑄刻齊王的印璽。他更回轉身子對張良道：

「子房啊！你願擔任遞送印璽的大使節嗎？」

這時的劉邦，臉上已恢復憤怒的神情，眼睛微微紅惱，臉頰的肌肉更隨著呼吸跳動，看起來益形削瘦。雖說是氣憤，但未必不是對韓信的新勢力心生恐懼。張良立即站起來承應劉邦的命令，心中暗想：

「不知道韓信將來能不能平安無事？」

23. 放手一擲賭乾坤

漢與楚兩方各在遙遙相望的兩峰上築城，後人名之爲「漢城」「楚城」。在項羽的想法中，正準備以此處做爲楚漢爭霸的決戰場。

又是二月初春時節，春草還未萌芽。

虞姬在一年半前的這種季候中認識項羽，那時正值項羽最忙碌的戰期：他攻下首都彭城（今之徐州），並前往北方征討齊國，大破田氏的軍隊。正當他以排山倒海之勢橫掃齊國山野時，突然見到路旁有一名少女。項羽勒住馬匹，問道：

「你沒有父親嗎？」

在齊國，項羽的楚國口音是派不上用場的。少女坐在織機房外的草地上，身上蓋著一塊藍布，禁不住直哆嗦著。

項羽還記得，少女的雙眼又大又亮，瞳孔像天空那麼清澈蔚藍。

百煉鋼化爲繞指柔

「給這位姑娘備車。」

項羽對部屬下達命令後便立即馳馬而去，等數日的征伐告一段落，重新返回寢宮時，他才意外地發現，少女的瞳孔黝黑，眼瞼像用萱草劃開似的柔美，與項羽腦海中的印象簡直判若兩人。

「縮成一團讓我瞧瞧。」

項羽突然冒出這句命令，且順手把一旁的布扔給少女。兩名女孺把布蓋在少女身上，她不知是冷抑或怕，竟發起抖來，身體也緊縮在一起，完全符合項羽要求的姿勢，只不過把臉埋在布裡，遲遲未曾抬頭。

「看著我！」

聽到這話，少女抬起白皙的額頭，雙眼也張開了，瞳孔經光線反射又變成藏青色。對了，就是上次那個女孩！

「你是胡女嗎？」

少女連忙搖頭否認，眼睛在視線低垂時恢復成細長的柳葉形狀。

問她的身世後，項羽才恍然大悟——她的氏族原是田氏的反對者，本打算在楚軍攻入時充做內應，不料消息走漏，她的父母全被田氏的手下抓走，此時很可能已經慘遭斬首了。

「你姓什麼呢？」

「我姓虞。」

少女把布還給女孺時伸出纖纖素手，讓人覺得她的皓腕又細又長，而且身材高䠷；但因她的唇色有點黑，年齡大概不會太小吧！

「虞呀！」項羽喚著她。當時，女人的姓氏常被做爲名字來使用：「以後你就打理我的寢宮吧！」

後來首都彭城被劉邦取下，項羽旋即南下擊潰漢軍，逼得劉邦出亡。項羽收復彭城後，將來不及脫逃的劉妻呂氏、劉父太公加以俘虜。在這場閃電戰裡，項羽把虞姬丟在後方，包括日後持續不斷的追逐戰，他始終過著露營般的遊牧生活，根本無暇回到那座掛有碧綠幃帳的寢宮。

不久，戰爭暫告休止，當項羽住進一個市鎭的殿舍時，宦官把虞姬送到跟前，項羽才驚覺自己已有很長一段時間沒見到這女孩了。

「除了名字之外，我對你一無所知。」

項羽頓時變得極溫柔，令女孩不由得改變對他的成見。

項羽的特異之處是衆人難以了解的。**對於不認識的人，他可以像刮下老房子的土牆般，輕易**

地把人殺死，可是對於見過面、知道名字或談過一兩句話的人，他卻頗重情誼，簡直變成另一個人似的，這點可從他寵愛諸將、兵士、謀臣的行爲中得到印證，他的愛護之情實非劉邦所能比擬的。

他對虞姬的態度日漸和緩，連說話的聲音也變得溫柔。但這絕無關色慾！如果要比較誰性好漁色，劉邦毋寧是勝過項羽吧！

虞姬的脖子纖細，皮膚既薄又嫩，隱約可見藍色的筋絡，但項羽在睡牀上撫摸她時，卻覺得細緻的她似乎微微滲出油脂。奇怪的是，虞姬的胸部像孩子似的扁平，而原想應充滿生命力的腰圍竟小得可憐。

「你幾歲了？」

項羽一邊注視著虞姬的眼睛，一邊問道。

「今年十四了。」

虞姬的眼眶注滿淚水，瞳影幻化成藍色。項羽一邊撫摸她的私處，一邊想：淚水不可能變成藍色吧！虞姬的私處雖已發育，卻還像未紋飾的素絹，淸純稚幼。

「虞！」

項羽站起來抱著這個柔軟的生命體，把她放在另外一張睡牀上。虞姬驚訝得默不出聲地注視著項羽，好一會兒，她的眼睛才恢復成柳葉似的細長，白眼球映著睫毛，美豔得有點妖冶。

「原來是個小孩。」項羽心想。

「陛下……」虞姬以叫喊似的聲音說道：「陛下，我不想被您甩掉。」

說完就一口氣拉上被褥，激動地哭了起來。虞姬在被項羽看到裸體時，彷如外殼破裂流出果汁，形成了另一種人格；她對項羽所萌生的感情或許並非一朝一夕就產生的，但這種愛意隨著奔騰的血液傾洩，直教她相信——天下之大，唯有項羽一人值得她託付終身。

「虞！」項羽重回她的身旁，像要把手掌上的溫熱傳送給她，不停在被褥外哄拍著：「就像桃花的花蕊應該向著太陽等待自然綻放一樣，女孩兒也是需要等待的呀！」

「這個人不是被傳說得像鬼神嗎？」

虞姬想起楚軍士兵對項羽的評論：既然他像鬼神那麼厲害，爲什麼不把我變成適合他的典型呢？

「憑陛下的能耐一定會有辦法啦！」

她像個小娃兒般央求著，同時不停地啜泣。

「我能解決的只限於征戰方面，如果要我把劉邦那頭狡猾的狐狸殲滅以爭得天下，我一定能辦到，但是你的這裡……」項羽用手掌輕搗著虞姬的私處，手背鼓起處像剛出生的小兎子之形。

他溫柔地說：「我們還是等待陽光吧！」

彭越劉邦，互相利用

劉邦是脆弱的。

項羽大感疑惑：

「脆弱的人爲何不屈服於我呢？」

據項羽的觀察，劉邦對糧食十分執著，他中意秦帝國留下的巨大穀物儲存所敖倉，自然更捨不得敖倉附近、位於黃河南岸的滎陽城與成皋城。

「劉邦的心思只花在養兵，而不想與我決戰。」

項羽把劉邦視爲盜寇的首領，連武士都不如，甚至對他及漢軍都嗤之以鼻，譏爲蒼蠅。

項羽在得到虞姬之後，確實也花了不少工夫在追趕這群「蒼蠅」。在他結識虞姬的第十四個月後，項羽把劉邦緊緊地困在成皋城，可惜劉邦與夏侯嬰主僕倆還是渡過黃河，朝北方逃亡成功了。

「蒼蠅失去食物了！」

項羽覺得好笑，但逃至對岸的劉邦卻不改其執著。儘管兵源失散又無主力決戰，但劉邦卻想出廣域作戰的妙計，不停擾亂楚軍的補給線與鄰接地，還派韓信遠征齊國，叫彭越那老奸巨滑的野賊去攻打供應楚軍糧食的農業地帶。

「彭越他算老幾？」

項羽曾怒拍桌子咆哮過。彭越不是鉅野(在今山東省)的鼠輩嗎？年輕時本在鉅野的沼澤區像水獺般的捕魚過活，成年後乾脆在沼澤區找個棲身的窩，幹起盜賊的勾當。秦朝時，他成了一名狡獪的通緝犯，因籠絡郡縣以下的低級官吏，竟儼然以地下縣令的身份作威作福，隨後趁著秦末亂世崛起，率領鄉黨間的少年舉兵。

「那個老賊！」

項羽根據傳說而略知彭越的長相：他的頭髮脫落了兩大把，臉部皮膚像砂岩般粗糙，厚重的眼皮始終下垂，一年三百六十五天都是一張想睡的表情；然而他的行動敏捷，連項羽這年輕小伙子都望塵莫及。

彭越不僅擅長迅如閃電的游擊戰，在軍規方面亦以嚴厲著稱，而其軍隊乍看之下似無章法，但主將的命令卻能下達到每個角落。

劉邦充份運用了彭越的長處。

與其這麼講，不如說是彭越在利用劉邦。彭越舉兵後不久就隸屬於漢王麾下，但他卻不看好這位主，他之所以這麼做，和機運大有關係。秦滅亡時，有一次懷王會同天下流民團總代表項羽在論功行賞，唯獨遺漏彭越。

「他不過是名盜賊罷了！」

這全是因爲當時的謀士范增所引起的，但現實的景況是，彭越已擁有萬名士兵的實力，即使封他爲侯也不爲過呀！

「他對亡秦也沒啥貢獻呀！」

而且彭越不曾進謁過項羽，故楚王項羽一聽此番解釋，便聽從范增的意見，不願邀請彭越前去。

對彭越而言，沒有比這樁往事更令他感到恥辱了，他一直懷恨在心，這種強烈的憎恨在男人來說，實在是夠病態了。但彭越也有困擾：一離開項羽，他要如何供養龐大的兵團與流民呢？

所幸，齊國田榮背叛了項羽，彭越見機會來臨，就立刻歸於齊國，當上齊國將軍，彭越和他的屬下終於不致淪落到挨餓的田地。正因如此，彭越不得不奮力作戰，挫敗楚的將軍蕭公角，以寡敵衆，贏得勝利。

從此之後，只要能與楚軍爲敵，彭越不介意投靠任何人，他率領已擴充到三萬多人的軍隊爲劉邦打天下，平定了戰國時代的梁（今之河南省開封一帶），把原本隸屬項羽的直轄地外黃城（在今河南省）納入劉邦的囊中。

老漁夫也有江山夢

其時正值項羽征齊得到虞姬之際，他既不在首都彭城，也難顧及領地的安全。**彭越頗擅於攻敵之不備，針對對方弱點下手**。而同時，劉邦也乘隙攻打彭城，當他接獲彭越取下外黃城的情報，不禁樂得手舞足蹈，並允諾道：

「不僅是外黃城，整個梁地都任你做主，盡量用武力征伐它吧！」

然而漢軍卻被由齊返南的項羽打得落花流水，劉邦也落荒而逃。前面提過，劉邦正逃命時，數度將子女扔下車，而彭越也倉皇離開外黃城向北逃逸，集結少數的心腹潛居於黃河岸邊。

在那一帶，黃河是向東流的。

今日的隴海鐵路沿著河的南岸延伸，相信項羽和劉邦曾在這條路線上東西奔忙。兩位英雄以這條路上的成皋城、滎陽城爲中心，展開無止境的生死纏鬥，正是上述階段的情事。

在隴海沿線的苦鬥中，彭越採取游擊方式擾亂楚的後方，他的目標正是梁。彭越之所以堅持占領梁，主要是看上這塊沃土擁有豐饒的糧倉，有了它，便可自己養兵，而這項能耐正是通往自立為王之路——像彭越此種天性不羈的漢子，似乎只能朝獨立的方向努力，畢竟他並不想隸屬楚或漢。

「項羽和劉邦有什麼了不起？我彭越要當天下之主！」

當然啦！這個不算年輕的男人是不會把心事說給別人聽的。既然不屬於任何人，最後不免會被說成野心勃勃吧！只是彭越除了靠游擊方式擴充實力，還不至於耍權術、動腦玩些小把戲。

看來，彭越對自己的「天命」眞是太過篤定了。

「漢楚既已展開殊死搏鬥，一旦劉邦及項羽兩敗俱傷，天下定會落在我與韓信的手中。」

為了預防這一天到來時沒有根據地，彭越拚命爭取梁地，他的這一連串行動，竟成為劉邦挽救頹危的漢的救命丹。不過項羽卻另有見解：

「漢肯收容彭越，眞是自尋死路。劉邦的麾下眞是龍蛇雜處，有猛虎，又有狐狸，這豈不成了烏合之衆嗎？」

項羽的幕僚一逕對他洗腦，久而久之，他便如此相信了。相對的，項羽的軍隊對這位主上具有高度信仰，人人皆有安全感，是個很有組織的團體。**一名將軍能令下屬產生隨之征服天下的認同感，必是經過千錘百鍊的。**

彭越在劉邦出亡黃河北岸時，三度出沒於梁，換言之，是劉邦叱咤於修武，命韓信北去齊國後才發生的；他在北岸徵募新兵，整頓殘兵敗卒，勢力頓時壯大，糧食堆積如山，士兵的胃也被裝得飽飽的。

另一方面，項羽把主力集中在從劉邦手中奪下的滎陽城、成皋城，後方（東方）三百公里遠之處即爲楚國首都，大兵營彭城就在那兒。經由這三百公里，他徵用老人運輸糧食，把補給線延長到極致。

「**補給困難是項羽最大的弱點。**」

劉邦這麼認爲。同時，其補線上有個叫「梁」的小地方，幾乎被楚所遺忘；梁當然是楚的領土，怪異的是，那兒駐防軍甚少，經常對敵人露出毫無防備的腹地。

霸王親征打彭越

「彭越又來梁了！」

項羽在成皋城接獲急報時，劉邦正伺伏於黃河對岸蠢蠢欲動，他們極可能串通好了。起初，他們從北岸南渡，在滎陽城外布陣，而項羽只注意到前頭的劉邦。

項羽本準備狙殺前面的劉邦，卻發現後頭的彭越不太對勁，士氣旺盛得離譜。不久，第二報又傳出彭越已攻下梁地十七城了。

「這可能嗎？」

項羽心想，若是平常的彭越，他一定會把軍隊分散，或攻打補給部隊，或襲擊糧倉、食糧集散地，不太會主動攻擊城堡，但他這回竟如河水決堤之勢，衝向梁地。據諜報，漢的正規軍也參與此次戰爭，劉邦的堂兄劉賈、有竹馬之誼的盧綰都擔任游擊隊的將領，率領兩萬名漢軍，從白馬渡口（今河南省滑縣）南渡黃河，打垮延津附近的楚兵，並援助彭越，把軍力遍布於梁地。

因此，項羽的主力軍孤守於成皋城，不唯糧道被截斷，劉邦也守在前端。看來，項羽有背腹受敵的危險。

「劉邦這傢伙……」

項羽對他的恨意高漲，原本就想致劉邦於死地，怎奈對方像度過冬天的蛆蟲，演化成惹人厭的蒼蠅，率領成群的伙伴出現在南岸的郊野。

「我要先摧毀彭越。對，就親自出馬！」

項羽如此告訴幕僚，並派曹咎留守成皋城。

「就算我前往後方，劉邦也沒能力攻進城來的！」他安慰曹咎道：「無論劉邦怎樣挑撥，你都別理他，只要關上城門好好守著。我現在出發，只要十五天，我一定取下彭越的首級回來，這段期間你多撐著點，好自珍重啊！」

項羽說完，並把虞姬留在成皋城的殿舍。

虞姬在上上個月的盛夏變成了女人。當侍女向項羽報告時，年已三十的他卻禁不住臉紅了，這令侍女驚訝不已，便垂著頭詢問大王要不要召虞姬前來。項羽溫和地表示，早春初生的嫩芽最怕遇風受傷了，所以還是節制點才好。

項羽處理任何事情都激烈如火，他對虞姬所表現出的含蓄、溫文行儀，也常表現在對待將士之上，或許，這正是他做人的可愛之處。侍女一離開，他立刻命人喚來虞姬。虞姬來到時，他隔著衣掌輕撫她的身體，然後像碰到極燙的東西似的，猛然抽回他的手。

「等秋高氣爽的季節來臨，你再到我的寢宮。」

項羽低聲地告訴她。項羽更告訴其他人說：

「今後，大家要尊稱虞姬爲『美人』。」

所謂「美人」，意即善、佳之人，有時也用來稱呼男性，尤其在那個時代，用於何種性別更無特定的規矩，不過此處也可能是項羽後宮的階級。奇怪的是，項羽既無正室，後宮的人數也還很少，按理說還不需劃分階級，所以「美人」應該不包括「階位高下」的涵義，可能虞姬是獨受他寵愛的美嬌娘，才得到這個稱銜吧！

遺憾的是，當項羽與虞姬如此約定時，楚的後方正受到彭越的侵擾，即使秋天將至，項羽的幕幃仍不分晝夜有將士出入，他好像過著早把虞姬給忘卻了的日子。

出征的那天早上，太陽還未升起，項羽便喚來虞姬，緊緊的摟著她。

「再等十五天，等我返城的那晚……」

接著項羽便使用匆促的喘息聲，將猥褻的話語傳入虞姬的耳中。

虞姬雖已逐漸習慣楚音，對項羽所說的話卻不太聽得懂，不過她的身體已先領悟到項羽的心意，忍不住微微的發顫，連身著戎裝的項羽也感覺到了。項羽幾乎克制不了自己，想把她抱回牀上溫存，但是，他終於壓抑住，輕輕放下虞姬。傳說出征之前若接觸女人的身體，是會打敗仗的，連再好色的武夫都不敢違悖。

這時天色已亮，成皋城外擠滿等待出陣的楚兵，項羽及侍衛的騎隊帶著豪華的旌旗，一同衝出城門。虞姬站在城頭上目送，直到揚起的沙塵消失在遙遠的東方郊野。

差點又是個萬人塚

距離梁地約兩百公里。

來回需要十四天。項羽估計一到達立即摧毀敵軍，並不紮營住宿，等戰爭一告結束，馬上旋回成皋城。從他這個草率的計劃不難想見，楚軍的兵力有多麼凌厲可怕。

儘管彭越與援助他的漢軍已攻下十七座城，但最重要的要算是外黃城及睢陽城了。項羽所得的情報說：

「彭越一進入外黃、睢陽二城，便把楚軍囤積的兵糧燒光。」

雖然聽說存糧被毀，卻沒傳出城池被攻陷的消息，直到項羽入梁才意外發現，在這兩座城中，漢軍何止是林立，簡直是出乎意料的強大，即使楚王駕臨的消息先到了，也沒把兵卒嚇跑。預訂的計劃行不通了。

項羽不得不施行攻城戰，他下令圍城，而後像火似的猛烈進攻；圍城需要時間、耐力，頗不符合喜歡速戰速決的項羽的脾胃。他命令士兵在外黃四周搭建攻城用的高樓，同時破壞對方築的城牆。這些行動固然沒耗費多少時間，但外黃城居民站在漢王那邊，拚命從城牆上扔石頭砸楚軍，這一點才是項羽最憤怒的。

對市民而言，受到漢軍逼迫，實在不得已。在項羽的感覺中，卻認爲他們背叛了自己，才敢與楚軍作對，以致久久無法釋懷。

把世界用黑白來二分是或非，乃項羽性格上的一大缺陷；相對的，劉邦寧願相信世界多半時

候是灰色的，只會偶爾變成黑色或白色。

項羽在外黃城外待了好幾天，這眞是始料未及啊！

當城破之日，漢軍逃得無影無蹤，只留下無辜的百姓。項羽殘忍地下了一道命令，把十五歲以上的男子統統抓來捆在一起，並派人在城外挖坑。

「把他們全坑埋了！」

項羽造成的殺戮不是百人坑、千人坑，而是名副其實的萬人塚；更殘酷的是，挖掘土坑的工作還交付即將被活埋的人來做——此爲項羽常玩的老套遊戲，歷年來不知有多少人葬身在他的手中。

「這些懲罰相當合理，是他們咎由自取！」

項羽如是想，且對自己的命令與執行絲毫不覺愧疚。

項羽在巡視作業中遇到一名少年。這名少年同其他人一樣雙足被繩繫著，用力揮鋤。看到項羽時，停下手來向他注視，雙眼很像虞姬。

「大王，外黃之人昔日受迫爲漢軍而戰，人人均仰慕大王，期待早日盼得大王來到。」少年目光奇異地並不蘊藏著絲毫怒意，反似對項羽抱著無限憧憬：「但如今，大王卻要坑殺他們，外黃人民實在悲慘可歎，遭仰慕之人所殺，結果自然對該人不再仰慕。在梁……」

這時，少年哭了起來。

「梁地除外黃之外，尚有十餘座城。大王倘若繼續如此屠城，只怕各城老百姓豁出性命不要，也要與大王周旋到底。」

項羽起初皺著眉，但聽著聽著，逐漸臉上浮現孩童般的表情，張嘴專心聆聽，愈聽愈覺得少年的話很有道理。

「小鬼。」

當年，范增尚未死時，見到項羽本質中的這一面，總忍不住在背後如此罵道。但是，他口中的小鬼可不簡單，其內藏天才威力便如雷霆一般。

「替他鬆綁。」

在少年足繩被解開時，項羽隨即下令還外黃居民自由。當他離開時，還頻頻從馬上回首，出言讚美少年。可見項羽身邊這種人已經不多見了！項羽武功之高無人能及，此事人們對他畏懼，不願拂逆其意。

楚軍高明統制的另一面，病態的缺陷已日趨明顯。

劉邦趁隙，曹咎中計

項羽在平定梁地之後，馬首向西，目標成皋，催軍而行。楚國士兵在項羽旺盛的行動力下變得疲累不堪。返軍途中，西首一名使者快速接近，報回成皋已爲劉邦所奪。

「曹咎怎麼樣了？」

項羽慌忙中停住馬，於鞍上吼道。使者發著抖說：

「因羞慚自刎而死。」

項羽追問道：

「那司馬欣、董翳呢？」

這兩人是派在曹咎身旁的副將。

「二將害怕敗戰之責，亦已自殺。」使者說道。

「虞姬呢？」項羽原打算詢問虞姬的下落，但話到嘴邊，總算忍住了沒說。

打聽經過，原來劉邦看準項羽不在，出兵包圍成皋，欲引曹咎與楚兵出城，不停惡言相罵。

「懦夫，孬種！」

從這兩句話開始，極盡惡毒的髒話於焉傾瀉而出。

曹咎以前是秦朝官吏。在他擔任櫟陽縣（在今陝西省）典獄長時，項羽的叔父項梁受連坐被捕下獄。項梁與曹咎乃舊識，故央之予以釋放，曹咎也願相助，因而俟機遞書司馬欣，助項梁逃生。

項梁與項羽感其恩德，入主關中後，立刻對曹咎、司馬欣冊封將軍之職。

漢軍裡或有人聞此事，言道：

「雖有脫獄之恩，終究對兵法一無所知。」

曹咎忍不住受辱，於是發動攻擊。漢軍詐逃，等曹咎追到城上弓弩射程之外，漢軍便遮斷其退路，團團包圍，加以殲滅。曹咎因後悔未聽項羽之言，擅自出城，在汜水河畔自殺謝罪。

「成皋城呢？」項羽問道。

「已歸漢軍所有。」

「城內的人呢？」

項羽如此問，是擔心虞姬的行蹤，但使者不能體會其意，以為主上心念城民，是以回答無人被殺。

「張逸呢？」

張逸是一名宦官，胖得如同一隻淹死的豬，項羽知道只要打聽到此人下落，便可了解虞姬是生是死。

「喔！屬下還有一件事要稟告大王，司馬欣自殺前，已先助張逸與虞美人逃逸。」

「原來她平安無事。」

項羽羽眼神這才緩和下來。

「是的。張逸身軀巨大，跑起來卻不甚慢。」

「噢——我不是在說他。」

不久，項羽便揚言要替曹咎報仇，把忿怒帶給全軍，下令全速前進。隨後一軍護送虞姬前來。有人建議，既無據守之城，婦女還是留在彭城較好。但項羽不聽，兀自靠虞姬的馬車道：

「到前線去，我要讓你摸到劉邦的項上人頭。」

言罷，項羽即帶著甲冑閃耀的光輝走在前頭。

不管如何，漢軍此刻士氣業已提高。汜水一戰大勝楚軍，令劉邦情緒無比高昂。

「事成需乘勢。」

劉邦心裡這麼想，並且正式大興干戈，進軍滎陽，圍攻守於近處一城的楚將鍾離昧。

鍾離昧與龍且同為項羽麾下的兩員大將，士卒中不乏聞其名而喪膽者。

「曹咎的首級都砍了，鍾離昧何足懼哉？」

劉邦告誡三軍不可心存恐懼。但，事態突變。項羽大軍揚起滾滾塵煙，迅速接近成皋，令漢軍復又陷入恐慌。

「項王來了！」

「項王攻過來了！」

「項王朝這邊接近了！」

驚恐的聲音像地鳴聲隆隆作響般震撼全軍，漢軍脫逃者不勝其數。劉邦也想逃走。但目前最重要的是如何挽救士兵即將崩潰的士氣，儘管有滎陽、成皋兩城可守，利用堅厚的城壁，阻擋項王的猛烈攻擊。但就算這麼做了，也難保沒有糧盡援絕的一天。

「該怎麼辦呢？」

劉邦想著，直欲跺地哭泣。

食糧於劉邦而言是十分敏感的問題，因這方面經常令他無能爲力。當年他還在泗水郡沼澤地當強盜時便常挨餓，而每回肚子一餓，別的事往往就顧不得了。今日雖貴爲一軍之將，仍不敢忽略此事，每廣納軍糧，絕不讓士兵挨一天的餓，好讓他們有了力氣，再去打仗。因此，劉邦的補給觀念實比項羽強得太多了。

「滎陽與成皋城壁的壁土是不能吃的。」

忽然，劉邦在窘況下像窮途末路突獲靈光一閃般奮力一躍。此刻他超越守城防禦的觀念，知道如欲出奇制勝，非嚴守糧倉以應戰不可。

「這辦法你說好不好？」

以此計與張良相商時，起初，張良因主意太過突然，覺得吃驚，但隨後卻又覺得這是難得一見的妙計。說實在的，這個計策並非任何狀況下皆合用，但在今日無論兩軍士氣、主將優劣均是敵強吾弱的情勢之下，兼之後方外黃、睢陽等地囤積的兵糧爲彭越所燒，致使補給困難，劉邦守住食糧的防禦戰，看似消極，於目前卻爲唯一可行之途，因此他說：

「大王，此計甚妙！」

聞言，劉邦開懷大笑，說道自己本來就是這樣的一個人。至於這句話是誇獎自己在作戰方面的長才，或是自承對食物貪婪，便無從得知了。

張良意外地大笑起來，在他心裡想的或許偏向後者吧！聽他這麼一笑，劉邦臉色登時變爲不悅。

漢城楚城遙遙相對

以下，來談談這一帶地形。

北方，黃河自西往東流。南方丘陵多向黃河延伸，太古以來，經氾濫頻仍的黃河水不斷沖刷丘陵北端，形成一片平坦的原野。成皋即位於這一帶黃河南岸，而滎陽位其東南。成皋與滎陽兩地之間——亦屬黃河南岸——隆起的爲廣武山，西麓高地鑿有數處大穴，築頂爲穴倉，即秦國官營穀倉敖倉所在。

「進廣武山去！」

命令如潮水聲迅速傳遍全軍，各部隊爲占據爭奪最適於防守逃亡的地形，都拚命攀登山道，唯恐落人後。

上山之後，衆士兵忙於下樁、設栅、鑿坑，致力於防禦。陣地面向項羽可能攻來的東方展開，漢軍所處之峰長大，前有一澗直落谷底，谷底有溪。這個小溪谷，當地人稱之爲廣武澗。此外，另有一峰位於溪谷對面。項羽從東方來，或許將於該地紮營。

不久項羽來到。

「劉邦已經上山了嗎？」

項羽毫不在意地先將成皋、滎陽兩城占據下來，因爲只要控制這兩座城，漢軍前後受敵，再想下山亦不可得，必往山頂攀登，而原野平地全爲楚軍。古來，這般作戰法從未出現過。

「你不下山，我拖也把你拖下山來。」

項羽看準漢軍背後（廣武山西麓）這個弱點，命一軍繞自後頭山底攻擊。等到了那裡，卻發現鹿砦深紮，防禦一層又是一層，想要偷襲漢營，除非是一面行進、一面拆除鹿砦，這樣對楚士兵相當不利。

另一方面，項羽安排好箝制劉邦背後的軍隊之後，即率軍從正面爬上劉邦預留的一峰，採正面攻擊。前方廣武澗如從地底裂開般深不可測，項羽自此地遠眺對面的山峰，對方在短時間內建築的城寨看來無比堅牢，除四周用木頭密結紮成的城壁外，還佇立無數城樓，樓上箭拔弩張，每個人皆凝神以待，這時只要有人越澗，百箭齊下，定然無法生還。

「漢城」，後代當地人民便以此名稱呼此處遺跡；相對的，把澗對面項羽所在的那座山峰稱做「楚城」。

項羽絕對不是喜好防禦的人。但此刻見到敵人為抵抗楚軍防守得如此嚴密，就非築城相抗、阻撓敵人奇襲不可。於是不久也在山峰上築成一座巨大的城寨。

隨後，項羽立刻展開襲擊。漢兵勢弱，屢次敗走，逃進大小防寨之中。

漢與楚兩方在山峰築城上雖看不出明顯的優劣，但卻有個決定性的不同點：漢峰之上堆積食糧無數，楚城所在，卻連一顆穀粒都尋不到。

當然，因此認為項羽一定比劉邦蠢是不公平的。唯有一點較可笑的是，在項羽想法之中，飯菜應是由侍童送來的東西。楚軍軍需補給一向有專人負責，項羽極少擔心。甚至，他的思想深處仍有爲將不恥爲小事憂煩的固執想法。

經過一個月後，峰上楚城的軍士開始挨餓；反之，漢軍卻餐餐酒足飯飽。

「劉邦這個卑鄙的小人！……」

項羽這才了解劉邦的厲害。他登上廣武山並非只爲盤山據守，他於山峰紮寨，留下粒穀未存的那方山峰誘使自己登上以爲據點的一切作爲，究其本意，無非想使楚軍士氣削弱，逐漸喪失作戰能力。

後方梁地乃楚軍糧秣囤積地，卻被彭越這老鬼所燒。自從上回外黃、睢陽一戰給他逃掉之後，彭越現在已重振旗鼓，出沒梁地。

「早知今日，應該讓他當王的。」

項羽此刻後悔不已。

彭越這個人原本無義無誠，叫他效忠劉邦幾無可能，但是直到此刻，項羽才終於認識到，像他這種人，所要的只不過是梁地養兵之糧，當初爲何不對他施以懷柔安撫之策呢？但依照項羽善惡分明的性格，對彭越這等無賴憎惡都已不及，怎還有可能將之網羅於旗下？

「**想來也只有劉邦能夠接納像彭越這類糞土不如的人物**。」

直到最近，項羽才慢慢想通這一點。此刻的他雖爲當初未曾封彭越爲王以致種下今日禍端無比後悔，但話又說回來了，今日彭越若是投降，跪在項羽的跟前，看到這個人的臉，他依然會作嘔欲吐。

在這兒順便一提彭越日後的命運。他在高祖一統天下受封爲梁王之後，遭呂后嫌忌，命人以謀叛罪名誅殺，並將他的肉鹽漬，剁成肉泥，分送給各諸侯，寓有世人共憎之意。

由今日食用鹽漬食品的習俗，可以約略窺知古代中國大陸有食人風俗。公元一九二四年，日本桑原隲藏博士便曾以史學觀點針對大陸食人風俗予以論考，但不論研究成果如何，彭越爲人共噬的下場有史料爲證，絕對假不了。也因爲這個滑稽而帶有諷刺性的結局，令他的一生不得已以悲劇落幕。

楚漢爭霸的決戰場

楚軍開始一日比一日衰弱。

補給困難，不僅使士兵挨飢，連帶著附近城鎮與農村的居民也跟著受苦。數十萬大軍蔓延在滎陽、成皋和廣武三地間，從後方另送來少數食糧，不足的部份，只好強搶當地人貯存的食糧做爲補充。人們雖將穀物藏進甕裡，埋入地下，但仍一一被士兵掘出來，充了公。

從前年起，滎陽與成皋數度易主。漢軍盤據時，劉邦關照不得讓軍民挨餓，糧食一日不足，便立刻從遙遠的關中或黃河北岸一帶運糧前來。而在楚軍這方面，儘管兵多勢強，遠勝於漢軍，卻做出搶劫民食的行徑。自然，民心對項羽不再支持，皆想：

「項王如取得天下，挨餓定然是免不了的。」

於是，兩地人民都轉而同情劉邦、親向劉邦，當漢軍奸細下山活動，刺探楚軍情報時，人們便開始主動協助。

「喔？項羽的寵妾虞美人也在成皋城內？」劉邦從在當地傳來的情報得知這個消息後，不禁猜想：「那麼項羽為了和虞姬相見，一定經常在廣武山與成皋之間走動嘍？」

但派人調查並未發現有此跡象。項羽單只住在峰上本營當中。

「這就是項羽。」

一想到這兒，劉邦心裡不由得湧起一股怯意，**項羽這種將一切賭在戰事上的傾向，似乎仗打愈久，益發凸顯**。他對於自身人格的鍛鍊好比打鐵一般，也是這一點，時常令劉邦非常困惑。

「此人意志剛強，果眞不凡！」

另外劉邦還想到一件事，和虞姬有關。那就是項羽寵愛虞姬之事世人皆知，他大可以叫虞姬上山，然而他卻不這麼做，由這一點，不難想見項羽此番作戰的氣魄與決心何其堅強。

事實上，在項羽的想法中，也正準備以此戰做爲楚漢爭霸的結束。

此刻，欲除之而後快的劉邦就在相隔數百公尺呼聲可聞的近處，同時，山底到原野上都是楚軍人馬，劉邦最擅長的一門功夫——腳底抹油功——半點施展不出，對他而言，此時的處境便如處身四周爲楚海包圍的孤島，進退兩難。

但，劉邦對楚軍的辱罵充耳不聞，全然不爲所動。

「劉邦，你算哪門子的武人？」

項羽每日隔澗把罵聲送至對峰。

看來，劉邦在武功思想上和項羽有著顯著不同。

對峙兩個月，項羽開始煩躁。劉邦只要一出手展開攻擊，項羽就有把握將之手到擒來。此刻，他命人把過去擒得的劉邦之父太公及妻子呂氏從彭城帶到廣武山來。項羽走近呂氏身旁，可能幽禁日久，缺乏沐浴，一股汗垢氣味迎面而來，其女皮膚泛黃像抹上黃土似的。

「你有何不滿可以直接告訴我。」

項羽認眞地問道。但呂氏目如鷹視，以盛怒的表情代替回答，項羽默然而去。

劉父太公的形狀卻稱得上是可憐萬狀。當項羽朝他走近，劉公立即跪下，又是磕頭，又是抓臉，望能博得項羽同情。對於這位沛豐邑中陽里農家出身的老父來說，一生從未如此刻這般處境更加令他困惑的了！如果么子劉邦甘爲一介平民，肯在家中幫助兄長劉伯鋤田犂地，今天就不致遭此不公待遇。

「覺悟吧，老頭！誰叫你是漢王的父親呢？」

項羽語氣十分平淡。同時，一塊大俎已然準備停當。

劉太公成爲俎上肉

翌晨，天剛亮，太公便被綁在俎上，全身赤裸地抬到楚城前面。劉邦隨即獲報，曰：

「太公被縛俎上，抬至楚城陣前，周圍盡是楚軍，其中兩人手執大廚刀，作料理犧牲狀。」

「敢情是要殺我老父嗎？」

劉邦全身顫抖起來。在故鄉中陽里地方上，他是出了名的不孝子，太公每每把他看成瘟神，一見到他的面便忍不住大罵。如問他是否愛自己的父親，他勢必答不上來，然而此刻聽說父親就要被殺，不比尋常，劉邦心情激動，眼淚差點奪眶而出，但這種感情看起來未必像純粹出自孝的率直表現。

儒教不但以孝道爲倫理基本，更視之爲統治社會的核心思想。

在劉邦那個時代，屬於志士型的職業儒生甚多。但是，一般人民普遍受到儒教的洗禮需晚到劉邦下傳數代、武帝出現之後方才實現。儘管這樣，儒教做為大陸原始倫理習俗遠從孔子以前即已存在。甚至，把民間習俗集成並加以過濾、規範的可說就是孔子的儒教。

有鑑於此，劉邦雖不喜歡儒徒，行事仍得處處迎合孝道，不願違抗世俗正義。換句話說，行事若不符孝道，即會失去人心。這一點，他心裡非常清楚。

劉邦所以面顯窘狀欲哭，全因正處於兩難之境，不如哭泣，藉以收攬人心。

劉邦一步步走出漢城。穿越柵欄，走上板橋，通過城樓底下，最後站立在崖邊台上，足下便是深澗。向對面望去，看到自己的父親被綁在俎上，狀甚淒楚。

一旁，項羽亦立於台上，與劉邦遠遠相對。

「哼哼，劉邦果然出來了！」

項羽看到獵物就在眼前，高興得差點跳了起來。

「看到了沒？劉邦——」項羽忽然用幾令山澗裂開的聲音說道：「快快投降罷，否則……」意思爲若不投降，立將太公烹殺來吃。雖然項羽的要求十分小孩子氣，但是對付只守不戰的劉邦，也只有這個辦法行得通。劉邦久久作聲不得，許久之後才聽他說道：

「項羽，你敢情忘記了嗎？我與你同仕於懷王，曾結有兄弟義盟。既然如此，我父即是你父，而如今你卻要將父親烹殺？」

這一番說辭，即令自己免除見父死而不救之罪，反使項羽戴上不孝罪名。

「很好！」劉邦嘲笑著，話聲一轉，喊道：「烹殺之後，你不妨請我喝一碗。」

此語說得項羽頓然語塞，一股怒氣衝上腦門，險些氣炸。眼看他手指慢慢移向劍柄，彷彿恨不得立刻拔劍而出，將太公劈成兩段。

這時，項伯阻擋項羽。前面提到過，近侍項伯為項羽的叔父，不僅與劉邦幕僚張良有極深的淵源，秦末時候，尚蒙張良相救，拾回一命。中國人常講「有恩報恩」，沒有其他任何文明在這一點上能與之並論。此外，項伯亦曾受張良之託，於鴻門宴上助劉邦脫險。

「凡志天下者，均為狂狷之士，家族可棄。大王您今天就算將太公斬殺，劉邦也不會感到絲毫痛癢，殺之無益，請大王三思！」

聽項伯靜靜說完，項羽這才打消斬殺太公的念頭。後來，項伯受漢朝封敕為射陽侯，賜國姓劉。但並不表示這段時期他已與敵人私通。

單挑一場，世界太平

這一日的行動就在項羽宣告放棄烹殺太公下結束，但他的焦躁變得更爲顯著。

「最重要的還是得用武力解決這件事！」

項羽想著，大凡武的極至乃是決於個人，不如舞著刀劍，痛痛快快與敵人一對一拚個你死我活。於是，他決定向劉邦挑戰，口述之後，由近侍書於帛上，結於箭頭射入漢城之內。

「天下因戰亂飢餓，匈匈不安，皆爲我二人之故。」

項羽說道。意思爲只要他與劉邦死掉任何一個，世界就太平了。他要求單打獨鬥，餘人不得插手，用意即是在此。

「如何？」

但是，劉邦對此事表現得並不熱中。他只淡淡地說：

「我慣常以智取勝。」

把答覆送返楚營。項羽問得簡單，他也答得乾脆。但項羽無意停止挑戰。他將挑選出來的壯士派出澗前，頻向漢軍討戰。

「出來吧！」

楚軍壯士就這麼當著漢城全城軍士吼著。

其次，背後城樓那方面也站滿楚兵，大夥齊聲嘲諷，笑劉邦懦弱。項羽這麼做當然有他的用意，他先安排戰士對抗，待自己以主將身份邀請劉邦上場，對方定然難以推卻，屆時，要取其項上人頭即爲輕而易舉之事。

「不必理會！」

劉邦最初也只付諸一笑，但隨著楚兵嘲罵愈來愈凶，漸漸益覺如再保持沉默，士氣必挫。

「誰願出去應戰？」

語聲甫畢，一個名喚樓煩的戰士走將出來。

這名戰士本是有姓名的，但衆人均以其族名相稱。在今天山西省，根據記載春秋時起即住有北狄一族，樓煩爲其漢字稱呼，屬遊牧民族，喜射騎。至於樓煩是在何種情況下加入漢軍陣營，誰也不知。

但看樓煩從城上緩緩而降。漢城到深澗之間，由上往下迂迴著一條僅可一人通過的羊腸小道，樓煩雙手執韁，直如表演特技般騎馬凌空而降。

看到樓煩出來，楚軍之中相應走出一位壯士，模仿樓煩，騎馬降下楚城。從遠處可看出爲一粗脖大漢，右手持弓，把矛横置鞍上，腰佩極長之劍。

從楚城下來那方小徑岩多，在離澗十公尺處隆起一塊巨石，騎馬通過頗爲不易。那名壯漢下來之後，用眼瞪視樓煩。

樓煩行至一地便無法再前進，正當不知該讓馬蹄下一步落往何處，對方以與魁梧身軀不成比例的速度搭弓射出一箭。

箭矢越過山澗，對準樓煩頸項呼嗚而至。但是樓煩有著北狄民族的血統，一當察覺箭矢的氣息，立即扭身一閃，躲開的同時，拉動特製的短弓，但看一箭飛出，楚人應聲掉落，至岩上反彈，馬兒受驚，與人一起滑下山澗，掉落谷底，濺起水花幾簇。

但，下一瞬間，樓煩卻在鞍上驚恐起來。

適才壯漢站立的巨石之上忽爾站立著另一名巨漢。本來整個廣武山光禿禿的，鮮見樹木生長，唯獨該岩周圍長了密密痲痲的灌木，巨漢所在之處正在灌木中央，僅露出上半身。

樓煩忙將箭搭上弓。

但對面的巨漢連弓都沒帶。此刻，兩人之間相距不過四十公尺，以樓煩的腕力，必能射穿敵人身體任何一個部位。

然而，這名敵人的身體好像不是肉做的。

他凝氣成渦，周身似乎籠罩著赤焰，但看其甲胄上鉚釘一團火紅，盔甲因太陽照射而閃耀生輝。更可怕的是他那一雙眼睛含帶瞋意，如數千數萬支箭射向樓煩細小的眼中，令人無法逼視。

即使樓煩手握弓弦，在巨漢血盆大口發出一聲叱咤下，充滿殺氣的聲音立刻壓倒樓煩，令他感到全身肌肉都要溶化一般。只見樓煩忙不迭地從馬上跳落，棄馬於不顧，如喪家犬般連滾帶爬上了小徑，逃進附近樓裡。然後戰抖著身，似夢囈般嘴裡唸道：

「**是項王，項王出現了！**」

眼光連對山澗那一方望一下都不敢。

指著項王細數十大罪狀

劉邦於峰頂目睹此景，對樓煩轉身逃走大感不解，派人探聽實情，才知此刻立於楚城彼方岩腹大石之上的正是項羽本人。

「這便如何是好？」

劉邦問身旁的張良。劉邦此刻早已急得面無血色，但張良的鎮靜一如平日。在此必須澄清的是，劉邦性格實非膽怯，至今雖然屢戰屢敗，但每回戰役都是他身先士卒，從不退縮，不像過去許多王侯作戰僅留在後方指揮士兵替自己衝鋒陷陣。這件事，亦是漢兵死心塌地跟從劉邦的最大原因。

但問題是，劉邦既無舞鎗弄戟的本事，亦不諳射藝。此刻，項羽業已出現在對面岩上，而且又是單獨一人，若避之不戰，漢軍士氣必於一日而崩。劉邦眞的不知道該如何才好，與舉兵當初比較，可以明顯看出劉邦老了許多。向來引以為傲的雙頰已失去血氣，宛如貼上一層枯樹皮，不復見昔日光采。

「沒辦法，只好硬著頭皮上陣了！」

張良建議除此一途之外，沒有其他選擇。**項羽要求兩軍主將單打獨鬥，在智者看來是極其愚蠢的決定；但在士兵眼中，這樣的項羽才最具有魅力**。此舉會使楚兵對項羽更加奉若神明，相對地使漢兵對項羽畏懼更甚。

此時劉邦倘若像龜兒子似的躲著不敢接戰，漢兵對項羽的恐懼一旦轉為敬畏，劉邦的威信定然一落千丈，與士兵間的感情自然迅速疏遠。看張良的表情，也在鼓勵他拚死為之。

所幸項羽並未攜帶弓箭，就算劉邦走下山來，與之相互對峙，兩人之間也似隔著不短的距離，聲音雖可傳達到對方耳裡，任憑項羽勇若天神，也不可能真的生出翅膀從澗的那端飛至這端。

「必須在氣勢上壓倒項王。」張良這麼說。

「我辦得到嗎？」

「絕對可以。單是訴說項王罪狀，少說也能舉出十條。」

至此，好不容易才見劉邦雙頰恢復血色。

這個男人的勇怯智鈍常易變化，教人摸之不透。目標既定，他立刻鼓起勇氣，判若兩人。他彎著修長的身軀走下城樓，穿越幾個栅門關卡，不久來到崖徑之上，所在之處為先前樓煩所立，隔澗與項羽對望多時，兩軍鴉雀無聲，摒息以待。

當彷彿太古般的寧靜支配整個山谷，劉邦忽然拿起一截斷枝用力擊地，大聲喝道：

「項羽，聽著！」

並接著說：

「世上還有第二個像你這般惡逆無道之人嗎？」

以下即為劉邦所敍述的十條罪狀：一、違抗懷王之命，將本來應做關中王的劉邦逐至漢中。二、刺殺楚軍主將宋義，自登上將軍之位。三、枉顧懷王號令，自行入關。四、於關中燒秦宮，掘帝(始皇)塚，侵吞所有財物。五、未獲懷王命令，即殺死秦降王子嬰。六、將秦降兵二十萬全數坑殺在新安。七、依己意分封諸將為王，把原地之王一一放逐。八、將主君義帝逐出彭城。九、弒殺義帝於江南。十、降伏者一律殺之，持政不公。

每條罪狀隨著劉邦的聲調，或高或低，或揚或挫，響徹峰谷。

起初劉邦尚覺項羽形姿分外巨大，但慢慢覺得自己的聲音愈來愈大，對方的影像愈來愈小；罵到後來，直感義正嚴辭，淋漓暢快，興奮得就要婆娑起舞。

「漢軍乃正義之師，以你這等無道之人，凡人征討猶且浪費，何需我親自動手，交給刑餘罪犯殺之，方才相襯。」

所謂用刑餘罪人擊殺項羽，刑餘者，入墨（黥）也。漢軍陣內有一將過去為項羽部下，後背叛改投劉邦，這人名叫英布。由於英布入墨，故有黥布之稱。前面話裡的意思，正是「要殺你有黥布代勞，何需我劉邦親自動手」。

劉邦的一番演說慷慨激昂，廣為民間傳誦，最後被至各地取材的司馬遷採擷，收錄在《史記》中。黥布聽到劉邦說那句話時，內心感情翻騰，波濤洶湧，可想而知。

灌木叢中有暗箭

在這段時間內，項羽靜靜聽著劉邦將其罪狀逐條列出，並未加以阻止。在這名性格激烈的男子身上，此為少有的表現。因為此刻他正計劃著另外一項陰謀，在他身周茂密的灌木枝葉背後，此刻正有數名士兵在操縱某種器械——弩。

弩，可算是銃的一種，通體皆由銅製，置矢可射的細長台座（長約六十公分）上鑿有箭溝。強韌的弓身前端有牙鉤弦，用力後拉，扣在名叫懸刀的凸起物上；然後，使箭置於溝中。懸刀同時帶有板機作用，瞄準後引動，箭便立即飛出。

據《吳越春秋》（後漢人趙曄所撰）所載，弩之一械，乃南方楚人發明。楚地為一東亞民族色彩極爲濃厚的地方，在那兒，其餘文化的進展雖較中原爲遲，卻不知爲何，青銅冶煉術格外發達。

就在劉邦結束演講的一剎那間，箭弦聲響，灌木叢中弩機發動，特製的粗箭頭綁著重石應聲而出。接著，命中劉邦胸部。他今日身著重革製成的鎧甲，重石擊來雖不致擊碎胸骨，但去勢極強，眼看著劉邦應聲倒地。

「中了！」

項羽確確實實看到劉邦的死。

——將劉邦殺死。

項羽把全部企圖集中這一點上的作戰果然成功，確認終了，即背身走回小徑。再轉頭一看，劉邦似乎正在努力把身體慢慢撐起。

「居然還能夠動彈?!」

項羽對劉邦沒死頗感訝異，隨即又想：他縱使不死，也拖不過半個時辰。

「幹得好！」

犒賞過弓弩手後，項羽隨即回到城樓上，於牀几坐下後，便全身洩了氣似地癱在牀上。

劉邦胸部痛楚難當，意識似乎也脫離身體而出，愈離愈遠。

「如不站起來，全軍將立刻土崩瓦解。」

劉邦心裡雖是這麼想，但對自己的身體卻絲毫無可奈何。在左右的攙扶下，劉邦如同一具死屍。唯一能動的是他的嘴。

「**那蠻子射中了我的脚趾頭**。」

在吩咐左右將這個說詞通報全軍將士知曉後，劉邦隨即失去意識。

「已經沒有戰爭了！」

這一天午後，項羽下得廣武山來。一達成皋城，即對宦官說道：

「命虞姬沐浴。」

這時離太陽下山還有一段時間，項羽卻吩咐整治晚飯，取酒來飲。項羽此刻是大王的身份，吃飯需奏樂。因此當他正要吃時，身後樂聲立刻湧出。

「不要音樂！」

項羽暴躁地喝阻樂聲，用角（一種酒器）斟滿酒。當時的酒與後代比之，實不可謂之醇美，乃是以黍煮成粥糜，加麴釀造，數日即成。味帶甜，不可多飲。

「拿楚酒來！」

項羽向侍從表示想喝楚酒。滎陽、成皋地處黃河文明發源地，哪來的南方米酒。項羽的鼻子幾乎已經聞到家鄉米酒的芬芳，這使他分外想家。

餐罷，項羽自夕陽照射的廊下走入寢室，把劍卸下，置於枕邊，然後任由童子褪去戎裝，讓侍女服侍穿著寬衣。待侍童離屋後，進入帳內。

此時屋內全暗，窗戶緊閉。不多久，便見一門打開，一盞小燈漸漸接近。接著侍女離去，只剩下虞姬。虞姬把燭火舉在額前，一步步走近帳前。項羽深呼吸吹了口氣，隔著帳把燭火吹滅。

「好似颳風一般！」

虞姬嫣然一笑，笑項羽這口氣未免太強。項羽一把抱起虞姬，放進牀被裡。

「現在已經沒有戰爭了。後往的日子，望能朝朝暮暮與卿共度。」

這句話，確實出自項羽肺腑。他在內心衷心希望戰事果眞於廣武山結束，畢竟兵已疲憊，百姓都在挨餓。這一瞬間，項羽心裡甚至湧起一個念頭：若是這時能將一切拋開該有多好！

項羽是眞的疲倦了。但淺睡之際，仍然經常夢見劉邦的身影，睜眼醒來，便叫：

「酒——。」

虞姬在旁聽他說要酒，便到宮殿內部伙房，就樽裡汲酒，盛入角觥之內，然後用雙手捧住，仔細移動蓮步回到寢室，湊近項羽口邊，其間連滴酒也未曾濺出。觥的底部是尖的，掌溫就透過觥壁滲入酒內。

待酒飲乾，項羽再度伸手抱住虞姬。

劉邦胸部受傷著實不輕，橫臥榻上，絲毫動彈不得。

張良略通醫理，仔細爲他做了檢查。

「難道眞的會死？」張良心裡這麼想，口中仍安慰道：「這種傷勢要到明天才會開始惡化，到時候恐怕半點起不了身。**趁今日還能動，不妨去軍中巡視一匝，莫讓軍士以爲大王當眞被殺，攪得情勢不可收拾。**」

劉邦不得已，在衆人扶持下穿衣乘輿，於諸峰上下顚簸時，咬牙忍痛。每當兩眼發黑，身體欲向前仆，張良便伸手進輿內扶住，使他重新挺直背脊。

「子房！」

劉邦以微弱到幾乎聽不見的聲音問自己是否會死。張良初時不斷安慰他，到後來便裝做沒聽見，自顧自地走著。事情如今演變至此，張良也無法可想了。

24. 淮陰事業鋒頭血

蒯通頻頻點頭，接著說道：「將軍的背相顯示，若天下三分，必能保有其一，當上大王。但就臣的預測，將軍如此尊貴的背相，必然可成爲天下的主人。」

秦末，彭城(今徐州)街肆。

當世，黃河的支流經城內，水道縱橫。在河的兩岸，人們建築石牆，做爲堅固的護岸；路的兩旁，遍植柳樹；沿河望去，商鋪櫛比鱗次，水面上舟楫便利，運輸物資，往來頻繁。街肆之上，萬商雲集。由於人潮麕集，各式酒樓、妓院，皆在此大發利市。此外，浪跡天涯的各國人士，亦將此地當成暫時棲身之所。

跟乞丐沒兩樣的遊士

許多店鋪將煮好的漿倒入甕中，讓一些阮囊羞澀的人也能飽餐一頓。所謂的漿，並不是酒，而是一種濃湯，也就是今天的米湯。

「喂，盛滿！」

一人來至鋪前，遞上大瓢。

此人正是蒯通，當時僅是一名藉藉無名之輩。然而，其後卻成為韓信的謀臣。此番前來，一為尋訪諸郡縣的英雄豪傑，二為考察地理，探求民瘼。於此之前，他已持續旅行很長一段時間，身上盤纏所剩無幾，因此只能買漿，連買酒都不夠。

瞧蒯通的衣著，跟乞丐沒什麼兩樣。當他鬆開頭巾時，露出一張油膩的臉孔。他的身材十分矮小，猛然一看，使人聯想到食用的香菇，就是這副德性。

「將它盛滿！」

此時，另一名旅者從旁遞出一只土缽。當土缽裝滿濃漿，旅者謹慎地用手捧著，深恐溢出點滴，亦步亦趨地走開了。這名陌生旅人，身材頎長，身形卻似削瘦的竹竿，軟弱無力，令人興起滑稽之感。

先後兩名旅人，互不相識。然而，他們卻擁有相同的目標。

鄰近賣漿不遠處，有一棟兩層樓房，旁邊有一條小巷，兩人於是行至巷中，坐在石板上細細喝起漿來。此時，從樓上飄下悠揚的琴瑟和鳴聲。原來樓上就是歌妓賣藝所在，正為商賈彈瑟取樂。當時的瑟共有廿五弦，瑟聲悠遠，嫋嫋不絕，使人如臨水畔，享受如同乘風逐浪般的愉悅感受。

此時，一名中年商賈正臥於覆有布帛的玉枕之上，身邊一張置滿豐盛菜餚的茶几，殷勤善解人意的小女子，則忙著爲他擺菜，並將可口的佳餚親自餵食恩客。

當商賈吩咐：「拿酒來！」小女子忙不迭地將斟有佳釀的酒杯，送到商人唇邊。

歌妓單膝跪著，面前橫放一瑟，只見她挺直背脊，雙手輕撫弦上，宛如飛鳥展翅翱翔一般彈奏起來。弦音如何暫且不談，光憑那副柔媚的表情及纖手的起落，就令人心曠神怡，倦意盡消。

忽地，弦聲戛然而止。

聆聽之下，竟從巷中傳來兩名男子的高談闊論，內容正是談及瑟聲美妙，以及對曲調的微妙感受。

商賈對他們的見解甚感佩服，遂到窗前眺望暗巷，確定有人之後，吩咐身旁服侍的女子道：

「快請他們上樓一敍！」

侍女應命下樓，轉達商賈誠意邀請。瘦竹竿聞言，惡作劇地追逐侍女，侍女趕緊逃避躲開。

此時，瘦竹竿又擺出另一副姿態：

「區區商客請我二人，竟派女子前來迎接，是何用心？」

商賈聞言，羞赧不已，遂急令手下端著酒餚進入巷內，向兩人敬酒。年長的蒯通首先一飲而盡，接著，瘦竹竿亦飲下佳釀。

「在下惶恐，但不知兩位是否願意移駕，與我暢飲一番？」

當商賈誠意邀約時，蒯通看了看瘦竹竿說：

「只要他說好，我就答應。」

瘦竹竿回視蒯通，微笑點頭。商賈自報姓名，隨即請問兩人尊姓大名。瘦竹竿道：

「侯公是也。」

「原來您就是方士先生！」

商賈大吃一驚。身旁的蒯通聞名也爲之一震。原來他還不知道眼前這名高瘦男子的身份。始皇帝素喜神仙之術，尤其親近名叫侯公的方士，有關他的傳說，早已傳遍彭城內外。

「非也。」侯公神色立刻轉趨厭惡，直說：「那是別人，不是我。」

「難道是同姓同名？」

侯公面露煩色說：

「人不同，姓名一樣，難道不是同名同姓嗎？唉！事實已明，還枉費唇舌，天下沒有比這更愚蠢的事了！」

此話充份顯露侯公的思想。

單憑善辯走四方

商賈名爲蔡鮮，他所抱持的理念是：只要有錢賺，任何事他都願意嘗試。

「歷來商人皆多才善辯！」

「你也如此吧！」

侯公向來不喜歡語焉不詳。他談到定陶某個富商不喜多言，往往三天之中只說一句話，但卻對千里外的物資瞭若指掌，且善於計算其中價差，獲取巨利。人各有異，商人亦然，故不能因己之善辯，遂斷定商人盡爲同類。這樣的推論，並非很周延。

「先生果然能言善道，辯才無礙。」商人大感驚訝，接著問：「剛才你不是叫我惜言嗎？」

「我並非要你惜言，而是說話必須有意義。」

「先生平日非常沉默嗎？」

「若非必要，百日不說一字。」

「敢問先生以何能耐立足於世？」

「**單憑善辯，行走四方**。」

「此人亦爲辯士也。」立於一旁的蒯通，乍聽此言，內心爲之一震，暗忖道：「此人心向，豈不與我志同道合嗎？」

「那麼，敢問先生，想要得到什麼？」

商賈啞然失笑。的確，治世之方，單憑縱橫之辯，是無法形成氣候的。杯觥交錯之際，從樓上流洩的琴瑟之音，依然不絕如耳，想必是商賈爲他二人所作的安排。

「據我觀察，兩位先生雖貌不相似，氣質卻頗類同，想必是爲至交友好？」

「不，我倆初相識也。」

蒯通流露好感，望著侯公。

「我倆的相遇，是因爲瑟音的撮合。」

「對，悠揚的瑟音，吸引我倆到此。聆賞之際，想到品酒之樂，遂花錢買來濃漿，然後不約而同共聚於此。這種情況，一生之中難得幾回，下次不知是何時？」

「兩位先生，在下對於諸郡縣的消息非常關心，可否告知一二？」

或許這才是蔡鮮的眞正用心。經商之人對於各地的政情、人物和民情都必須略知一二，實乃無可厚非。

「可以，但先讓我抱抱歌妓吧！」

蒯通並非好色之徒，但仍以此要求報答。事實上，他的意思極爲明顯，天下沒有不勞而獲的事情，凡事都必須付出代價。

「悉聽尊便。侯公先生，不知你想要什麼？」

「嗯，今晚爲我按摩一下肩膀吧！」

「我嗎？」

蔡鮮面露難色地說。

「凡人應揚善利人，發揮己之所長，以利他人。我見蔡先生的手指靈活，猶如爬牆的壁虎，若能由你親自按摩，必能深入肌理，渾身舒暢。」

「那麼，能否移駕上樓？」

「樂意之至！」

侯公爽快應好。蔡鮮於是清理座席，重開筵席，擺置豐盛酒餚，大肆款待二人。當然，二人的談話使蔡鮮獲益匪淺。後來他憑著席間交談所獲的資訊，整理出數個點子，而飽賺一筆。蒯通二人席間所論，毫無虛言，光是聽和看，即能成爲做生意的好材料。

「原來辯士就是如此呀！」

蔡鮮興奮地拍手叫好。原本他以爲辯士僅是爲人代理，出面談判的善辯之才，而今才算眞正領教到辯士明察事理的眞才實學，這種明晰一切的洞察力，深深震撼商人的功利思想。這麼看來，讓他們享受歌妓的服侍，實是理所當然。

蔡鮮內心這麼盤算，遂依蒯通的索求做爲報答。另一方面，他爲獲取更多資訊，便讓侯公臥於鋪上，一邊爲他按摩，一邊提出疑問。然而，此時侯公的嘴卻上了鎖似的，緊閉雙唇，不發一言。

「難道吝於相告嗎？」

蔡鮮苦思不解，不覺怠慢了指上功夫，立刻招來侯公的責備：

「至少要先付出代價吧！」

侯公神情安適地閉目養神，蔡鮮宛如獲救般地移開雙手，正準備逃出門時，侯公卻突然睜開雙眼，注視著他，怒聲責道：

「你是盜賊之輩嗎？」

侯公言下之意，僅付半數報酬，即欲逃開，此一行徑與盜賊無二。蔡鮮聞言，只得更加專注地按摩。如此直至深夜，終於聽到侯公吩咐「暫時停手」，蔡鮮如獲大赦，此刻的他，雙手僵硬，腰桿亦如泥板，一時之間根本無法起身。

侯公的話宛如薄刃割面，冷酷地不帶一絲情感。

「在我巡遊四方的旅程中，有時挨餓，有時身陷雪地，不良於行，相信蒯通也有相同的經驗。剛才我已將親身經歷告訴你，爲你分析獲利方向，正是說明：**所謂辯士，就是拿生命作賭注，以口才一搏勝負**。然而，你卻想以如此微薄的代價，換取這一切。」

言畢，侯公又轉變口氣道：

「累了吧！」

隨即釋然，露出笑容。或許因爲臉孔瘦削單薄，唇角微翹，使人感覺他生性刻薄。

分道揚鑣，各覓其主

然後，蒯通與侯公便一同周遊四方。

他倆巡遊途中，不斷閒談，交換心得，發現彼此無論思考或表達方式上，都極爲相似。有一次，蒯通將十天前侯公所言，當做自己的意見告訴侯公。

「這些話不正是數日前我所說的嗎？」

侯公責問道。事實上，兩人之中，侯公較具創意，在這方面略占上風，而他本人也對此深具信心，沾沾自喜，終於導致彼此的心生不滿。

「是這樣嗎？」

蒯通暗自思索，卻又無法認同。

「沒錯。我這個人無時不記憶，正是十一天前的午後，當我們離開淮陽（在今河南省），來到果留村外，在瓜田邊遇見老農，向他討瓜。你忘了嗎？你不是還教他如何栽種，才能結出更多的瓜嗎？」

「我是有傳授他種瓜的方法。」

「老農送給我們四個瓜，我記得很清楚。然後我們又往東走了五里，坐在柳樹下吃瓜，我就是那時對你說那些話的。記得當時南方天際浮動，猶如白雲蒼狗。」

「嗯！這一切都深印在我的腦海中，而我也正有此意，只是沒有說出口罷了！侯公，其實你的話，與我的概念完全一致。」

「看來，告別的時刻到了！」

侯公面容嚴肅地說。依侯公之見，當二人之力只能合一發揮時，則無論是蒯通或者自己，都沒有理由留存世間。與其如此，不若就此分道揚鑣，各覓其主，憑著個人三寸不濫之舌，勉力輔佐主人，登上天下霸主寶座。

「言之有理。」

蒯通思考之餘，面對侯公，友誼之情油然而生。

行至泗水河畔的小村莊，二人遂至店鋪買漿，分而食之後，就此話別。

「**我們都深刻體認到，舌爲利劍，可以摧毀百萬雄兵，亦可毀滅自己。願我們牢記警惕，以此共勉。**」

對於蒯通所言，侯公亦深有同感而頻頻點頭。

此一別後，正逢亂世。二人分別數度易主，輾轉各地。不久，侯公來到劉邦幕下，而蒯通卻成爲韓信的謀臣。

當時，世間皆認爲：蒯通將韓信操縱於股掌之間。然而，蒯通本人卻不作如是觀。雖然他亟思左右韓信，無奈卻無法理解其人心意。因此，在擘劃安排上，也就不能稱心如意。

「韓信實在是憨愚之輩——雖然爲人正直，卻腦筋駑鈍。」

蒯通不得不這麼認爲。韓信的確是罕見的一員大將，出征以來，攻無不克。他本是淮陰城中一名藉藉無名的書生，濰水(在今山東省)河畔一役，他大敗項羽麾下大將龍且所率的楚軍，一戰而威震天下。

「劉邦是不必說了，韓信的驍勇善戰，更遠遠凌駕於項羽之上。」

蒯通深知韓信的能耐。然而，令人憂心的是，韓信內心不知如何看待自己的曠世武功，好像完全不懂得善用此一天賦。

——或許應對韓信重新評量！

世間難得一見的戰將，又深具名望，這樣的人才值得宣告天下，然而每當機會來臨，蒯通告知韓信，他總是露出一副茫然無知的表情，完全無視於自己的一身好本領，只知日復一日，為圖溫飽而終日辛勞奔波。每當勸誡他時，他總堅持「那並非屬於我的財富」。

對於政治、外交，韓信一竅不通，因此他需要蒯通的輔助。不過，每當建立戰功，蒯通便以其名望編出巧妙的外交策略，這一點令韓信深為恐懼，而大感吃不消。

「如果聽命從事，後果一定非常嚴重。」

譬如，韓信花費一年時間連下趙的五十餘城，繼而又以潮湧之勢，一舉拿下齊的七十餘城，但此舉是對是錯，韓信毫無定見。

「或許應該停在趙國才對！」

有時，韓信甚至懊悔自己的決定。

當時，劉邦特派儒生酈食其，以其雄辯說服齊王與之訂立漢齊同盟。齊因遵守同盟協定而解除七十餘城的武裝守備，孰料，韓信卻趁此良機，大舉進攻，而演變至此。

不過，韓信此舉亦非毫無辯解餘地。事實上，他奉劉邦之命往齊，且劉邦態度火急，幾度催他起身。而今，劉邦卻改變策略，採用酈食其之計，以酈氏為和平使，勸誘齊國與之結盟。

扶植韓信，實現夢想

同時下達兩種不同的命令，實乃劉邦的錯。先出使齊國的和平使者已成功地達成目的，然而劉邦卻未及時取消稍早對韓信所下達的命令，因此，韓信的武力征討，並未違反漢的軍令。儘管如此，韓信領兵來到齊的邊境時，既已得知和平協定的成立，實在不應該再啓戰端。

「還是退兵吧！」

如此，則信守了對齊的承諾，韓信確實有過這樣的念頭；即使現在，他的內心仍認為撤軍是正確的做法。可是，當時的他，一方面渴望得到平原津（在今山東省）的水，另一方面屈服在蒯通的滔滔雄辯下，而作出進攻的決定。

至今，韓信仍清楚記得，蒯通如擊鼓般的長篇大論，以及高人一等的邏輯概念：

「將軍啊！你知道，以武息爭是十分艱苦的；士兵離鄉背井，轉戰山野，很難有生還的機會，何況戰勝敵人，更是難上加難。然為撥亂反正，唯有仰賴傳統的武力始能成事；若以文事與之暫時講和，必定貽害無窮，種下他日大亂的根源。而且，以將軍此種上將之材，攻克趙的五十餘城，前後仍耗費年餘，此即武之難處。現在，酈食其一介儒生，斜靠車上橫木，以其三寸不爛之舌，便可攻下齊之七十餘城。**難道年餘的武功，竟抵不過一張利嘴？這究竟是怎麼回事啊？**」

除此之外，蒯通還說了許多重話：

「無論如何，武事終究抵不過書生倚在車上橫木逞口舌之能呀！」

此語一出，韓信的意志為之動搖。

此後，對韓信不利的傳言，不絕於耳。說他罔顧與酈食其的友情，以欺世的方法攻下齊地；又說他肆無忌憚，毫不留情地飛鞭下令全軍進擊，終至坐上齊王寶座。

其實，韓信的齊王，實在是自劉邦手中硬奪過來的。當時，劉邦正陷於與項羽在滎陽城對峙的苦戰中，他很明白若令韓信不滿，只會促成他即刻叛變，因此只得隱忍下來，封他為齊王。這正是蒯通的心意。

「漢王是否力圖紮穩基業？」

韓信暗忖，並向蒯通透露此一想法。蒯通聞言，當下說道：

「小事一樁。」

就蒯通看來，劉邦根本不值得顧慮。

蒯通心中一直認為劉邦終究難逃滅亡一途，不如一舉將之殲滅。這個想法，蒯通始終未曾向韓信透露，他只想輔佐此人成為天下的主人，這就是辯士存在的價值：扶植受己尊崇的人君臨天下。至少，經歷半生的遊走後，在這塊土地上，他要實現自己的夢想，以雙手塑造一個成功的人物。因此，他對韓信的期望，絕不僅是輔佐他成爲漢之將軍而已。

然而，韓信自有其偉大的夢想，卻是蒯通始料未及的。韓信以爲天下猶如湯圓一般，任憑他塑造，而蒯通對他而言，只不過是彌補自己缺陷的外交人員罷了。既然蒯通如此自信無礙，他也不願多說什麼。

「他大概認爲此事不必介意吧！」

自此，韓信便不再將此事懸於心上。直到齊王對漢的背信義憤塡膺，遂令人烹殺酈食其，消息傳來，韓信甚爲哀悼。而蒯通卻厲聲喊道：

「做爲辯士，酈食其死得其所！」

所謂辯士，專逞口舌之能，有時適以害己，但這正是辯士的最高榮耀。由於蒯通自身即爲辯士，故出此語格外打動韓信的心。

「是嗎？難道不需爲酈食其的死哀傷嗎？」

「或許這正是我日後命運的寫照。」

韓信無法理解眼前此人所言的眞正意義。由於他不善於外交，也就無法體認外交的重要性，儘管他很器重蒯通，但在他的內心，一直以爲蒯通所爲不過是跑腿罷了；既是跑腿之流，所言未免太過自大。不過，由於尊重蒯通的知曉事理，因此他說酈食其成仁，韓信也深信不疑。

親征討伐？結盟拉攏？

項羽麾下名將龍且，親率二十萬大軍深入齊境，在濰水濱與韓信展開會戰，慘遭大敗，戰死沙場。項羽聞訊，大爲震撼。

「是否應該征討韓信呢？」

若要征討，勢必要由項羽親自出征，因爲唯有他本人出馬，才能百戰百勝。然而，目前形勢，與劉邦正面對峙，兩軍戰況陷於膠著，想要自此抽身，根本不可能。

不久，韓信在齊的聲勢日益壯大，不但平定齊的所有疆域，又進一步擴大邊境，與項羽的勢力範圍接壤(項羽的重要根據地爲今之江蘇省)。

項羽當時在今之河南省與劉邦展開長期對峙，後方的江蘇省稍有疏怠，即可能引來彭越的突襲，如今再加上韓信自北而下，情勢益發告急。項羽所率楚軍前線吃緊，後方又遭此威脅，形勢大爲不利，猶如被人斬斷根莖般，無計可施。

「當今之計，唯有盡速殲滅劉邦。」

要打敗劉邦並非難事，但難在劉邦將廣武山峰充爲要塞，自己卻躲著不肯現身，根本沒有交鋒的機會。因此，有人建議：

「誘使韓信背離漢王，與楚結盟，不知意下如何？」

項羽驚詫萬分。

「教唆韓信叛離？」

這是不可思議的念頭。昔日韓信曾經事楚，當時的他只是一介郎中，空有高大外型，無計獻策，因此備受嘲弄。對於這種人，要項羽放下身段，擺出低姿態要求結盟，根本不可能。

「韓信理應先向我乞憐才是！」

項羽內心的想法正是如此。昔日鴻門宴時，連宿敵劉邦，他都肯寬容，饒他一命，對武功自恃甚高的他，見人向自己苦苦乞憐，往往會作出超越利害、異常寬大的決定。不過，正在齊境的韓信，既非弱者，亦未走到窮途末路，根本不在項羽施以同情之列。

「你是說要他追隨我嗎？」

項羽問道。他一直以爲運用外交手段是弱者的表現，若依計行事，堪稱此生頭一次使用花招。不過，以目下的境況看，若不力圖拉攏韓信，不僅無以戰勝劉邦，更可能葬生在這座廣武山上的楚城中。

「有合適的辯士人才嗎？」

「武涉當可膺任前往。」

武涉乃盱眙（在今安徽省）人氏，相當自負，聲稱自己極為熟知韓信的背景。他自習縱橫術後，即入項羽帳下，擔任幕僚工作，但因項羽輕忽外交，一直苦無表現機會。

起程之際，項羽威嚴強調：

「絕不可辱及楚之威儀。」

隨行車騎裝飾華美，武涉又請求率領千名隨員同往，才浩浩蕩蕩向齊國進發。

韓信在齊的首都臨淄會見項羽使者武涉。

「沒有人比我更了解您了。」

武涉意圖拉攏彼此的關係，對韓信展露出親切的微笑。然而，韓信對他卻毫無印象，經過仔細探問後，才自他口中得知，韓信尚未發跡前，在淮陰街市酒館中，曾與他數度談論天下大事。

「你所說的那個人，可能與我長相相似吧！」

韓信發達後，與人交談，從不願意提及猶為貧士的那段記憶。

「就是您，沒錯。令堂去世，我還參加了葬禮。」

「我並沒有為母親舉行葬禮啊！」

韓信不覺流下淚來。他的父親早年過世，母親病歿，他因沒有積蓄，亦無法爲她舉行葬禮。

「我只有向鄉親父老，乞一墓地。」

「我知道墓地所在。」

武涉面露微笑，故作熟稔地說。

「我並未建墓啊！」

韓信思及往事，不禁啜泣起來。在他身邊的蒯通，冷眼旁觀這名項羽派來的使者，若稱他爲辯士，不如說他深諳察言觀色，極端世故。

「難道我所祭拜的是別人的墓塋？」

武涉再轉話鋒。韓信對武涉似無惡感，即使認錯墓地，這名項羽的使者畢竟熟知淮陰街市。

韓信低聲呢喃，緬懷往事，唏噓不已。

武涉：不入流的使者

「韓信難道毫不起疑嗎？」

蒯通心中暗自盤算，這名使者面露奸相，舉止鬼祟，無時無刻不在窺伺韓信的眼神，單憑這些，即知人品的優劣。

「唉！韓信畢竟是武人出身呀！」

蒯通雖很欣賞韓信的單純，做爲武人的他雖然極出色，但在其他方面卻是貧乏得可笑。古今多少武人正因如此而不得善終。一念及此，保持原狀對韓信百害無利，蒯通不禁感到憂慮不安。

「項羽呀！項羽！」

蒯通所以會爲敵人惋惜，甚至感到深切的遺憾，實是喟歎項羽在此絕續存亡時刻，竟然派來如此不入流的使者。

武涉終於得到機會，切入主題。他因仰仗項羽的聲望，遂以與齊王韓信平等、甚至高一等的口氣說話：

「當今之世，沒有人比漢王更可惡。」

首先，武涉嘗試以倫理觀念打動人心。他言道，前時亡秦，項王就地分封諸將爲王或侯伯，使天下迅速安定下來。然而，劉邦興兵旨在侵略他人領土，甚至正面與項王作對，肇致天下大亂，民不聊生。更可惡的是，漢王劉邦野心未滿足前，根本無意休兵，全然不念及當日項王胸懷寬大饒他不死，使他得以保命的大恩。漢王不僅不知感恩，反而在脫困之後，當即再啓戰端，這種小人值得世人信任嗎？

武涉又說：

「您也一樣，只要追隨漢王，最後必將難逃遭到綁縛而成俘虜的命運！現在漢王最恐懼的敵人是項王，因此他亟需您的武力支持。換句話說，您是因為項王的存在而得以存活。如今，繼續生存之道只有一途，即背叛漢王與楚合作，則可三分天下獲利其一。」

武涉完全陶醉在自己的說詞之中，情緒高昂時，忘情地拍擊桌面。

「暫且歇息一會兒。」

蒯通建議韓信休息，乃是藉此拖延，不要立即作答，待經過愼重討論後，再來考慮武涉所提的建議。然而，韓信卻認為無此必要，而逕下結論。

「很遺憾，在下恕難接受。」

「為什麼？」武涉訝異於對方的直言拒絕：「我奉項王之命，不遠千里而來，向您提出建言，何以不加考慮而即拒絕呢？」

「你想知道理由嗎？」觀察韓信的側面當可發覺，他已血色盡失，顯見內心正遭遇重大的衝擊：「因為我厭惡項王。」

「所謂厭惡，好像是婦人之見。」武涉頓覺狼狽：「為什麼厭惡項王呢？」

武涉語氣不似先前凌厲，逐漸客氣起來。

「因爲他不肯重用我。」韓信自稱，身處楚營之中，自己只是一名郎中，負責宿衛工作：「無論進言、獻策，從不被採用。」

「喔！可能是項王太過忙碌，無暇他顧。」

「當時忙碌的人並非項王一人。」

事實上，近乎敗者的漢王比他更加忙碌。韓信不平地說。

「那麼，漢王又如何呢？」武涉疑問道。

「我喜歡他。」

「爲什麼？」

「因爲他重用我。」

韓信說完這句話，便用衣袖擦拭眼前的桌子。此乃韓信思考時的習慣動作，藉由反覆地擦拭，助其思考，直至桌面達到光可鑑人的地步。雖然是一個堂堂男子漢，但當他擦拭桌面時，卻令人產生彷如怨婦的感覺。

「眞正的士，當是如此。」韓信堅定地說：「漢王拜我爲上將軍，親自將印綬頒給我，讓我統領數萬重兵。不僅如此，他並將自己的衣物送給我，又賜食與我，對於我的進言獻策亦能多方採納。若非如此，韓信今天不會站在這裡，早已不復存在。你身爲項王使者，千里迢迢趕來此處，並非想見昔日的韓信，而是欲見現在的韓信。我請教你，今日的韓信是項王造就的嗎？」

隨即喊道：

「武涉呀！據你所說，非常熟知我的過往，現在我以從前的身份請問你，是否以項王使者自命？」

「您的意思……」

武涉話至唇邊又縮回，只見他冷汗直冒。他的脖子極爲粗壯，埋在豐厚的肩膀裡，整張臉浮掛著淋漓汗水。看來這次談判已然失敗，他開始思考一套說詞向韓信辯解。

「您很憎恨項王？」

「我爲何要恨他，只不過是不爲所用罷了。」

韓信的臉上重新浮現笑容。

「在下懂得。」雖說了解，其實言不由衷，但武涉的語氣已不似先前那般強硬，而轉趨哀求：「既然如此，就請您將我們的談話付諸流水。」

「我無法將它付諸流水，即使遺忘，也不能當它從未發生。過去的遭遇，累積而成今日的韓信，你要我將之付諸流水，豈非將韓信付諸流水？」

「是呀！」武涉拱起雙手，高高舉起，恭謹地向韓信禮拜：「能否想個萬全之策？老友武涉在此向您施禮，能否重新考慮我的提議？」

「我就算是死，也不會改變對漢王結草以報的心意。」韓信斬釘截鐵地拒絕武涉的哀求，旋即擺出結束談話的姿態：「請將我的意思轉達項羽。」

此次談判終於破裂。

背相比面相更尊榮

韓信會見武涉時，甚至沒有準備酒宴。武涉離去後，韓信備感疲乏，獨自回房休息。他喜好獨處，尤其思考戰略時，更愛獨自一人研究。此刻，他慢慢地將酒斟入爵中，一邊品酒，一邊思索。

蒯通了解韓信的習慣，遂命女侍捧爵，自己帶著酒壺，走進房間。韓信無視他們的介入，表情仍舊十分怔忡，雖知左手拿爵讓她斟滿，眼神卻是空洞呆滯。待女侍離去，蒯通才開口說話：

「君呀！」

蒯通以一種罕聞的稱呼，尊稱韓信。

「有什麼事嗎？」

蒯通注視韓信，發現他一副吃驚的模樣。

「蒯先生，發生何事了？」

然而，韓信的眼神卻因陷入沉思而顯得迷惘。

事實上，韓信對項羽派來使者勸誘一事，深受震撼。他爲這樁突發事件失神渙散，完全不能掌握自己的心神。他並不在意使者的表現是否得體，而是擔心自己的新形象應該如何掌握，才能在亂世之中立足，這一點若無法想透，則他根本不知如何生活下去。

蒯通很能體會韓信此刻的心境。

「唉！眞是好人啊！」

蒯通愈是這麼想，愈是爲韓信焦急，如果任其如此，勢必無法取得天下。

「究竟發生什麼事了？」韓信雖在說話，但眼神依然閃爍不定：「你有話就說呀！」

「是。請鎭定。」蒯通退了幾步，目不轉睛地注視韓信。繼而又退數步，以一種眺望遠山的眼神，深沉說道：「年輕時代，臣曾學過相術。」

「看相？」此時，韓信飄忽的心神始凝聚起來：「平日你曾爲我看過相嗎？」

「是呀！您的面相近來的轉變，確實不可思議。」

蒯通這麼說，其實是講反話。

「你的話令人反感。」韓信不信相術，也不喜歡談論這種話題：「我不想聽。」

韓信雖斥之無稽，但仍正襟危坐聆聽解說。

「你倒說說看我的面相有何改變？」

「容臣直言，觀看將軍的面相，頂多只能封侯罷了！」

「……」

韓信終於被激怒了。

「可是再看將軍的背，卻是異乎尋常地尊貴，臣從未見過如此特殊的背相。」

「你的意思是指我的相不一致嗎？」

「正是。」蒯通頻頻點頭，接著說道：「**將軍的背相顯示，若天下三分，必能保有其一，當上大王。但就臣的預測，將軍如此尊貴的背相，必然可成為天下的主人。**」

那、原本只能封侯的面相，又如何解釋？

「臣以為，當天下三分時，面相的作用會日漸消失，背相的尊榮便會蔓延全身。」

「蒯先生！」韓信是個聰明人：「你是說，我應依武涉所言而行？」

「有關叛漢部份，接近武涉所言。不過，並非叛漢而與楚結盟，而是對二者都維持不即不離的關係。將軍鎮守在齊地，即已表現出自立的態度，此後只消坐觀楚漢二虎在黃河流域的死鬥即可。」

「自立嗎？」

「是。自立！」

亦即齊王韓信必須擺脫楚漢的羽翼，建立自己的世界觀。

「將軍從未有過這種念頭，所以才會受限於面相，僅止封侯。現在必須改變做法，依從背相行事才對。」

「這個嘛……」韓信的表情倏然變得謹慎，壓低音量說：「背叛漢王嗎？」

「臣所言並非僅指背叛區區小事。」

蒯通焦急萬分，但韓信卻執著於此一想法。

「我可以一句俗諺作個比方。」

韓信援引俗諺，說明自己的心意。

食人之食者死人之事。

提到這句俗諺，令人想到日本的一段史實。

在日本靜岡縣興津的清見寺附近，有一座文字碑，上所刻者正是這句話。

當德川幕府滅亡時，舊幕府海軍仍拚命反抗新政權。海軍陣容中的咸臨丸因船體受損，不能作戰，只得駛入靜岡縣清水港泊靠。雖然咸臨丸高豎白旗，卻不爲政府軍接受，且大肆殺戮艦上人員。政府軍將廿幾具屍體拋落海中，屍體因泡水腐爛，堵住船隻出入口，當地俠義之士清水次郎長見狀，遂打撈屍體，將之葬於向島之上，植松爲記，即當地百姓所稱的「土左衛門松」。後人追念立「壯士墓」碑，並另建造一座紀念碑。

舊幕艦隊司令榎本武揚爲表章舊幕府壯士爲義犧牲的精神，遂在碑面提上韓信引用的那句俗諺，以爲紀念。

對咸臨丸上英勇犧牲者而言，「人」是指德將軍家；得到食物者，應爲分食之人而死中的「人」，就韓信而言，正是劉邦。

韓信之意，爲了劉邦，毫不吝惜生命。這種士爲知己者死的精神源自於戰國時代，而「俠」的涵意，亦可自此精鍊的語句中得到充份的說明。

然而，蒯通卻無法認同這種觀念。他希望韓信成爲「善於欺世」的英雄。所謂的英雄，是指能提供數十萬、數百萬生民需求的人，亦即相當於「食人之食者死人之事」中的「人」，唯有具備供應衆人之食的能力，才配稱爲英雄。因此，英雄爲達此目的，有時甚至不必拘泥於俠義的樊籠。

「韓信終究是壯士。」

蒯通雖感失望，卻不肯屈從，他擔心若不能堅持下去，恐怕會和韓信一樣，遭到滅亡的命運。於是，他又厲聲說道：

「舉凡義、俠、忠、信，以將軍的現況而言，都是導致敗亡的根源。」

「你在胡說什麼？」

奇怪的是，韓信的口氣反倒不溫不火。

「治亂，必須替天行道。」

「所謂行道，還是等治亂後再說吧！」

「將軍，您的觀念實是異常頑固。」

短短一年半的時間，先征服魏、趙兩國，繼又奪得齊的大半領土，所轄領域遠遠超越劉邦和項羽，而他本人的武、才、勇、略，更是凌駕漢王劉邦之上。

蒯通即席提出一句警語：

勇略震主者，身死；功蓋天下者，不賞。

這句話的意思是，勇略與功業超越其主的人，容易招致殺身之禍，也沒有機會獲得賞賜。蒯通解釋之後，接著又舉了幾個實例。然後又使出渾身解數，道出一句警語：

狡兔死，走狗烹。

意思是：當獵人將山中野獸捕盡之後，就會將昔日協助狩獵的獵犬烹而食之。其次再看越王句踐的家臣文種功成之後的命運，亦可為之佐證。蒯通毫不氣餒地說：

「將軍，您對漢王盡忠誠、講信義，但請想想張耳、陳餘的例子，就會更加明白。張、陳二人未發跡時，衆人對其刎頸之交甚為羨慕，可是當他們分朝為將相後，反目成仇，彼此欲置對方於死地。張耳假手漢王劉邦的武力，攻打陳餘，斬斷首足，取其性命。由此可知，亂世中的忠信是如何不堪一試！」

蒯通一鼓作氣，再言道：

「將軍目前勢力龐大，縱使歸順於漢，不會獲得信任，只會換來漢王的戒懼防備。就算降服於楚，境遇也是一樣，到頭來只落得……」

「先生！」韓信打斷蒯通的話。事實上，他的信心已被蒯通所言擊潰，臉色亦因恐懼而面無血色：「請不要再說了，讓我好好考慮一番。」

蒯通離開後，韓信一言不發地倒臥牀上。

大難臨頭，裝瘋避禍

「數日之內，韓信必然不會召喚我。」

蒯通回到自宅，吩咐自臨淄市集買來的女侍備水，準備好好沐浴一番。侍女將浴槽置於後院，周圍鋪上菅草織成的薦子，再將滾燙的水倒入槽內。侍女首先侍候蒯通洗髮。她將洗米水倒在蒯通的頭上，然後使勁地為他揉捏頭部。

「喃！」這是蒯通對侍女的暱稱：「商家果真沒有騙我。」

因為商家力薦女侍的善於洗髮，蒯通遂花費高於一般女奴的價錢，將她買進府中。事後，每次洗髮，都備感暢快。

蒯通全身浸於槽中，用布慢慢搓洗身子。

「侯公此刻不知正在做什麼？」

蒯通突然憶及故人，當時他立意要入劉邦帳下，可是至今始終未聞其名，極可能到現在都還沒有正式的身份。

跨出浴槽，蒯通坐在菅薦上，仔細地擦拭足踝，繼而又將雙足浸於水中，清洗污垢。待洗淨全身後，才鋪上蒲蓆而坐。經過一番按摩，足部徹底鬆弛，升起一股輕鬆的快感。

「酒！」

還未待蒯通吩咐，侍女早已備妥美酒。當時，浴後飲酒，堪稱人生一大樂事。

「喃，過幾天我可能會發瘋。」

侍女睜開單薄的眼瞼，惶惑不解地注視蒯通。「喃」這個暱稱不知是誰為她取的，平日的她幾乎不發一言。

「如果我瘋了，你要記住，一邊喧嚷我的瘋態，一邊準備穿過陣營逃走。」

蒯通已經做好打算，準備好盤纏贈予侍女。早先為丐時，從一村流浪至另一村，金錢對他而言，全然不具意義。侍女聽完蒯通所言，頻頻搖頭，眼淚亦不住地流了下來。

「你不願意嗎？」

「……」雖是無語，卻仍是點頭答應。

「照我的話去做，不會有錯。」

侍安排妥當後，蒯通突然想起韓信。

數日後，韓信召喚蒯通。經過幾天的思考，韓信的心情與數日前截然不同，他的神情清爽宜人，眉下微呈青藍色。

「蒯先生，我不能背叛漢王。」

當這個書生似的齊王說出他的決定後，蒯通頓時感到大難臨頭。

「萬事休矣。」

如今，唯一能做的，便是避禍。慫恿韓信叛變之議出自己之口，他日若爲別人知曉，這句話足可爲自己帶來殺身之禍。於是，蒯通佯裝發瘋。他將糞便塗敷於面，漫遊城中，遇到熟人，就遞出裝有馬糞的壺，對人說：「這是醃韮菜和漿。」說完，就舉起壺湊到對方的鼻前。

當韓信聽說蒯通的瘋狂行徑後，聯想到：

「原來早些時日，他就已經瘋了。」

韓信以爲當日蒯通所言是瘋話，遂打算就此忘卻此事。數日後，蒯通趁機逃離陣營，侍女喃隨後趕上，與其會合，一起逃亡。韓信這方面並未下令追緝。

劉邦稱帝後，漢室憂懼韓信勢力日漸坐大，遂嚴予防範。雖然韓信曾爲效忠劉邦而拒絕楚王，但有關他意圖謀反的傳言仍不時可聞，甚至有人密告，終致劉邦的親征討伐，結果韓信當下成爲階下囚。劉邦念其往日屢立大功，遂行大赦，貶爲淮陰侯。

「我眞爲韓信感到惋惜。」

劉邦同情憐憫韓信的遭遇，但圍繞在呂后身邊的惡勢力，卻視他爲眼中釘，使出各種陰狠詭計，亟欲剷除而後快，令韓信度日如年，如坐針氈。

韓信重新衡量謀反之議，然而，成功的契機早已遠去。果眞，叛變一事中途曝光，韓信被逮，判決斬首。行刑之前，韓信思及往事，喟然歎息。

果然不出蒯通的預言。韓信後悔沒有聽從蒯通之計，當日若依計行事，今日就不會招致如此悲慘的下場！

麻雀的身體，大鵬的雙翼

在此附帶一提的是，挑撥韓信，促其決意謀反，實是出自呂后的謀略。而韓信的處決，則是由她的黨羽一手促成。

韓信遭到處決時，劉邦正親自討伐謀叛的鉅鹿太守。待他歸來，驚聞韓信死訊，不禁連聲問道：

「韓信臨死之前，有無遺言？」

劉邦心中有些內疚，畢竟亂世之中，有人如此盡忠講信，實爲異數。針對這一點，劉邦比誰都清楚，因而滿心感動。然而，當刑吏將韓信的遺言轉告劉邦後，他卻氣得直跳腳。**這種情緒反應，可說是劉邦首次獲得對韓信發怒的自由**。

「原來他早有謀反之心！」

從此，劉邦再也不覺內疚。

「他曾提到蒯通這個名字是嗎？」

劉邦即刻下令緝拿蒯通。不久，微胖的蒯通五花大綁，縛至都府，由劉邦親自審問。

「是你教唆韓信造反嗎？」

蒯通聽到劉邦的質問時，先以鄙夷的眼光瞪視他，繼而用力點頭，大聲吶喊回答：

「是我教唆他這麼做的！」

在此之前，蒯通早已做好心理準備。他深知做爲辯士，要在世間立足，遠比戰士更爲艱難。既然是命運的作弄，而危難又已橫於眼前，則至少要讓自己的名字深印在世人的記憶中。

「可惜的是，那個小子並不受教！」他不僅直呼韓信爲小子，還很輕蔑地吐口水：「他不肯依計行事。」

「爲什麼？」劉邦深感疑惑。

「韓信只是一個無用小子。」

「我也知道他是這樣的一個人。」

「這個小子具有世所罕見的軍事長才，遺憾的是，遭到埋沒，不得發揮，如同擁有麻雀身體的笨鳥，卻長有大鵬般的翅膀。」

談到這裡，劉邦憶起韓信第一次遭人密告意圖謀叛，縛至他面前的情景。當時，劉邦爲了安撫韓信的情緒，遂與他閒談。話題落在軍事才華方面時，兩人爲陣亡將士與受爵將領的本領高下，作一評論。

劉邦問韓信道：

「你看，以我之力，能帶多兵？」

韓信笑答：

「陛下頂多帶兵十萬，過多的兵力，對陛下而言，恐怕指揮時會有所困難。」

雖然劉邦明白自己的斤兩，但對這樣的答覆仍感不悅。他爲緩和尷尬的場面，遂頻以手拭面。不久，他終於放下雙手，又問：

「你又如何？」

韓信神情自若地說：

「當然是多多益善。」

劉邦無法反駁這項事實，不過，以韓信現在的身份，一個俘虜立於面前，竟敢如此誇言，著實令人感到既滑稽又不可思議。

「既然你說是百萬、千萬大將，何以被縛於我的面前呢？」

當劉邦提出這個疑問時，韓信回答：

「陛下雖不善帶兵，但卻善於操控大將，我就是因此而被捉至陛下面前。事實上，就陛下而言，這種才能是上天授與，而非人力可爲。」

這番告白，與其說是韓信的悔恨、批評劉邦之詞，不如解釋成其人奇異性格的展現。不過，是否出自本心便不得而知。或許他的本意，旨在強調「大王只不過運好而已」。

辯術僅能用以保命

劉邦注視眼前的蒯通，不由得想起這段往事。而被縛的蒯通卻不住地痛斥韓信：

「那個小子不肯採納我的建議，關鍵在於他對陛下太過忠實。他不清楚自己具備單飛的能力，卻仍恪守如雀一般的忠信。我再三強調這一點，希望他能明白，自己已是空中之鷲，爲什麼還要固執地效忠陛下呢？」

「原來當時的韓信並不忍心背叛我。」

此刻，劉邦內心突然對韓信產生一股疼愛之情。

「即使漢帝國建立，鷲鳥與鶉、椋鳥為伍，鷲鳥必會遭到後者的中傷，乃至於死。」

「你曾那樣說嗎？」

依其所言，劉邦豈不是與椋鳥、鶉等為伍嗎？

「不，我只是這麼想過罷了。不過，那個小子終究只是麻雀，不肯採用我的計謀。我知道提此建議，必會留下禍端，遂裝瘋出亡。現在想，當時若聽從我言，則陛下……」蒯通不愧是辯士，存亡之際，仍不忘端正儀容，同時清了清嗓子，說道：「陛下可能就不會站在此地了。」

劉邦忍無可忍，動怒道：

「總之，是你教唆韓信背叛，毫無疑問的，你也是叛逆之徒！」

蒯通堅持否認。

「來人呀！將他丟進鍋裡烹了！」

劉邦大吼，命令刑吏至後院，將青銅的巨釜搬至前院。這邊，蒯通好似瘋狂般喊道：

「陛下，請聽我說。」

隨即大聲嘶吼，不假思索地說：

「烹吧！隨便如何處置，反正我任憑宰割。不過，陛下因理念與我不一致，便要烹殺我，我拚了最後一口氣，也要把道理說個明白。陛下，秦末，群雄併起，皆圖一舉而得天下，陛下亦爲其中之一。如今，陛下幸得天下，難道就要把昔日圖謀天下的英雄豪傑，全以叛逆之罪，盡數入罪抛入釜中嗎？」

「不！」

劉邦矢口否認。此人最大的長處，不是單純毫無心機，就是過度誠實。

「我，蒯通，既沒有擁兵，亦不懂武學，只是爲懂得武學的韓信幕後策劃，助其取得天下罷了。」

「依你之言，是說你也是群雄之一嗎？」劉邦注視短小的蒯通之手脚，內心升起一股愛才之感：「你有多少兵力？」

「在下僅有口舌而已。」

事實上，舌頭有時比劍還要有用。劉邦不覺笑出聲來，他並非因爲蒯通所言感動，而是這個手脚和脖子都被枷住，不得動彈的小個子，憑著一張利舌，來回辯解，喋喋不休，狀甚忙碌，使人感到滑稽可笑。

「你還有話說嗎？」

「我可能會講到被烹爲止。陛下，你曾聽聞盜跖這個人嗎？」

「古之大盜。」

「盜跖養了一犬，見到堯便吠叫不止，是否因此便視其爲叛逆？其實，所有的犬，見到不是牠的主人，都會吠叫！」

「你是盜跖之犬嗎？」

「非也，我是小子之犬。」

蒯通說這句話時，劉邦噗哧一笑，隨即吩咐刑吏卸下蒯通身上的枷，並贈他返鄉的盤纏。

蒯通走出衙門，久候門前的喃快步向前。

「不如死了，一了百了。」

言畢，蒯通用力地擤了一把鼻涕，喃喃自語：學習辯術，原是企圖驅動天下，如今僅用以保命，想來不覺惘然。

25. 半壁江山兩不犯

「以鴻溝爲界。」侯公的腹案是鴻溝以西歸漢，以東則劃爲楚。這種有如一刀兩半均分天下的想法，雖稍嫌粗糙，但在此極度緊張的情況下，愈不精細，愈有利於化解僵局。

身材纖細高眺的辯士侯公，依然寄身於劉邦幕下。

侯公的身份是客。所謂客，即非家臣，偶爾因建功獲得犒賞而封爲王侯者屈指可數。一般的客皆無任何階級，因此無法享有封地和俸祿，完全仰賴主人的供應，支付衣食用度，亦即食客是也。他們荷包之中沒有多餘的銀錢，甚至還有人淌著鼻涕，過著比下級士官還要貧困的生活。

這種身份，可否稱之爲顧問呢？

食客：亂世的產物

在這塊土地上，自戰國時代齊之孟嘗君始，便啓養士之風。當時較具勢力者，身邊都擁有爲數眾多的客，他們對客甚爲禮遇，以擁有數千名客的孟嘗君爲例，他與食客之間沒有階級區分，吃的食物完全相同，門下之客有學者、論客、辯士、旅行家、精通政情等各種專家，爲他提供各類資訊；他門下尙可找到善於模仿犬吠的盜賊之徒，以及擅長僞裝雞啼的高手。

對於客，身爲主人者，必須以謙虛的心及隆重之禮相待，並尊稱先生，或是稱之爲生。如此尊重客的原因是，他們雖非家臣，卻一樣殫精竭慮，爲主謀劃。因此，若是主人的措辭魯莽，即被認爲自己不受重視，而思離去。關於這點，身爲客者完全不受主從關係的約束。

養客風氣最盛時，即群雄割據、天下混亂之際，每一軍閥門下皆有許多名爲顧問的食客，當時即使僅有一紙獸醫執照的，也都可以充爲顧問。

劉邦幕下也有許多門客。

通常，面對門客時，主人的態度都十分恭謹，尤其有所求教時，更將門客視爲師父或貴客，請至上座，虔誠虛心地聆聽教誨。劉邦卻是個例外，他不僅舉止輕率，且態度傲慢，將別人當成傻瓜。老儒生酈食其欲爲劉邦門客時，他的同鄉，出身高陽的一名劉邦的士官就曾勸誡說：

「你千萬不能至沛公門下爲客。沛公向來胡鬧，他曾取客之冠帽，溺於其中。」

由此可見，劉邦輕怠門客的行爲，在那個時代中，堪稱異數。

儘管劉邦是這樣的一個人，卻不至於將門客視爲自己的家臣。因此，侯公身處劉邦的陣中，還算受到禮遇，只是身爲辯士，苦無機會建立驚天動地的功名。

無論與敵人鏖戰，或是行軍休戰的日子，侯公都無所事事，只能與其他門客閒聊度日。

「這種小場面是不需要我出面的。」

侯公經常向夥伴說這種話。然而，門客之中，因小功發跡者不乏其人。這些人如同看家犬般，到處鑽營，做的只是爲軍隊帶路此等小事罷了。不過，勤快總有代價，奔波汲營的結果，有時亦能獲得些微的地位。

侯公不屑如此。他飽食終日，閒時不是到處攬勝，就是高聲談笑。

「劉邦大概是年老昏聵了。」

「噓，這話若是被人聽見，如何是好！」門客之中有人爲侯公擔心，憂慮此話若是傳至劉邦耳中，必無生路，因而責備道：「你這樣還算是門客嗎？身爲門客，就應該注意自己的身份。」

在侯公的觀念中，自己並非劉邦花錢雇用的手下。**自古以來，門客應可肆無忌憚地談論或批評是非，不受拘束。正因有此自由，才能暢所欲言，提供最有利於主子的意見。**他相信劉邦也會贊同自己的想法。如果做爲劉邦的門客，只能爲他拂塵開路，則女子、小兒皆可爲。

侯公著實深諳門客之哲學。然而，夥伴之中有人不以爲然，甚至貪求近利者就會怒斥道：

「去死吧！你還算是門客嗎？」

侯公以爲，門客者，觀念與氣概都應凌駕衆人。因此，就他看來，劉邦宛如死水中湧生的孑孓罷了。

「孑孓，太過份了！」

席間夥伴，齊聲抗議。

「項王亦然。事實上，如果不認同項王也是浮沉水中的孑孓，就無法保有門客的淸高與客觀。一旦這種使命感不復存在時，就沒有辦法宏觀大勢，更不可能提出任何偉大的構想。最後只能白吃主人的糧食，毫無建樹可言。」

「有理！」

夥伴之中，有人認同讚許侯公。但也有人對其激進的態度不敢領教：

「侯公，你大錯特錯。我等當門客，爲的是有朝一日，立功進爵，當門客只是進階的過程，聽你之言，好似當門客還有其他的目的？」

侯公說：

「的確是別有目的。」

侯公甚至強調，做爲門客，應盡力促使劉邦早日掌握天下，以安蒼生，若貪圖近利，或受榮爵所誘，格局如此狹隘，便無法發揮眞正的智慧。反之，若認爲劉邦的才能不足以爲天下主人，就應擁立他人。

眞正的門客，應該具有這種堅定的主見，並且確實貫徹。

侯公堅持自己的理想。他爲了改變夥伴的氣概，遂開始教育他們。不過，夥伴對於侯公「另覓適才取代劉邦」的主張，始終無法釋懷，經常私下耳語，研判他日侯公必將成爲叛臣。他們堅信，侯公現爲門客，無法立刻成爲叛臣，有朝一日若得一官半職，必會倒戈，轉投他人。

陸賈：大師級門客

另一門客陸賈。

楚人。

依陸賈的出身，理應追隨項王。然而因項羽不喜養客，遂投向劉邦。他也是口才甚佳的辯士，天庭飽滿，眼光淸亮，身材魁梧，走起路來虎虎生風，聲音卻極優美溫柔。他的舉止、禮儀合度，令人望之如沐春風，備感親切。

「爲什麼你無法出任將軍？」

有人疑惑問道。

「因爲大王沒有這個意思。」

由於陸賈爲人謙遜有禮，遂有人將他引薦給劉邦。薦辭之中，特別提及，士兵只要仰望陸賈，一顆心便即刻安定下來。劉邦深感佩服，遂收爲門客。平日劉邦對客從不待之以禮，唯獨對陸賈這名皮膚白皙的大漢格外有禮。

「我封你爲將軍吧！」

聽到劉邦恩賜，陸賈當下謝恩。不過，他謙稱行事不夠果斷，並非爲將之才。昔日，遭逢戰況告急，看見兵士痛苦情況，往往變得十分軟弱，直想自盡以求解脫。他又言道：

「**所謂將才，必須具備先天的資賦，最重要的，便是大智若愚。**」

從另一角度來說，僅有草莽資質的人，並不適於爲將。陸賈自認並非草莽之輩，卻也不是愚鈍之人，有時稍有風吹草動或風雲變色，都會敏感察覺，這種性格欲參與浩大的戰爭，實在能力相去太遠。因此，他拒絕道：

「還是讓我留在大王身邊，做個門客吧！」

聞知此事的人，莫不稱讚陸賈的謙虛。

「眞是足智多謀，而又無慾的人啊！」

自此，陸賈深受衆人的愛戴，極力擁護。進餐時，陸賈若不舉箸，衆人即使飢腸轆轆，也不敢先行進食；又或陸賈只要一張開口，周圍的人即會停止閒聊，注意聆聽。戰國以降，門客地位一律平等的傳統，此刻產生巨大演變，所有門客對陸賈皆執以師禮。

唯獨侯公例外，他對待陸賈異常冷淡。關於陸賈婉拒拜將一事，他也有不同的評價。

「卑鄙的小人！」

由於夥伴認爲陸賈擁有一股清高的氣質，遂質問侯公：

「爲什麼說陸賈卑鄙呢？」

「你們將他婉辭拜將時的談話重新整理，即可發現唯有內心卑鄙之輩才會說出那些話來。」

換言之，陸賈其實是爲保身而已。侯公直截了當地指明他的用心。身爲將軍，戰敗時，通常難逃貶爲士卒、甚至賜死的命運，陸賈爲了阻止劉邦的再次遊說，遂列舉自己的種種缺點。

然而，分析陸賈所謂的缺點，當可發現他在暗示自己是建立文功的人。同時他說「希望暫時維持門客的身份」，即隱喩他並非想永久爲門客。因此，當我們把他的談話如掀瓦般一一剖析，其實他的意圖非常明顯：不過藉此提醒別人任命他爲高級文官，並強調他已作好準備，等待機會的降臨。

「陸賈正是這種人。」侯公不屑地說。

「侯公嫉妬陸賈的人望。」

其他門客都如此認爲，甚至還有多事者告知陸賈。陸賈聞訊，故作驚訝狀，連忙阻止告知者說：

「侯公之才遠勝於我，世上哪有賢者嫉妬愚者之說呢？」

「十足的保身傢伙！」

事後，當侯公聽到對方推崇自己的才智高出一籌時，他明白這是陸賈故意要讓他知道，所以並不感到高興。

此處，先談陸賈日後的發展。

陸賈後來果眞獲得加官晉爵。據說，他經常陪侍高祖劉邦，與他談論各種故事。其人身後，留下一句名言：

即使從戰馬上取得天下，也無法在戰馬上治理天下。

某日，陸賈在高祖面前談及《詩經》與《書經》，盛讚這兩本書，並暗示掌理天下的高祖，治世之道就在其中。結果，招來高祖的輕蔑。高祖認爲：

「我是從戰馬上取得天下，而非據《詩經》和《書經》而得天下。《詩》《書》於我，有何用哉？」

就在這個情況下，陸賈回答出上述名句。他並且強調：

「今日馬上取得天下，必須佐以文武，始得維繫陛下的天下。昔日吳王夫差窮兵黷武而失天下，相信陛下一定知道這件史實。而秦之國運何以如此短促？實因秦國意圖以刑法治理天下，將生民置於法網之上，終於召來民怨。若強秦兼併天下後，不厲行刑法萬能主義，改採先聖之道治理天下，則天下也不會落在陛下手中。」

「確實如此！」

劉邦這個人的優點，便是服膺眞理。在屬下的眼中，這項優點即是他的魅力所在。他爲自己的想法感到慚愧。

「到底應該怎麼做呢？」

劉邦命陸賈將歷來王朝之興亡，以及秦何以失天下、漢之所以得天下的種種緣由，完整地記錄明白，俾便使他清楚了解，以茲警惕。

據此，陸賈寫成《新語》一書。他以親身體驗，分析秦何以敗亡，以及漢室興起始末，每完成一篇，便至高祖面前朗誦，據說歷戰歸來的群臣，聞道皆露喜色，頻呼萬歲。《新語》共計十二篇，今已佚失。據說司馬遷著《史記》，有關楚漢部份，即曾參酌此書。後世透過司馬遷的文章，更能對陸賈的生平有所了解。

總之，陸賈確實較侯公有學識，由其作品觀之，文學家的頭銜應是當之無愧。

保命功夫高人一等

此外，陸賈也深諳韜光養晦的哲學。

在陸賈晚年，高祖駕崩，其妻呂后與外戚專權，開始排除舊有勢力，特別是有功於漢的群臣。此時，他認清環境的轉變，準備離開京城，打算到好時置產，在那兒隱居。好時這地方，是爲名副其實的肥沃地方。

定居好時後，陸賈將昔日珍藏的珠寶變現換錢，共計千金，五子均分，每人得到二百金。這筆財富源於高祖在世時，陸賈奉帝之命出使南方蠻地，勸誘其人投入漢帝國行列時，蠻王所贈。那個時代，此種行爲並不構成貪污。

總之，**在亂世中處事的辯士，當他們獲得安身立命的機會時，往往就成爲善於理家、置產的專家**。同時他們更具另一項長才，即保命的功夫高人一等，子孫在其羽翼下，亦得以安身立命。關於這一點，陸賈的處世哲學，正是當世百姓的理想形式。

做爲辯士，陸賈的表現亦毫不遜於其他才華。

當呂氏家族得勢，逐漸剝奪高祖劉氏後裔大權時，陸賈在其聲譽正隆時隱避於世，並暗地裡整合反呂勢力，大挫呂氏威風。不過，陸賈本人沒有出面，因而從未招來呂氏一族的憎恨。陸賈就是這麼特殊的人物！他對侯公從未口出惡言，印象中僅有兩次，曾經有過微言批評。

「侯公先生，你的作風猶如死士一般。」

所謂死士，意即習慣以死爲賭注，但憑一念之間行事之人。陸賈認爲侯公的客道，與死士的精神無二，在他的觀念裡，早將榮華富貴與個人死生置之度外。

侯公聽到陸賈的談論時，極感興奮地說：

「不僅是門客，辯士之流皆應抱持相同理念。」

陸賈又說：

「侯公是以戰國時代之孟嘗君、平原君、春申君座下門客爲理想，以此評斷今之門客。」

那個時代的客，其精神內涵，宛如後世西方的唐吉珂德。**中國的日趨文明，根植於不斷自歷史中尋找值得保存的文化，以及從傳統中規範出世間的倫理典型**。事實上，陸賈的這番話，是推崇侯公思想的表現。

「高雅可掬應是不可或缺的德行。」陸賈由衷地說：「戰國時代，秦國獨強，不斷以武力壓迫其他六國，世人對未來沒有任何憧憬，特別是六國的得勢者及其門客，對局勢更是絕望。不過今非昔比，競逐天下的，不出項王與漢王，寄身漢王門下者，只要同心同德，戮力以赴，便有機會如沐陽光，實無必要抱持戰國時代門客那般壯烈的胸懷。」

侯公聞言，嗤之以鼻，不屑地說：

「陸賈就是這種小人！」

侯公認爲，耽溺於榮華與保身思想的人，與足部繫上石子的鳥一樣，只能在地面上跳躍，永遠無法展翅天際。而陸賈正是如此。

劉邦：黑暗中匍匐前進

廣武山時期，對劉邦而言，連番挫敗，宛如走入命運的低谷。更悲觀的說法是，不僅黑暗，而且看不到希望，猶在黑暗的深淵中匍匐前進。

「我絕對抵不過項羽。」

這個念頭始終縈繞劉邦腦際，但從未像此刻想得這麼透徹。

廣武山兩座山峰，楚漢分踞，兩軍都在山峰堆積石垣與大量的木材，工程之浩大，幾乎改變當地的林相。此外，還築矮牆城樓，舉目四望，旌旗飄揚，將山上景致裝扮得異常華麗。

兩軍的兵力與財力，完全聚集於此。

秦末以來，局勢之亂，無以復加，各方人馬以不同方式四下流竄，如今逐漸形成項羽與劉邦兩雄對立的局面。**廣武山上的布局，彷彿就是兩人最後一決雌雄的戰場**。

廣武山上的兩座山峰，後世樵夫命名爲楚城、漢城。兩座山峰之間，凹陷成一道深谷。由於深谷橫亙其間，故兩方弓箭均不易射中標的。

漢城所在，最大的優勢即擁有秦的遺產官倉。先人在廣武山上挖掘山洞，形成寬廣的倉庫，專門用來貯存穀物，因此漢兵沒有缺糧之虞。而楚城不利之處，在於營地遠在後方，兵士必須如蟻排列運送兵糧。這條補給線曾經遭到老彭越的突襲騷擾，因此不得不撥兵護衞。

「劉邦坐擁糧倉躲在山上。」

項羽嘲笑對手怯懦。此時，楚城雖然並不危急，不過卻已出現缺糧現象。欲圖扭轉劣勢，唯有執干戈以戰，別無他法。然而，劉邦卻不爲所動。

「劉邦這個膽小鬼！」

項羽站立於斷崖邊緣楚城矮牆上，面向漢城，口中不斷嘲諷謾罵，但劉邦卻不爲所激。表面看來，劉邦的戰略好似進入怯戰的階段。

另一項不利於項羽的消息是：齊的急速擴張。號稱齊王的韓信，勢力日益強大，他的存在宛如長槍直抵楚軍虛弱的腰側，形成極大的威脅。

「乾脆叛漢，與楚結盟吧！」

項羽派武涉前往遊說韓信，不料卻徒勞無功！

上述所言，說明項羽的戰略形勢，由於客觀環境的無以配合，著實坐困愁城。

然而，在戰術方面，項羽卻呈現出壓倒性的優勢地位。項羽驍勇善戰，武功之盛前所未見。楚軍在他的領導下，兵勁馬騰，士兵對他領兵作戰的能力推崇備至，視為戰神。對於勝戰，更是充滿信心。

相反的，漢軍兵士對於勝利卻毫無自信——因為他們每戰必敗。在屢戰屢敗的劉邦率領下，每次與敵軍交戰，只要看到項羽出現陣前，便如退潮般迅速撤退，已成為漢軍的習慣。

「漢軍日復一日，毫無改變。」

辯士侯公暗忖，投身漢軍，若能每日飽食軍糧，即使敗戰亦無妨。

「楚軍光憑旗勢，即已呈現出不凡的氣象。」

侯公每日眺望山谷對面的楚城時，見旌旗在空中飄揚，內心遂湧升無限的讚歎。楚軍不僅軍容壯盛，且動作敏捷，由於受到主將英雄氣概的感召，每人看起來都雄赳赳、氣昂昂，威風凜凜，顯露出以一當十的氣勢。

此外，楚軍尚且擁有另一致勝的利器。他們將劉邦的生父與妻子擒至楚城，以其生命要脅敵人。此一事件，使漢軍深受打擊，士氣為之大挫，因為他們堅信，即使再賣力，主將也不可能冒著犧牲生父性命的危險求取勝戰，最後勢必會向項羽求和。

在中國人的倫理觀念中，百善孝為先，沒有任何德行能夠取代孝道的絕對價值。因此，犧牲自己的父親以求勝利，決不會被視為勇者，反會因此大失民心。這一點，士兵都能深自體認。

在此困境下，劉邦又負傷了。

「漢王遭人刺殺了。」

漢軍莫不陷於哀思，連遍插漢城周遭的旌旗也頓時失去顏色。

先前，項羽前來懸崖之上叫陣，與劉邦隔谷相對而望。項羽說，決意與他奮戰到底，誓為萬民剷除戰亂的禍根。對於這樣的挑釁，劉邦除嚴辭拒絕外，更以惡言回應項羽。劉邦此人，平日脾氣暴躁，卻非卑鄙小人，然而，此刻他卻隔著山谷指名痛斥對方，激烈的程度前所未見。追根究柢，在武術方面，他完全不是項羽的敵手，除了惡言相向外，實無他法可以提振漢軍的士氣。

不過，劉邦卻忽略隱藏在項羽身後的弩箭手。箭弩彈發而出，飛越寬濶的山谷，擊中劉邦的前胸，劉邦當下應聲倒地。幸而箭弩並未刺穿堅甲，但仍對他的胸部造成嚴重擊傷。劉邦被刺一刻，險些失神，為求保命，拚命扭動手脚趾。

「我被擊中腳。」

劉邦吩咐屬下，以及安排為其療傷一段，前文已述，此不贅言。

「還是死在關中吧！」

當劉邦負傷倒地時，侯公正好就在附近。當時他的腦海立刻閃過一個念頭：

「漢亡了！」

侯公甚至想像出自己下山飄然遠去的身影。侯公的想像力原本就極旺盛，不過，與其說他的想像力豐富，不如說這些念頭，好似腦髓中源源升起的氣體具化而成。在他的想像世界中，經常親眼目睹自己已然死亡。現在，他看見漢軍這具巨大的屍體橫陳眼前，為數眾多的蛆正不斷地從屍身湧出，其中一隻正是侯公本人。由於想像中的情景迅速演變，使他無暇哀傷劉邦之死。

不久，在張良的建議下，劉邦傷後首次巡視行伍。

「原來他還活著！」

侯公此時才明白眞相。

劉邦的臉色不佳，狀若死人。此後，他便長期臥居山上，療養傷勢。

「胸骨好像斷裂了。」

有人如此低言談論。

侯公慮及劉邦的年齡，已然步入老年，若傳聞屬實，則是否能夠承受這麼沉重的傷勢？

劉邦祕密下山。山下的成皋城已落入漢軍之手。項羽認為成皋城無啥戰略價值，遂命守軍撤退，移防到其他地方。劉邦暫時留在成皋城養傷，不久即行傷癒。不過，他卻沒有返回廣武山對決戰場的打算。

「隨它去吧！」

劉邦甚至這麼消極地想。他內心的傷痛，遠比遭弩擊傷來得沉痛。這段時間，他不斷想起猶在沛縣豐邑的少年時代。當時的原野、天色、蹲在路旁的老者、飛翔的蜻蜓，還有河中游魚的姿態，鮮明而眞實的浮現在腦海中。他突然覺得，與項羽的爭鬥和往事相較，只不過是一場淡去的夢。

「我太過勉強了。」

劉邦比誰都清楚，自己並無君臨天下的才智，完全是受他人無謂的擁立，才會登上這個寶座。直到如今，他還認為上天選錯了人。

「難道沒有人可以取代我嗎？」

劉邦百思不解。過去他也曾想過這個問題，並且透露給張良知道，結果張良未發一言，只是置之一笑。如今，他眞的期望張良能夠取代自己。

張良仍然留在山上。劉邦派遣使者召他下山代理自己，擔任總指揮。張良身材瘦削，乃出身亡韓貴族後裔。

「我暫回漢中，諸事拜託！」

言畢，劉邦便易裝微服離開成皋城。

決戰時刻，主將卻臨陣脫逃，前往關中，此舉著實令人大感意外。同時，以大病初癒的體質，旅途迢遙，絕對不利於患者。然而，對劉邦來說，近來意志日漸消沉，以目前的情況，絕對無法在戰地安枕。

「還是死在關中吧！」

劉邦心裡興起這樣的念頭。

自得關中以來，這塊肥沃的土地，物產富饒，使漢軍蒙受大利。歷來與項羽對陣，雖然每戰必敗，但劉邦卻毋須擔心軍糧不足，居功厥偉的當屬留在關中的蕭何。因爲他的指揮若定，補給始終持盈保泰，使劉邦毫無後顧之憂。此刻的劉邦，益發思念起蕭何來。

「若非蕭何，漢軍早被消滅了。」

此外，劉邦也想起兒子。他性格懦弱，智慧平庸，劉邦對此十分不解，經常牢騷滿腹：

「他不是我的孩子！」

不過，兒子確實是劉邦與呂后所生。由其作爲觀之，這名少年行事懦弱，欠缺穩重，的確無法令人對他產生好感。劉邦始終都不願相信，這個流著與他相同血液的懵懂少年是他的親生兒子。而他與隨侍身邊的楚國戚姓女子，亦育有一子，名喚如意，在他心裡甚至想以如意取代長子的地位。

劉邦想見兒子，主要是想告訴他未來的前途。然而，劉邦本人對於未來甚感迷惘，只是這個念頭存在腦海中，揮之不去。

蕭何劉邦角色對換？

劉邦通過函谷關，來到關中台地。此時田地剛剛完成秋收，值得慶賀的是，今年又是大豐收。關中百姓面帶微笑，親切地歡迎劉邦蒞臨。關中原係秦地，世居於此者皆爲秦人，他們幾乎已經忘卻秦國統治的時代，對於漢的建立備感歡喜，對於劉邦本人，更是敬慕有加。

中國素來實行徵兵制，傳統中對戰死沙場的兵士，態度馬虎。然而，**蕭何對於死者卻是異乎慎重，凡是戰死者，屍體一律運回故里，以官費爲他買棺置衣，並且舉行備極哀榮的葬禮**。

而在徵兵方面，蕭何下令，凡十五歲至五十六歲男子皆須服役，至於沒有徵到兵員的家戶，課以一百二十錢，充作軍費。由於規定合理公平，因此推行時，從未聽到抱怨。總之，蕭何的治績，因獲百姓支持，故運作順利。

當時，漢在關中的政都設於櫟陽，位置大約在今陝西省臨潼縣東北方。與秦都咸陽比較，僅相當於郡都，規模甚小。

劉邦抵達櫟陽，同時會見長子與蕭何。

蕭何貌不驚人，有時甚至予人愚笨的感覺，但做起事來卻非常認眞。昔日，當劉邦還在沛縣大街閒蕩時，蕭何即已是沛縣屬官，無論何時相遇，都會看見他手持刀刃削簡書寫。當年，秦法苛烈，劉邦入獄數次，每次都是蕭何爲他飾過，解除危難。

對蕭何而言，他的所作所爲，僅是爲深受秦法折磨的百姓，運用法律爲他們脫罪。然而，民衆深感其恩，推崇他爲有德之士。秦末，天下大亂，諸縣紛紛自立，沛縣父老擁戴的不是劉邦，而是素有美名的蕭何，希望他能出來領導地方。可是蕭何卻無此心，不僅婉言拒絕，並且極力推薦劉邦。由於有此淵源，如今劉邦希望蕭何取代自己，也無不當之處，至少，在他與蕭何見面時，是抱持這樣的想法。

夜裡，劉邦與蕭何相聚對飲，蕭何放開一切，暢言己之甘苦。

「乾脆我倆角色互易，我想就此隱居於沛。」

劉邦道出自己的心意後，蕭何心情沉重地將酒杯放下。他的面容因有慍色而漲紅：

「大王，難道忘記天命嗎？」

劉邦之所以受到世人推爲領袖，實乃源於天命所寄。初時，劉邦周遭夥伴爲了鞏固他的地位，遂以種種瑞兆，宣示劉邦乃天命所寄，應該享有唯我獨尊的地位。蕭何本人對此說法，可能亦是深信不疑。

「何來天命之說呢？」

劉邦以手托住自己的頭。

「蕭何！」劉邦驀然抬起頭，說道：「種種瑞兆，僅僅是衆人傳言罷了！我不過是隨著大家的鼓譟，硬被推舉出來。其實，我只是沛縣的浪蕩子呀！」

「大王，你倦了。」

蕭何柔聲勸慰。這個平凡者了解，當人感到疲倦時，有時會變得瘋狂，完全不知道自己說過什麼。

「大王，何妨與項羽暫時休兵？」

停戰之際，軍隊休養生息，劉邦也可以藉此消除長期累積的疲勞，說不定可以提振昔日屢戰皆敗，卻能耐心應對不屈不撓的精神。

「蕭何，你離開戰場太久，根本不清楚項羽的厲害，他絕不可能答應暫時休戰。」

「事在人爲，不妨一試。」

經過此次晤談，劉邦開始考慮蕭何的建議。

劉邦在關中僅短暫停留四天。期間，他接受蕭何的安排，與首都櫟陽父老舉行酒宴，表達自己的慰問之意。所謂的父老，大多是百姓自治組織中的代表，亦即較具智識、明白事理的老者。父老獲漢王親自勸酒，這種禮遇在秦的時代，從未有過。然就現實觀點來看，父老將壯丁一批批送往前線，劉邦理應爲此深致謝意，並且承諾日後必當戮力以赴。

而後，劉邦就在蕭何的送別下，離開函谷關，返回黃河沿岸的前線。

誰是最佳的辯士人選？

劉邦回到廣武山上，首先召喚張良前來。他將蕭何的休戰提案告訴張良，徵求意見。張良當下表示，試一試並非壞事。張良分析，項羽極有可能拒絕。換作他是項羽，面對最後決戰的階段，必會趁著漢軍空虛之際，搶奪糧草，待他獲得補給，楚軍士氣大振後，便會一鼓作氣，建立屬於項羽的天下。

「依你看，誰是最佳的辯士人選？」

「當然是陸賈。」

劉邦對此並無異議，沉吟之後突然說：

「那個擁有怪名之人，如何？」

「不知大王所指何人？」

「那個與秦始皇信賴的方士同名同姓者。」

「大王指的是侯公嗎？」張良不禁笑出聲來：「確是奇人！」

「他不適合嗎？」

「臣以為，還是陸賈較為適合。」

張良認為，侯公的行事風格宛如劇藥，對於瀕死垂死的病患，或許有效，然而，此刻卻不宜派遣此人前往。還有一點，侯公性善誹謗，也是張良考慮的原因之一。

「大王，聽說陸賈非常尊崇大王。」

「我知道。」

「相信他為了大王，即使被刺於項羽陣中，亦死而無憾。」

「不過……」劉邦露出困惑迷惘的表情：「據說侯公也有視死如歸的氣概。」

「同樣是不惜一死，但兩人的出發點卻有所不同。」

「你到底想說什麼？」

「此番出使，陸賈即使空手而回，希望大王也不要責怪他。」

張良爲陸賈設想，特別向劉邦作出這樣的請求。

當陸賈以劉邦使者的身份來到楚城時，項羽的態度異常冷漠。楚軍自視甚高，以天下人自居。當陸賈進入城門時，軍士個個禮貌周全，雖然兵糧不足，但士氣不曾稍減，每名兵士的眼神均充滿霸氣，光采懾人。

陸賈爲了拉近彼此的距離，使項羽產生親切感，遂以同鄉之誼，企圖打動他的心。然而，項羽不但回應冷淡，而且以疑問的眼光瞪視陸賈。

「我也是楚人啊！」

「既爲楚人，何以待在劉邦的身邊呢？」

項羽的眼神充滿猜疑。

陸賈不愧是雄辯家。他首先闡述先聖不喜戰爭，只有在拯救萬民脫離痛苦的前提下，始可一戰。換言之，若戰爭使民衆陷於苦境，即非王者之道。他旁徵博引，引述舊典所言，佐以現實之情，口才雖不流暢，然其態度從容誠懇，使同時出席的楚之重臣，完全融入在他的邏輯敍述與浮繪世界中。在中國文化中，向來重視倫理，同樣亦有以此爲課題的傳統，對於久經戰亂的人來說，鮮少有機會談論這樣的話題。

「眞沒想到，身處陣中，居然能夠聽到這麼精采的見解。」項伯聞言，不禁回顧身邊的人，低聲說道：「陸賈果然不凡。」

其中，唯有項羽露出不以爲然的表情：

「你的任務僅是如此嗎？」

「是的，停戰，讓百姓……」

「這一點，剛才已聽明白，你到底要我怎麼做呢？」

「停戰而已。」

「劉邦已經實行聖王之道嗎？」

「爲求安民，建議停議，由此觀之，漢王的確已向聖王之道邁進。」

「這是你說的嗎？」

「的確是我所言。」

「好，那麼照你的說法，我若拒絕，就成爲無德之君囉？」項羽豎起眉尖，露出怒色：「何其傲慢之言！你根本已將劉邦視爲聖王。」

「不，漢王是……」

陸賈狼狽不已。照其所言，劉邦先行倡言先聖之道，遊說項羽繼之遵循，以邏輯演進而言，項羽的推論並沒有錯。

「你回去吧！」項羽抑住心中的怒火，對陸賈說：**「回去轉告漢王，若是眞爲蒼生著想，欲消弭戰禍之苦，只要再戰一日即可**。讓漢王親率漢軍，打開城門出來吧！我會將漢王首級懸於成皋城上，則天下蒼生即刻便可夜不閉戶，安居樂業了。」

陸賈徒勞，侯公出馬

陸賈徒勞無功，返回漢城。

他至劉邦座下報告事情經過，以及與項羽談判的結果。

「臣本不該自詡，不過，此番前往，臣自認並未辱及君命。」

「是呀！」

劉邦頷首。事實上，他能夠擁有陸賈這般舉止優雅、才華洋溢的門客，已是十分風光的事。

「聽說你在項羽面前，極盡能事誇耀我的功績。」

「大王的表現的確值得推崇。」

「多謝。」劉邦對此嗤之以鼻：「儒者行徑，令人生厭。」

劉邦對於陸賈刻意在項羽面前讚揚自己，以及此行最重要的外交使命的告吹，在在感到莫名其妙。尤其，**陸賈不僅沒有羞愧之念，反而自認未辱君命，這種要命的形式主義，正是儒教最爲可怕的本質，使人感到啼笑皆非。**

「當初本該讓侯公前往。」

劉邦相當了解侯公的思想。他以爲，在此自暴自棄，意圖險中求生的危急存亡時刻，理當重用此種人才。觀察漢軍陣中，無一不懼項羽，整個漢城瀰漫畏戰的氣氛，長此以往，終致士氣衰竭。漢軍所有人馬齊聚廣武山上，戰也不是，退也不能，這種令人窒息的境地，劉邦亟欲從中解脫。

「有請侯公先生！」

侯公來到，劉邦賜座，兩人面對面地展開交談。劉邦直言希望侯公擔任使者，出使楚城。

「大王，此行是要提議休戰嗎？」侯公面露難色，接著說：「首先，我想知道項羽與陸賈的談話內容。」

做爲師賓，侯公說話的態度相當隨便。當劉邦將經過情形一一告知之後，侯公立刻捧腹而笑，且笑不可抑。

「有何可笑之處？」

劉邦神情變得極爲不悅。

「哪有購物不帶銀兩的道理呢？此舉實在愚不可及。此外，在敵人殿前大談道理，要脅對方若不將東西雙手奉上，便有違先聖之道。敢問大王，換作是你，又當如何回應？」

「一笑置之。」

「陸賈就是這種蠢貨。」

侯公戲謔道。這名瘦削、下巴微尖的男人，臉上布滿痲點，猛然一看，好像一條遭蟲啃噬的長瓜在說話一般。

「可是陸賈卻說沒有辱及君命。」

「所謂君，是指大王嗎？」

「當然。」

「若是如此，即君命他不帶錢至店鋪購物囉！所謂君命，就是要他不帶錢去。」

「多麼可惡的傢伙。」可是，對於侯公的嘲諷，劉邦也莫可奈何：「侯先生，若派你去，可有成功的勝算？」

「我敢保證，兩軍必可同時從廣武山上撤退離去。若未達成使命，任憑宰割。不過，動身之前，我必須先確定大王的決心。敢問大王可是眞心希望停戰？」

「非常希望。」

「若能在不損大王顏面，不傷一兵一卒，且能從項王手中安然將大王生父與王后帶回，大王可否充份授權，讓我具備與人談判的籌碼？」

侯公向劉邦說明，這個籌碼便是將天下一分爲二，楚漢均分。

「**以鴻溝爲界**。」

鴻溝，乃流經滎陽附近的運河，確實位置在滎陽東方，將黃河之水引向東南，幾經曲折，最後注入淮河。

侯公的腹案是，鴻溝以西歸漢，以東則劃爲楚。這種有如一刀兩半均分天下的想法，雖稍嫌粗糙，但在此極度緊張的情況下，愈不精細，愈是有利於化解僵局。

「如何著手呢？」

劉邦召喚張良，與他密商。張良內心雖然肯定這個策略，然而決定領土的權力卻在劉邦，做爲幕僚人員，此時不宜置喙。

「割地一事，理當由大王本人定奪。」

以家爲例，一家人主的父親，擁有分配食物的無上權力。而王權的建立，源自於土地的所有權，意即王者有權決定土地誰屬。現今，在這塊土地上，漢王與項王並存而立，領地的任何變更，都必須由這兩個人決定。換言之，僅有二王擁有此項權力，其他的人不宜也不容置身其間。

張良非常了解這個問題的重要性。

「我的疑問是，這個主意於我是否有害？」

「對大王大爲有利。」

張良爲劉邦分說利害。自亡秦以來，滎陽、成皋、廣武山等地，素爲穀物集散中心，如今盡歸於漢，待他日再啓戰端，必能發揮重大機能。

「難道項羽甘心如此，不會有所堅持嗎？」

「**這幾處穀倉，項王向來都不在意。若他了解數城的重要而有所堅持，相信他早就打贏大王了。**」

侯公的瓦解成見策略

侯公終於出發了。

侯公的目的地是楚城。沿途之上，以臨時搭建的梯子掛於懸崖，循梯而下至谷底，行經急流處，則以預先準備的木板架於岩上，安步渡過。來到楚城之外，侯公一行人順著楚兵架設的長梯，拾級入城。

由於此行代表漢王出使，舉止不容輕率，侯公特意整肅儀容。同時爲壯聲勢，和陸賈一樣，除了兩名副使以外，另外尚有廿餘名穿著正式的隨員同行。

進入楚城，舉目四望，楚兵個個面黃肌瘦，動作遲緩，無精打采，完全沒有一絲神氣。根據陸賈察報告，「楚兵精神飽滿，英氣勃發」，難道在短時間內，竟有如此巨大的改變嗎？

另一方面，當楚兵見到使者侯公時，難掩心中的驚愕。

「來了一個怪人！」

幾乎每名楚兵都有相同的感受。對於先前出使的陸賈，其人舉止典雅，令人心生好感，不愧是漢王的使者。然而，眼前的侯公，粗俗鄙陋，一副厚顏無恥模樣，活像盜賊之輩。

項羽和身邊的人見到侯公出現，都不由自主地這麼想。

「這傢伙簡直就是瘋子。」

先前的陸賈，立於面前，宛如劉邦就站其身後。此番侯公前來，卻猶如單槍匹馬、獨自前來楚城販物的商人一般。

「陛下，我希望能在楚城住上一陣子。」

侯公一開口，便提出上述的要求。其實，此話的用意，一來透露行程不趕時間，會談不必過於急促；另一方面，則是希望項王透過觀察，再行溝通。

此次項羽的態度完全不同於與陸賈的會談。他命人置備酒餚，令屬下予以款待。侯公把握機會，縱情吃喝，然後說：

「人生在世，必得求長壽之道。」

隨即以傳授祕訣之態，大談導引之術。

導引之術，乃是一種活動全身關節的健康術。在行導引術時，必須配合吐納，首先將氣導引進入體內，然後慢慢吐氣。過程之中，修習者首先要心平氣和，才能確實克制慾望。當時，修習導引之術的風氣盛行，《史記》中即曾言明「助衰養老」之效，據聞張良晚年醉心導引吐納，不食人間煙火。以今觀之，堪稱世界上最古老的體操。

根據老子所創的導引之術，乃是一種圓周運動。施展時，當抬起右腿時，臉朝向左，同時左手在空中慢慢畫弧，而右手則輕輕轉向背後。此一步驟，必須配合吐納，因而臉部表情會鬆弛下來，顯露出一副癡呆模樣，宛若融入大氣之中。

「他究竟賣弄什麼玄虛啊？」

項羽手下個個都感困惑，甚至有人爲侯公的表現感到好笑。幾乎每個人的心裡都有同樣感受，這名戰使讓人無法挑剔他的缺點，明明身負重任，卻來此地大談養生之術，絲毫看不出他的戰使身份。

「我想聽聽漢王的意見。」

一日，項羽終於按捺不住，傳喚侯公前來帳下，開門見山問明來意。然而，侯公卻置若罔聞，只手指窗外枯黃的樹枝，談起天地之間自然變化的種種現象。此一話題，使得項羽亦覺置身蕭瑟的情境之中。不過，項羽仍是興味索然，再度逼問：

「漢王遣你來此，究竟帶來什麼訊息？」

「漢王所言，無甚重要。」

侯公輕鬆言道。隨即擺出想要捉住風的姿態，在衆人面前大談自然的風。

「侯先生，你是老莊信徒嗎？」

聽到這樣的疑問時，侯公又滔滔不絕地大發議論。他說，在思想方面，從不師法任何宗派，大自然中的風、太陽、土、火，才是値得他信賴的主人、朋友及僕役。

其實，侯公故意指東道西，目的是爲了留給項羽一個透明的印象。因爲如果項羽始終視他爲漢王使者，則無論侯公談論任何問題，項羽都會認定他是爲漢王謀求利益，斷然不肯細心傾聽。

如果能改變項羽的既定成見，使他相信，侯公實乃大自然與天命的代言者，並不執著對漢王的忠

誠，則便踏出成功的一大步。因此，他說：

「漢王所言，不必理會。」

當侯公如此出言不遜時，隨行副使等人莫不瞋目結舌，大感訝異。

「我，侯公，乃天、地、人三界的代言人，相信陛下當可了解，對我而言，斷然毋須抱持效忠漢王的這層顧忌。」

「我好像可以了解。」

項羽頓時對眼前的這名使者產生好感，並開始認同他的說詞。

在此情況下，侯公遂順勢提出分割領土一事，說明兩國以鴻溝爲界的種種好處。當然，項羽既包容接受他這個人，自然對他的提議也一口應允。

至於兩軍撤兵的時地及方式，諸如此類的具體事項，侯公則交由項羽的屬下與自己的副使共商議定。然後，便氣定神閒地，與衆人閒話各國地理，以及各式奇譚的來龍去脈。

以生命作賭注的演出

由於項羽從未見過侯公這類型的人物，一時大開眼界，甚感歡喜地說：

「乾脆仕於我，如何？」

「仕於陛下？」侯公佯裝大吃一驚，接著說道：「我並沒有仕於漢王。」

「正因如此，我才希望你加人我的陣容。」

「不！」

侯公放聲狂笑，隨即正色說明自己的立身哲學。仕於風、太陽、樹木的人，仕於項王，不僅派不上用場，也沒有發揮的餘地，不如充當漢王門客，在其門下取食多餘兵糧，來得悠閒自在。

「你活著的樂趣到底是什麼？」

「我以幫助項王，使你獲致幸福爲我畢生最大的樂趣。」

「你眞是會說話。」

項羽熱絡地拍打著侯公的肩。

不久，侯公便離開楚城。

侯公在楚城的表現，無論是思想或是談話，都不是出自本心，只不過是爲求項羽的信任，以及完成使命所賣弄的演技罷了。**侯公之所以不惜以自己的生命作賭注，也不過是爲了證明自己是個成功的辯士**。此次的對象若非項羽，而是他人，相信他又會以另一個面目展現自己的思想。

劉邦樂不可支，興奮地手舞足蹈，抓著侯公的手說道：

「眞是難為你了。」

劉邦所以如此輕率地將自己軍隊的弱點暴露出來，實是抱著孤注一擲的想法。興奮的是，這次居然成功了。對劉邦而言，這種成功可能僅有一次。由此可見，此一時期的劉邦，身心何等虛弱。

數日之後，楚軍依照約定，將劉邦生父與妻子遣返漢城。漢軍見此，歡聲雷動，高呼萬歲。群情激越，狀若撼動山河。劉邦本人當然更是高興，特別大肆褒獎侯公，一舉加封侯公享受諸侯般的待遇，同時授以封號「平國侯」。

「如今我，侯公，居然淪落到必須要為劉邦謀求福祉的處境了。」

儘管侯公如此嘲諷自己，但是仍然難以掩飾心中雀躍之情。平日總是單獨一人置身客館角落，習慣於喃喃自語的侯公，現在卻至山下成皋城內，向人借來車乘，享受馳騁之樂。原來，凡是諸侯都可獲得車乘的賞賜，但此刻的侯公僅被封爵，還未得到車乘，只能夠向人借車，享受風馳電掣般的快感。

其他門客見狀，心生不滿。

「那傢伙算什麼東西呀！」

批評聲浪愈來愈高。門客的不滿，其來有自。當初侯公口口聲聲強調當門客絕對不能貪圖榮爵，必須徹底無私，甚至自命清高，誣衊其他門客投身漢王門下，心懷不軌，別有所圖。如今，自己卻在一日之間，完全變了個樣子，令人不平。

這些門客的責難攻擊，一時之間，此起彼落，造成轟動。最後，終於有人向劉邦的近侍密報侯公的言行不一，甚至推論：若賜與榮爵，必將導致國之覆亡。

正在衆說紛紜之際，發生一件令人難以置信的事情。侯公在獲得爵位之後，一日突然失去蹤影。劉邦派人找遍成皋城內外，也尋不到他的蹤影。此人好像在一日之間，自世間消失不見。

有人說，那個厚顏無恥的人自覺無臉見人，遂行遁去。

但隨著時間的遞移，同情他的聲音益形擴大。他們的結論是，侯公的改變，只是人事通達的做法，而他乘座車輿，也不過是爲了體驗諸侯生活，根本沒有長居的打算。對侯公而言，能夠說服項羽支持天下二分，完成使命，即已是對他才能的肯定，深感滿足，封與榮爵，多此一舉。不過，若是拒絕漢王的賞賜，便形同藐視，反會招致無妄之災，故默不作聲，伺機而走。

事實上，乘坐車輿，證明侯公仍然保有赤子之心。他只是在成功之後滿足自己的童心罷了。

然而，眞相並非如此。

「由侯公平素的思想看來，此人將會導致國之傾覆。」

早在門客中傷侯公之前，劉邦就曾聽聞過這種推斷。不過，即使如此，劉邦還是歡喜地封爵給他，甚至命令近侍慎選一個適切的封號。

「平國侯」，顧名思義，乃是「傾國侯」的反義詞。此一封號既出，令人對劉邦賜封的本心，產生高度戒心。將此封號作一聯想，即可發現其中充滿惡毒的揶揄之意。侯公不是傻子，當然也能會意，擔心日後一旦和平降臨時，即會遭到不測，因此提早隱身。

果眞如此，侯公的命運，實與當年不期而遇的老友蒯通頗爲相似。當日蒯通因爲建議韓信自立，遭到拒絕，因恐日後受累被害，連忙出走，展開長期流亡，重新過著居無定所、飄泊於世的生活。

26. 百敗百戰漢中王

「戰敗百次，再加一次，又算什麼？」張良這樣爲劉邦打氣。激勵的方式雖然頗爲怪異，但對此刻的劉邦，卻是最受用的話語。

楚漢兩國和談正式成立。兩軍互派使者，渡過山谷，爲各項協調工作而來回奔波。

——明日，太陽升起時分，楚漢兩軍同時自廣武山上撤退。

一年多來，兩軍膠著對峙的局面，終將隨著明日的到來而告終。

弱者更不容忽視

「仍不可掉以輕心。」劉邦的謀臣張良再次提醒衆將：「升起營火，使其燃燒赤烈，更甚往日。」

張良並不認爲項羽會毀約進攻，然而，仍須嚴陣以待，預防萬一。

入夜之後，漢城所在的山峰，在營火的烘托下，恍若白晝般明亮。劉邦覺得張良的謹慎異常可笑。

「你擔心項羽會奇襲攻來嗎？」

張良答道：

「應該不會吧！」

「為什麼？」劉邦好奇地問。

「**項王是強者，至少他自認為是蓋世英雄。所謂強者，重視榮譽甚於一切，所以應當不會失信。**」

「那麼，我又如何？」

「大王嗎？」

張良沉默不語，只是微笑。

「怎麼樣？」

劉邦亦露出笑意，再次追問。

「臣惶恐，大王乃是弱者。」

「我明白。」

相對於項羽，一個百戰百敗的人，當然稱不上是強者。

「依你所言，即項羽有信，而我無信囉？」

「大王對我輩，向以誠信相待，約定的事，亦從未失信，這就是我輩追隨大王的最大理由。然而，對項羽，則可能會違約，因爲大王乃弱者也。」

「你的意思是說，正因我是弱者，所以更不容忽視嗎？」

「若我是項羽，必會對大王嚴陣以待。」

「你是要我趁著今夜，出奇不意地進攻楚城嗎？」

「不，臣並無此意，因爲我們沒有……」

「勝算是嗎？」

劉邦的表情，霎時如大水傾注澡盆般，露出毫無心機的笑容。

在此樓閣之上，可以清楚地看到山谷對岸的楚城，營火依然如常，旌旗也靜止不動，整個景況宛如項羽的心境一般，鎮靜而不浮動。

「項羽眞是了不起的人物。」劉邦回顧張良說道：「雖然我打不過他，始終是他的手下敗將，但卻絲毫不以爲忤。畢竟與他交戰百餘次，猶能僥倖保命，已是萬幸，同時也是值得自誇的成績。換作尋常之輩，與之交鋒，必定在他一甩頭間遭到砍殺。」

「那是因爲大王自認不是強者。」

劉邦自始至終都認爲自己不善於作戰，尤其當他面對項羽時，更認定自己是弱者，因此，毫無打勝仗的氣勢。每當戰事失利時，便開始思索應該如何逃脫，因此他的生命得以存活至今。對於此一事實，張良看得非常透徹。

亂世最需容人之德

「事實正是如此。身爲大丈夫雖感遺憾，但也是莫可奈何。然而，這也正是奧妙所在。由於大王自視爲弱者，但仍能好整以暇與之抗衡，這種修爲古今少見，足可稱之爲德。」

「德？如我這般行徑，也能稱之有德嗎？」

劉邦心中竊笑不已。即使令劉邦做農夫一般的粗活，看他的模樣仍能不像農夫。說他行事莽撞，言語粗魯，他的確經常不假思索，將手下的將軍與門客當成僕役般，呼來喚去，甚至吆喝斥責。而他的這種責難，有時根本沒有理由，如同頑童般，任性地硬要將友伴的臉龐塗上污泥，折磨別人，才會滿足。因此，有些人受不了他的輕蔑，遂告離去。他們曾經批評劉邦說：

「漢王欠缺能力、智慧與勇氣，人又太過鄙陋，毫無雅趣，根本就是一個無德之人。」

類似這樣的評語，劉邦知之甚詳。

「正因爲大王認爲自己甚爲不足，所以才會有智者和勇者不斷投入門下。**當大王自認比一般智者更爲不智，以及比驕矜自視極高之輩更無勇時，一些僅有小智小勇之徒，都能夠在大王這種寬以待人的標準下，輕鬆地生存下去**。這種容人的高貴品德，難道還不足以謂之有德嗎？」

「所謂德，即爲如此嗎？」劉邦開懷大笑起來：「果眞如此，我確實有德。」

「此外，大王對於貪婪之輩也多所寬容。亂世之雄多半貪婪多慾，因爲有所貪圖而離合聚散。現在一般貪婪之輩認爲只要能委身大王門下，總有達成願望的一天，因而齊聚漢軍旗下。老實說，漢軍之中十有八九，都抱持此種心念。而能吸引這些人的加入，不正是因爲大王有德嗎？」

「這也能稱之爲德嗎？」

「當然，這並非治世之德。然而，世間每隔三、五百年，便會形成亂世，當此之時，就需要此種有德之人出面整合。」

「那人會是我嗎？」

劉邦是否眞的值得讚揚呢？

「項羽又如何？」

「項王欠缺此種容人之德，因而失去范增，落得如今身旁無才可用。雖然韓信曾經投其帳下，終因不爲重用，棄而離去。」

「韓信一事，有所不同。」提起此人，劉邦便感憤怒，氣得直撫臉頰：「韓信這個人，我也奈何不了他。」

當劉邦與項羽在廣武山上，展開長期對峙時，若韓信帶兵前往支援，相信戰況必當逆轉。

「不過，韓信並無意與楚同盟，光是這一點，大王就當知足。」

「的確也是如此。」

劉邦的臉色漸趨平和。

張良以爲，項羽的確是個不凡的人物，憑著他的勇氣和才幹，足令天地產生千萬電光。

「天下終會落入項羽之手嗎？」

劉邦問此話時，面色突然脹紅起來。張良聞言，只說：

「**天！**」

之後，便不肯再作解釋。

如同漢軍擁戴劉邦，認爲他就是天命所歸。或者這個問題，唯有仰賴上天的裁奪。有關這一點，問及任何人都一樣，誰也不清楚。

和談的結果，令項羽大感興奮。

和談的條件，楚漢兩國將天下一分爲二，但就領土而言，楚的領域略勝一籌。

由疆界劃分觀之，自廣武山東方的鄭州，東南斜向中牟、通許、太康、柘城、亳縣、渦陽一帶，等於將整個中原地帶斜割二分。此外，再加上中原以南廣大的楚地，皆歸項羽。劉邦的領土僅擁有廣武山、滎陽兩地，以及原有的關中台地，當然劉邦的故鄉泗水郡也包括於內，其餘則皆爲間接管轄。至於舊魏、舊齊等地，不是屬於韓信直接管轄，就是在他的勢力範圍以內，劉邦對這些地方的影響力，猶待日後情勢的演變。

「大王的損失。」

項羽身邊有人私下談論此事。誠然，項羽滅秦之後，弑殺舊王懷王，天下霸主除他以外，無人可以勝任。現在，身爲天下的霸主，竟然容許中原分割爲二，說是損失，亦無不當之處。

「你胡說什麼？」項羽張開血盆大口，置之一笑：「我肯答應劉邦之議，分給他一半的領土，自有道理。我軍缺糧，人馬不得飽餐，若趁此一時機退回後方，使之飽食秋收之糧，必能重振士氣，兵強馬壯，再度奔向戰場，贏得勝利。**簡單地說，這次和談的成立，僅是一時之計，旨在獲取糧食。**」

「然後呢？」

「奮力一擊，將劉邦的漢軍徹底摧毀，讓他永不得翻身。」

毀約追擊，非常之計

翌日，旭日東升，天地之間濃霧瀰漫。

兩軍依約降下旌旗，在乳白色的濃霧中拔營撤退。楚軍自東麓、漢軍沿西麓而下。項羽往根據地彭城進發，劉邦則準備涉水渡過黃河，回到遙遠的關中盆地。

漢軍離開廣武山，進入成皋城內，紮營進食早餐，張良草草吃畢之後，立刻前往陳平的陣地，親自吩咐陳平道：

「速去大王營幕。」

然後，邊走邊說：

「我想你大概已經知道，我準備向大王提出的建議吧！」

陳平對這位膚色異常白皙的朋友，投以一瞥，默不作聲。

「你猜不到嗎？」張良的舉止異乎平常，氣息異常粗重，眼中布滿血絲：「怎麼樣？」

「我可以想像得出來，但卻不能說。」陳平低聲回答。

此人素喜使計，有時為達目的，不惜使出下流手段，手法之卑鄙，甚至使人覺得他不是人。雖然他的城府極深，善於耍詐，然而，此事事關重大，心中有所顧忌，因而不敢輕易開口。

「漢軍非常疲弱。」張良直言：「此種衰弱已至無計可施的地步。」

當士兵聽到張良所言，莫不轉過頭來。陳平見狀，只得出手拉扯張良的衣袖，制止他再發表如此激烈的談話。

「衰弱。」

張良對於兵士的張望，毫不在意地繼續說道。

漢軍積弱不振的原因，出在劉邦身上。在戰場上，士兵必須對主將產生無比的信心，才能造成強盛的氣勢，可惜劉邦欠缺此種魅力。

「我軍即使得以回返關中，使士兵休養生息，也很難打敗項羽親率的楚軍。陳平，以你之見，我們有希望戰勝嗎？」

「很難。」陳平頻頻搖頭。

「那麼，你不認為現在正是我軍千載難逢的機會嗎？」

「子房！」陳平的聲音微微顫抖：「你是說……」

「**是的，毀約追擊楚軍**。」

「實在太精采了！」

陳平面容猶如牛臉，額頭有稜有角，頸部粗壯有力。然而，此刻的他，卻因受到驚嚇，全身顫抖。

「子房，萬萬不行。」陳平隨即滔滔不絕地說了起來：「你的想法，遠不如實行我的詐術。你可曾考慮過，一旦毀約，後果將會如何嗎？」

結果大概又會呈現陷身泥沼、不得脫困的膠著戰況吧！

然而，若是遵守目前的協定，劉邦可以坐鎮關中，至少得以擁有中原前線要塞至滎陽等地。另一方面，也可將游擊兵力部署於泗水一帶。而在外交方面，則必須盡量安撫韓信，等待時機，與楚決一死戰。

「等待？爲什麼等待？如何等待？難道等待的結果就能戰勝項王嗎？」

此時，一片落葉掠過張良的臉。下個月即將進入冬季。

「即使等待亦無濟於事。」

陳平的聲音有氣無力，表情相當無奈。可是若對項王失信，以他的性格，必會像負傷的山豬，發狂亂咬。到那個時候，漢軍根本沒有充裕的準備時間來面對他的拚死反擊。

陳平爲張良試作分析。

「不過，若是一舉攻打殺死項王，則又另當別論。」

陳平擔心的正是此種狀況。平日只要看見項羽立於陣前便打算全軍撤退的漢軍，這一回是否能夠一舉刺殺項羽呢？

「子房，你對這種追擊戰，有無把握完成任務呢？」

「沒有。」

張良站立一隅，正視陳平。

「既無把握，還要一試嗎？」

陳平對這種不計代價的做法，感到異常的驚訝。

生死立判的一場賭局

陳平欣賞張良溫雅淡泊的性格，也十分佩服他的策劃能力。平素實行計略時，他愼重周延的態度，經常令人不耐，不過，這一次他卻異乎以往，打算以所有爲賭注，進行一場生死立判的賭局。

「雖然我方幾乎毫無勝算，但是現在不試，拖延時間的結果只會更糟。你想想看，讓項王返回楚地，楚軍得到休養補給之後，又會充滿戰力，力量變得更大，那時再想扳倒項王，豈不難上加難？」

更何況，項王年輕力壯，漢王卻垂垂老矣；項王擁有充份的時間可攻可守，可是對漢王而言，歲月的流逝對他將會日趨不利。

張良提出精闢的分析：

「事實上，過去數年，漢王已爲日後預作許多準備。他無視戰爭的失利，致力於外交，因此天下的弱者、失意政客及貪婪之人全都圍攏於他的帳下，廣武山上能夠與項王對峙年餘，正是這些人的功勞。**由此可知，漢王終於有能力與項王戰成平手，亦可謂是漢軍實力的巔峰狀態。**」

「此刻當眞是巔峰狀態嗎？」

對於張良的分析，陳平乍聽之下，雖感意外，但也無法駁斥。

在廣武山對峙期間，割據各地的軍閥聞知漢軍兵糧充裕，紛紛自遙遠之處，親率黨徒子弟爭相依附。對他們來說，投入漢軍陣容並非爲了參與聖戰，而是爲了求得溫飽。因此，當楚軍獲得補給，恢復戰力之後，這些觀望隊伍轉投楚軍，也不會令人感到訝異。

「反觀楚軍下山時，兵士個個舉步維艱，步履蹣跚，即可看出他們正陷於飢餓之中。這對昔日百戰百勝的項王來說，此刻的戰力已跌入谷底。」

「因此你決定要以盈擊虧？」

陳平說話的語氣漸趨激昂。

「也不見得。」

張良再次重申，他打算對漢王提出建言，然因事關重大，惟恐一人之言，無法說動漢王而猶豫不決。若能聯繫陳平，連袂上奏，相信漢王必定較易接納。

劉邦有進餐時接見部屬的習慣。每當嘴角仍殘留油膩湯漬，他都會熱情地招呼說：

「來得正好，一起坐下來吃吧！」

然後，周到地爲衆人分菜。

這天一早，劉邦因爲剛剛擺脫廣武山對峙的惡夢，回到城內，心情大爲鬆懈，十分興奮。他站立席上，忙著爲二人分切肉塊，但隨著張良的述明來意，他的雙手逐漸動作緩慢，終致完全停手。

「違約？」不久，劉邦回座，臉部表情十分僵硬，可想而知，必是聽見的事，令他大爲震驚：「我軍與項羽的關係，到此爲止嗎？」

這句話問得突兀，但張良卻能理解漢王何以有此一問。**楚漢兩大勢力的逐鹿中原，說是項羽與劉邦的生死鬥亦不爲過。在這種你死我活的爭鬥中，兩人雖稱不上建立友誼，不過，卻產生了一種惺惺相惜的感情。**秦末，劉邦首先攻入關中，卻將天下霸主的地位讓與項羽；而鴻門宴中，項羽斷然拒絕范增「刺殺劉邦」之議，饒過了劉邦一命。

「所有的承諾都已成過去」

現實中，劉邦非常畏懼項羽，但內心裡卻對他產生一種無法言喻的好感。昔日因故背棄自己，如今重回身邊的同鄉雍齒，劉邦對他的過往始終無法釋懷，至今仍感嫌惡。然而，面對死敵項羽，他卻絲毫不覺憎惡。不僅如此，每當想到其人，就立刻想到那特立獨行的性格，以及溫厚爽朗的人情味。

「我在廣武山曾經攻擊項羽無信，若擅自毀約失信，實在很難在那小子面前立足。」

「所有的承諾都已成過去。」

張良大聲言道。此刻，正面臨爲義、爲俠、爲情的戲劇化階段，過去雖然一直在交戰中，但現在對我方而言，危機已經解除，且擁有充份的實力，因此不必再執著信約，就當一切都已成過去。

劉邦此刻只有兩種選擇，一是逮住項羽，一刀刺入他的心臟；否則便是一刀被項王砍下首級。除此以外，沒有別的選擇。

「大王，請即刻下令全軍折返，追擊項羽。至於勝負誰屬，我雖不敢預料，但我確信，若我軍不予反撲，則大王的首級必會落於項羽面前。」

「你確定嗎？」

「大王，這端視你是否有決心。」

「嗯！盡速召集衆將。」

言畢，劉邦又把盤子拉到眼前，並將切好的肉塊放進口中。在這段追擊交戰交錯的日子裡，每天不是行軍，便是戒備狀態中，沒有人有把握日後是否還有機會飽食一餐，思及於此，他更拚命地咀嚼。此時，他的臉色已逐漸恢復正常。

項羽乘坐轎輿，緩慢下山。

以項羽的體能，要在極短時間內回到平地，就像捏碎石子般地輕鬆。然而，他為了讓楚兵見識他的威風，遂命兵士抬轎，慢步式地下至山腳。

來到原野時，兵士個個垂頭喪氣，如同洩了氣的皮球。過去因爲看不到別人，無從比較，現在與田中農夫一比，兵士的臉色蠟黃，步伐虛弱凌亂，極度缺乏營養。

「待回到彭城後，讓你們吃到肚皮脹裂。」

下級將領不斷如此激勵部屬。

返回彭城的路途中，廣大的原野竟找不到一處存有兵糧的倉廩，只好仰賴兵站積存的少量食糧，維持軍隊的一日三餐。

項羽最大的失敗，莫過於使兵士長期處於飢餓狀態。楚軍之中，多半出身流民，爲求吃飽，離鄉背井，成爲項羽手下。他們不是爲圖實現理想齊聚於此，而是等待糧盡再轉移陣地。然而，對於項羽，他們莫不心懷崇敬，所以才能一直忍受至今。

當然，兵士對糧食無以爲繼的不滿，無法向項羽表達，遂將滿腔的怨懟向衆將發洩。

「將軍因何而存？」

他們背地裡，不斷叫囂辱罵。所謂將、所謂兵的分際，建立在食物的授與基礎上。爲將之人若不能善盡賜食屬下的職守，卻仍高高在上，頤指氣使地命令部屬，其所顯露出來的無恥與滑稽，莫此爲甚。滯留廣武山時，情況即已非常惡劣，兵士憎恨的情緒集中在數名不孚衆望的將軍身上，當時就曾有過「將某人殺死」的耳語。

——撤至平野時，就能獲得糧食。

全軍在此期待下，莫不兼程趕路。不過，雖說抵達彭城便能飽餐，但是彭城遠在四百公里之外，即使是最佳狀態時，也得急行十天，始能抵達。

「爲什麼不在平野囤積糧食呢？這不正是某人怠忽職守的結果嗎？」

兵士指名叫罵上級將領。於是，便有人因耐不住餓，而行搶奪農家民宅。此種兇惡行徑，與亡秦官兵已無不同。中國歷史上，即使後世，官軍對待百姓都是十分粗暴，反倒是義軍，雖然也有許多例外，但與官軍相比，著實較為節制。漢軍與楚軍原都是為反抗暴秦而興之義軍，然而後者在廣武山上飽嘗飢餓之苦，以及將士的嫌隙不和，故軍紀散漫混亂，不多久便有一批兵士趁機逃亡。

項羽來到平地，走下轎子，換騎快馬，朝向東方前進。

「急行軍至彭城。到了彭城，米飯肉食任你們吃到飽。」

項羽以為這麼一句話就能安撫人心，提振士氣，他毫無察覺飄盪於楚軍陣營中的腐敗氣息。

躡手躡脚的追擊行動

稍早，劉邦便已下達命令。

「立刻追擊項羽。」

於是已開始西進的漢軍前鋒，驀然調頭指向東方，但劉邦本人卻沒有揚鞭捲起風沙前進急追的勇氣。

此次行軍根本不能稱之為戰鬥行軍。漢軍躡手躡脚追蹤位於前方的敵人。他們不敢直接迎向追上，只敢慢慢尾隨靠近。此刻的漢兵無從了解上級的意圖，也不知道即將面對的情況，縱使他們知道劉邦的決定，相信也不會發生臨陣而全身戰慄的情況。

情勢已變得非常單純，進入戰術運用的階段。唯一的選擇便是急襲敵營，使之潰不成軍。

一直到目前，向來重視政略與戰略並用的劉邦，仍然堅持不肯單獨進兵的原則，準備號召各軍團聯合用兵。不過，聯繫各地兵馬需時甚久，整個戰鬥行動的步調勢將緩慢下來。

首先，劉邦必須先籠絡位於齊地的韓信。

韓信在齊地所形成的勢力，不容小覷。韓信原爲劉邦的部將之一，平定齊地後，他趁劉邦遠在廣武山上，無暇分身之際，以強硬的姿態威脅劉邦，使其答應封他爲齊王。

既然稱王，便與劉邦立於同等的地位。兩者之間，法理上難以評斷尊卑。然就國家傳統而言，王位之上猶有「霸王」，習慣上，霸王仍有其不可取代的權力。劉邦遂以霸王（項羽亦自稱霸王）自居，分封韓信統御齊地，號稱齊王。

韓信既已爲王，在法統上，即已脫離劉邦，宣告獨立。劉邦急遣使者前往齊地，向韓信宣告自己的計劃：

「楚軍正陷於飢餓狀態，軍紀空前散漫，項羽已然失去昔日的威風，大王刻正急起直追，意圖一舉殲滅敵軍，請齊王即刻領兵與之合擊。」

使者前往齊王韓信本營，至少需時七、八日，若韓信一口應承，立刻展開行動，也需十日始能到達戰場。來回耗費時日甚長，待他趕到可能已經錯失良機，然而，此刻劉邦卻異常悠閒自在，不以爲意。

「無論如何，一定要匯集大軍始可行動。」

劉邦堅持此事必須獲得解決，才能談及其他。此時的漢軍雖然雜有各地歸附的散兵游勇，但相較之下，楚仍是略勝一籌。

劉邦又派使者前往彭越陣營，請求這支善於游擊戰的隊伍助其一臂之力：

「請與我共同夾擊項羽吧！秦末以來，多年的戰亂生活，終將因此戰而告一段落，切勿延誤軍機，速來與我會合吧！」

然而，向來直來直往的彭越，是否聽令前來，不無疑問。這名出身昌邑（在今山東省）的老賊，因爲不滿項羽，才跟隨劉邦。由於彭越的加入，經常把楚軍後方攪得不得安寧。不過，他爲人特異，習於獨來獨往，不受羈絆，對劉邦毫無忠誠可言。

儘管如此，彭越的功勞仍不容忽視，其他漢將亦無法與之相比。彭越數度親率大軍，出沒於漢軍戰區以外之處，擾亂楚軍補給運輸路線，搶劫糧草。項羽忍無可忍，曾經領兵追擊彭越，但彭越卻似蒼蠅一般，迅速逃往北方沼澤地帶，待項羽回師之後，再度出現於其後方。因此，楚軍糧食的無以爲繼，堪稱彭越的最大功績。

以此觀之，彭越的確不凡。

廣武山上，楚漢對峙時期，韓信遣使威脅劉邦，硬是迫其應允自立爲齊王，然而劉邦對彭越卻無任何安排。其實，劉邦從未想過加封彭越爲王，但是彭越本人對此名號卻懷有深切期望。

「韓信與我，究竟誰的功勞大？哼！劉邦這傢伙！」彭越愈想愈惱火：「自己也是強盜出身，居然敢嫌棄我的出身而輕視我！」

面對敵人時，彭越勇猛剛強，面對自己人時，卻極易受傷，此一性格因爲上述事件，導致彭越心理的不平衡，覺得自己深受打擊，此後便不肯派使前往廣武山上向劉邦報告戰情。

另有一說，彭越曾私下與韓信密商獨立。然而，韓信對此不置可否，彭越卻積極地勸服：

「讓我們同心協力，擺脫楚漢的控制，保持獨立的態勢吧！」

至此，韓信和彭越才了解自己的重要性。

——楚漢相爭的結果，可能是兩敗俱傷。

此爲他們兩人的共同想法。即使一方獲勝，殘存者亦已奄奄一息，無法瞬時再起。此時，兩人趁勢竄起攻擊，則天下便歸韓信與彭越所有。……

——至於楚漢，何者能獲得生存呢？

韓信與彭越皆認爲是楚。

過去因韓信與劉邦連線，舊魏之地又有彭越的活躍支援，劉邦才得以勉力支撐下去，若此兩大支柱陣前倒戈，單憑劉邦一人之力，根本不堪項羽一擊。

事實上，劉邦與張良亦作如是想。**劉邦與張良一面拚命抵抗項羽，一面積極扶植足以牽制項羽的勢力。換言之，他們的基本戰略，必須仰賴外圍勢力的擴大，始能達成目標。**然而，這些由其一手培養的外圍勢力日趨成熟，逐漸擁有自己的意志，不再聽命行事，卻是始料未及。

對韓信而言，他並沒有如此果決的意志。在他的想像中，當項羽得以存活時，他必當傾力與之戰鬥，求取勝利；但若劉邦得以倖存，他不知道自己是否有勇氣與恩人決一死戰。

由此可知，韓信始終抱著觀望的心態，並不積極。不過，情勢發展若果如所料，則他必定懷著哀傷歉疚之心，待在齊地，眼睜睜地看著劉邦的滅亡。

劉邦終於現身了！

當項羽發覺劉邦緊追在後時，驚訝地說：

「這傢伙到底在做什麼？」

項羽的怒氣，幾乎使周圍數千禁衛兵都爲他的氣勢所折而伏倒於此。

尤其，劉邦此次行動，超乎平日的冷靜，令人感到很不舒服。二十萬大軍正井然有序地朝所有的道路接近，狀甚驚人。

項羽，這名戰爭高手，面對此種情況，勉力平息自己的怒氣，同時提醒自己，切勿在盛怒之下下決定。即使要戰，也必須回到根據地彭城後再議。他已飽嘗補給缺乏之苦，不想重蹈覆轍。

「暫且不予理會。」

項羽重新調配兵馬，加強後衛的防備能力，依照原訂計劃，繼續向東前進。

兩軍必經之路，沿今之西淝河（黃河南岸支流）而行，那一帶盡是一望無際的田園景色。不久，楚軍來到固陵（今河南省太康縣）。於此，項羽下令部將解開彭城急送而來的糧包，大舉炊煙，使衆將士得以飽餐一頓。

項羽本人則騎在馬上，巡視全營。他冀圖將自己勇氣與信心灌輸給兵士，使其恢復生氣。事實上，他每巡一次，士兵的眼神便有所改變。

「劉邦行至原野之上了。」

終於現身了！

項羽深慶良機已到，這一次他一定要砍下那個小人的首級，斬除亂世的禍根。

然而，固陵一帶的道路，兩側盡為耕地，不適於大軍馳騁。翌日，項羽發現一處不毛之地，雖是起伏的山丘，卻尚稱平坦，適於展開大規模的作戰。他有意誘引漢軍進入此地，遂一邊部署兵力，一邊設下陷阱，引君入甕。

劉邦自遠方眺望那片原野，不禁猶豫起來。

「子房，要將大軍推進原野嗎？」

一旦進入原野，便必須展開正面作戰。劉邦仍在期待韓信與彭越的援軍。若有兩人的支援，配合他們自北南下，即能包圍楚軍，如此良好的地形，少了援軍，根本無法施展。

「大事不妙。」劉邦原本即無意挑起戰端，更無意於此與項羽進行野戰：「子房，我毫無信心。」

「難道大王想要不戰而逃嗎？」

張良此語並非挖苦劉邦。事實上，思慮縝密的張良，早已安排妥當。他派兵運糧進入固陵城，又加強兵力固守於此，萬一漢軍敗陣，猶能安全地護送劉邦入城避難。

「凡事都不必太過勉強。」

老莊之徒的張良看待一切，總是預留後路，樂觀豁達。他認為每個人都各擅勝場，對於不善指揮作戰的劉邦，要他在一瞬間改變形象，勇猛精進，也只是假象，難以持久。

「**大王仍有機會一試，可是對項羽來說，這卻是他的最後一戰。**」

劉邦聞言大表驚訝，喃喃說道：

「你是說，項羽……」

說到這兒，劉邦不禁語塞，不能盡言。

再敗一次又算什麼？

在戰況方面，這十餘天來，劉邦因為緊張過度，根本無暇客觀地衡量自己與敵方的實力，至於項羽是否真的已經步入絕境，也無從分辨。

據張良派出去的探子回報，項羽所率的楚軍正不斷流失，人數銳減，眾人皆已看出項羽的敗象，紛紛乘機遠走他方。

「項羽軍已成孤軍。」

在此緊要關頭，兩方都不能將命運寄託於援兵的救濟。每戰一次，兵員便明顯減少，餘留兵卒見狀，不免信心動搖，也想離去。如此惡性循環的結果，勝負已然判定。

張良以為項羽的氣數已盡。

「他是孤軍，我也好不到哪裡去。韓信、彭越二人到現在還不見蹤影。」

「大王還有韓信、彭越可以期待。然而，項羽呢？他連期待的機會都沒有。」

「是這樣嗎？」

「這絕不是空想，而是事實。我相信情勢轉變以後，韓信、彭越必會前來。更何況大王還有劉賈、盧綰，都在南方伺機而動。」

劉賈與劉邦是爲堂兄弟，素極友愛，與劉邦情同手足。昔日劉邦孑然一身，自成皋城內倉皇奔逃，渡過黃河，來到北岸的修武。於此，他爲了挽回頹勢，曾擬一份作戰計劃，命令劉賈與盧綰帶領兵馬，侵入項羽出身的楚地，專門從事搶奪糧秣、召募兵馬、擾亂項羽後方的破壞行爲。

當時，項羽爲此氣憤難平，大聲罵道：

「這簡直就是闖空門的下流手段！」

雖然項羽曾經一度派遣人馬前往掃蕩，但卻沒有認眞殲滅。項羽以爲，只要能在主力戰場上打敗劉邦，則其他餘股反抗力量，根本不值一顧。

然而，項羽卻沒有料到，這些游勇已然成爲大患。他們號召當地的勢力，日漸擴充地盤，如今已控制楚之要地六（今安徽省六安）、九江等地，兵力大增，正準備揮軍北上，與漢軍聯合起來對抗自己。

由種種跡象顯示，劉邦不啻是鴻運當頭。不僅主觀條件充足，且有天命的支持，他以哀兵姿態，在政略與戰略上，取得起死回生的機會。

「你是說，我有戰勝的機會囉？」

「雖然目前的情況只有些微差異，但衡量諸種形勢，都對大王較爲有利。」

儘管屢戰屢敗，劉邦的兵員不但未見減少，反而愈聚愈多，實乃張良苦心經營的成果，亦可說是劉邦有德所致。

「戰敗百次，再加一次，又算什麼？」

張良這樣爲劉邦打氣。激勵的方式雖然頗爲怪異，但對此刻的劉邦，卻是最受用的話語。

劉邦身在陣前，看到擠滿原野之上的楚兵，不禁爲楚的氣勢所折服。

劉邦一面部署兵力，一面在車輿之上換穿甲冑，準備策馬迎戰。

不久，響起鳴金擊鼓號令全軍進攻的角聲。過去每至交戰時刻，劉邦的身體都會像遭冰凍過般，血氣不順，全身僵硬，動彈不得。然而，此次他卻異於平常，血脈賁張，激動得齒齦格格作響。

楚軍一方也不甘示勢，立即敲起戰鼓。

劉邦定睛一看，原來的平野，剎那之間已塵土飛揚，望不出原有的風貌。項羽果然施展他最擅長的密集突擊戰，猛烈地衝鋒陷陣。從沙塵之中，湧出閃閃劍光，楚軍人馬頓成猛獸，忽焉殺伐而至，前鋒指揮正是項羽本人。

漢軍前鋒軟弱得不堪一擊，被打得潰不成軍。繼而奉命支援的二軍，也被打得落荒而逃。劉邦連忙擺出第三軍，不料根本無力還手，便被楚軍追的追，斬的斬，砍殺殆盡。

劉邦見狀，立刻調身倉皇而逃。

27. 烏江流水哭霸王

「亭長啊！你想想！當初父老信任叔父和我，親自將八千子弟兵交付給我征討暴秦，到如今無一歸返。即使江東父老憐我憫我，再度召募子弟擁我為王，我也無顏面對。」

固陵（今河南省太康），遠眺此城，便令人升起陰沉晦暗的不祥之感。

在這片平坦的原野上，由於河川的經常氾濫，舉目所見，都是倒塌的村落，景象十分荒涼。時序入秋，更是枯木處處。

在此一望無際、廣闊如海的黃土地上，地勢最高處即為固陵所在。

失望情緒籠罩楚營

圍繞於固陵城的外牆，黝黑得一如死人的肌膚，是以方磚堆砌而成，至於完成的時間已不可考。而城樓之上，歷經風化，已呈半塌。

「劉邦已到窮途末路了。」

項羽以此激勵將士。善於逃亡的劉邦，終被趕進那座鄉下小城，足以證明，這個狡猾小人厄運當頭，氣數已盡。

「來人呀！將此城夷爲平地。」

項羽連日來一直奔忙於陣前，不是停馬怒斥將領，便是疾鞭叱喝士卒。

項羽最受楚軍愛戴的原因，便是平日他對部屬的憐愛之情。他視部屬如手足，疼愛有加。**分析項羽的性格，可知他重情義，愛恨分明。然而，一旦身處陣前，他又呈現另一種面貌，一派血性男兒，風雲叱咤，銳不可當，那股氣勢，足令手下爲之瘋狂。**

「你看，這就是我們的項王！」

楚的每一名士兵，都對項羽敬畏有加。楚軍對於領袖項羽的體恤之情，對於劉邦爲首的漢兵而言，是永遠無法體會的。可是這種堅固的情誼，在攻擊固陵城時卻遭到空前的考驗。雖然將士並無叛意，但長期的飢餓與困頓，卻令他們筋疲力竭。他們勉強振作，卻力不從心，頂多只能舉起矛與戟。

城外各村的積糧早已被楚軍徵用一空，連村民都面臨無糧可食的慘況。他們無不盼望戰爭早日結束，脫離項羽所帶給他們的苦難。

楚兵失望的情緒日漸高漲。他們憶及自廣武山下撤退時，項羽曾說：

「支撐下去，回到彭城即可飽餐了。」

回到彭城，成爲全軍的共同願望，他們以此互相激勵，但這個想法似乎形將破滅。他們不僅回不了彭城，還被困在這個窮城。

糧食已無法運過來了。

城牆邊，負責駐守前線的將領，慫恿兵士說：

「砍下劉邦的首級，把固陵城內的糧食奪過來。」

入夜之後，身在後方的士卒紛紛摸黑覓食，也有人趁此機會而逃往他方。

此刻，張良也在固陵城內。

城外層層楚兵的包圍，其他人都深受威脅，但張良對此一局面卻絲毫不絕望。唯一令他擔心的是，萬一方法用得不當，固陵城即可能成爲劉邦的葬身之地。

張良的身體極爲羸弱。在這段南征北討的日子裡，他經常傷風臥牀，所幸沒有嚴重的痼疾纏身。自從進入圍城內，他即以身體不適爲由，離開劉邦的營幕，搬進民宅休養。

「可能平日吃太多所致。」

於是，張良開始斷食穀物。近侍知道他的決定後，都為他的身體擔心不已。他們非常清楚，主人不但沒有飲食過量，反而吃得極少。如此小的食量，能夠存活下來，實為異事！

張良崇信宗教。他是老子的信徒(道家)。有關這一點，筆者曾經一再強調。張良除了醉心研究《老子》這部書的思想以外，對於宗教的實踐，他也有高度的狂熱。不過，欲說明他的信仰，並不容易。

當時的道家，與後世五斗米教(後漢末年)發展出來的道教，並無牽連。事實上，有關道家的發展，也不比張良早多久；同時，形之論述，也並非出自老子的親身體會。

張良帶領弟子，尊老子為思想的宗師，再將傳統的民間信仰神仙思想與獨特的養生大法融會其中，遂成一種極為紛雜的思想派系，當世稱為「黃老之術」。

黃老之術，蘊含強烈的政治象徵，如劉邦的屬下曹參、陳平二人，日後成為漢帝國的宰相後，觀其施政作為，皆不脫黃老派的無為風貌。

又以張良為例。漢帝國建立，他依然健在，但卻不再關心政治；雖然擁有富貴榮華，但卻過著如仙人般的生活，甚至他極認眞地希望自己成為仙人，堅信唯有仙人的世界，才是他嚮往的樂土。

自從開始斷食後，張良對此益加沉迷；漢王稱帝後，他更摒棄一切，毅然修行，人也變得愈來愈衰弱，令人爲之擔心不已。不過，由此亦可知，張良熱中哲學研究遠甚於對政治的追求。

劉邦欲哭無淚

「張良眞的生病嗎？」劉邦爲此感到困惑不解：「喚他前來。」

劉邦時常爲此拍打桌面，幾乎使得桌面爲之斷裂。而後，忽又恍然大悟改口道：

「還是不要驚動他吧！」

劉邦的心思混亂至極。當初，與項羽談和後，張良與陳平提議說：

「讓項羽回返彭城，無異縱虎歸山，不如奮起直追，才是上策。」

劉邦聽從他們的建言，追擊之下，卻被打得一路潰逃，而被困在此城。

「究竟該如何是好？」

劉邦欲哭無淚。陳平與張良異口同聲地說，楚軍兵疲糧絕，正是上天有意亡楚。然而，目下圍城的楚兵，依然十分強悍，令劉邦覺得上天要滅的不是項羽，而是自己。

事到如今，即使召喚張良，也是回天乏術。劉邦對於眼前的境況相當認命。然而，事後，他卻大加誇讚張良的高瞻遠矚。

「他擅長運籌帷幄，而決勝於千里之外啊！」

張良不比韓信，懂得統率大軍之道，也不如灌嬰，能夠身先士卒，擔任戰鬥部隊的指揮官。他的體力，根本無法負荷如此沉重的任務。劉邦非常了解這一點。更何況，點燃燈火，擊退已經爬上城樓的楚兵，應為部將的義務。至於如何重振將士的士氣，便是劉邦的責任。

數日後，劉邦聽到近侍談論：

「張子房好像完全斷穀了。」

劉邦聞言，驚得手足無措。

「他是認眞的嗎？」

即使連無知的劉邦，也曾聽聞求仙之人斷食求道之事。所謂「斷穀」，不僅斷食穀物，其他食物也一概不吃，以此換取肉身的清靜。不過，大多數的求仙者，只是作態，並不十分認眞，雖說不吃穀物，但卻在暗地裡偷食油膩肉類，矇騙世人者不在少數。

「看情況好似十分認眞。」

「這樣下去，會出人命的！」

劉邦沒有學問，是衆所周知的事實。正因他沒有這層束縛，因此，無論儒家或道家，這些虛矯的立論，對他而言，都是騙人的玩意兒。

劉邦擔心失去張良，因此當夜即微服夜訪張良，希望能夠勸服他打消蠢念。張良住所的大門緊閉，隨從散坐門前，見到劉邦，立即圍攏拒其入內。

「你不認識我嗎？」

劉邦忍住怒意，大聲斥問。可是張良的隨從向來爲他所器重，剛正不阿。

「我乃漢王也。」

「若是漢王，何以作此打扮？」

張良曾經吩咐，無論何人前來造訪，都不許入內。劉邦不得其門而入，只得從門縫間窺探門內情況。

室內的燈光微弱，牆上映出一個不斷大幅舞動的身影。當時，以羊脂爲燃油做成的燈具，價格十分昂貴。張良隨著火焰的搖晃，不停地搖動身體。即使如此，張良的身影仍一如平常，流露一派溫和的氣質。他好像正在調氣。

「他是在練氣嗎？」

劉邦自言自語著，不覺也隨之運起氣來。

道家非常重視氣之運行。老子以爲，探究萬物的根源，其本質即在於無。「無」不受限制，能夠超越一切，也是導生的起始，能令靜者轉變爲動。而氣正是「無」的一種象徵。氣充斥於天地之間，是一切生命的根源。氣衰，生命現象即形微弱；氣竭，則生命亦為之戛然中止。

以人體為例，欲養內在之氣，必須不斷吸取存在於宇宙的外氣予以調和，亦即實行呼吸之術。此種氣之吐納，便形成道家的生理學。

黃老之術，即以此為基礎，特別強調養氣的重要性，並且名之為「行氣」或「胎息」。所謂胎息，即長期深呼吸，使外氣源源不斷地引進體內。

「張良何等寧靜啊！」

看見搖曳燈火下的張良，隨它舞動的身影，令劉邦深受震撼，心生恐懼。

張良的生命宛如蜉蝣，氣若游絲。

施行胎息的做法是，首先慢慢自鼻吸氣；當氣充滿整個腹部後，便屏住氣息，暗數一百二十下，繼而微張開口，緩慢地將氣吐出來。張良鼻子前方置一羽毛。在行胎息的過程中，羽毛纖毫不動。

「這個愚蠢的人啊！」

劉邦愈看愈著急，關懷之情溢於言表。然而，他卻不想踏進室內，以免打擾張良。

「告訴他，明日一早到我那兒去。」

說完，劉邦便放輕腳步，黯然離去。

楚的天命即將斷喪

翌日一早，劉邦晏起。他眞的不想起牀，醒來又要面對不會好轉的情勢，項羽也不會就此離去，淸醒又有何益？當劉邦正進早餐時，張良無聲無息地出現在他面前。

「爲什麼佯裝生病？」劉邦故意責問道。

「與大王晏起的理由一樣。」

張良之意，旣然情況無甚變化，只好冷眼旁觀，坐等機會，別無他計可圖。

「楚的勢力依然強大。」

「大王見過臣屋內的燈火吧？」

「嗯！很臭。」

獸油的味道確實很不好聞。

「那是因爲皿中有油。」

「我知道。」

「那種油脂燒盡時，油氣會透過燈芯不斷竄升，火焰也會燒得特別高。我要說的即是，楚的天命即將斷喪。」

「你何以知道？」

劉邦頓感振奮，放下雙箸凝神傾聽。

原來這些日子以來，張良早已派出探子，四處蒐集情報。這名韓國貴族後裔，在韓爲秦始皇滅亡之際，變賣所有家財，雇請壯士，準備在始皇遊幸途中，於博浪沙刺殺他。不幸事敗，只得亡命至下邳(在今江蘇省)。於此，他廣結善緣，與遊俠交往密切，此節前已述及。

當時，遊俠之中，有一名叫項伯之人，是爲項羽叔父，因殺人而遭通緝，張良救他一命，令項伯深爲感激。正因有此因緣，日後鴻門宴中，項羽原欲刺殺劉邦、張良，身於陣中的項伯爲圖報恩，遂百般救其性命。有關這段始末，前面也有詳細的說明。

如今，項伯依然待在項羽帳下。

「項羽不同於劉邦，不愧出身名門，待人甚爲有禮。」

項伯對項羽的印象極爲深刻。項羽不愧是血性男兒，當他發怒時，猶如猛虎噬人一般，令人畏怖。而當他仇視敵人時，行之於外的表現，便顯得殘忍暴戾，例如他對義帝懷王的手段，即留給他人粗暴殘酷的印象。然而，矛盾的是，項羽對待自己人，尤其與他有親戚關係的長者，卻出奇地溫和，完全以禮相待。而他的紳士形象，可能正是此種人格特質的展現吧！

或者，應該這麼說：項羽畢竟是楚人。

中原人士向來視楚人爲異族，認爲其地之人多未開化，他們繼承古代部族國家時代的習慣與道德觀念，擁有保守氣質與單一的思考方式，因此十分重視親屬的血緣關係。

中原人士當然也很看重此種關係，不過，由於中原已日漸形成廣域社會，僅憑親族主義是無法在社會、政治、乃至軍事上取得優勢的。以劉邦爲例，他本人即對血親觀念十分淡薄，不僅如此，有時甚至極端厭惡。而他對血親以外有才氣與膽識的人，卻格外賞識，並且對其忠誠深信不疑。

然而，項羽與劉邦完全相反。他不但不懂得重用、甚至懷疑范增的忠誠，以致范增黯然離去。此後，在他幕下充斥的盡爲親族，外人不再投身門下。項伯是爲同族長輩，項羽對他自是不敢怠慢。

不過，項伯並沒有參與密商的機會。

原因之一，在於項伯缺乏才略；另一個重要因素，即是鴻門宴上，項伯的表現令人起疑。原本項羽已經接受范增之策，伺機暗殺劉邦，不料項伯從中作梗，終致功敗垂成。這一點，令項羽側近之人備感懷疑。但是項羽對這猜疑卻不甚同意：

「項伯乃重義之人，因爲張良有恩於他，故不得不這麼做。」

項羽體諒項伯的難處，從未深責他。

張良與項伯之義

所謂義，乃一般人掙脫骨肉之情，或是克服天性（如畏死等）**障礙，盡其在我的極致表現。**

戰國，可算是最重義的時代。而後，因加入儒教思想，遂使內容漸趨複雜。另一方面，自儒教觀念中又引申出「儀禮」的儀字，至此義已逐漸僵化，變質為禮儀或禮節，拘泥於人際交往的範疇，漸失原意。

當時，由於距離戰國時代還不甚久遠，仍保有原來的精神意涵。

「義」這個字，拆開來看，是為「羊」「我」的複合。在古代，羊有美的意思，羊、我複合，可能即為「使我變得美好」之意。另有一說，義即「人之美妙舞姿」。總之，「義」字的內在意涵是希望人能捨棄人情的我，完成倫理之美——美的極致境界。秦末亂世，平常百姓甚為常用此一字眼，並不時地掛在口邊。

項羽很可能是基於此一設想，而不問罪項伯。但若換作他人有此情況，項羽必不肯輕饒原諒。因此，足證項羽內心深處，對待楚人——特別是親族中人——何等的徇私放縱啊！

張良佯裝臥病的日子裡，派人四下打探情報，也遣密使至項羽帳下，找到項伯。

觀諸外在，楚軍依然士氣旺盛，其實，內在早已分崩離析，失去昔日的銳氣。

張良遣密使對項伯說：

「並非背叛呀！」

當世以爲，背叛即公開倒戈，雖然這種例子不多，但事後總會招致輿論批判，而不得善終，因此一般人皆不敢輕言嘗試。張良遣使，也只是希望傳達給項伯以下的訊息：

「鴻門之宴，因爲你的義助，才使漢王得以全身而退，我也連帶得以保全性命，此恩此德，子孫後代都難以回報。如今楚漢相持不下，無法立分勝負，當然，就你所見，楚不會敗，然萬一如此時，請切勿猶豫，趕緊與我聯繫，我必當結草銜環，拚命衞護你的安全。」

密使之言，大致如此。

此一密約，當爲張良個人之「義」。**信守義行，完全是個人心意，對方能否認同並不重要**。至於項伯與項羽的關係，亦無涉於他們的默契。他只是站在助人的立場，還報項伯昔日的救命之恩。易言之，此番密議，屬於兩人的密約，其他外力是不容介入的。

此種因義結合的關係，是私人之間的倫理交集，即使二人的主人項羽與劉邦也不容置喙。

項伯聽後，甚受感動。

「楚軍似乎為項羽一人所有，但這個團體已經崩解了。」

項伯喃喃自語，無視站立一旁的密使。他低聲歎道，透露出糧盡、軍心渙散、難以為繼的失落感。

以後代儒教對義的闡釋來看，項伯的行為表現，的確不可思議。然而，存在於當世的倫理觀念，與後代行諸文字記載的典籍，乃至統治者教化百姓所推廣的概念，都有或多或少的差異。對那個時代的人而言，義乃生存法則中不可或缺的要素。以此觀之，項伯對項羽的義，就如同主從關係，並不可靠；而個人互相扶持所定下的義，遠比前者來得穩固。

「你從哪兒得此消息？」

劉邦雖是張良的主人，卻不願意過問他的私事，也不想左右他的想法，可是眼前情況危急，不得不有此一問。

「此人大王也曾見過，乃項王至親之人。」

「項伯嗎？」

劉邦急忙問道。原本張良並無必要說出項伯的名字，但想到日後恐須透過劉邦之力，拯救他的性命，遂低下頭輕輕頷首，表示正是其人。

「若是出自項伯之口，就絕對不會有錯。」

「大王，項伯無意背叛項王。」

「我懂，鴻門之會我已看得很明白。項伯不顧自己的安危，一心報答你的舊恩，即已證明他的爲人。那時項羽的勢力威震天下，而我的勢力則比鵪鶉蛋還脆弱，他出面救我，對他百害而無一利。儘管如此，他仍義無反顧地主動去做，由此可知，他眞正是世間難得一見的知義之人。」

「大王肯救項伯嗎？」

「子房啊！」劉邦作狀，將手比刀架在自己的頸上：「問題是，我都不知道明日能否保住自己的腦袋？若是幸得生還，我一定救他。」

劉邦當下作了承諾。事後，項伯不僅備受禮遇，還被劉邦封爲射陽侯，繼又考慮姓項諸事不便，遂又賜其國姓劉。

最後的撒手鐧

「子房！」

隨後，劉邦站起來，慢慢踱步走進別室，支開側近，低聲詢問張良，如果持續目前的防守，最後的結果會如何呢？

「這個嘛……」

張良思索良久，能夠說的也只是平分秋色，暫時分不出勝負。

目前，漢軍畏懼楚軍，不敢輕易開門反擊，反倒緊閉城門，抵死守住四下城門，對於楚軍的挑釁完全置之不理。

有糧，凡事好辦，即使再拖些時日，也不會有什麼問題。另一方面，包圍的楚軍卻飢餓非常，此種情勢異乎傳統的攻圍戰。依張良的判斷，再過不久，楚軍便會支撐不住，解除包圍，自行撤軍。然而，若項羽主動撤兵，返回彭城，則楚軍必會回復昔日的氣勢，再次回擊。

「因此，楚軍撤退，對我軍而言，並不見得是好事，也可以這麼說，若楚退兵，大王將永失統領天下的機會了。」

「是嗎？」聽到張良的分析，劉邦驚愕得不能言語而不住地搖頭，過了一會兒才說：「難道被圍困於此，反倒是好事嗎？」

劉邦緊眉頭，感到十分洩氣。劉邦不善掩飾，喜怒形諸於色，率直的本性極爲少見。

「可是我們身陷死境啊！」

維持現狀的結果，或許不消數日，楚兵即會突破城牆攻進城內，到那個時候，劉邦的項上人頭即可能不保。

「早知如此，我應該待在沛縣才對。」

過去，每當劉邦失望洩氣時，都會將這句話掛於嘴邊，但從來沒有像這次這麼有感而發。

「我根本就不是項羽的對手。」

「大王！」

張良靜思良久，才開口說話。此人平日經常如此，但現在這般沉默不語，卻令人感到十分不安。

「大王只有一條活路。」

「活路？」

「平日臣與大王所提，或許大王無以體會，但現在臣惶恐地說，漢軍眼前的境遇，猶如遭獵人追趕，逃入洞穴的熊一般，再也沒有比此次更窘迫的情況。因此，與其等待滅亡，不如振作起來，使出最後的撒手鐧。」

「**難道還能期待北方的韓信、東方的彭越趕來助陣嗎？**」

劉邦難得如此宏觀大局。勝負關鍵的確繫乎此。

多年來，劉邦與項羽交戰，其中大半時間耽於今之隴海線上，在那兒展開持續多時的拉鋸戰。在隴海線上激烈拚鬥的階段，韓信先後征服趙國，占領燕國，最後平定齊，轄有廣大領土，從那時起，韓信便對劉邦十分冷漠，甚至到了不加聞問的地步。接著，彭越也變得不聽指揮。

當劉邦自廣武山撤兵之後，決定追擊項羽時，曾遣人通告二人。不料二人反應冷淡，佯裝不知，不肯會見劉邦。劉邦數度急令催促，依然毫無音訊，始終未至。結果，劉邦在固陵城外敗戰而逃，被逼得躲進小城避難。韓彭二人不知是不知情，還是有意見死不救，就是不肯率兵而來。

劉邦絕對有理由憤怒。

「彭越的命是我撿回來的。」

至於韓信，劉邦更是有恩於他。當初，他從項羽身邊，身無長物地投入門下，起先擔任管理兵糧的下級小吏，而後經蕭何的大力推薦，一躍成爲上將軍，並撥付兵馬給他。

雖然韓信在征討華北一帶時，曾立下曠世大功，但追根究柢，還是因爲劉邦撥兵給他，才得以建立自己的功業。而當韓信占領齊地時，劉邦正被項羽圍在滎陽城內，韓信不僅不伸援手，反趁劉邦空虛之際，派遣使者向他要求：

「請允許我自立爲齊的假王。」

劉邦爲此大爲憤怒，一股怨氣正要發洩出來時，卻見張良、陳平頻頻以踩脚暗示，始發覺生氣無濟於事，轉而裝出笑臉，應允其求。如今回想，若當時盛怒之下斷然拒絕，很可能促成韓信的即刻背叛，成爲足以威脅自己的第三勢力。

不僅表面裝作不在意，劉邦私下與身邊的人談及此事時，也會刻意掩藏自己的不滿，希望透過他人的傳話，安撫韓信的情緒。因爲一旦韓信知道自己的怨懟，極可能因畏罪，索性獨立爲王，甚至與項羽訂立同盟，與己爲敵。

韓信果然沒有與項羽同一戰線，從項羽派遣楚的第一大將龍且征討韓信一事，即可證明。此役，韓信於濰水之畔痛殲楚軍，並砍下龍且的首級。當時，張良就曾提醒劉邦：

「**絕對不能對韓信表露不滿的情緒，光是他拒絕與楚同盟一事，即是大王最好的消息。**」

「事實的確如此。」

劉邦非常明白，如果韓信與項羽結盟，則漢軍就危在旦夕了。

此外，韓信雖未馳援來救，但他在齊地所建立的勢力，卻足以構成牽制力量，令項羽產生捉襟見肘之感。

劉邦至少應爲這一點感到萬幸。

韓信彭越牽制成功

此刻，劉邦正陷於苦思，他無法平息內心各種情緒的掙扎，也想不出法子，可以兼顧人情與政治目的。畢竟他從未對韓信惡言相向。

提及彭越，尤其不能忽略他對項羽所形成的牽制作用。若非他一而再、再而三地擾亂項羽的後方，劉邦根本不可能維持至今，相信早在滎陽城時便兵敗而亡了。

劉邦對此，深爲感謝。

彭越老將軍，出身於昌邑（在今山東省）的盜匪頭子，他手下的一兵一卒，完全都是自己召募而來，與劉邦毫無干係。

秦末亂世，彭越領有萬餘大軍到處流竄，沉浮於世。他曾在項羽手下做事，然而備受冷淡，極不得志。不久，鴻運當頭，他被齊王田榮授將軍印，從此脫離盜賊陣營，也不再是流民的領袖，搖身一變，成爲俗世所謂的體面之人。

齊與楚向來不和，經常互相征伐。彭越屢奉齊王之命，與項羽楚軍交戰多次，從未嘗過敗績。而後，他又因緣際會來到劉邦帳下，劃歸至魏王豹麾下。

「爲什麼將我派至魏王手下？」

彭越深感不平。於是，當他晉見劉邦時，他那張彷若吸水海綿的大臉，毫無感謝之意。

「嘿！這個老漁夫！」

劉邦甚感不悅。不久，劉邦又封彭越爲魏的相國（宰相）。對一個鄉間盜賊出身的人而言，此舉無異是破格擢用，理當滿足才是，不料彭城竟不領情，僅派使者前往致意。

其實，提起魏國，並無啥實力；賦予相國之名，也不過徒具形式，只冠頭銜，毫無實權。彭越唯一的任務，便是趁項羽出兵時，輾轉出沒於其後方根據地，擾亂楚地，並蠶食他的領地。

劉邦曾經明白指示：

「我將梁交付與你，如何攫取，任憑處置！」

似乎只有此事，令彭越欣喜若狂。

所謂梁，是魏之別稱。戰國末年，魏受迫於秦，故遷都大梁（今河南省開封）。此後，世人又稱魏爲「梁」。不過，劉邦的說法相當模糊。所謂「將魏交付與你」，有兩種解釋。其一，指的是令他掌理魏之舊都大梁附近領土；其二，則是意味將亡魏的所有版圖盡歸彭越。

毋庸置疑，彭越當然將之解釋爲亡魏的所有版圖。雖然他僅官拜魏之相國，但他卻認爲魏王的領地，即爲自己的領地。然而，不論如何，劉邦都不會有意見的，因爲那一帶的土地，目前是屬於楚的項羽所轄。

「梁是屬於我的。」

此事對慾望強烈的彭越而言，遂成眼前唯一的目標。他的思考與行動，完全著眼於此。演變至今，彭越爲達目的，遂不斷侵擾項羽的後方。

無論是滎陽包圍時期，或是廣武山對峙階段，梁都位於項羽的最前線與後方根據地彭城之間。彭越大軍猶如蛔蟲一般，不斷侵襲項羽廣大版圖這個個體的腸子部位。他以神出鬼沒的游擊戰術，突襲各城，占領村莊，甚至攻擊糧棧，把軍糧搶得精光。

項羽最大的缺點，便是不懂外交手段。如果他願意犧牲魏地，送給彭越，相信便可輕易宰制彭越，令他聽命於己。如此一來，劉邦即會陷於萬劫不復的絕境。

唉！項羽終究只崇尚武學。

昔日，項羽圍困劉邦於滎陽城時，彭越乘機率領大軍如蝗蟲壓境之勢，席捲睢陽、外黃（皆位於河南省）十七城，逼得項羽只得將本營交給部將指揮，親率楚兵回師反攻，一舉擊潰彭越軍，奪回失陷的十七城。不過，禍首彭越則逃至北方的穀城（在今山東省）。事後證明，項羽此舉徒勞無功，雖是暫時壓制，但只要彭越一息尚存，便會再度湧來。

——世上還有比彭越更可惡的人嗎？

相信在項羽的內心，一定有此一問。

其實，彭越只是役於物慾之輩。做爲敵手，彭越的才智與勇氣，都不值得別人對他另眼相看。若有人向項羽建言，不妨拉攏彭越，將魏地交付給他，一定會換來項羽的怒目相視。對項羽而言，彭越之流根本不值得拉攏。換做劉邦，也是這般看法。

因此，彭越的行動雖爲他攫取無數的利益，但他卻永遠無法得到劉邦的器重。

滿足韓、彭的慾望

張良對於此事的看法，倒不仰賴儒教思想。

「對韓信、彭越二人，不能期待他們存有倫理觀念。」

張良的內心不敢對他們抱此奢望。

張良了解，昔日的韓信確實是一條好漢，儒者酈食其也十分欣賞他，如今他的兵力與領土既已超越漢王，就不能再視其爲個人行爲。**「韓信」這個名字，已成爲無數將士內心慾望的表徵。而此種慾望，正以濃煙蔽日之勢，自北方齊地冉冉升起。**

此外，彭越本人更是慾望的化身。

張良尊奉的黃老之術，強調的即是宏觀天下事物，作徹底的透視工作。

「大王，難道你開始相信儒學了嗎？」

「你說什麼？」

舉世之間，沒有比劉邦更憎惡儒者，此乃衆所周知的事實。

「事已至此，大王仍然期待韓信、彭越二人？正因爲大王擁有大德，因此天下中人大半愛慕追隨，那些罪不可赦的罪犯、昔日的叛將，乃至作惡多端的歹徒，都能心悅誠服地在大王身邊做事。」

後世公認劉邦是為中國人的典型代表人物，可能即著眼於此。

「我可能只有這麼一點長處。」

「臣以為，僅僅期待韓信與彭越行義，可見大王之德稍嫌狹隘。」

「我並沒有對他二人存有任何期盼。」

「過去大王容許韓信自立為齊王。」

「此乃韓信要脅，不得不答應。」

「聽大王所言，好像十分懊惱。由大王的表情可以知道，對於部屬韓信稱王一事，感到悔恨不已。這是因為大王仍以君臣之義看待你與韓信的關係所致。事實上，韓信已如同山海一般，形成大自然中的一股新興勢力。」

「子房啊！」

劉邦明瞭張良的眞正心意，他企圖說服自己，不妨割讓一塊與齊地相若的領土給齊王韓信。然而，劉邦的立場並不容許他這麼做。

自以蕭何為首，揭竿起義以來，劉邦擁有許多患難與共的忠心部屬，對他們，從無半點封賞，現在又怎麼能夠單獨封賞韓信、彭越二人呢？

「直到現在，我還是覺得對韓信、彭越二人的犒賞已經太過了。」

「他倆卻不這麼認爲。」

「你何以知道？」

「我從貫入體內的玄氣得知一切。」張良戲謔地說：「大王，天下的安定，必須仰賴一些額外的因素，才能達成。韓信、彭越二人，在大王出征時，不是缺席，就是不能患難與共。如今，眼看天下即將安定，但欠缺此二要素，便抵不過項王，大王若不好好掌握，則不僅無以得天下，反而會自取滅亡。因此，對於這兩人，實不能作一般人格評論。大王此刻眞正所需要的，僅是能令天下自然運作的理，若要洞察此一概念，唯有摒棄私心，否則絕對無法得到。」

「我好像看到了。」劉邦突然頓悟而大喊出聲：「嗯！我可以將天下交給韓信與彭越。」

「大王果然看得透徹。」

「那麼，我必須回沛嗎？」

劉邦笑逐顏開。雖他無意隱居於沛，但他卻下定決心，要以寬宏大量的胸懷，將自己所擁有的一切，分與韓信、彭越二人。對彭越，劉邦封他爲魏王，亦即梁王，使他擁有實權；劉邦又將睢陽（今河南省商邱以南）以北、穀城（今山東省東阿）附近之地，完全劃歸彭越。至於割與韓信的土地，則更爲廣大。自陳（今河南省太康附近）至海岸線止，這一片人口衆多、物產富饒的土地，遂成爲韓信的領地。由此可知，劉邦實已將所轄最精華的部份割與二人。

「他們兩人得此封賞必感快慰，勢當戮力以赴，為消滅項羽拚盡全力。」張良內心如此認為。不過，張良也很清楚，當這兩人接受這些土地後，即為將來招來殺身之禍。凌駕主人的功績，轄有超過主人的領土，待天下平定後，劉邦是否仍能寬容以對，這不無疑問。

日後，事情果然不出張良所料，雖劉邦尚稱仁厚寬大，但其妻呂后卻視二人為眼中釘，亟思剷除。而二人得到的異常封賞，也引得邪佞群臣的覬覦與不滿，捏造二人意圖叛變的傳聞，終致引起在上位者的疑心，下令斬殺，沒收封地。**韓信、彭越二人發跡的過程不同，但最後的結果都是不得善終。**

凡此種種，張良看在眼底，心裡早有盤算。

劉邦功成之後，欲對衆將論功行賞時，在衆人面前特別推崇張良的功勞，賜與他三萬戶，但張良卻堅辭不肯接受。

「臣初次與陛下見面，是在留地（在今江蘇省）之郊，若陛下首肯，將那座小鎮賞賜與臣，臣即心滿意足。」

最後，張良終於如願以償。因此，漢帝國建立後，所有的功臣名將均遭貶抑而沒落，唯有張良逃出劫難，仍然普受衆人愛戴。不過，此種幸運依然無法長存，最後留侯張良之子不疑，仍因不敬而被問罪，家產封地全數充公。

「我實在沒有理由替韓信、彭越的未來擔憂啊！」

張良提醒自己，無論他倆未來將會面對何種遭遇，現在最重要的仍是利用兩人手下的兵力。對此時的張良而言，將韓信與彭越視爲大自然界的水力和風力，遠比將他們視爲個人來得容易。

回到彭城就有糧食

項羽軍突然似退潮般，自固陵城外迅速撤退。

「怎麼回事？」

項羽在固陵城外營帳內，接到楚地傳來急報，聲稱負責防守故鄉的大將周殷，因爲受到漢的勸誘，而策動叛變。探兵報告時，項羽未發一言，只歪著頸子陷入沉思，令人感到訝異的是，此次他居然沒有動怒。

項羽的反應好像變得遲鈍了。或許他太過疲憊了。

「我記得周殷駐守在巢湖之畔的舒城（在今安徽省）。」

巢湖位於長江之北，是諸河注入長江的必經之處，水運便捷，是個地位重要的湖港。巢湖計有大小三百餘個湖，沿湖建有合肥、廬江、巢、舒等大城市，其中以舒城最為重要。自古以來，只要能夠控制此城，即能充份掌握巢湖周圍平原的穀物收成。

漢將劉賈於此經營多時，游擊之戰時有所聞，周殷即可能是受到他的勸誘而加入漢營。不僅如此，他還占領了那一帶最大的城市六（在今安徽省），籠絡城主九江王黥布來歸。黥布成為漢王劉邦客將一事，本書前已述及。如素以勇猛著稱的黥布，得以統合當地，則楚之重要根據地，即成為漢的囊中物。

「總有一天，我會再奪回來的。」

項羽雖如此宣稱，但聲音卻是極度無力。項羽此時的表現，正是楚人的通病。當戰況呈現勝績時，猶如烈火赤熱燃燒，一旦陷於頹勢，則無承受失敗的勇氣。

「暫時解除對固陵城的包圍吧！」

項羽執意先返回彭城。事實上，若不回彭城，重振旗鼓，情況將會變得更加惡劣。

士兵聞訊，備感振奮。他們共同的信念是：回到彭城，就會有糧食。

朔風獵獵，原野顯得更加淸冷寂寥。

撤退當日，楚軍將長期用以取暖的火堆一一踩熄，只見原野升起無數白煙。隨著煙霧的逐漸消散，楚軍呈小單位形式魚貫離去。他們此次的目的地，乃是奔赴能夠獲得糧食與休息的根據地彭城。

「切勿行色匆促。」

項羽不斷派兵前往頭陣，告誡兵將放緩腳步。此時，固陵城內的漢兵，不知何時會打開城門追殺而來。

不過，劉邦卻沒有舉兵來攻。

其實，若有追兵，必會形成野戰，正是項羽最擅長的戰術，以此對決，向來沒有人能勝過他的。對項羽而言，他當然希望劉邦追擊，如此一來，他即可舉起大鐵槌，揮落劉邦的項上人頭。總之，取劉邦的性命，是項羽此刻最大的心願。

「一切終將因此而結束。」

撤退途中，項羽頻頻回顧，望著遠處的固陵城，內心思潮洶湧。

不久，大軍行至城父城（今之安徽省蒙城）。此城原為楚軍的糧食囤積所在，但現在糧食亦呈不足。

「將所剩兵糧盡數吃光！」

不知何故，項羽驟然作此決定。此後，該城即為無糧之城，再也不具任何效益。

「無所謂。吃吧！」

項羽躊躇片刻之後，始拿起盤子盛肉而食。他的下顎隨著牙齒的咬合而格格作響，宛如食城一般，經過咀嚼，嚥下食道。這座城市終將成為項羽領土之中的無用之地，而他的疲乏，已令他無法顧及明日的糧食。

楚霸王當頭挨一棒

城父城夜宿一日後，再次行軍，來到項羽的中途基地濉溪（在今安徽省）時，項羽由急報得知城父城已為漢軍所奪。

「劉邦已經離開固陵城了嗎？」

項羽隨即舉起佩劍站了起來，隨即又聽到急報。此番傳來的消息令項羽大受震撼。原來劉邦因畏懼項羽，仍停留在固陵城。攻占城父城者，不是自西方追來的劉邦，而是由南向北的黥布，陣中還有倒戈的楚將周殷，更不乏項羽同鄉的楚兵。

「**楚兵已與敵軍沆瀣一氣**。」

此一事實對家族觀念強烈的項羽而言，無啻當頭棒喝，頓感氣力全失。項羽明白局勢的惡化，已至危急存亡之秋。

翌日一早，項羽坐鎮濉溪城內，再聞惡耗，據說長期盤踞北方的韓信，已率領三十萬大軍揮兵南下；不僅如此，彭越軍亦以急雨驟落之勢，在項羽軍附近展開行動。此外，韓信與彭越軍的先鋒部隊，正往彭城(濉溪北方)移動，準備在這裡包圍項羽。

「是嗎？」

項羽初聞惡耗，猶如馬革覆面，毫無表情。他覺得自己的兵馬正發出如瀑布長洩的逃亡之音，而有所體悟。

「我再也無法返回彭城了。」

這種完全不似項羽作風的消極想法，此刻卻不斷襲進他的腦海。他迅速而果決地作了決定。彭城位於廣大平原之上，欠缺天險，不易防守。項羽軍在圍攻固陵時，兵力即已顯著減少，至濉溪階段，大軍只剩十萬左右。過去素以天下無敵、軍容無比壯盛著稱的楚軍，現在為數僅有南下的韓信軍的三分之一。

即使能夠率軍攻進彭城，以如此的寡兵，防守偌大的彭城，亦十分困難。

「眞想讓漢軍見識一下我的武略，此處附近可有適合的地形？」

項羽如此面告部將，並吩咐屬下四處打探。

附近有一處名叫垓下之地。垓下位於今安徽省靈壁東南，其處有一岩壁，數條河流行經該地，匯成聚落。如將數條河流當成城溝，建築防禦工事，再於岩壁之上大興土木，則以寡兵對抗大軍，並非毫無勝算。此外，若於防守之餘，猶能窺隙出擊，則更可能會扭轉頹勢，起死回生。

項羽一方面在濉溪附近部署軍力，另一方面，更忙於在後方垓下建築防禦工事。

工事耗時月餘，終告完成。期間，劉邦一直在遠處窺伺項羽軍的動向。雖然楚軍已成孤軍，兵員銳減，全軍陷於飢饑狀態，但只要項羽一息尚存，就不能掉以輕心。

韓信與彭越的大軍此刻已與劉邦的漢軍會合。這批人馬，出身複雜，趙、代、燕、齊、魏兵齊聚一堂，彼此方言不通、風俗各異。來自山東半島的齊兵，頑強無比，而代地兵卒則個個強悍，善於騎術。這些援兵齊集漢之旗幟下，兵力日漸擴增，滿山遍野，舉目望去，盡爲兵馬，城市更是人滿爲患，形成有史以來空前盛大的軍容。

反觀項羽軍，宛如身陷漢軍人海中的一座小島。

統率如此浩大的軍隊，並無任何兵法，他們完全聽命於劉邦的調配。然而，即使主觀條件如此優越，劉邦仍顯得猶豫不決。

「項羽必會露出蛛絲馬跡。」

到那個時候，再一舉攻擊即可。

最初，劉邦也曾有過這種想法：「項羽必將回到長江之南的故鄉。」歸鄉之後，再圖東山再起，不正是項羽目前唯一的活路嗎？

果眞如此，楚軍勢必展開長途的大隊行軍，此種行軍方式勢必使防禦力相形減弱，漢軍即可乘勢攻擊敵人的後方，以及橫擊敵軍的側翼，如此反覆而戰，必將使楚軍疲於奔命，終致崩潰。

「項羽持久的退兵即將展開了！」

退卻的軍隊，一旦背向敵人，氣勢便爲之大挫。劉邦以爲，只消掌握敵軍退兵的時機，勝利在望。**然而，劉邦的夢想卻落空了。不僅項羽軍前鋒不如預想般移動，連後衞兵力的動向也令人大惑不解。他們移動的方向，竟是朝垓下山岡進發。**

項羽打的是什麼算盤？

「究竟有何企圖？」

劉邦屢思不解，遂派當地住民前去蒐集情報，這才知道項羽利用垓下的斷崖與河川，構築適合野戰的防守城堡。

「難道他瘋了嗎？」

項羽選擇垓下，此處毫無地緣可言，又在敵人漲潮般的進攻中，躲入洞穴，此種行徑，到底意味著什麼？何況，防禦戰並非項羽專精的戰術。捨棄他最得意的野戰策略，採行不在行的防禦戰，項羽究竟打的是什麼算盤啊？

古來，守城必須仰賴援軍始能突圍，那麼項羽在等待何人呢？

難道他還期待楚地來援嗎？

難道他對位於江南的楚地，猶有期待嗎？

項羽是否對大勢一無所知？

楚地早已落入周殷之手。

昔日項羽分封周殷為大司馬，命他防守江南廣大的領域，如今周殷卻倒戈相向，投入漢的陣營，與黥布、劉賈統一陣線，共同夾擊項羽。

如前所述，項羽已知周殷變節一事。他極力地安撫自己的情緒：

「這算什麼？」

同時，項羽也不斷地加強自己的心理建設。雖然周殷統轄楚地，但其威勢僅達巢湖附近，未及於江南，相信若派人前往江南，必能號召群衆，加入自己的陣容。項羽急命數名使者前往江南，但路途遙迢，同時途中不時有漢軍出沒，想要盡速趕到江南，或是即刻返轉覆命，都非易事。

當垓下城興築完成後，楚軍開始化整為零，逐批向此要塞進駐。主將項羽則親率殿軍，待在原野。

戰爭一觸即發。

在項羽的作戰理念中，相當重視掌握戰機。他深切期望漢軍立刻來攻，如此他才可以還擊攻入漢軍陣中，一刀砍下劉邦的項上人頭。然而，劉邦始終不爲所動。

項羽將根據地設於原野稍高處的一所狹小又獨立的民房中。他獨自一人呆坐戶外，在他身旁是心愛的坐騎，駿馬騅是天下難得一見的名馬，擁有一身葦毛（毛色純白，間或雜有灰毛），甚爲特殊。在此之前，騅猶爲馬匹尋常種類，自牠出現後，遂成專有名詞。

駿馬騅，毛色油亮出色，被栓於樹下，馬夫正不停地爲牠按摩足蹄。

天氣益發寒冷。

憶及廣武山上和談時，猶爲初秋，現在時序已入冬季。項羽遠眺敵陣，不禁轉動粗頸搖個不停。本來一切發展都很順利，但從兩國和談以來，天地易色，猶如由白轉黑一般，所有的事都變得極不順遂。那個素來怯懦、屢呈弱勢的劉邦，何以變得如此強勢？又，大吼一聲就足以震動天下，未嘗遭敗績的自己，何以淪落至此？凡此種種，皆令項羽感到困惑不已。

「我眞的不懂！」

難道自己誤中方士的仙術，因此而身陷夢境嗎？

項羽無以逃避，必須面對的一項事實是：在出外爭戰數年期間，項羽從未回歸故里探視父老，也不曾派遣部將返鄉宣慰鄉親。反觀劉邦卻經常返回關中，一再宣慰當地父老，即使是在廣武山上身負重傷，猶能撐著腫脹的病體，回到關中，大擺酒宴，與父老閒話家常。因此，關中父老願意繼續支持他，源源不絕地將自己的子弟送往前線。

項羽對於劉邦此種做法卻一無所知，甚至不知道他身負重傷返鄉探親一事。而今，當不再有援軍出現時，項羽才憶起楚之父老，以及故鄉江南的風光。

楚人性喜食魚。

對於僅食豬肉、羊肉等肉類的中原（乾燥肥沃的黃土高原）人士而言，楚人的飲食習慣實爲蠻邦異類，甚爲鄙視。而江南一帶的景致，也與垓下不同。

又，楚人食米。

尤其江南，素爲米鄉，層層稻浪，形成當地風景的一大特色。當地百姓的房舍，屋頂建材不是草寮，而是以稻桿堆成。此外，用稻草編成草鞋，也是該地特有的生產。這些與稻米密切相關的事物，對生活在黃河流域的人而言，著實無法平常看待。

當然，那個時代，江南的稻作遠不如後世的精緻。在一望無際的稻田中，不見田埂與田壟。

由於天氣暖和，雨水豐沛，根本無需施肥。而土壤肥沃的結果，田徑草木茂盛，雜草叢生，農民收成之後，只需放火即可將野草燒盡，然後再行播種，等待來年，逕行割穗，便完成整個種稻程序。

冬季收成之後，焚草遂成江南特有的景觀。項羽一思及此，便恨不得立刻置身江南。可惜，不得歸也。

除非以垓下城爲後盾，打敗劉邦大軍，否則歸鄉僅是夢想而已。**項羽的自尊心，較之劉邦、甚至任何人都來得強烈。他這種強烈的自尊心，一如他的食量大而無盡，所有的食物一經咀嚼進入體內之後，便轉化成驚人的力量與慾望。**

虞美人：項羽的自我延展

年輕時代的劉邦，世人皆謂之貪婪。然而，項羽卻不同，在項羽的體內，彷彿蘊藏無限的活力，如同火焰般噴射而出，除了將敵人徹底毀滅外，他沒有其他的宣洩目標。正因爲心底的這團火焰，使項羽幾乎看不到別人的心事。因此，他不懂得戰略與政略的運用，一如他不在乎別人的心。

由項羽對馬和女人的寵愛，即可窺出端倪。他對深愛之物的喜歡程度，與其說是情感的過度投入，毋寧解釋成自我延展，他著實太過欣賞自己。

項羽不管到何處，都會帶著心愛的虞姬。

當年，率軍往齊時，在路邊遇見這名擁有纖頸的女子，項羽便深深被她吸引，此後再也無法離開她，夜夜狂歡，直至天明。

在項羽將虞姬留置身邊之前，亦曾擁有過數名寵妾，但每每無法承受項羽的激情以對，個個形銷骨立，失去美感，項羽不耐，終將她們一一趕出閨房。因此，儘管項羽臨幸無數，卻始終沒有子嗣。

至於虞姬，雖然身子纖細嬌柔，但經一夜折騰，早起依然容光煥發。她濃密的睫毛下，閃動明亮的瞳孔，清澈而富光采。而且柔潤光滑如絲綢般的肌膚，彷彿能夠滿足項羽的無盡需索。

虞姬珠圓玉潤的體態，以及不好多話的沉靜性格，正是項羽最愛的典型。項羽本身平時沉默寡言，因此也希望別人與他一樣。

「那人的嘴如同鳥嘴般聒噪。」

見到多話之人，項羽便會如此直率地批評。總之，無論任何情況，不分男女，只要見其滔滔不絕，項羽即謂之爲鳥。

「嘿！笑了。」

每當項羽與虞姬獨處時，經常凝神注視她，有時甚至喜歡得莫名地開懷而笑。他最喜歡看人天眞的笑。虞姬的笑靨，又是衆人中最好看的。她笑的時候，沒有聲音，只輕輕掀動嘴角，表情楚楚動人。有時項羽白晝看見虞姬，即使身邊有人，也會情不自禁將她擁入懷中，旁人見狀，便會知趣地告退離去。

此刻的項羽，依然呆坐在山岡上的民房門前。寒風刺骨，他的鬍鬚因爲呼吸而逐漸被凍成白色。項羽不時地舉起自己粗壯的手掌，揮掉鼻下的霜，看他的模樣，彷彿不覺寒冷。

項羽對待虞姬溫柔得無以復加，每每令她感動不已。身處如此的絕境，他猶擔心虞姬受到風寒，要她待在屋內，不許隨意走動。室內有一火炕，煙塵四散，每當侍女背著簍子要到室外撿拾薪柴，都得手脚靈活地關上房門。

「快關上門。」

每次，項羽都會轉頭輕叱，督促侍女，不准讓他心愛的人受到風寒。前方樹林之中隱伏的漢軍，遠不如虞姬傷風來得重要。

至於侍女受寒，則無所謂。侍女必須小心翼翼地至敵陣前方尋找乾燥的牛糞與羊糞。這些排泄物風乾之後，便呈圓形纖維塊，沒有異味，燃燒時會發出青藍色的火光。

侍女都很喜歡虞姬。與其說她們懂得服侍之禮，毋寧說是深受虞姬人品的吸引。因此，每名侍女都出自眞誠地關懷體恤她，深怕她會似溶雪般地消失無蹤。

侍女對虞姬有個敬稱：

——虞美人。

除了專心爲項羽生育子女以外，虞姬被禁止做任何事。稱爲「美人」，雖將其存在的本質說得十分貼切，但此一敬稱卻非關容貌，而是後宮佳麗的身份階級。古代，帝王除了擁有一名正室以外，猶可擁有衆多妾室，而「美人」的地位，僅次於正室，階級很高。漢代時「美人」享有相當於地方長官的食祿，擁有二千石的禮遇，實際收入也與之相差無幾。

項羽並無正室。由於他幼年失怙，完全仰賴叔父項梁撫養，定陶一役項梁戰死，項羽遂成當然的繼承人。在此之前，項羽尚未娶妻，不久，轉戰東西更無暇娶妻。屢建戰功後，項羽出任楚之將軍。至項梁歿，他更一躍成爲楚軍總帥。

項羽未成家，以單身之姿爭霸天下，與其性格非常相稱。因此，對項羽而言，虞姬並不等於妻子這個角色。

旭日初升。

若漢軍再不攻來，則項羽必須親率殿軍，進入垓下城，否則天黑之後，漢軍夾擊，便無生路了。

項羽開始後退。他攙扶虞姬上車，護衛車輿兩旁，策馬前進。山岡上垓下城之根據地路途險惡，必須徒步前進，爲了趕路，項羽抱著虞姬，將她架於左肩之上，快步而行。虞姬嬌小的身軀，倚偎在項羽的左肩，遠遠望去，項羽好似擔著小小的虹彩。

最後時刻終於到來

入夜之後，漢軍人員驟增，一眼望去，萬頭攢動。流經垓下山岡之下的河流奔騰不已，而對岸的平野之上，則燃起數不清的營火，火焰高竄頓成一片火海。

劉邦已經完成兵力的部署。

這次圍攻行動的主力，定爲韓信軍。能與項羽一較長短，漢營之中，除了韓信，不做第二人想。韓信本人對此亦深感自負。韓信旗下，計有三十萬大軍。而困於城內的項羽，僅有不足十萬的兵力，由此可知，楚漢實力非常懸殊。

尤其，韓信素爲夜戰高手。在他的指揮下，從未發生自相殘殺的悲劇。夜半三更，部隊首領若想清查地形，掌握即將前往所在沿途的狀況，無疑艱巨無比；但韓信卻能排除萬難，使部隊行軍猶如白晝時一樣地整然有序，同時決不會發生迷途現象。

韓信以為，作戰最好的手段當為運用奇術，但在此之前，則必須先匯聚一股龐大的衝力。這般衝力的形成，必須從戰爭經驗中累積而來。缺乏軍隊實務，書生出身的韓信，卻能鼓動風潮，造成氣勢，是何緣故呢？

有關這一點，則必須回溯韓信攻打趙國的一段往事。

在韓信攻趙之際，曾將著名的廣武君李左車俘至面前，拜他為師，求他面授機宜。此番，圍攻垓下，他更重用廣武君，要他負責軍隊實務。

韓信將三十萬大軍分成三部份：左翼軍領軍孔熙將軍（後之蓼侯），右翼軍由陳賀將軍（後之費侯）率領，至於中軍則由他本人親自領軍。他將本營設於垓下城附近，自己拔出長劍，等待項羽奔逃之際，予以阻截斬殺。

漢營之中，對項羽神祕而高超的武勇，沒有懼色者，唯韓信一人。

儘管劉邦不善作戰，但回顧歷次征戰，他總是身先士卒，立於陣前，此次當然也不例外。他將本營設於韓信軍之後方，命令昔日掌理葬儀事宜的周勃將軍，以及後被封為棘蒲侯的柴武將軍，共同防守本營。

這些陣形的排列，直至翌日午後始告完成。

韓信躍躍一試，急於立功。由於他的名氣響亮，在這次殲滅行動中，衆人又對他寄以厚望，而他本人則更希望藉此決戰痛殲楚軍，砍下項羽的首級，建立曠世的功勳。因此，當陣式擺定後，韓信立刻躍上馬背，親率中軍，在軍旗的引導下，朝垓下城進發。

面對此種情勢，垓下楚兵並不覺得困窘。他們打開城門呈八字形，城內衆兵一湧而出，與韓信中軍正面對峙。當下，刀光劍影霎時遮天蔽日，只見破矛、折劍齊飛，楚兵依然勇猛，不容小覷。

城門一隅，項羽騎在駿馬騅上，坐騎彷彿通得主人心意，不停地原地跺脚，等待戰機來臨。限於地形崎嶇，大軍無法同時湧出，躍於馬上的項羽也只能隨著己軍的擁擠下，逐步前進。

身爲前鋒的楚兵，個個勇猛銳利，實在世間難得一見。另一方面，韓信被擠在己軍密密麻麻的兵陣中，不得動彈。儘管漢軍聲威盛大，又有韓信在前飛鞭叱咤，但中軍仍然不敵，節節敗退，最後只得宣布撤兵。

平心而論，韓信確實是一代將才，他慣於使用自己的方式設計圈套，誘敵入彀，再予以殲滅。然而，在此番圍戰中，攻方應該一鼓作氣，結果未能掌握先機，終告失敗，使得這名戰爭高手頓時成為尋常的領導人物。

楚兵打贏了第一仗。

韓信中軍一退，楚兵猶如汪洋大海猛然捲起的狂濤巨浪，直撲而來。此次危機幾乎動搖劉邦的本營，左翼孔熙將軍即刻奔赴中央，而右翼陳賀將軍也緊急召集大軍，協力攻打楚側翼，好不容易地化險為夷。

楚兵遭遇大軍夾擊，只得轉身退回城外。但在退兵之途，又逢漢軍追擊，遭受重大打擊。漢兵鼓譟砍伐，苦苦追趕，直抵城門，一直到見到項羽，大驚失色，連忙撤回漢營。

項羽看見楚軍敗狀，內心十分悲痛。自城樓望去，沐浴在夕陽餘暉中的戰場，屍橫遍野，幾乎全為楚兵，倖存逃回城內者寥寥無幾。

「**最後時刻終於來到了**。」

項羽以楚人特有的敏感，覺察曲終時刻已至，準備為自己的命運拉上簾幕。

決心一死的逃亡行動

翌日一早，項羽再度發出進攻指令。

項羽本人並未親率大軍，他內心紛亂，無以理出頭緒，他沒有辦法分析歸納自己的想法，畢竟當被迫面對敗亡時，任何大將都不能沉穩以對，特別是此刻的思慮，更非一般邏輯所能解釋。

項羽決心一死。然而，同時他也想回歸故里，在江南重新振作起來。兩者看似矛盾，其實不然。一般人除非身歷其境，否則決不能了解項羽的內心。

事實上，項羽若想戰死於垓下城，則應與部隊同時殺出重圍。但自城樓遠眺敵陣，在擠滿漢軍的人海之中，卻遍尋不著劉邦的身影。如果不顧一切，拚命突圍，相信尚未找到劉邦，人馬便已死傷殆盡(對生命力強韌的劉邦而言，當然未曾料到項羽竟會一戰不起)。如此莽撞而為，豈非罔然？

項羽以為，既然決心一死，就必須在生前完成自己的使命，否則臨死之前，該做的事都沒有做，如此犧牲生命，豈非毫無意義？他的這種觀念，與自殺者求死卻視服毒不具意義，頗有相似之處。

不過，對項羽而言，本質即與自殺者有所不同。基本上，他不具自殺傾向，無論從他旺盛的生命力，或者他的思辨能力觀之，都不可能產生此種想法。

然而，項羽卻準備一死——而且一定要是悲壯的戰死。

即使戰死沙場，也不能死於小卒手下；若不能砍下劉邦的項上人頭，至少也要讓他挨上一刀，斃命當場。但目下四周布滿敵軍，意圖求個痛快，一刀斃命，幾無可能。

項羽一方面決心戰死，為了表明自己的決心，他令直衛部隊從城門奔出，朝死亡前進。另一方面，他又做好隨時逃離此城的準備。

逃亡的目的不是爲求苟活，而是希望在戰場上光榮而亡，或是取下劉邦的首級。項羽以爲，只要自己得以返回江南，必將再度召募壯丁，編成大軍，捲土重來。

戰死的意念與逃亡的決心，看似矛盾，其實有其關聯。仔細一想，二者彷彿相互糾纏，互有起落，無法理出頭緒。

長期的壓迫，終致項羽的精神狀態瀕臨崩潰。但外在表現上，他仍勉力自持，不肯將內心的掙扎流露出來，他依舊維持昔日的鎭定，每天在城樓之上，指揮若定。

隨著兵員的減少，項羽再也無法視若無覩。每天一早出擊的部隊，午時即消滅大半，到了傍晚時分，則不見歸人。時至夜半，馳騁城郊之人盡爲韓信的兵馬。

「明日吧！」

項羽自城樓走下後，從容不迫地向部屬宣布。衆將以爲，項王之意是明白一定打勝仗，然而，回顧己軍的兵馬所剩無幾，如何能夠打敗敵軍呢？

「怎麼辦啊？」

近侍都爲項羽感到憂心不已，此刻在他們的內心，個人的生死早已置之度外，每一個人對項羽都懷有很深的感情。他們每個人都握有項羽的命運符。當時的符是以竹或木製成，對剖兩半，各自帶著其中一片，當做日後重聚驗明正身之用。無論是廚師，或是禁衞首領，乃至灑掃之人，都擁有無形的半片符。

當然，另外半片則由項羽持有。

對於項羽側近的人而言，他們將帶著命運符，開創自己的未來，而項羽的符則即將消失。換言之，自己的一切，隨著符的消失而變得無意義。這個結果令人相當無奈，卻也無法動怒，一切都將歸於無，連肉體亦將爲之消失，最終只得放棄。

每一名追隨項羽的人，更關心符的另一個人——項羽——的未來，這似乎才是值得關切的重點。此種深厚的情誼，打個比方，每個人的命運宛如一只水瓶，他們在意的不是水瓶的本身，而是象徵項羽的水將會流向何方？

項羽本人則泰然自若。

初更一過，項羽先送虞姬回房，繼而與衆人話別，隨即也回房歇息。在他轉身時，衆人都看見他的肩頭頹然落下。

「從未看過大王如此消沉的背影。」

衆人鐵青著臉，面面相覷。

滿地營火，四面楚歌

項羽擁著虞姬入眠。

子夜時分，項羽猶未熟睡。遠處傳來風吹過林梢的蕭颯聲，他凝神傾聽，又覺得彷彿是大軍的吶喊聲。

「嗯！這個音調不正是楚歌嗎？」

項羽急忙跳下牀來，穿衣帶好裝備，直奔城樓。他登高一望，滿地的營火，與星光爭輝，歌聲並非來自城中，而是自平野傳來。楚語與中原不同，音律亦相異，時而悲壯，時而哀怨，令人聞之備感哀愁。一時之間，從四面八方都傳來熟悉的楚歌。

「原來有這麼多的楚兵加入漢營。」

項羽察覺身爲楚之大王的自己，命運已至盡頭。唯有受楚人擁戴，才是楚王，如今已失民心，做爲楚王的項羽，已不具任何意義。

可是究竟是何人在唱楚歌呢？

垓下城外乃韓信軍，並無楚兵，極可能是黥布、劉賈、周殷已率楚兵趕來會合。若是如此，則等於兵力重新部署。不過，韓信既身爲前鋒，應當不致做出令劉邦心裡起疑的處置啊！

後世傳言，其時乃韓信命令士卒高唱楚歌。然而，這種奇想，畢竟只是臨時起意，並非刻意爲使項羽失去警戒心，亦即並不是針對項羽心理狀態而想出來的陰險做法。

歌聲不斷地傳入項羽耳中。

至於何人在唱，無從知曉。不過，也有可能是項羽將乘風傳來的音律，誤認爲楚歌。無論如何，項羽已因爲聽見歌聲，而攪亂作息。

「拿酒來！」

項羽吩咐近侍備酒。他召喚所有的部將前來，希望能與衆人共飮。部屬無分將、士、卒，齊聚本帳。帳內容不下時，便站在廊上，廊上站滿時，就沿著階梯而立，階梯亦站滿時，遂往城郭，或坐或立。侍僕奉上少許肉食，以及美酒，衆人各自從甕中倒酒而飮。

「爲分別而飮，不要喝醉喲！」項羽一反平日，變得十分多話：「喝完這杯，各自返回崗位，將我們的命運交給上天，不要考慮得太多，待會兒無論從任何方向都可以，殺出一條血路逃出去吧！」

項羽一飮而盡，示意先乾爲敬，隨即問近侍說：

「還有嗎？」

這名老僕虔敬地爲項羽斟酒。項羽睜大眼睛注視老僕，然後說：

「自會稽舉兵以來，你即跟隨我到處征討，原本我打算擁有江山後，賜你大夫太僕（掌理天子交通工具的官），但如今我再也無法給你任何賞賜了。」

語罷，項羽不禁痛哭失聲。

「大王，想來已有七年了。」

老人指的是舉兵以來，歲月悠悠。項羽聞言，深爲訝異，接著表示，彷彿已歷經百年；從另個角度來看，過往種種宛如昨日，歷歷在眼前。說完，不勝感慨漲紅了臉，重重地跌坐在地上。

「醉吧！」

項羽忘記自己提醒衆人勿醉一事，一杯接著一杯，不知喝了多少，最後，雙目布滿血絲，意識渾沌起來。不過，仍然無法抑制腦海中不斷湧出的記憶與感觸。不久，他終因不勝酒力而彎下身子，但口中猶發出低沉的聲音。

項羽輕吟的正是激昂而又哀傷的楚歌：

力拔山兮氣蓋世！

時不利兮……

項羽戛然而止，停下打拍子的手勢，瞪視地面。

騅不逝！

項羽的腦際不斷浮出自己殺出重圍，手足無措的形貌。他的眼睛如遭受電光急射般，再度湧出淚水。他轉過頭去，拉來身後的虞姬，與之同唱：

騅不逝兮可奈何，

虞兮虞兮奈若何！

這首千古流傳的楚歌，全文是：

力拔山兮氣蓋世！時不利兮騅不逝；

騅不逝兮可奈何！虞兮虞兮奈若何！

虞兮虞兮奈若何

「兮」這個語助詞，用以斷句，它的使用並非爲了潤飾詩的氣氛。如此詩作者項羽，每用一個兮字，便可暫時撫平自己激昂的情緒，使下一句詩顯得更具震撼效果。於此，項羽運用兮字，並不僅爲抒發自己的情感，亦有其他的用心。譬如最後一句，他呼喚虞姬時，也用兮字，意謂：虞姬啊虞姬，你不必爲我項羽感到哀傷，我只是覺得讓你獨自遺留世間，甚感遺憾。

此詩所強調的，便是項羽的不捨與悲涼。

據說，當項羽說此話時，左右諸將皆相掩而泣，不能自已。衆人對於項羽嗟歎自己與楚軍的悲慘命運，似乎深有同感，但對於項羽所稱「虞兮虞兮」的虞姬，則認爲項羽可能是針對她個人所言。

換言之，項羽希望虞姬能夠殉死。

而虞姬本人也明白，日後突圍，項羽不可能再帶著她，也沒有人知道項羽還能再活幾天。以他剛烈的性格而言，絕對不容許她留在人間，投入他人的懷抱。虞姬非常了解此刻項羽的心情。她爲了證明自己的決心與項羽一般，遂站起來執劍起舞。舞劍同時，她並不斷覆誦項羽所作的即興詩。

呆坐一旁的項羽，完全明白虞姬所爲，正是對他的回答。舞畢，項羽拔劍，上前用力一斬，並再補上致命的一刀。隨即，推幕而出，跳上駿馬騅，在黑暗中狂奔而去。

項羽意圖突圍。

他不在意途中的漢兵陣地，躍過陣中高竄的營火，衝斷陣地的圍欄，遇人攔阻，則揮劍猛刺，剎那間血濺五步，應聲而倒。

項羽宛如一陣黑風，自漢軍陣地狂飆而去。自古以來，從未有人兵敗受圍時，猶能如此勇猛展開突擊行動。

漢軍未料項羽猶作困獸之鬥，一時之間，毫無招架之力。

——項王果眞瘋了！

漢軍議論紛紛之際，項羽及其隨從已馳至數公里之外。跟隨項羽者，都抱定與他同生死的決心，甚至有人相信，只要跟著項羽，一定能夠突圍求生。楚兵對項羽的信任，即使失敗猶不更改心意。

回溯項羽軍的興起與衰亡，軍容之所以始終強盛，憑藉的就是這種堅定的信仰。

破曉時分，清點人數，追隨而來者共有八百餘騎。衆人馬不停蹄地繼續趕路。有些馬匹步履蹣跚，或是力竭而衰者，便被遠遠拋在身後。

「誓返江南。」

項羽沿途只說了這句話。隨從衛護安撫這盞隨時可能熄滅的明燈，繼續朝南馳騁。

另一方面，劉邦的主營在天亮之後，才證實項羽已經衝關而逃。

「項羽活著一天，天下便無法太平。」

劉邦驚惶萬狀的下令追擊。

追蹤行動並不順利。他們不知道項羽化裝成什麼模樣，也不知道他將停留何處。蒐集各陣地傳來的急報，歸納推斷，項羽正朝南狂奔而去。於是，漢軍四下廣布，懸賞項羽的首級：

——黃金千兩，再加一萬戶封地。

換言之，若有人擒獲項羽，即使一個走卒，也能一躍而爲諸侯。由此高額的懸賞，當可窺出劉邦的內心是如何恐懼項羽。

此外，劉邦並特編一支搜索部隊，迅速南下。領軍的人是灌嬰。

昔日劉邦在成皋、滎陽戰時，駐守暴露敵前甬道者，正是這名猛將。爾後，劉邦將他劃歸韓信指揮，遂成韓信手下。灌嬰善於指揮騎兵部隊，此番，他率領五千騎南下，在以步兵爲主力的時代，這支騎兵隊伍甚具規模。

無顏面對江東父老

項羽南下途中，得知漢軍懸賞消息。他對自己的首級能夠換得如此高額的封賞，感到自豪。

渡過淮水時，隨行之人或是途中被殺，或是落後隊伍，至此僅剩百餘人。淮水對岸已極爲接近楚地，多少能嗅到楚的氣息。然而，這段路程土地溼滑、沼澤特多，行至陰陵（今安徽省定遠縣西北），忽焉迷途，遂向田中農家問路。

陰陵一帶的農家早已接到漢軍指示，便指路向左。項羽不知中計，毅然奔赴，前進的結果，被陷於沼澤之中，前路盡爲水澤，回途也只有一條小徑。

項羽等人好不容易退回定遠一帶，但仍有人陷於沼澤之中，不及抽身，得以跟隨而上者僅二十八騎。

此時，漢之騎兵逐漸圍攏而至。項羽自馬上觀望，敵人已增至數千騎。

「各位！」項羽召喚隨從：「自我舉兵以來，歷經七十餘役，從無敗績。今天落得如此絕境，完全是天亡我也！」

項羽極度不滿自己竟然身陷沼澤，尋不著出路。他認爲失敗並非自己武功不濟，而是上蒼的惡意安排。

不久，漢騎已將項羽團團圍住。

「現在我要親自證明所言不虛。」

言畢，項羽將二十八騎分成四隊，言明戰後相會所在之後，便擺好陣式，迎戰四面湧來的敵人。項羽下令追擊之前，突然說：

「各位，我要拿下前方的那名漢將的項上人頭。」

隨即下令進攻。項羽親率一隊，領兵上前，找到那名漢將，從馬上猛力一揮，果然敵將的人頭落地，圓滿達成自己的承諾。

漢軍數千騎逐漸散開，赤泉侯楊喜一馬當先，策馬而出。項羽怒目瞋視，率領人馬，殺入敵陣，衝至數里之外。

不久，早先言明的會合所在，也遭到漢軍的包圍。項羽遂對屬下指定另一處，然後又策馬砍下漢軍某位都尉首級，衝破包圍圈向前疾馳。至約定地點會面時，此次「作戰」中，僅犧牲兩名騎兵，項羽不禁開懷大笑。

「相信大家已經能夠爲我作見證了。」

所有從騎都在馬上，向項羽行禮致敬，由衷讚歎，大王所言，果眞不虛。

此役，對項羽而言，不過是尋常遊戲，然在時此刻，卻具有特殊的意義。他認爲，餘留二十六騎日後或許會向後人傳述此一史實，而憑此役，即可對項羽抱以高度肯定的評價。

總之，項羽要證明並非遭劉邦所滅——而是上天要消滅楚王項羽。

項羽十分執著此一信念。在此世間，他已無所留念，唯有這一點他難以釋懷。他彷彿面對歷史，嘶聲吶喊，強調非戰之罪，而是上天的有意安排。

自戰國以來，中國社會日漸形成一股風氣，人們習慣透過歷史，刻意規範自己在現實中的言行。項羽本人自是深有體會。

和縣(在今安徽省)位於長江北岸，南京的上游。

和縣東北，有一聚落，名爲烏江浦。當時，此地設置有亭(客棧)，以及數戶人家，散居長江北岸。該地景致荒涼，乍看之下，枯草遍生，猶如無人之境。

項羽及其隨騎被漢兵部隊追至附近水畔，眼看著項羽的死期即將迫近。

烏江亭長垂首立於項羽面前。此名老者乃楚之人氏，身爲楚人，他十分敬仰項羽，同時也對項羽窮途末路的遭遇深表同情。

「大王，快點上船吧！」

亭長不斷地催促。附近一帶僅有此船，漢騎追兵馬上就至，唯有盡速上船，始能擺脫漢的追蹤。

項羽置若罔聞，沒有任何行動。他不肯聽從亭長之勸，執意死於該地。他了解亭長對自己的敬愛之忱，此行南下正是爲了尋找這種人物，如令夙願已償，別無他求。

「眼前此人，必會向後人述明我的作爲與大志，而使之流傳世間。」

項羽的內心升起這種念頭，感到再無遺憾。他謝過亭長的好意，然後依照往例，再次訴說眼前慘狀，並非能力不足，實是天亡我也。繼而又提興兵之初，率領江東（廣義的江南）八千子弟兵，渡江西進往事。

「亭長啊！你想想：當初父老信任叔父（項梁）**和我，親自將自己的子弟交付給我，八千健兒同往征討暴秦，到如今無一歸返。即使江東父老憐我憫我，再度召募子弟擁我爲王，我也無顏面對。」**

說完，就把自己心愛的駿馬騅贈與亭長。

一代霸王屍分五段

項羽躍下馬站立江畔，他舉起矛指向漢騎殺來的方向。隨騎見狀，紛紛棄馬，簇擁衛護項羽，徒步前進。

不久，漢之騎兵部隊趕至。項羽鼓起餘勇，揮矛殺入敵陣。他毫無意識地見敵就殺，只爲證明他並非敗在劉邦之手，而是天命使然。他希望透過亭長的傳述，讓後人明白其中的原委。

終於，項羽身受重傷，全身上下十餘處創口，鮮血汩汩流出。即使如此，他仍屹立敵陣中央，不肯倒地。

忽然，項羽發現敵陣之中有一熟悉的面孔。

「呂！」

原本項羽對呂根本無啥好感，認爲其人只是一名無聊之輩。同時，身爲漢騎司馬（官名）的呂馬童，也指著項羽高聲喊道：

「他就是項王。」

「沒錯。」項羽不改其色地大聲應道，隨即說：「我聽說漢王懸賞我的首級，價值千金，封邑萬戶。呂，你既爲故人，又有同鄉之誼，我就把這份好處贈送給你。」

言畢，項羽揮劍自刎而死！項羽的身體發出震天聲響，隨即倒地不起。

眼前景象，無人置信。待回得神來，只見靜止不動地項羽的屍骸，已遭漢兵戳戮踐踏，爲求封賞，不惜互相爭奪，哪怕是纖毫足塊，都不肯放棄。最終，甚至演成漢兵自相殘殺，造成數十人傷亡的慘劇。

待騷動平息後，項羽的屍身慘遭五分，由呂馬童等五人各持一份。

懸賞原本只是賜與一人。然而，劉邦大喜過望下，無心詳問究竟，便決定將一萬戶分成五份，即使僅執項羽右足之人，一律分封諸侯。此種作爲，除了劉邦不作第二人想。

於此，順便將擄獲項羽屍身，得以封侯的名單記述於後。

在項羽生前，受斥逃走的楊喜，竟然被封爲赤泉侯；此番追蹤隊伍的領軍王翳，因爲撕得屍身，而被封爲杜衍侯；其他如楊武，封爲吳防侯；呂勝封爲涅陽侯；另被項羽認出，原可獲得全屍的呂馬童，從擁擠的人群中，亦割下項羽身體的某部份，而封爲二千戶的中水侯。

清掃戰場是亭長的任務之一。在漢騎離去後，亭長將激戰的痕跡完全清理乾淨，巡視再三，連項羽的一根毛髮也不遺留。

此後，烏江河畔所發生的事，頓成茶餘飯後人們最感興趣的話題，同時對於人的慾望也多所褒貶。

後世司馬遷二十歲時，以史家的身份，展開畢生最具規模的遊歷。此次旅程的最後階段，他特意造訪楚地，似乎也抵達烏江河畔。其時距離項羽自刎僅七十餘載，對當地百姓而言，記憶猶新。

根據司馬遷的查訪，打聽出項羽自刎的始末，同時更查獲五個因項羽而得榮爵的諸侯，這份資料，彌足珍貴。在司馬遷晚年著述《史記》時，透過此事，以及五人日後境遇，已可充份說明慾望一詞，無須在此多費唇舌。

又，司馬遷亦詳細記錄五人的名字，以及其後飛黃騰達的職稱，似乎也想藉此探討楚漢之戰的本質及其象徵意涵。

當然，由此亦可窺知劉邦的處事風格。劉邦依約，對此五名愚劣之徒大加封賞，相對於項羽之死，實可對照出彼等爲人風骨之高下。

項羽身歿，時爲公元前二〇二年，享年三十一歲。

在如此廣大的土地上，人類為求生存，發展出各種技術，並且逐漸聚居一處，形成新的社會體系，而成為文明的起源。

古代的中國，即為古文明中之一員，並且是其中最重要者。以中國而言，擁有數種生活習俗互異的民族，由四面八方湧進中原，融合為一種複合型態的文化。舉例而言，農業社會與畜牧民族接觸後，開始試著穿長靴，將獵物晒乾，製成弓弦、肉乾，並食用乳製品。然而，此種影響（農業社會視其為異邦）並非透過教授所得，而是藉由戰爭型態達成。

其次，善於冶金民族，入據中土後，他們以金屬製造劍矢，改良傳統狩獵技術，大幅提高捕獵所獲。此外，他們又將木製的犁和鍬，加上金屬部分，促進農業生產，統治領域亦隨之擴大，遂成擁有廣大土地的國家。

在上位者爲統治之便，遂發明文字。有了文字，當然便形成運用文字管理百姓的官吏階級。由於文字成爲統治天下不可或缺的要素，隨著時間的遞移，文字亦成爲表達思想的工具之一，而擴大了它的使用範圍。

冶金民族出身的殷，即爲其中翹楚，現在我們從殷的青銅遺物，即可印證當朝技術的精純。殷亡，周朝隨之興起。周人世居西方的草原，與畜牧民族羌人混居，雖然在冶金術上遜於殷朝，但卻精於騎術，又長於征戰。所以周朝擁有爲數衆多的戰士與農民，統治者頗具巧思，將人力作最充分的安置。此外，在周朝，經商者爲數亦不少。

在古代，民族的形成乃以生活方式作爲判別，這和二十世紀講究以語言劃分，有所不同。綜上所述，所謂文明的興起，是由許多相異的民族，將各自不同的文化，投入一個能夠融合萬物的大熔爐中，潛移默化、相互影響的結果。古文明的形成，多經歷此種過程，中國即爲一例。當然，這種兼容天下的大熔爐，必須以農業爲基礎。

筆者所屬之社會，位於文明中國的邊陲地帶。

古時候，這群散佈的島嶼，草木繁盛卻毫無開發。島上住著少許土著，他們說話時，母音拉得很長，生性簡樸單純，以採集維生。

而後，外來者引進耕種水稻技術，使人逐漸免受饑餓之苦。接著，全套非金屬製的犁、鍬工具，亦出現在這塊未開化之地。其他如繩、草蓆、草鞋一類製品，也源源而來。由於農具的引進，加速農業生產，農業文化遂應運而生。

百姓只要擁有整套農具、勤奮工作即可充分滿足日常所需，享有相當的物質生活水準。然而，由於地理環境限制，無法形成如同中國大陸廣納異族的條件，文化方面顯得相當單純而保守。

農耕技術傳入日本的初期，或是更早一些，相當於中國項羽與劉邦的時代。當時的中國，歷經春秋戰國的變革，農業生產大幅提升，中國古代文明，以及形而上的思想層次，均有長足進步，臻至成熟境界。

在世界史上當可發現，現代化的成因與世人直接使用成熟而又語焉未詳的詞語息息相關。當世之人，可以循著各種脈絡，嗅出前代流傳下來，形而上的各種思想，依此各自成派，形成培養人才的風潮，這就是士的養成。

在日本，所謂士，指的是封建諸侯的部屬，同時期的中國，士卻是擁有大志與思想，且能獨立思考的象徵。

另一方面，士又如同魚子一般，以一種平等而又欠缺個性的型態，隸屬於各個家族與部族。他們特殊的身分，彷彿與社會緊密相連，但在現實生活中，卻又形成不大一致的個人風貌。

中國史最大的特色，即後代文化的均一性日形明顯，對於知性的追求則日益消滅。自後漢末期，開始了所謂的「亞洲式停頓」，此一停頓歷時久遠，一直沒有任何改變。

自先秦時代以降，中國社會呈現的風貌，前後判若二人。

就思想發展而言，秦帝國堪稱法家思想最盛行的時代，施行的結果使得秦國成為法家的實驗帝國。透過朝廷的重用，法家學者首先為帝國建立制度，繼而又將中央與地方的官僚組織重作設計。

至於秦之崩潰，流民作亂當為主因。一群老莊之徒、儒家之輩，以及縱橫家，利用流民充沛的精力，極力拉攏，使之聽令行事。對這些思想家而言，推翻法家主義，成為他們內心最大的欲望。

一九七五年，筆者遊歷洛陽。當時花季已過，自唐代以來，一直是洛陽特有景觀且引以為傲的牡丹花叢，此時顯露著一片枯萎的景象。

洛陽舊街的民宅，均以青灰色瓦堆砌而成。立於十字路口，令人彷若見到芥川龍之介筆下的杜子春。鐵道一側，矗立一處外貌極似體育館的建築物，入內一看，才知是一座古蹟，用以存放穀物的洞窟。一九六九年，當地政府原欲在此興築工場，鑽勘地質時，赫然挖掘出一塊刻有銘文的磚，上面寫著：

「含嘉倉」

於是立即下令停止挖掘，予以維護保存。

此座洞窟直徑十一公尺，深七公尺，立於邊緣，即能感受洞口的強大吸力。雖然謂之為倉，實則稱不上是建築，只是將黃土層挖深（使黃土層不易滲水），再將洞口鞏固起來，放進吸水材料，最後才將穀物由上倒入。此地穀物的來源，大部分是長江附近諸城匯集而來的貢米。這些穀物光靠舟楫運輸，經運河，轉入黃河，繼續溯行黃河流域，至洛陽卸貨之後，再存放於類似的洞窟。一般而言，稻米約可存於五年，粟類則更久些，大約九年。

當然，此種洞窟並不僅止一處，自含嘉倉發掘以來，僅洛陽一地，就發現同樣洞窟二百六十一座。

筆者站在洞窟邊上，思索中國人講求即物性所導生的種種思想。

唐玄宗時，位於關中盆地的長安，饑饉成災，皇室一族曾率百官共赴洛陽覓食。當時，並未將穀物搬至面前，而是自皇帝以降，群聚洞窟充饑，為求飽食，景況之淒涼，可見一斑。

又，玄宗時代，安祿山造反，他攻陷洛陽之後，長期羈留於此，即使情勢惡化，也似生了根般，不肯輕易移動兵馬，理由無他，僅為此地的積糧甚多，足可供食十萬大軍。

我在窺探「含嘉倉」，這座宛如內含一只巨大研缽的洞窟後，恍然了悟劉邦與項羽決戰末期，何以會固守黃河兩岸的成皋、滎陽，屢敗不餒的眞正理由。據說，在滎陽西北的敖山上，秦帝國曾開鑿此山有若蜂窩，挖掘數不清的洞窟，統稱爲「敖倉」。

因此，劉邦雖被項羽逼入死角，也不肯輕言放棄此城。

總之，若將劉邦勝利的原因，以戲劇化、單純化的角度觀之，或許可以歸納爲他對敖倉的堅持，使得他反敗爲勝。

筆者一邊觀察「含嘉倉」，一邊想起有關流民的種種傳說。

中國大陸，每數百年會發生饑荒現象。在此寸草不生的情況下，村民只得前往他村搶奪糧食。遭劫百姓爲求苟活，只好拋棄家園，集體而爲流民，輾轉流徙各地。於是，所謂的英雄便應運而生。流民只要聽聞有人能夠提供五百人的食物，便爭相湧至，甘心成爲旗下之人。

然而，當領導人無法提供足夠五千人的食物，便得負責另覓領袖，然後率同手下流民，湧入能夠供五萬人食者的麾下。最後，能夠保障一百萬人，食糧不虞匱乏者，便擁有最大的勢力，在中國社會，素以英雄稱之。而在日本，同樣定義的英雄，卻從未有過。

日本雨量充沛，山野極少出現乾枯景象，發生饑荒的地區也很有限，因此，記憶之中，從未發生全境流民到處亂竄的景象。

中國政治，向來重視在上位者供食的能力。每當改朝換代，動亂紛迭，流民大規模流竄時，便會出現新的領袖人物。他一方面提供足夠的糧食，另一方面則積極推翻舊王朝，爲建立新王朝打好基礎。換句話說，當王朝無法滿足百姓食的需求時，上天便會將其革職，另立能夠供養百姓的新領袖。

至於供食確實與否，並不重要，但起碼要有盡力提供的積極態度。因此，中國史上有關政治哲學與策論的著述，不可勝數。

相對於日本，由於沒有流民現象，也就無以產生英雄人物，而政治哲學與策論更是少之又少。日本歷史上，最爲混亂的室町幕府時代，儘管政治面錯綜複雜，但農業生產依舊不受影響，年年豐收。

由此可知，日本所謂的英雄，與中國的定義全然不同。而在日本，也無法形成如同中國皇帝一般的強權，從這些本質的差異，似有助於其他事件的分析與理解。

項羽，乃楚之人氏。

關於楚人，正文之中一再提及，此處不再贅言。自古以來，他們群居長江沿岸，從事農耕。楚人語言異於中原，有人甚至推論楚語係屬泰語系。廣義的楚人，意指吳、越，但此二國，至項羽時代即不存在。然而，長江下游吳越百姓，或曾渡海而將耕種技術引進朝鮮南部與九州北部，使得此二地的民俗與氣質，深受楚人影響，亦令後世對於古代日本與楚人產生地緣性的聯想。

若中國的古代文明是因民族融和所致，那麼，楚對中原而言，堪稱是最後侵入的異族文化。

但此期間，無論文字或史籍記載，均以中原爲主，甚至有部分已爲中原同化。不過，楚人與中原人士不僅生產型態不同，王朝制度亦大相逕庭，連最起碼的農業文化與百姓氣質，均無共通之處。而楚人在項羽的領導下，大舉侵入黃河流域，實爲此一時期的首次之舉。由此可知，楚人的農業與湖沼文化，亦在此時與中原文化產生密切的交流。

因此，項羽的由盛而衰，實乃文化由敵對到同化的對照表現。楚兵由最初的敵視，轉變爲甘心追隨劉邦，造成項羽四面楚歌的結果，實爲中國古代文明的完成，亦即中華民族首次的統一。

項羽歿於西元前二〇二年。

彌生氏農業文化在海外日臻成熟，傳回日本，大致是在項羽身歿前後。當然，項羽與長江沿岸稻作歉收並無直接的關係，但由年譜觀之，不能忽略此一重點。

日本人引進漢字、漢籍，當爲日後之事。

此後，日本社會才得以將其歷史與紀錄延續下去。至於各種類型人物的描寫，日人經常引用的並非自己社會中的實例，而是自漢籍中尋找素材。

有關這一點，最重要的是，在江戶末期，賴山陽著《日本外史》前，從未有人嘗試寫作自己國家的通史。日人自謂屬於中國文明的周邊文化，蔑視自己的結果（相信朝鮮、越南亦然），根本不敢嘗試通史的寫作。

即使寫成，對於人物的描寫亦乏善可陳，觀諸《日本外史》也有此現象。然而，這並非是山陽之罪，乃是日本的社會性格所致。反觀中國社會，即無此困擾。他們猶如衝欄而逃，亡命山野之徒，對於習慣浮沉人海的人們而言，描繪人物性格時，必然深刻，且具代表性。因此，典型便應運而生，尤其自戰國，以至秦末的戰亂時期，此種人物比比皆是。

在那些先哲典型的墓塋猶未風蝕頹圮之前，記錄者司馬遷即已出現，較之宋代以後的學者，更接近那個壯闊的年代，所以他能以公平且鮮明的筆觸，記錄那一段史實，即使二十世紀的今日，讀來仍舊不覺突兀。

司馬遷二十歲時，約西元一二六年，他周遊天下，曾親自造訪事件的發生地，搜集當地的各種民俗與傳說。

司馬遷就地取材，直接使用當地父老的對話，跳脫觀念與概念的樊籬，將當世人物的形貌與對談作最真實的記錄，使人讀來備受震撼，如同身歷其境一般。

此次遊歷，他也來到楚漢人馬糾集的番縣、薛縣、彭城縣，又至長江下游與江南楚人大本營，了解異俗、房舍、人情，並且深受吸引。由其文章透露的信息可知，他對項羽懷有一股濃烈的感情，隱隱自其筆下流露出來。

以下，則爲筆者個人所見。

我一直以爲，文明乃是一束光源，照耀四方。換言之，當光源無法遍及四周，即稱不上是文明。

日本中世的某一時期前，所有知的文化皆源於唐朝，如日本文化深受宋代政治論述的影響，而對唐代詩人、詩情的感受，較之中國人更勝一籌。日本自奈良朝至平安朝初期，大量引進唐的制度、風俗習慣與典籍，但在八九四年，廢止遣唐使，遂令文化輸入行動驟然中斷。日後直至室町時期，均未再有正式的接觸。演變至今，中國文化雖迭有變遷，但在日本，卻仍保有漢音、建築、儀禮等等唐代文化的特色。

若以此觀點來看古代的中國社會，就精神層面而言，不覺其爲外國，而認爲是自己所屬文明圈之產物。

本書即在此種心情下完成，只是時代久遠，已無法再作考證，史實部分參照《史記》與《漢書》記載，至於當世的風俗習慣、共通的思考模式與倫理觀念，則是依據文獻的記錄與個人的想像，力求忠實而完整地呈現出當世的風貌。

此書最初是以「漢風楚雨」命題，連載於《小說新潮》（一九七七年一月至一九七九年五月）。推出單本時，再行增文，重新命爲《項羽與劉邦》（中譯本書名《項羽對劉邦：楚漢雙雄爭霸史》）。

原題「漢風」部分，取材自劉邦「大風之歌」一詩，欲以中原黃土吹起的乾燥風塵，作爲象徵；「楚雨」部分，則以楚地氣候濕潤，以此勾繪當地的原始風土。

若非「漢風楚雨」，促使我做種種聯想，恐怕無法完成此一長篇作品，對於原題，筆者十分感念，特於此處作一說明。

一九八〇年八月

歷史上最孚衆望典型之探究

谷沢永一

由《史記》透視歷史人物

人與政治錯綜複雜撞擊而生的光與熱，然後產生力的結果。《項羽對劉邦：楚漢雙雄爭霸史》一書，充分地將此種力學鋪陳於讀者眼前，全書閱讀到最後，猶如斷弦一般，在激昂而又痛楚的氣氛中戛然落幕。司馬遼太郎透過此書，帶領讀者由歷史意識的觀點，重行作了一番省思。

衆所周知，在日本文化發展的初期階段，致力於自中國大陸引進漢字與漢籍。其中最顯著的特色，便是促成日本社會的歷史紀錄得以流傳後世。然而，有關人物的典型部分，則仍經常借用漢籍所列以爲補充，極少取材本國社會實例。

早期，本國人士將《春秋左氏傳》、《國語》、《史記》、《漢書》並稱爲「左國史漢」，作爲求學必讀的典籍。國人從未將此當成外國歷史，拒絕接觸，反能宏觀歷史的本質原即包括人世的一切，當作發人深省的啓示泉源。而另一方面，與其說是尊重，毋寧解釋爲發自本心的自然仰慕之情。因此，將其列爲最重要的古代典籍。

舉例而言，夏目漱石所著《文學論》中序文一節曾道：「我少時喜愛閱讀漢籍，雖然爲時甚短，卻冥冥中自左國史漢中，獲知文學的眞正定義。」易言之，他認爲最上乘的中國史書，是以其原來的風貌，在日本成爲廣義的文字。

時至近代，如中村幸彥所言，日本的漢詩漢文的性格特徵，強調思想內涵，扮演相對於俗文學的雅文學角色。此時，所有的題材與表現，都是以漢籍作爲依據。其中，項羽與劉邦正爲此種典型的代表人物。最後，國人終可自漢籍世界脫離出來。

曾經刊行附有一六九〇年序與一六九四年跋的《通俗漢楚軍談》，以及同樣完成於一六九〇年代的《通俗三國志》，同享中國戰爭題材雙璧的盛譽，而廣爲流傳，並成爲文人學者所必讀。

明治末年，以鉛字印行的《通俗二十一史》，大正期收入「有朋堂文庫」，國人亦耗費時間精力，深入了解書中人物，透過主角的作爲，探究人類的歷史。

司馬遼太郎將此現象，整理歸納言道：「若以此觀點來看古代的中國社會，就精神層面而言，不覺其爲外國，而認定是自己所屬文明圈之產物。」左國史漢所含括的史書，向來是日本人的進修工具，同時也以此作爲自問自答的依據，影響十分深遠。

因此，司馬遼太郎在構思《項羽對劉邦：楚漢雙雄爭霸史》之初，即經過反覆地探索，掌握情節的層層脈動。梗概而言，他相當謙虛，強調「史實參照《史記》與《漢書》記載，至於當世的風俗習慣、共通的思考模式與倫理觀念，則是依據文獻的紀錄與個人的想像，力求忠實而完整地呈現出當世的風貌。」像這般慎重的嘗試，必能呈現出精確而又含蓄的效果。

此種至爲艱難，而又規模龐大的結構，必須有旺盛的企圖心與持久的毅力，始能完成。而他的這種企圖心，足以與司馬遷寫《史記》的精神，作正面的挑戰。換言之，透過司馬遷的歷史眼光，洞察《史記》的素材，將活躍於《史記》記載中各式「人物」的生態，以自己的方式，改寫成較之《史記》猶爲精練的大衆化作品。這種分析人性的作業，從根本重新架構《史記》所欠缺的故事性，此一壯舉，在司馬遼太郎之前，從未有人勇於嘗試。

此外，《項羽對劉邦：楚漢雙雄爭霸史》內文提及的人物，個個具有充分的代表性，對日本人而言，他們絕非毫無干係的外國人士，而是促使日本人檢視「人類社會」，探求根本的最佳「實例」。譬如「典型群」，對昔日的日本來說，由於認知存在世界上確有其人，因此有關「典型群」的訴求，遂能自然留意，而無所遺漏。

自覺的個人時代

司馬遼太郎由時代的觀點出發，檢視人的思考與行為，尤其，特別重視中國戰國時代所產生之澎湃的生命力。「戰國，雖然意味著殺伐之氣，但卻代表社會各方面皆已臻至成熟」。此一趨勢，並非中國僅有的特異現象，「在日本列島，由於較遲始有大量人口移居此地，因此發展約較中國大陸晚了七、八千年，然後逐漸形成廣域國家，至於戰國時代的來臨，則更是晚期之事」。但是為了提醒讀者注意，司馬遼太郎又說：「然而，超越歷史年代的鴻溝，仍有許多相似之處」此對講求形式本位時代區分論調，實為當頭棒喝。

據司馬遼太郎所見，「戰國時代崛起的主要條件，乃是與古代社會比較，農業產量的提升，自耕農日益增加，百姓逐漸擺脫農奴身分，據以形成自立的精神，依此個別成立亞洲式的個體。由個體的自立，各種思想與發明，頓時泉湧而出，包括戰國前期的春秋時代，諸子百家各放異彩，蔚成中國思想史上最輝煌的年代」。

同時作者一語道破說：「自戰國時代至秦帝國崩潰期間，劉邦與其跟隨者的關係，對當世頗為自覺的有識之士，應可發現，他們是以俠義互助的精神而結成同盟，這對後世而言，已然不復可追。」儘管「戰國時代的社會，即已確立有關中國個體與尊嚴的定位」，但可惜的是，「此種風氣，在往後的中國史中，日漸衰微」。此點尤爲顯著特色。

故事方落幕，司馬遼太郎即以感慨的語調，談到：「中國史最特殊之處，即後代文化的均一性日形明顯，對於知性的追求則日益消滅。自後漢末期，開始所謂的『亞洲式停頓』，奇怪的是，此一停頓歷時久遠，一直沒有任何改變。」因此，欲探索歷史的眞相，若僅遵循發展階段論，往往容易流於誤謬。

另一方面，與後世對比得知，「先秦至此時期的中國，卻顯得活躍萬分，彷彿另個複合型態的社會，即在眼前，所謂『個體』『典型群』所展現的魅力，更是影響深遠。」

《史記》中的人物，正是此一時代的最佳典型，如武田泰淳在《司馬遷》一書評論提及，「其重點在於探討項羽與高祖對立狀態下的互動關係」。換言之，司馬遼太郎將中國史上「最活躍」一時期之最戲劇化的對決，連根刨起，將其所有的連結點呈現於讀者眼前。

他對人物的重要評論之所以能夠普獲支持，實因人們善於思考之故。

一如原始的陰陽五行論者，他們以爲「哲理，植根於語意曖昧，模糊不清的本質上」，而司馬遼太郎卻捨棄一般性的邏輯原理，強調「由於無法印證，故視之爲絕對而嚴肅的眞理」，並且無論身處何方，都不會有所改變，顚撲不破。

概括而言，不管置身何處，「人類終會經由創造，形成新的體系。幾乎每個體系都以謊言作爲凝聚的手段，而爲求圓謊，遂轉頭要求體系的日趨精密，因此，人的智慧亦被導向於此」。

亦即「謊言若非源於核心，則無以立」，既然如此，「如以拔釘之勢，破壞結構，則整個體系便如海市蜃樓般瞬間消失」。由此可知，劉邦沒有學問，正因此故，才不爲虛僞的儒家和道家思想所困。

性格決定成敗

楚之謀臣范增，曾經批評項羽說：「此人缺陷甚多，若謂他有璞玉般可貴之處，大概就是指此而言。」雖然這是范增個人的感想，但司馬遼太郎亦從另一角度，評論道：「項羽的優點，遠較范增所知更多。」「項羽胸膛厚實健壯」，以及「其人果眞不愧是世間難得一見的勇者」。敵將陳平曾對漢王劉邦說：「項王實在了不起，人品更是沒話說。他對待下屬，極盡謙和，從不施暴，絕不因高居上位而蔑視他人。」

事實上，「項羽不同於劉邦，乃係出名門，故其言行舉止，都讓人留下深刻印象。此外，由於他的情感異常豐富，故在表達方式上，相當激烈。當他發怒時，便如猛虎出柙；當他憎怨時，必以暴力向人。他先將懷王放逐外地，又將其刺殺於途，此種殘暴的性格，令人不寒而慄。然而，項羽對待自己人卻出奇地溫和，尤其對親族中的長者，更是禮敬有加。傳聞謂之爲紳士，可能即根於此。」

不可否認的，「項羽確實具有令人望而生畏的偉大氣魄，但分析其性格，當可發現，他也擁有不爲人知、稚氣任性的一面。由於此一特徵，使其益發勇敢，並顯露出不同於一般人的單純氣質。然而，當他擺出孩子般任性姿態時，則令人無法忍受」。總之，他的性格多面且變化無常。

又，「項羽崇拜勇者，極度推崇擁有此種性格的人」。由於他以此作爲「人之價值」的衡量標準，因此，他偏執以爲「所有立功之人，盡爲效命沙場的勇將。至於那些身居後方，因爲自己的存在，始得以維繫信義關係者，即使獲得功勳，他也不屑一顧」。故而，當他論功行賞時，部屬對項羽大感失望，聯合起來發動叛亂。

此外，司馬遼太郎也曾指出：「項羽當然具有愛慕與惻隱之情，甚至較之他人，猶更豐沛，但前提必須是符合項羽的主觀認定。一旦不符他的理念，便不肯多加眷顧。尤其，項羽對美的認定，觀念相當狹隘，如同穿過門縫的陽光一般，並不多見。不過，此人亦非痴愚之輩，有時對於他人的阿諛奉承，置若未聞，無動於衷。項羽的此種性格，確實十分微妙。」

「項羽的自尊心很強，看在旁人眼裏，並不是什麼優點」，由此，即可明白，「項羽缺乏戰略與政治，並非沒有道理的。」

總而言之，「項羽性格單純，習以黑白兩極化的觀念看待世界：相對於劉邦，他卻認爲世界是灰色，時黑時白，並不一定」。以此作爲結論，俗世勝敗當下立判。

虛心使人聰明

劉邦此人，世所罕見，性情尤難捉摸。其人究竟有何魅力？值得我們深入探討。

《項羽對劉邦：楚漢雙雄爭霸史》一書，直接由字面上探索這個深奧的難題。作者極盡所能，洞察人間事，終而臻至成熟階段。全書幾以劉邦爲重心，隨著他的發展而掌握當世的脈動，令人讀來齊聲讚嘆，留下深沉悠遠的餘韻。

作者將焦點集中在某個人物的身上，隨事件的發生，作細微的推移，然後逐件逐面深入探討，在司馬遼太郎衆多作品中，此書堪稱特例。

舉例而言：某次，蕭何問夏侯嬰道：「你爲什麼追隨劉邦？」夏侯嬰沉吟半晌說道：「若沒有我的幫助，劉邦充其量不過是個木偶罷了。」蕭何聞言，始覺劉邦的可愛之處即在於此。亦即蕭何以爲「劉邦雖無特殊德行，但卻自有可愛之處，而此優點，世間少有」。換言之，劉邦雖然無德無能，但卻因其性格隨和，而使其成爲一個發光體，散發的光芒，足以掩蓋能力的不足。

無疑的，這的確是「稀有」的例子。對劉邦而言，自其出世，即無小我的觀念。「當劉邦自覺能力不足時，便思讓賢。」單憑這一點，即足以起死回生。此種平常人少有的胸懷，正足以證明劉邦是個人物。

當然，劉邦和常人一樣，具備評斷利害得失的能力，然而，他卻隱而不露。他的身體好似全然掏空，內部形成一個空氣囊，決定事情時，完全無我，毫無疑問的，「虛心使人聰明」。

劉邦就是這樣的一個人。韓信宣稱：「劉邦是個可愛的愚者。」此種自然之愚，指的不是癡愚，而是他經常捨棄自我意識，形同大氣囊般吸收別人的意見。此一氣囊，形狀不固定，本身不作思考，旨在容納。作爲棟樑人選，此人豈非較之賢者猶勝一籌嗎？賢者雖有卓越的思考能力，總會遇到瓶頸，或是江郎才盡的一天，但是氣囊卻無此顧慮，且能無止盡地吸納賢者之見，永無匱乏。因此，他經常需要別人的獻策。

當有人獻智，劉邦必欣然接受，若獻智者有二，他也會選擇優者。總之，他具有判別是非對錯的能力，同時，更擁有令人爲其絞盡腦汁的智慧。

劉邦年輕時代，經常流連於「沛的街肆」，鎮上百姓自然而然地圍聚其側，對喜歡他的人來說，看到劉邦便感覺愉快，酒座之間也會之歡鬧不已。不過，一旦他先行離座，店內氣氛霎時冷卻，人們亦會興味索然地一哄而散。

劉邦此人茫漠不羈的性格，予人強烈而又複雜的印象，令人感觸良多。一言以蔽之，《項羽對劉邦：楚漢雙雄爭霸史》一書，實爲針對人望課題，深入考究的集大成作品。

國家圖書館出版品預行編目 (CIP) 資料

項羽對劉邦 : 楚漢雙雄爭霸史 / 司馬遼太郎著 ; 鍾憲譯 . -- 四版 . --
臺北市 : 遠流出版事業股份有限公司 , 2021.02
　冊 ;　公分 . -- (日本館 . 潮)

ISBN 978-957-32-8940-1(上冊 : 平裝). --
ISBN 978-957-32-8941-8(下冊 : 平裝). --
ISBN 978-957-32-8942-5(全套 : 平裝)

861.57　　109021765

最受歡迎的日本文學巨匠

司馬遼太郎

太閤記

重現秀吉力爭上游、追求夢想的前半生涯，成為最具時代性的豐太閤傳奇。

他將天生的猴臉轉化成個人魅力，靠著了不起的表演天分逐一收服各地名將，終於稱霸日本六十餘州。當秀吉水攻備中高松城，正處於勝負關鍵時刻，突然收到本能寺之變的消息，他果斷議和並馬上領兵進行「中國大返還」，強行軍返回京都，討伐明智光秀。對於柴田勝家、德川家康等隨時準備接收織田信長後繼者地位的武將，秀吉發揮世間少見的奇才，懷柔和作戰兩種手段並用，終於成為一統全日本的「天下人」。

關原之戰

慶長五年（一六〇〇）九月十五日，東西軍在關原盆地對陣。誰能料到這場日本本土規模最大戰爭，竟然二十四小時內便分出勝負！此役宣告德川家康接收豐臣秀吉遺留的勢力，進而在三年後就任征夷大將軍，開創江戶幕府。

《關原之戰》描繪了近百位大名、武將與謀臣的處事態度、經營眼光、領導決斷、規劃思考的能力，蘊含了領導學、管理學、策略學、政治學、外交學、心理學、人際學等各種現代知識，最終論及「正義？或利益？」的人生抉擇與道德思辨。

日本館・潮

項羽對劉邦：楚漢雙雄爭霸史（下）【全二冊】

作　　者——司馬遼太郎
譯　　者——鍾憲
出版五部總監暨總編輯——林馨琴

發 行 人——王榮文
出版發行——遠流出版事業股份有限公司
臺北市 104005 中山北路 1 段 11 號 13 樓
電話／2571-0297　傳真／2571-0197
郵撥／0189456-1
著作權顧問——蕭雄淋律師
2002 年 10 月　初版一刷
2022 年 10 月　四版二刷
售價新台幣 480 元
（缺頁或破損的書，請寄回更換）

ISBN　978-957-32-8942-5（套號）
ISBN　978-957-32-8941-8（下冊）

YLib 遠流博識網
http://www.ylib.com　e-mail: ylib@ylib.com